Best Time

白 马 时 光

山河伴君侧

拉棉花糖的兔子 著

长江出版社

第九章 白鼋现身 225

第十章 荣国一日游 257

第十一章 天命付我，我命付汝 271

第十二章 羽陵一夜山绕水 286

番外一 潜龙勿扰 292

番外二 飞升以后 299

番外三 东海大学二三事 319

番外四 珍宝君行骗实录 330

目录

第一章 恶龙入宗 001

第二章 天选主翰 041

第三章 金阙选仙 079

第四章 认青龙境 117

第五章 盖世文豪 139

第六章 龙王正位，江河恭迎 160

第七章 占领羽陵宗 187

第八章 进献后宫 212

> 天命付我，我命付汝。

良久，少年苏醒了一般，手向下一放，触摸到了凉凉的水，他闭上了眼，指尖依稀触到了另一点指尖……

第一章 恶龙入宗

在干旱的季节，运气好的话，在你居住的水底等待一阵，便会有人族掉落。这是经过精心挑选、容貌性情最佳的人族祭品，他们将为龙族水神奉献一生。这几乎是每条细龙都耳熟能详的风俗之一。

把幼龙称为细龙，这也是龙族特有的风俗，代表着长辈们美好的心愿。为免幼龙夭折，龙族总宣称族中一个未成年龙也没有，只不过有的比较细罢了。

因此，小深从长久的沉睡中醒来时，做的第一件事就是看看自己的身量，是否由细变粗了。

在沉睡期间，他一直保持着道体，形同十七八岁的人族少年，秀美可爱，脸庞宛如无瑕美玉，眼瞳是深碧色，眸光流转间，非人的气息越发明显，绝不会被错认为人族。

此时化回原形看了看，淡青色的身躯的确增长了很多，有多粗不好说，反正小深觉得，也绝不能说细了。

小深沾沾自喜，立刻想和他的同龄龙比比粗细，这也是龙之常情嘛。

很快,他惆怅地想到,大家早就不在此界了……

咦,对了,既然现在人间已经只有我一条龙了,不管怎么样,我就是人间最粗的龙啊!

小深的心情变得就像海上的天气一样快。

小深又变回了道体,趴在光滑坚硬的床上,心道只怕是睡了太久,尚无力气,脑子好像也有点儿混乱,觉得水质也怪怪的,一时又难以思考,也无处问询。

他受封处为兰聿泽,是天下有名的大泽,横逾千里,连接南北州。

龙族不似人类,多为单名,前头可加上居住之地、封地,更便于记忆、了解,比如小深也可叫兰聿深。他沉睡之处是兰聿泽深处的隐秘洞穴,外族难至。

龙族掌天下水脉,天生对水族有着威慑与吸引,那些有了些修为的水族,更是乐意时刻跟随在侧。因龙族呼吸吐纳皆蕴含水之正法,接近龙族,他们也受益无穷。

不过,因洞底布下了迷阵,都不知晓阵法,水族亦进不来,洞内空空荡荡,唯有夜明珠柔和的光辉。搞得小深看上去似穷非穷,住处除了夜明珠和一张床,什么也没有,这都要怪龙君……

虽说此刻思绪混乱,但作为一条龙,水波漾动的第一下,小深就察觉到了。他盯着石洞入口,下一刻那里就出现了一个人族的身影,一袭黑衫,身形挺拔高大,外罩红袍,宽大的兜帽垂下来,只露出半张如玉的面孔。

人族,居然是人族?小深见过的人族屈指可数。

对了,人族,水底……

小深瞬间清醒许多,这不会就是传说中被献祭来伺候我的人族祭品吧?

对未有过这种遭遇的小深来说,惊喜、兴奋、感动、忐忑,百感交集。

祭品却大概极为惊讶,站在原处半晌未动,盯着他看。当然,任谁在幽暗的水底看到一个大活人，也会受到惊吓。

小深勉强坐直了一些，想来外头的迷阵在他醒来后已经失效了，才会被祭品找进来。他也盯着那人的半张脸看。此人鼻子高挺，嘴唇形状优美饱满，是淡淡的红色，以龙族的眼光看也极是漂亮。

当然了，龙族的审美范围向来很广博，他们为天地间的物种繁荣做出了极大贡献。和虎族在一起诞生了狌犴，与狮生狻猊，与龟生贔屃，子又有子，子又有孙，不同的种族就出现了……所以拥有龙族血脉的族类不知凡几。

故事里没有提到捡人族祭品的细节，小深只能自己试探，主动打破沉默。

"你是我的……我的祭品吗？"

"祭品？"红衣男子的音色低沉，带着几分慵懒，因在水中，有些模糊失真，也因此模糊了其中的情绪。而且怎么听，声音都像是男的。

这应该是故事里没涉及的细节，虽然听过的故事，祭品都是勤劳能干之人，且才能过人，性情温顺。但这人看着并非和善之辈。

但此时小深也不好反悔，只能故作娴熟地道："不过，我也不是随便收下人族的。"

红衣男子面色古怪："什么？"

小深说："所以我得先问问你……"

这么蒙着纱，加上对人族认识不多，小深想了解一下对方。只是，介于前文已介绍过的种族习惯，小深开口说的是："你是粗人？"

总得问问对方多大了吧！

祭品："……"

不知道为什么，水中人的身形都好像晃了晃。也可能晃动的只是水波。祭品恍惚，问："你说什么？"

"就是……"小深这才想到对方可能不太懂，他对人族语言远不能说精通，想想人族的措辞说道，"你不是幼崽了吧？"

好像也没错,但是……

此时祭品的身形剧烈一晃。没错,这回可以肯定了,的确是人在晃,不是水在晃。但很快,水也开始晃了,晃得厉害,白海砂床都摇动了起来。也不知何人在动手,怕是了不得的修者,动静这样大。

原本,祭品的气息淡漠宛如随处可见的水草毫无存在感,几乎形同凡人,这一瞬间却倏忽凛然宛如出鞘利刃!

"主人,"他说到这两个字时,嘴角微翘,声音中已染上几分笑意,抬手旋了旋手腕上一只素银环,"你先等等。"说罢,他又往外头去了,真是来去匆匆。

小深听到"主人"两个字,身体仿佛已麻木了一半。

但很快,小深就发现了,身体是真的麻木了一半。

低头一看,两只细细的脚踝上,不知何时各套着一圈素面银环,看似平淡无奇,甚至一点儿灵力波动也没有,却禁锢着他的力量。

调动灵气,已不听使唤!他原本以为,是睡了太久才会乏力……不妙!

这样的法器,形制很多,名称也各不相同,作用是一样的,将对方镇压,然后收服,且要把这法器悄无声息套在一条龙身上,绝非一日之功,迷阵恐怕早就被破了。

祭品不老实……不对,那根本就不是祭品!是个早就潜入这里、想对他不轨的家伙,银环和他手上的相同,绝不会错,他竟以为此人是刚掉下来的祭品。

常人应当看不出小深的龙身,但终归看得出他是个强大的存在,而这人竟胆大包天,乘虚而入。只是小深忽然醒来,禁制还未完全成功,否则,那人完全不用顾忌,直接命令他跟随自己离开就是了。

小深眼圈都要红了,被祭品欺骗了,还身受禁锢,气得捏拳,柔嫩的手一砸,身下整块白海砂做的大床被磕得四分五裂。他楚楚可怜地道:"我已经是条废龙了……"

按理说，正因为是水上随便掉下来的，也不能保证每一个祭品的质量吧，这大约也是故事里无暇提及的细节，但对于一条刚刚脱离细的龙来说，还是不大能平静接受。如果让同族知道，一定也难以置信小深还有这一天。从他只巴掌那么粗起，就无师自通地抢其他细龙的食物，还要把人家打成死结，号称霸王龙。

小深躺在一堆白海砂的废墟中，试着解开银环，却徒劳无功，他从未见过这样的设计，看似毫不花哨，却巧妙地阻挡着他，以自己的灵力对抗他，外力摧残不得，只会伤了自身。

水底仍在晃动，外头有修者在斗法，也不知是祭品和什么人对上了。唉，希望他被打死。

小深尝试许久，晃动已停止，他心中蓦然一松……

那人输了。这个念头在小深心头一闪而过。禁制还未完全形成，但他也有些许感应。

小深脚下轻踩，身体随着水波游出洞外，速度极快。虽无灵力，但龙族游水是天生的本事。他隐隐觉得周围的环境不大对，水底沉着不少人族的东西。在他入睡前，他的大泽周围是没有人族聚居的。这么多年过去，世事变迁，又搬来了人族也有可能。

只是，这些人族难道没事就喜欢带着东西往大泽里丢吗？看，居然连新鲜菜根都有。

小深才游到一半，自水上也下来了一个人族，双方一相遇，皆是一愣。

对方穿着青衣，两鬓霜白，身形清瘦，面容却年轻清俊，他仔仔细细地打量小深。眼前的少年浑身只穿着一件残破的玄衣，腰间一条玉带倒是完好如新，玉带甚宽，束在腰上更衬出少年人的纤瘦了。眉宇间好似还有几分稚气，但那双深碧色的眼瞳，因仰看过来，折射着水底的光与碧波，摄人心魄。虽是人形，却无人气。

少年赤着双足，细细的脚踝套着两只驭灵环，简洁甚至朴素的银环衬着雪白的肌肤,竟叫人觉得无比高贵,银环形制和方才的红袍人手上的一般无二。

看他在水底也呼吸自如,应当是水族,只是化作了道体,看不出原形,又被驭灵环压制,气息微弱得可怜。

这必然就是祖师在遗言中所说之人,青衣人心道。

"小道友,可是要逃?别怕,那个给你套驭灵环的人布下的法阵为我所破,已逃遁而去了。"青衣人压抑住内心的波动,朗声道。

小深刚刚才被浑蛋祭品欺骗了,正是警惕的时候,他看着这突然出现的人族修者,阴阳怪气地说:"这么说,是你救了我?真巧啊。"

放在早一天前,他见到人族,也不会是这个态度。

青衣人听他语带怀疑,腔调还有些古怪,听不出哪里的口音,但并不介意,知道少年逃过一劫,必然正惊魂未定,只爽快地道:"鄙人可以心魔起誓,对小道友毫无恶意,你无须担忧。"

小深讶异于他的坦诚。

青衣人又道:"但其实也并非巧合,说来都是机缘,我乃羽陵宗主谢枯荣。五千年前,本宗开山祖师方寸真人飞升前曾留下一卦,叫后世继任宗主于此年、此日、此时,来此地搭救一受困者。我应言而来,果真发现有人在此设阵。"

他语气波动,引以为傲。方寸真人大才大德,五千年前的预言,到今日,半分不差!远隔时光,他受祖师指点来到此城,还就真的遇到了一个需要搭救的水族少年。

谢枯荣态度好得出奇,也正是因为这道遗命来自祖师,少年与羽陵宗,渊源颇深啊。

羽陵宗?方寸真人?都没听过。

小深只觉莫名其妙,我跟这人族的什么祖师无亲无故,他干吗特意叫子孙来救我。不过此人术算倒是出神入化,可为什么啊!不会连他是龙也算得出吧,何况此人的传人也不像知道他真实身份。

"多谢。"小深不大想和他打交道，即使他立了誓。他继续向上游，相比起这些莫名其妙来救他的人，他还有一个更重要的疑惑，他的水域到底怎么了，那才是真正至关重要的。

　　见小深这么浑不在意地往上游，谢枯荣心中暗道，天下人听到羽陵宗，鲜有平静无波的。偏偏祖师指定的这少年，竟无动于衷。

　　对方没邀请，谢枯荣却也跟着踏波向上，说道："小道友，你现在被驭灵环所缚，可有去除之法？还有，继续留在这里也不太安全吧，那红袍人行踪隐秘，术法古怪……"

　　叫外人看到羽陵宗的宗主这样厚颜，大概会怀疑这是幻境吧。

　　对少年来说，这是他们第一次见面，但对谢枯荣来说，从他继任宗主起，知晓代代相传的、和这少年有关的隐秘遗命，已经数百年了，他也想过了无数次自己到底要救什么人、为什么要救。虽然祖师只留下寥寥数语，眼下，谢枯荣却发现自己完全无法转身离开。这个他等待了几百年的人，到底是怎样的？

　　言语间，小深已到了水面，他踩在水面向四周一看，傻了。

　　周围岸边尽是民居，距离近到能看清门上的春联，远处更有城楼、巍峨的宫殿，雕梁粉壁，分明是座人族聚居的大城。无论从哪个方向看去，都能清晰地看到人族居住的痕迹，而非广阔的水面。

　　而当年浩浩渺渺的兰聿泽，竟成了口小小的寒潭，旁边还有石碑，上写：王家潭……

　　我的水呢？我的水呢？我的水呢？

　　龙君分封给我的水域为什么只剩这么一点儿了，洗脚都不够……便是沧海桑田，也不至于如此吧！再说，龙族还能不知道自己的水脉几时干涸吗？

　　现在想来，恐怕这也是被"祭品"得手的原因之一。作为大泽之主，水没了，小深的力量多少也被影响了。他失魂落魄地想，我以后再也做不成兰聿深了，是王家深……

好难听的称呼,小深哭了。

"小道友放心,这满城百姓只是被红袍人迷倒了,我带了几名弟子前来,正在破法,过后他们自然会苏醒,想来是那红袍人怕正式收降时动静太大。"谢枯荣道。

他还以为小深盯着民居看,是在疑惑这样一座大城没有丝毫人声,太过安静,故此出言解答。

小深颤声道:"这里……不是兰聿泽吗?"

谢枯荣看了他一眼,略带疑惑,不动声色道:"你说古兰聿泽?此地在五千年前,确实还是一片汪洋大泽。说来与我羽陵宗也颇有渊源,祖师爷方寸真人途经一州,发现那里连年天灾不断,百姓苦不堪言,他便做了一件好事。"

小深木偶般转过来,定定地看着他,问:"……什么?"

"你没听说过?祖师将大泽之水抽去十之八九,此地成了一片沃土,又把一州百姓皆安置于此,他们休养生息,连绵数千载,繁荣至今,已成一国之都。"

谢枯荣傲然道:"日月经天,江河行地,这山河地理皆是生成于天,却发挥于圣!方寸祖师,以人身逆天地而行,可堪为圣啊!"

小深:"……"

把分封水域都弄丢了,人族还在他的地盘上建国,他还算什么龙……都怪人族,人族真不是好东西,一个偷袭我,一个偷我的水。难怪大家素不相识,方寸却留言让人来救他……这样就够了吗?够了吗?

方寸,你欠我的用什么还!!!

谢枯荣说罢,只见小少年一副心潮澎湃的样子,心说少年再冷艳,也是水族。凡是水族,听到祖师这般事迹,哪能不激动佩服。就是不知少年身为水族,怎会连这件事也没听说过。

"呵呵,如今凡人间流传,此地有龙脉,当年真人才会叫他们移居此处,后成十朝古都,其实不过穿凿附会罢了。"他淡淡地指点,总算是恢复了宗主的风采。

少年:"……"

少年怕是见识不多,大受震撼,接着发问:"那当初抽走的水……去哪儿了呢?"

谢枯荣一笑道:"这千里之水,乍然装在哪处水脉,都会引起触天巨浪,甚至改变周遭地貌啊。再者说,我宗门中多有修习水法的弟子,祖师就将大泽之水都带回羽陵了。"

小深道:"哦。"

很顺利,一切都很顺利。

谢枯荣本就有招揽之意,少年听说了祖师的事迹,以及宗内亦多有修习水法的弟子后,果然主动提出,自己无处可去,想投靠羽陵宗。

这少年与羽陵宗有着千年渊源,谢枯荣实在无法放任他套着驭灵环在外。

再者,他可以说服自己,那红袍人修为不俗,少年被他盯上,解开禁制后兴许也是不凡,或者是门内哪位弟子的机缘呢?

羽陵宗道法万千,修水法的是一大类,由当初方寸祖师所创,师法天下水脉。所以门内修水法的弟子,很喜欢与水族相师相友。尤其是身怀龙族血脉的,他们天生能感应水脉,如此对修行也颇有裨益。

不过,以羽陵宗的地位,不需要像红袍人一样,强行抓水族。自有水族投靠,给羽陵守守山门,做点儿零活儿,打工换好处,连子孙后代也一齐攀附在羽陵宗这巨木上,互惠互利。且羽陵不论出身,有些天赋绝佳的妖族甚至会拜入宗门。

"你叫什么名字?"谢枯荣柔声问道。

"小深。"

小深,谢枯荣默念两遍,问:"那姓氏呢?"

王家深黯然道:"唉,伤心事,不提也罢。"

这属于家丑不可外扬。

谢枯荣却误会了,心道小深如有亲族,也不至于等他来救,看来身世凄惨啊。他不忍心戳小深的痛处,便打住不再提了。再看小深衣不蔽体,只剩一条玉带完好,他给了小深一套新衣,如此也可遮住银环,照顾小深的自尊。

谢枯荣带来的心腹门人也都回来复命,见宗主身侧多了个柔软无力的水族少年,起初还未多想,直到谢枯荣说带少年一起回去。

方寸真人的遗命是羽陵宗宗主代代相传的隐秘,他们怎会知晓,只想着少年看上去灵力低微,宗主到底看上他什么啊。在羽陵宗,就是想进来打个杂,也不会收这种,但口头上倒也无人敢质疑。

小深则从第一个到最后一个,来回看了几遍。不只是观察一下不同的人族,也是琢磨着,羽陵宗到底多少人呀。待我好了,占领羽陵宗后,要不要把这些留下来打杂呢?

他的逻辑是这样的:这些人既然在羽陵宗,肯定吃我的(水),用我的(水),所以也全都欠我的!

他身旁如今是一个臣属也没了,那这些兴许能抵用一阵。谢枯荣看着老成一点儿,或可做个龙宫大总管……

小深正浮想联翩,谢枯荣吩咐一个随行的妖族:"道弥,你同小深做个伴吧。"

这小妖族的祖父就依附羽陵宗,甚至和谢枯荣颇有交情,连道弥这个名字也是谢枯荣给起的,八十岁起,他就被打发跟在宗主身边打杂。以谢枯荣之尊,平日他也无甚事,反倒是能得些指点,连正经宗门弟子也羡慕不来。

道弥十分勤恳,还拍着胸口自夸道:"您放心,我打小就常同着祖父一起知客,我是巴掌心里长胡须——"他眼睛巡看一圈,可惜也没人有想给他捧场的意思,他只好自己说了下半句,"老手啦!"

谢枯荣:"……"

唉,怎么说呢,他这老朋友一家人,旁的都好,就是有点儿……

聒噪。

眼看道弥团身变作原形，一只巨大的八哥，叫小深踩到自己的背上，谢枯荣也御器而飞，飞入天际。

随行的心腹弟子忍不住靠上前问道："师尊，那小深是水族吗？哪一族？"

不可以貌取人啊，少年虽柔弱，不会其实大有来头吧，所以才叫师尊看上。

"你觉得是哪族？"谢枯荣问道。

弟子思索片刻，道："看他身躯娇软，难道是蚌类？"

少年一上道弥背上，能趴就不坐，能坐就不站，无骨一般。

谢枯荣但笑不语，并不作答。

妖族自有忌讳，毕竟有时原形与弱点也相关，人家不说，旁人也不好直问。虽说谢枯荣作为宗主，询问新人根脚也属应当，可他待小深到底不同，想慢慢交流。且他已自有一番猜测，小深听到羽陵，脸色也没变，这倒还可以说是心思深沉。但他连方寸祖师的事迹都不知道，甚至作为一个水族竟不知兰聿泽五千年前便没了——这可不是深居偏僻处能解释的，天下水脉相通，兰聿泽改变可是大事。

看起来，更像是错过了五千年时光……可年纪还如此青春，稍一思索也知道，谢枯荣笃定地想，多半是龟。

…………

道弥还不到百岁，在妖族、在修者中都还算年轻，修为也低，幸好谢枯荣等人没有刻意赶路，他勉强跟在最后，向羽陵宗飞去。

小深现在没甚灵力，反而要搭道弥这顺风鸟，看着身畔白云掠过，只觉奇慢无比。

道弥正是活泼的年纪，搭讪道："小深哥，您现在是什么境呀？"

小深都被驭灵环给套住了，哪有心情提什么境界，再则，这名儿都是人族起的，龙族和人族身体不一样，对境界看得也不是那么死，随性天然。对龙族来说，还是比粗细比较有意思。

道弥看他不答，也不介意，自己笑嘻嘻地介绍："我已经快认金龙了！"

小深顿时吓了一跳，低头震惊地看着道弥。

认金龙？这年头人族都能认出龙了？只能认金龙吗？能不能认出我是青龙？

"看不出来吗……其实我还是挺厉害的。"道弥羞涩地道，"已经快突破玄关境了。"

小深听到玄关境，这才从震惊中恢复一些，缓缓问道："认金龙……是一个境界？"

这玄关境他知道的，人族所订的修行十二境中的第三境。

所谓"过得玄关才是仙"，玄关又叫玄窍，是人身阴阳分判之处，玄关通则百窍通，百窍通，寿命就大大增加。不像前两境，其实还是打基础，许多天赋不够者在前两境折戟沉沙，以至于有修者认为，玄关其实才是真正地踏上修仙途的第一步。

但是小深记忆中，玄关之后那个境界，应该叫"参天地"啊，他不至于连这也记糊涂了。

道弥比小深还震惊，问："小深哥，你……你不知道啊？"

常识中的常识。修仙之道，从入门到飞升，小关小坎不提，共有十二个大境界。璎宁，涤初，玄关，认金龙，听雷，巡天，飞仙，归真神，不伏，不却，不昧，以及不归日，至此，一去飞升再不归此世！

装得了一时，装不了一世，小深听到什么羽陵之类的，还能糊弄，但一万年过去，他对这个世界的了解已经太落后了。人族又花哨，这也起名，那也有典故，好难。

小深干脆不加掩饰，点头道："我世代隐居，没听过！"

"可是一千多年前，大家就都以认金龙来称呼了。"道弥讷讷道，想不到还有人隐居得这么彻底，连这样的基本常识都没更新，学的都是过时的消息，也太封闭了吧。

　　道弥忍不住偷看小深。鸟的视野是很广的，道弥左边眼珠子往后溜，去看背上的小深，自以为是机灵一瞥，其实看上去相当可笑。

　　在嘀咕之后，他随即语气中带上了骄傲："而且，这和我们羽陵宗也有关。三代祖师余照真人在这一境沟通天地时，竟隐隐听到了龙吟声。龙族早在万年前，就举族升入仙界了。

　　"所以大家都说，这是余照真人修到了大圆满，动及仙界，引得金龙长啸。于是，往后大家都将这个境界称为认金龙，又叫叩金龙，也是讨个好兆头，想效仿余照真人，叩问金龙何处。"

　　小深的神色在道弥看来是非常认真的，他在聆听。其实，这主要是因为小深对人族语言并不精通，自己说话都还略带些口音，道弥这么长篇大论，他必须凝神细听。

　　结果就听得很不屑。

　　吹牛呢，听龙吟声你还能听得出人家什么色儿了。本龙都听不出是青是紫。小深想。再者说，全天下就他一条龙了，千年前他还在睡觉，除非听到的是他的鼾声。

　　嗯？鼾声……不可能吧，小深心道，同族都说我的睡相绝佳！

　　"对了，小深哥，你就独个儿来羽陵吗？有没有什么亲朋旧故，可以一起叫来住啊。我们全家就都住在羽陵。"道弥已经笑着换了个话题。

　　小深沉思间听得他问，满不在意地道："不用，我全族都不在了。"

　　就像刚刚道弥提起的，全族都不在人间界，上天了。

　　"啊……"道弥顿时带上了不好意思的神色，"对不起，节哀。"

　　"啊？"小深皱了下眉，"哦，谢谢。"

　　道弥有点儿尴尬，索性又说回自己身上："不过咱们羽陵宗能人辈出，奇才遍地，我不过百余年过玄关，放在宗内，实在是乞丐跟龙君比宝——"

　　小深又给吓了一跳，单听着"龙君"两个字，他就浑身不自在，那是他们族长。虽然龙君如今也不在人间了，他还是有些敏感。不过以他对人族语言的了解水平，这句话还从未听过，所以情不自禁问道："怎么？"

道弥狂喜！他头一次遇到如此真情实感地给自己捧场的人，当即声音洪亮地道："不值得一提啊！"

小深："……"

道弥对小深一笑，道："小深哥，实不相瞒，平素也没人像你这般对我好，我真是雷婆找龙君谈心——天涯海角觅知音。现在好了，可算有人能跟我聊了。"

这个人是不是故意的？小深冷静地道："你说点儿别的吧，羽陵宗很有名吗？"

这关系到他占领羽陵宗的难度。对了，占领羽陵宗后这八哥绝不能留。

道弥含羞点头，他知道小深哥久居乡下，对羽陵不像外人那样，多少知道些许，于是饱含自豪地介绍道："当然，修界有句话，叫道自天然，术效羽陵。寻常小门小派，守着几样功法修习。咱们羽陵，万千术法，名满天下。好些门派的道法，也是上羽陵求取而来，所以说，大道，乃自然天成，但术法要遵效羽陵。您说，这是不是龙君放屁——神气！"

小深："你别说了！你闭嘴！！！"

隔着老远，谢枯荣都能听到小深在后头吼，不用回头，他也知道肯定是骂道弥的。毫不意外啊。就是修得了道体人身，也是本性难移，想让一只八哥学会安静，太难了。

从兰津旧地到羽陵宗，千万里之遥，但在修者足下，片刻可至。不多时，他们已到一处无人之境，万山之中，群林环抱。当然，这里不可能真的一个人也没有，就是寻常凡人的屋子外头，还知道扎几道篱笆，这当然只是羽陵宗的障眼法，以防外人擅闯。

道弥在某处盘旋两圈后落下，面前有两座阙楼，除此之外，后头两座山夹着一条小道，壁立万仞，隐约可以看到山外还是山。阙楼金碧辉煌，单看这里就知道，羽陵宗的确很有家底。

呵呵，谢枯荣，想不到吧，你带回来的是债主，是随时准备抢劫你全宗门的凶恶霸王龙……小深冷酷地想。

小深已经思考借水五千年需要还多少利息了，结论是利滚利，有多少算多少，他现在看什么都像自己的，对道弥道："咱这楼用的广岭木不错，要记得时常上漆保养！"

咱？怎么新人认同感来得这么快的？道弥嘀咕着，介绍道："这里进去便是宗门了。"

小深也按捺住喜悦，我的水，就是在此处吧……我来了！

道弥领着小深，跟在谢枯荣身后，过了阙楼，眼前景色一变，诸峰秀立，重重叠叠的楼阁掩映在草木之间，山脚下亦有大片屋宇，甚至间或有茅屋农田，颇具野趣。这可是个繁华之处。

最为殊奇的是，一条玉带般的晶莹河流，悬浮于空，环绕诸峰，萦回其间，连接了每座山峰，这悬空之河，波光粼粼，水流湛湛，从这下方也能清晰看到其中快活游动的水族，河上更有小舟载人，远远看去，如叶片般轻荡。

道弥说："这是离垢河，是当年方寸祖师从兰聿泽带回来的水哦。"

小深凌乱了，说："不可能！兰聿是自古以来的大泽，横无际涯，你们宗门能有多少人，每人每天喝一桶水洗五次衣服，也不可能用到只剩这条河！"

道弥摸着下巴，道："咦，说得也是。我在这里百来年，还真未想过这水量合不合理。这河虽大，倒的确不满一泽之量呢。"

我的水呢？我的水呢？我的水呢？！小深急了，几步冲上前找谢枯荣对质，还要强按住心焦："宗主，你不是说，兰聿泽剩下的水被带了回来，怎么只剩下一条河了？"

他还想伺机把水抢回去，就这么点儿，能干什么啊！

"后头还蓄了个深潭呢,够宗内的水族栖息了,你原形再大,也有地儿装,放心吧。"谢枯荣好脾气地解释道。

小深失魂落魄,心里想的都是方寸这浑蛋到底把剩下的水弄哪儿去了。他都没心情打量自己未来的财产了。

恍惚间,小深也不知道自己怎么跟着谢枯荣到了其中某处山峰,穿行在依山而建的宫殿之间,他被套着驭灵环,本就有些乏力,这下更是步履踉跄。途经之处,不知多少人盯着他。大家都不知祖师遗命,但宗主轻易不出山门,今日宗主带着几名心腹外出,回来便带着这少年,这就足以叫人瞩目了。

"宗主捡回来的吗?好小……"

"看起来,不是人族吧。"

"难道是刚化形,还不习惯?"

"气息好微弱啊,走都走不动,感觉碰一下就要倒下了。"

羽陵宗最不缺天才与强者,这模样的,倒稀奇,大家都忍不住围观。

少年身姿娇小,身上宽大的衣袍是宗主喜爱的款式,极有古风,但也更让他显得柔韧纤细,腰肢不堪一握,略显凌乱的头发间,露出来秀致的耳朵,耳尖一点儿轻红。

他深色的眼眸在日光下闪动着妖异的碧色,四肢又很无力的样子,就像柔软的藤萝,走得摇摇晃晃,可怜又可爱。那小八哥想去扶,却被他凶了一下。

唉,可是那虎牙露出来,哪里像是凶。

四下里的窃窃私语不知何时竟慢慢止住了,大家屏息盯着那好像随时要摔倒的少年看,感觉——被可爱到了。

我恨方寸,方寸你宗没了。小深全神贯注地诅咒方寸,希望他在仙界走一步摔一跤。可惜这么走神,摔跤的只是自己而已,踏过门槛时,小深脚下一绊,彻底失去平衡,向前扑去。

摔肯定摔不死,不过……开天辟地以来,有龙因丢脸羞愧而死吗?

小深闪过这个念头，但他并未摔倒，而是坠入一个带着冷冽淡香的怀抱。小深抬头，原来是个人族青年，一身白衣一尘不染，面容堪称俊美，神情淡漠，清冷得好似海上月、山巅雪。

如此来看，这人族的力气与清冷的气度就全然相反——揽着小深的手臂极为有力。不过龙鳞何等坚硬，小深毫不在意地盯着对方，他很少见人族，忍不住拿过去遇到的每个人族和眼前这个人来对比，都不一样，再拿同族来比，也大不相同。

青年定定地看着小深，好似一瞬，又好似半晌之后才缓缓松手。另一只手不知何时端着一盏茶递给小深。

"喝茶。"

青年的声音果然也同气质一般清冷无波，但这一举动实在贴心。小深对人族又恢复信心了……

小深心中凉凉的——凉凉的，龙族感到舒适的温度，甚至心情都没那么差了，豁然开朗起来。接过茶，他想，这个人就不像骗子、水域小偷和吹牛宗主，又善良又给我水喝，长得还好看。不错，适合还债。

现在是旱季吗？小深看了一眼殿外，就像回自己家一样自然地坐下，心不在焉地喝了口茶。也不知道把这个人族先踹，不，送下水，然后迅速回水底等着，捡起来的，算不算祭品……

小深正心潮涌动，不觉同在殿内的谢枯荣与道弥都诡异地盯着他们，尤其是小深随意喝下的茶。

道弥有一百条歇后语想说，却不敢开口，只能默默地给青年行礼，然后缩在角落里，一只眼睛又转到侧边，几乎钻入眼角，去偷看小深哥……

小深敏锐地察觉到目光，转脸去看又赶紧转回来了，鸟的眼睛真诡异啊。

谢枯荣也很是惊诧，问那青年："小师叔怎么来了，有事吗？"

此人比他尚小了两百岁，却是他师叔，也是如今硕果仅存的老一辈了……没办法，修者活的时间长，哪位晚年抽个疯，收个小徒弟，便是七八岁，那小辈也得乖乖叫叔伯。何况这青年不但是长在辈分上，更有别的长处。一个门派内那么多人，各有分工。他小师叔这一脉，历来就是最擅长打架……不，斗法的。

小师叔近来一直闭关，不知今日怎么出来了，还亲自给小深端茶，自己就不提了，记忆里小师叔的师父也没喝过几次他奉的茶吧。

"没事。"青年随意一负手站在殿内，身形挺拔，极是好看。

没事？没事那来干什么，专门给小深送茶的？站在那儿充柱子的？谢枯荣内心很苦闷，就算他是宗主，人家不肯说，他也不敢逼这位凶残的小师叔多说几个字。

"这是小深，今日刚入宗。"谢枯荣总得介绍一二，"小深，你初入山门……这是我师叔，尊称真人便是。"

小深也不是正式弟子，亦不像道弥自小在这里长大，会喊声师叔祖，凡见着前辈，礼貌地喊声真人、元君、道君的，也就可以了。

"我叫商积羽。"青年却是接了一句，眼睫垂下来，清清冷冷的，又像是另有深意。

小深记住这名字，不伦不类地拱了个手，这宽袍大袖，指尖也只露出来一点点。

谢枯荣总觉得不大对劲儿，狐疑地看了古里古怪的小师叔一眼，索性转向小深，将他足踝执起来细看，转了转上头的驭灵环，问："你真不知下禁制的人是何来历？"

小深闷闷地道："我就见了他一面，根本不认得。"

"此人修为不俗，且故意隐藏来历，似有顾忌才逃遁。他所铸的驭灵环也颇为奇巧，想解开，又要你毫发无损，恐怕要费一番工夫。不过宗内有弟子长于炼器，我让其来制图设计，再由我动手，这样也好尽早恢复你的修为。"谢枯荣都为了小深着想，甚至准备弄个小组，尽早为他解除束缚。

小深也恨极了这个禁制，不但是个耻辱的印记，而且不去了此物，他的灵力就恢复不了，还怎么把水抢回来。小深这么想着，态度也好了许多，对谢枯荣一笑，道："谢谢宗主。"

　　谢枯荣从见到小深起，对方就一副孤僻的样子，好不容易露出笑来，让他深感总算没白救。

　　只是这时，他那要命的小师叔冷不丁又开口了："我来解。"

　　谢枯荣深感惊讶："啊？"

　　商积羽又说了一遍，这回还多了两个字："我来解，更快。"

　　谢枯荣当然听清楚了，也毫不怀疑商积羽动手会更快，令他有疑问的是商积羽怎么会主动请缨。商积羽从来不是热心之人，向来独来独往，你在他身上看不到任何与"双"这个字有关的事物，除非他在打你，而且他有俩武器。

　　小深却不知道那么多，看商积羽主动来给他解禁，心内的好感更甚了，立刻欢快地道："好的呀！"

　　谢枯荣有种辛辛苦苦救回来的小龟跟着别人跑了的感觉……但是，既然商积羽开口了，小深还极为乐意，他也只能蔫蔫地道："那好吧，这件事就辛苦小师叔了，不打扰你修行就好。"

　　谢枯荣还吩咐道弥："若是小师叔和小深有什么需要，你执我令去办，一应便宜行事。"

　　商积羽不问俗务，身边又无人，小深又刚来，还身缚驭灵环，还是叫道弥帮着打点。

　　"入山问禁，道弥还要记得把宗门规矩禁处教给小深。"谢枯荣补了一句。

　　"知道！我随身带着一份呢！"道弥立刻就摸出来一个细细的竹筒，从中抽出一张纸，上面仔仔细细写着羽陵宗各项规矩，还有对弟子的教诲，凡入宗者，必要熟记的。他走到小深身旁，把竹筒递给小深。

　　小深只看了一眼，立刻理所当然地道："我不识字！"

万年前,他就学了人族语言,说得都不算字正腔圆,文字则更懒得学习了。

谢枯荣愣没想到这一点,他遇到的年长者,都是越老越博学,尤其若要学别家道法,总要识得文字吧,羽陵是万千修者求道之处,他活了几百年,真没见过不识字的!也不知道小深过去的生长环境到底什么样……他恍惚地道:"那道弥念给小深听吧。"

道弥精神了,还想啰唆几句,却见小深森森然地盯着自己,就不大敢了,立刻念起来:"吾门下弟子谨记,夫修行之法,修性炼命,心为道之器。大道宏深粹秘,养心莫善于……"

他口齿利索,一口气就快速念了几百字拗口的文言。小深听得眼睛都直了,只觉得像是螃蟹在吐泡泡,糊里糊涂的。

"等一下,什么意思,我听不懂啊。"

第一句还能听懂,到后头,每个字都知道,合起来就不知道在说什么了,而且道弥一念得快了,他连听都要听不清了。这万年来,人族语法也在发展,他哪里搞得懂这些书面语言。

道弥又被惊了一次,问:"你听不懂?"

谢枯荣举着茶的手也停在半空中,对小深的文化水平有了新的认识。

道弥这才知道为什么自己每次说点儿歇后语,小深前辈都很配合,原来他根本就是个彻头彻尾的文盲啊!

别的门派不知道,但羽陵宗五千年来,就没进过文盲。只有来羽陵求道的,没有来扫盲的。谢枯荣很尴尬,但人都带进来了,他还能怎么办……再则也没有明文规定,不识字不让入宗。他只能在道弥疑问的眼神中,深吸了口气,道:"反正,小深禁制未除,一时半会儿也当不了什么事,往后学便是。道弥,你……抽空给小深细细讲解吧。"他说罢赶紧一口气把茶喝完了,压压惊。

"是,宗主。那是不是得安排小深哥住到师叔祖那里去?"道弥犹豫道。

谢枯荣其实还未想这一点，下意识去看商积羽，见他竟无要反对的意思，更吃惊了。

商积羽直接道："那便去吧。"

羽陵宗开山数千年，枝繁叶茂，加之有依附的妖族、人族，时常还有前来求道的他门别派修者，所以占地颇广，宛如世外小国，其实甚是热闹。

先前小深看到离垢河上有小舟，正是因为这一片区域的上空，无有大事严禁弟子们御器飞行。这里住的都是谢枯荣之类的尊长，徒子徒孙们有事没事在他们头顶上飞来飞去，显得不尊重。故此，来去此间诸峰，会飞不会飞的弟子，都靠一叶小舟通行。

离垢河接着山峰，处处都是渡口，小深和道弥上了小舟。道弥眼睁睁看到商积羽也上了小舟，不敢说什么，以商积羽的辈分，自然不受拘束，想飞也就飞了，但人家要乘舟，道弥亦只敢默默后退再后退。

小舟无须木桨，自向前行。小深的灵力不在了，眼力却还在，他已发现是商积羽在控水，原来商积羽修的也是水法，难怪见到他那么亲近。

小深发现小舟上有两行小字，他也不认得，问道："这写的什么？"

道弥本来想答，谁知听到向来不爱多话的师叔祖抢答："天下船载天下客，世间酒酬世间人。这是一位师祖的手笔。"

小深半懂半不懂，又问："酒好喝吗？我没喝过。"

商积羽看他深碧色的眼中满是好奇，神态无辜，宛如世外之珍，无意识地往前走了一步。

这小舟本就不大，商积羽近一步，和小深的距离只是咫尺，他的眼睛如夜色一般墨黑，深沉、冷淡，克制。

小深几乎以为他会触碰自己，但最后商积羽止步，道："我有数坛佳酿……"他顿了顿，考虑到小深之前暴露出来的水平，改口道，"几坛好酒，改日给你尝尝。"

"好啊。"小深对商积羽更满意了，如此知情识趣。他甚至不明白道弥做什么离那么远，站在舟尾，一副很畏惧商积羽的样子。要不是离垢河没底，脚上套着环，他现在就想把商积羽送下水。

绕过重山，到了一处突峙山峰，山顶飞阁危楼，看上去格外险峻。离垢河在这里以向上的姿态绕了一周，恰好可在一处亭台系舟落客。

这整座山峰，只住着商积羽一人。不像其他独有一峰的修者，或会带着童仆、弟子、坐骑、宠物之类……热闹得很。这里冷清得就像商积羽这个人一样。

道弥就是来打杂的，陪小深在这里绕了一圈，选了个中意的房间，他进去用术法清理一番，换上新的器物。

商积羽没有跟着，小深非常自如地巡视了一番周围，觉得除了没水，也算个好地方。

"你给我说一下商积羽。"小深很不想和道弥挑起话头，但整座山现在也只有他们三人。

"师叔祖啊！"道弥犹豫一下，不敢背后说商积羽闲话，只拣能说的说，"那不得了了，人分三六九等，木有花梨紫檀，师叔祖就是顶尖的、一流的，都说师叔祖是余照之后，千古一人！"

"哦……"小深点点头。

道弥对他的反应很不满意，道："小深哥，你听清楚没呀，余照之后，千古一人！"

记得，牛吹上天，听声儿辨龙的颜色。小深道："听到了！余照，就是听龙吟声那个。"

忘了小深哥知道余照这名字也才一天不到……道弥换了个说法："师叔祖才五百余岁，已是第九境，不伏境！五百年修得不伏身！"

小深这才有了概念。呀，不伏了，估计也很不服，一下怕是推不下水……

道弥见小深总算有了反应，才心满意足，又道："你看这整座碧峤峰只有师叔祖一人，他不收弟子，不要从属，甚至百年前，还有一小蛟自荐,甘愿做师叔祖的脚力,也被拒绝了。这蛟属,已是血脉最接近龙族的水族了,长大后前途不可限量,绝对是一大助力。放在哪里,也不可小觑。师叔祖当时只冷笑,说:'世间已无真龙,我又何必乘蛟?'"

小深大为震撼,问:"我听不太懂人话,这句的意思是不是他要骑龙?"

道弥道:"呃,差不多吧。"

其实道弥觉得,是有点儿和曾经的余照较劲的意思,都拿师叔祖和余照比,谁愿意啊,余照都"认金龙",师叔祖又怎么愿意收其他水族。但小深哥这么说也没错。

小深:"……"

第二次受挫来得这么快?不对,不可能!商积羽怎么会说出这种话!小深犹不敢置信,一个那么善良的人族……

小深恍恍惚惚的,只道会不会是道弥夸张了啊,这个家伙看起来就是知道的说说,不知道的也说说。还冷笑,商积羽一定不是会冷笑的人。

话说回来,师叔祖从不收从属,破例把小深哥带回来,说是给小深哥解禁制,难道真就这么简单?这还是第一次见面呢!对了,小深哥也是水族,但不知是何族。道弥内心暗暗猜测过小深可能是章鱼。

道弥也只敢在心底猜测一下,不伏境的师叔祖行事,又怎么是他能揣度到的,便说:"小深前辈,你看今日已是这般时辰,你又初来乍到,就先歇下吧。明日我来寻你细说,顺便教你认字,咱们万担棉花一张弓——"

小深是又烦道弥,又忍不住好奇,问:"什么意思?"

道弥心满意足地道:"有话(花)慢慢谈(弹)!"

……唉,不该问的。

道弥走了。小深才不想歇息,他都睡了一万年了,只想快点儿恢复。

商积羽所住之处,只他一人,营造得却极大,自然是古来就有。单是这一处,通面阔达数十丈,他本人不过用得其中三四处房间。小深就住在同一处殿宇,不必走多远就到了商积羽的房门外,只见那门大敞着,就像专等人来一般。当然也可能是因为山峰无人,开或关都无所谓。

商积羽背对他坐在一方案几之前,也不知在做什么。小深走到他的身侧,踢动了一下脚,那银环就滚动起来。他眼巴巴地道:"你什么时候开始给我取这个?"

商积羽低眼,手往下一捞,就捉住了小深的脚踝,冰冷的拇指在细白的皮肤上摩挲了两下,他放手站起来,身形足足高了小深一头,如此近的距离,也就格外有压迫感。

不对,或者不是因为身高与距离,而是他那森森然的气息,让小深想到海上的暴风雨,这一下,海上月被阴云遮住,山巅雪雪崩了。

商积羽和小深距离很近,眼眸中有一片毫不收敛的暗色……仍是深刻俊美的五官,只是气质神情的不同,清冷已成了阴沉,甚至是凶戾。

小深的唇瓣微微分开,看着商积羽的眼神有些吃惊。如此情景,便是商积羽一言未发,他也明白,为什么道弥会畏惧商积羽,在他形容中的商积羽为何是张狂的了。

一人双面,两种性格,天壤之别,确实殊奇……

商积羽笑了笑,少年的反应一点儿也不出奇,人人皆是这样看他的。他喟叹般地轻声道:"别害怕。"

小深怎么会怕,海里有那么多古怪丑陋的海怪,而他才是海里最大的捕猎者……他就是觉得神奇,眼前这个人不像是被夺舍了,但给他的感觉完全是另一个人,不知为何。人类太奇妙了,居然还有这样的,这岂不是相当于买一送一,捡一个等于捡两个。所以小深道:"我没怕,就是没见过,你真不是被夺舍了吗?"

他想确定不是这万年发展出来的新夺舍技术。

"如果我被夺舍,羽陵宗上下会发现不了?"商积羽沉沉地看去,小深脸上找不到半分作伪之色。

看上去娇气,胆子倒是大。不过任这态度是真是假,他都无所谓,只要少年在这儿……

"所以你从小就这样？能纠正吗？"小深问。

这个便宜他不太想占啊，毕竟按此推断，想当龙骑士的就是这一个，和另一个无关，他的海上月还是清清白白的。

商积羽听到这个要求，嘴角一勾，低声反问："你说呢？"

小深沉默了，看样子不行。

商积羽无事一般，捻了捻他的手指，漫不经心地道："既然你不怕，那太好了……我正需要你做件事，想必你也是不怕的。"

小深眼神闪烁，立刻反应道："需要什么？是作为给我解开驭灵环的交换吗？"

他自觉是羽陵宗大债主，什么交换都像占他便宜。

"可以这样想。"商积羽道，"只需在月升之后，离我近一些。"

即便是谢枯荣，也不知道他的修行出了一些小问题，就是知道，也无法帮他。这是他师尊始创的道法，除他之外，再无人练过。

日落月升后，他体内的经脉就会狂暴起来，花费数月压制梳理，仍是不见多大效果，近日来，甚至在白日也会出现这种情况，让他也越来越暴躁。自小就有的双重性情也跟着变得越发频繁，而从前甚至能数月不变。

而不知为何，只要靠近小深，它们就安安静静的了，越近，越安分，甚至是从未有过的舒服，这样惬意地修行……经脉如河源，那搅动着狂浪的水源沉静无波地等待他调理。

宗内旁的弟子修行水法，也有请水族来助力、参详的，龙族血脉越浓，带来的帮助越大，可也从未听说有这样的情况。亦不见其他弟子像他这样忍不住跟着小深。

不过，商积羽的道法不同于他人，倒也不能随意比较。他这头一个如此修行的人，只能是摸着石头过河了，即使不明白原理，只要知道小深是他的就行。

"多近？"小深问道。他也不在意原因，以前那些水族也喜欢待在他旁边啊。还行，可以接受。

商积羽道："自然是越近越好。"

"懂了！"小深恍然大悟道，"你是说……让我盘你？"

商积羽听闻此言，瞪大了眼睛。

小深这说人话的水平实在不怎么样，应该说"靠"，哪怕"缠"也好。他抑扬顿挫地道："可以是可以，但我只盘着他，不想盘你！"

商积羽约莫明白小深的意思，也听出来小深说的"他"是谁，无非是另一个自己，沉沉地道："为什么？"

因为"他"没有这样的戾气吗，叫人畏惧的戾气。

小深哼道："因为你没有他好看。"

商积羽险些失笑，同一张脸，还能分出高低来吗？他的眼睛一眯，无端就多了几分压迫感，问："还记得你有求于我吗？"

小深道："那又怎么样，大不了换个人！不就是慢一点点，宗主不能替我解吗？还说你们羽陵宗的人博学，会解的人应该多了去了。"

商积羽好似很无辜地道："可他们都打不过我啊。"

不愧是方寸的后代，够无耻。但小深哪里肯服输，很快道："我相信'他'肯定会帮我的，不用你！"

即使只是一面，小深也很相信那个商积羽，而且从第一眼，就将他们分得很清楚，和旁人一概论之不同，小深几乎是将他们视作不同的人。

商积羽竟有种哭笑不得之感，轻声道："我就是他呀。"

小深看商积羽，一样的外貌，可怎么看怎么不对味，气呼呼地说："才不是，他可没你'有本事'，蛟都不肯骑。"

还想骑龙，呸！

商积羽陷入沉默，再联想起小深之前说的"盘"，好像忽然明白了什么。

所以……少年是蛟？

商积羽和小深盘膝榻上,他手触银环,为小深解禁。这驭灵环看上去普通,却耗费大量精力,看来小深可能真的是蛟。蛟属已经是世上血脉最接近龙的水族了,也出了威名赫赫的修者。小深孤身流落在外,也不知究竟为何。

商积羽的师父不但能打,亦是炼器大师,他身为弟子,岂有不通之理。灵气流转探查,手法虽然陌生,但好歹找到头绪,有了些许进展。

日落月升,不得不停下来了。

"今日先到这里。"商积羽眉眼淡漠,不知不觉中已换了一个性格。

到了夜里,就该颠倒一下,由小深来助他了。虽说这样延长了至少一半以上时间,可仍比其他人来解要快上很多了。

小深心中暗喜,小心翼翼打理着失而复得的那一点点灵力,而且脚也不软了,他很满意。

"我喜欢躺着盘。"小深说道。

商积羽:"……"

应该是想多了,小深不了解人族语言。话在他嘴里总是失了几分本味。

商积羽的神色间有些迟疑,这件事并非他索要来的……是他也不是他。

小深见他不语,问:"盘不盘?不盘我……"就去外面溜达一下,看能不能找到他的水的下落。

小深原本和商积羽面对面盘膝而坐,手撑榻正要起身,一只温玉般的手竟悄无声息拉住他,叫他一头撞到栏杆上。

商积羽垂眸,他方才完全是下意识的,就像见到小深后,紧紧攥着他。口是心非,他自然是需要小深的。

商积羽叹息一声:"哎……就坐着吧。"

坐着多不舒服?但小深还是愿意满足这个自己比较喜欢的商积羽。他调整了一下姿势,又觉得其实坐着也不错,于是屈起赤着的双足,整条龙缩在肃然端坐的商积羽身边。

鸿濛殿中。

谢枯荣歪坐在椅子上，掌管宗内一应事务的执事们分列其下，有执事道："宗主，前日选的主翰，才进书林就被赶出来了。"

"又被赶出来了？"谢枯荣只觉得头又要疼起来了。

羽陵宗书林藏书如海，道法秘籍万千，也需人管理，称之为主翰。凡任主翰者，必须精通文墨，知识广博，修为也不可能太低。

上一任主翰三年前陨落了，他们便着手选新的主翰，只是，主翰这个职务有些特别，不是想选谁就选谁的，连谢枯荣也不能一人决定。

这都陆续选送了十来个人，都没能成功做成主翰。诸位执事也都觉得无语，照例，各自又拟了几个名字交给谢枯荣。只得如此了，再挑拣挑拣，不知何时能成功。

"难道我羽陵宗满宗门还选不出一个主翰了。"谢枯荣闷声道，那岂不是可笑。

一位执事道："说到这个，宗主，听陈确说，您昨日出山带回来一个灵力低微的水族，而且这水族还不识字？"

陈确是专管常住事务的，一应人员流动，无论门内编外，他都监察，记录在册，此事谢枯荣的确让道弥报给他知晓了。

谢枯荣："……"

他就知道，会广为流传。

羽陵宗进了个文盲，不是什么天崩地裂的大事，但足以叫大家津津乐道一阵子了，毕竟是头一遭。

其他尚未听说的执事也惊讶起来。

"什么？不识字？为什么会不识字？"

"这……这是上哪儿找来的！"

"你说的这个小深，到底有多没文化……"

大家都好奇，谢枯荣为什么会带回来一个文盲，关注点竟是都集中在这上头了，连灵力低微都顾不上，好似这件事比什么主翰人选要更吸引人。

谢枯荣也不好说出祖师遗命，再则，祖师也未让他把小深带回来啊。他含糊地道："多大点儿事，已经叫道弥教小深识字了！"

碧峤峰。

一夜过去，商积羽仍是整整齐齐一个，在他旁边，则是七手八脚缠着被褥的小深，龙盘虎踞嘛。

数百年，商积羽也未同人如此亲近，少年是头一个。

夜里未点灯，一室黑暗，商积羽又闭着眼，失去了视觉，但他能嗅到少年身上淡淡的水汽，湿润微甜，在脑海中留下更深刻的印记。少年的呼吸，就像潮汐一样，缓和有规律，让他体内的灵力平静乖顺起来。

小深睁开眼，看到板板正正的商积羽，立刻明白还是那一个，笑嘻嘻地道："可以起来啦？"

商积羽虚扶着小深坐起来，松开手时淡淡的怅然若失袭上心头，道："是的。"

"我和道弥约好了，今天去识字。"小深对商积羽说，"还是去昨日落舟那里等他？"

商积羽道："你说绾龙台？不错。"

小深："……"

商积羽看他欲言又止，无奈地道："从前叫寸斜台，是他改的。"

这个"他"，指的自然是商积羽的另一面。

再给你记上一笔……果然不是好人。

小深郁闷地道："算了，我走了。"他转身往外走了几步，忽觉不对，脚步声似有重叠，回头一看，见商积羽竟跟着走出来，顿时欣喜地道，"你也去看书吗？"

商积羽看他喜形于色，微愣，随即一笑道："不去……你早些回来。"

他只是不知不觉又跟着小深了，甚至说完后，才发现自己还说了句如此亲近的话。只是小深全然没发觉，大概他对人言本来也不敏感。

"知道！我就去应付一下！"什么识字不识字的，当然是解开禁制和找水重要，小深压根儿没把认字当回事儿，糊弄一下罢了。

道弥如约乘着小舟来接小深，只见他又换了一身衣裳，这次是师叔祖的穿衣风格，但那玉带还是原来那一根，而且健步如飞，和之前的软脚模样大不相同。看来他的灵力虽然低微，气力倒是不再那么虚了。想小深哥刚出现时，身上只一件破衣烂衫和这玉带，恐怕这就是他全身上下唯一的私物了。

书林并不在山上，而是在一大片浮空的平地上，其上有巍峨建筑，牌匾上写着几个铁画银钩的大字……不过小深不认识。周围离垢河环绕，平平看去，真是浮岛一般。

"这是不动地。"道弥介绍，这里停了许多小舟，无论何时，羽陵宗和书林总是最热闹的。

道弥在羽陵宗长大，对这里再熟悉不过了，道："当年方寸祖师东游，到达羽陵，遇到鬼修长恩正在曝书，文山书海，卷帙浩繁……"

小深打断他："卷什么？"

道弥解释道："就是书籍册页浩大而繁多。"

"哦，"小深嫌弃地道，"你说书挺多就够了。"

道弥很委屈。啊，小深哥的知识就和他的口袋一样贫瘠。道弥也不是故意的，很多词对他来说，就是日常用的，他也没法儿具体想象小深有多无知啊。对羽陵宗的人来说，认识一个成语是文盲，认识一百个成语也是文盲，差不多。

道弥改口道："那书多得像海一样，祖师惊异长恩一片爱书之情，宁愿被烈日灼烧，也要晒书，于是留下助他晒书，整理藏书。

"后长恩飞升，据说成了司书之神，那些书也都留给了祖师。其中不但有人间学问,更有长生大道。真人阅尽藏书后顿悟,羽陵讲道,成五千年绝学!

"听道者纷纷拜入门墙,就此开宗立派,指地为名,是为羽陵宗。羽陵传人也莫不爱书,当年修书林放藏书,后来也会不断加入新书,无论是人间经典,还是道法典籍。这里,就是人间最全的藏书之地。越往里,内容就越高深。"

道弥将小深带进书林第一层,这里极为安静,但在层层书架间有起码数百人,或穿梭其间,或静坐阅读。

道弥的声音也放小了一点儿:"这里有本门弟子,也有外派来求学的,不看令牌难以分辨,不过咱们本门弟子爱穿白色。现在人还算少的,主要是管理书林的主翰职务空悬,深处一些地方,没主翰的允许不让进,有些典籍也必须是师长和主翰都点头才能出借……反正,主翰不在挺麻烦的!谁也没想到,会悬置三年呀。"

再多的,道弥就没细说了,反正文盲小深哥一时半会儿也用不上。他哪知道,他这嘴一天到晚叽叽地不停,小深听到白衣那里就没听进去了……

小深心说,都没有商积羽穿得好看。

果然是人间最全的藏书之地,连小儿学字的入门级书籍都有,道弥翻找了一本,寻了个角落坐下,道:"小深前辈,现在我教你认字。先认你的名字吧。"

"深,从水。"桌上自有任意取用的笔墨,道弥提笔写了个"深"字。

"好,我记住了!"小深看了一眼。

"那咱们再从基本的学起,天地人……"道弥总觉得小深哥的态度有点儿敷衍。

小深本想说今天就够了,忽然想起什么,又道:"等等,你先教我两个字。"他摸起一支笔,敲了敲桌面,深沉地道,"'还债'二字怎么写?"

道弥觉得奇怪，干吗学这俩字，但还是提笔写下。

小深如获至宝，说道："今天有些乏了，就到这里吧，回去了。"

道弥道："这不好吧?！"

果然不是错觉，小深哥非常敷衍。

小深站起来，说："有什么不好的，我看到字儿就头晕得很——"

他忽然住口，好像看到什么黑点从书架间闪过，定睛细看又没有了，甚是奇怪。到底是什么玩意儿，小深想什么就做什么，扒拉着书架，就要爬上去看。

"这是在做什么，有这样拿书的吗？"一道陌生的声音自身后响起。

小深回头低眼一看，是个白衣少年，凤目斜飞，好奇地看过来。

"是玄梧子师兄啊。"道弥打了声招呼。

这位玄梧子师兄随意"嗯"了一声，只对小深道："你，下来。"

小深也不再看黑点了，跳下了书架。

这么一跳下来，身形也显得更娇小了，玄梧子这才看清楚他的脸，低头道："你不会就是昨日宗主带回来的小妖吧，倒是活泼……"

小深瞥他一眼，察觉到语气中的逗弄，高傲地转开头。虽然不太能听懂人话，但别以为他不知道，这就是以前他逼乌龟跳舞时的语气。

"不理我？哼哼。"玄梧子也是羽陵的杰出人才了，只可惜不太高，所以见到娇小的小深，话更多了，"爬上去找什么书？下来我帮你拿。"

少年柔弱无力，灵力又低微，怕是拿上头的书都不方便。虽说是要帮忙，但怎么听都带着戏谑。

"师兄今天这么热心？拿不到书也不干你的事吧……"玄梧子平日甚是倨傲，道弥和他关系可谈不上好，这时他坚决站在小深哥这边，凉凉地道。

"怎么不干我的事？"玄梧子闲闲道，"这主翰在选，我也是候选之一，已报给宗主了。说不定，以后这里每本书……都干我的事。"

道弥的心里一惊。玄梧子的年纪也没多大，已是第五境听雷境，到这一境，可以开始精练各位法术了，因为还要度雷劫，所以才叫听雷。玄梧子是个中佼佼者，又有过目不忘之能，以这般年纪，入选名单，不管当没当上，都已经是很大的认可了，所以玄梧子才这么得意地说出来。

但道弥是几代都在羽陵长大的土著，即便是外门，也自有些傲气，嘴里还是不服输地"哼"了一声，但也没那么不客气了。

没想到还有比道弥还浑不吝的人。小深骄傲地道："那又怎么样，我不识字！"

哪本书他都不借！

玄梧子也被小深这个自豪的表情和震撼的话语惊住了，问："你说什么，你不识字？"

他这时才去注意，桌上的确写着"天、地、人"之类简单的字，顿时倒吸一口凉气——是文盲！是羽陵地区罕见的文盲！

玄梧子喃喃道："我还从未见过不识字的人……你多大了？怎么不识字？"他越看越觉得稀奇，恨不得好好研究一下，如何不识字还能进来的。

"玄梧子师兄！"道弥语重心长地道，"你就不要母鸡孵小鸭了！"

还揪着这个问题不放了，就算小深哥不觉得羞赧，但他这个负责给小深哥扫盲的人压力也相当大啊。

小深真情实感地追问："什么意思？"

道弥道："多管闲事！"

小深感受了一下人族语言的奥妙，哈哈大笑起来。

玄梧子："……"

道弥这德行他是早见过的，但这个小水族……追问的语气真诚得不得了，两个人一唱一和，配合得天衣无缝，三分气人，被小深衬托出了十二分！就是玄梧子误会他们了，也是无心插柳柳成荫。

不过玄梧子气急反而失笑，觉得若和他们相争，显得自己欺凌弱小，这俩一个才过第三境玄关境，另一个更惨，不知道到没到第二境涤初境。

他重新端起架子来，骄傲地道："那好好学，总有'干你事'的一天，待你多看几本书便知道了。欲知万载事，全赖古人书！"说罢，潇洒地拂袖而去。

玄梧子走得也没太远，还能隐约听到那小水族不但没被他帅到，反而在说："胡说八道，这人真没文化！"

一万年前他还能不知道什么样吗，看什么书！

玄梧子气急……不行，忍住！真名士不能回头看吵架！

玄梧子走了没多久，小深没学几个字，随意找了个借口，嚷着学人族文字有可能和玄梧子一样讨人厌，拿着写着"还债"的纸就往外跑。

道弥叫苦，本来他只要打打杂就行，谁叫小深哥不识字，为了羽陵宗的名声，他必须把小深哥教会，否则没法儿和宗主交代，没想到小深哥居然还不配合，任务一下变重了。

小深跳到小舟上，小舟无风自动，道："不学了，不学了，别来找我了！"

道弥连忙喊："不行！你快回来！"

玄梧子正在另一只小舟上，本已漂出去一段距离，见状高声道："道弥，师兄来助你。"

哈？没想到机会来得这么快，非要趁机吓唬吓唬这不知天高地厚的小妖不可。

道弥哪能看不出来，恼道："干你何事！"

他把法器祭出来，他的法器是自己的羽毛，他恳求长辈帮他祭炼的。

玄梧子怎会怕，他们境界可差着好几层呢，但也故意祭出自己的法器，是一柄法尺，莹润如玉，见风就长。这白海砂做的法尺，乃他最近的新宠，有事没事都要拿出来炫一炫。

但道弥见了就知道，这质地看着温润如玉，实际上是玄梧子前些年在宗内小比胜了，宗主赐他的珍宝。此物出自深海，坚硬无匹，也正因唯独深海有，甚是难得，据说上古龙族都用来筑巢，足见其珍稀、厉害之处，当时可是羡煞旁人。如此宝物，花了玄梧子几年时间，终于将其炼化成法器了，因为太难炼，也没做什么花哨的外形，直直方方的一根。

玄梧子并指一挥，法尺就飞起来，悬在上空，他对小深道："逃学可不好，师兄今日就教教你做人。"

小深问："我干吗做人？"

玄梧子也自觉有误，讪讪一笑，索性不说了，法尺疾飞向小深。他几乎可以想象，法尺单这么疾飞至小妖眼前，再疾停下来，乍起乍落，就能让小妖双腿无力地坐下来……不是夸张，要是寻常低微修者，单是这法尺的气势，就能吓得他们道心狂抖了。

小深眼见一物飞过来，下意识地抬起手来挡了一下。

玄梧子没想到他气性如此之大，不避反而伸手，脸色一变，迅速收回法尺。可小深速度也不慢，柔嫩的拳头已碰到法尺，法尺上便自接触那一点丝丝缕缕向四周绽开了蛛网般的裂痕！

道弥和玄梧子都被眼前的景象震慑，在原地惊呆了。

玄梧子收回法尺，上头更是掉下几粒碎屑，昭示着再晚一点儿它就要粉身碎骨……匪夷所思，娇弱可人的小深，用白嫩的手，把他的法尺捶裂了。

为何说龙族不爱谈境界，也不便谈境界呢？

境界是人族定的，哪一境炼心，哪一境炼体。可是龙族，生来便有巨力，龙鳞之坚，更是世所罕见。小深只是被束缚了灵力，龙身还在，别看修为低得只剩一二境，但跨境打砸个法宝还不跟玩儿似的，这属于天赋……别说抬手了，就是站在这儿让玄梧子砸，也磕不破小深的龙鳞啊。

玄梧子恨得捶胸顿足，难怪修为如此低微又不识字，宗主也会带回来啊！肉身竟是如此强悍！到底是个啥，有壳，绝对是有壳的！

此刻，一道流光自山边袭来。能在这周遭飞行的，地位都不一般。玄梧子向上看去——白衣青年负手悬于空中，猎猎风中，墨发飞舞。实在巧，也是擅长跨境斗殴之人，只是这位是成名以来，以逆天跨境杀死为祸人间的修者创下赫赫凶名的小师叔祖商积羽。玄梧子因为惊讶商积羽的出现，都没那么心痛了……

商积羽面无表情地看过来，问："何事？"

道弥的下巴都要惊掉了，他刚才一急，大着胆子传音给了宗主和师叔祖……不想师叔祖竟真来了，还来得如此快，转瞬即至。

小深则指着玄梧子道："他拿东西打我！"

抱着法尺的玄梧子："……"

鸿濛殿中。

"呜呜呜……我就吓唬吓唬他，他就把我的法尺打碎了……"

玄梧子蹲在大殿里哭，哭声震天响，怀里还抱着布满裂痕的法尺，恐惧和委屈占据了他的心。

小深站在旁边振振有词地道："我没有，是他拿东西打我，我挡了一下。"他和旁边的商积羽对视了一眼，见商积羽微微颔首，像在支持他，又对商积羽道，"这人真讨厌！"

玄梧子的哭声陡然变大。是，只挡了一下，把他的白海砂法尺都捶裂了……

谢枯荣面无表情地道："然后呢？"

这件事的结果，在他看来，也是意料之外，情理之中。小深看起来虽然娇小，修为又被压制住，但是……唉，傻孩子，和龟族较什么劲……

玄梧子哭得快厥过去了，几次开口都不敢说话，看了商积羽好几眼，才泪汪汪地说："然后师叔祖拿剑刺我……"

商积羽淡淡地道："我就吓唬吓唬他。"

正是刚才玄梧子说过的话，听起来好像很公平……当然，也只是听起来而已。

玄梧子没声儿了，又回想到当时师叔祖那一剑，如山如海，呼啸而来，那一瞬间他根本兴不起任何反抗的念头！他茫然呆视，像被禁锢住一般难以动弹，甚至有种立刻死了才轻松的想法。

但最后，那一剑也只是停在他面前，连一根毫毛也没伤到……就如师叔祖说的，吓唬吓唬他罢了。

可他自知方才道心动摇了，脸色煞白，虽说差一境已是天差地别，但这是在昔日与境界高于他的修者斗法时都未出现过的。到这时，他才知道自己的浅薄，经历得太少。

而且就是这么一吓唬，宗主也不得不立刻赶来了。询问之下，他才知道小师叔动剑就是因为刚才道弥传讯之事。

这种弟子之间连争勇斗狠都算不上、顶多因为牵扯进一件法宝稍微可多说几句的小事，一年也不知道要发生多少起，还是头一次动用这么大的阵仗来解决。

"你还不多谢师叔祖？"谢枯荣摇摇头说道。

商积羽境界还低时，道法剑术已是无双，就靠两口剑，跨境将修者斩于剑下，如今只出了一剑"吓唬吓唬"，玄梧子该庆幸今天师叔祖没那么大戾气了。

玄梧子想到师叔祖那些事迹，以往听着还觉得解气，反正不是发生在自己身上，此时再想起，又尽是后怕了，含泪给商积羽行礼，道："多谢师叔祖手下留情……"

说到底，他既没想到小深壳那么硬，也没想到师叔祖是小深的靠山，师叔祖什么时候收过从属啊。

谢枯荣又看他那法器，教训道："炼器不如炼心，今日之事，也好叫你明白，还不回去修炼！法器自己补补！还有，你知道什么该说，什么不该说。"

比如商积羽出手打小孩儿的事就不宜声张，否则定会人心惶惶，流言四起。

"是。"玄梧子也回过味来。

唉，这法器炼了有何用，也就在小深面前还能掏出来，若是在师叔祖面前,他连动手的勇气也没有。再补也不知道要补多久,惨。

玄梧子走了,谢枯荣才看着商积羽,无奈地道:"师叔,往后若是这样的小事,您还是不要出面了……至少不要动剑了吧。您在宗门内出鞘,若非只用了一柄剑,好些人差点儿以为有外敌入侵了。"

说句不好听的,杀鸡焉用宰牛刀。没看到鸡胆子都要吓破了嘛!谢枯荣对外宣称小师叔在试剑,也无人把这件事和玄梧子联系上,毕竟二者的修为差得太远,寻常也没人觉得商积羽的剑出鞘竟是为了吓唬一个小孩儿。

道弥也鼓起勇气承认错误:"都怪我,不该冲动之下,胡乱报信。"

商积羽眼睫一闪动,却道:"但是小深身有禁制,又体弱,需要照顾。"

谢枯荣觉得小师叔在睁眼说瞎话,放在今天前他还可以认可,但现在?到底哪里体弱了,把人家的法器都砸裂了……再看小深,竟然一脸的认可。

"那也尽量交给道弥照顾吧。"谢枯荣艰难地道。

唉,不过今日后,谁想惹小深也要掂量掂量自己的法器了。

"小深哥,没想到你那么厉害,玄梧子以前特别狂,这回可是吊死鬼抹脖子,挂不住脸了。"

出了鸿濛殿,道弥这才找到机会,称赞一句小深。没想到小深哥根本不是章鱼啊。

"这算什么啊,"小深并不引以为傲,他只是随意一挡嘛,实话实说,"商积羽的剑才好看,你也看到了,真是……"

他当时都看得呆了。

商积羽的剑身亦寒气逼人,带着古拙粗朴的纹理,小深不知道别人怎么看,但他于剑意中如见潮汐涨落。剑势带着一往无前的张狂,一剑有千丈狂潮之势。但停在玄梧子面前那一收势同样干净利索,果断得唯独空气中残余的令人战栗的剑气,才能证明刚才他的确刺出过那一剑。

不过最后小深也只憋出来了三个字："漂亮哦！"

因为夸得太用力，末尾都带出了龙吟。

道弥："……"

商积羽："……"

"这么说来，也不知道那个什么余照的剑如何？"小深忽然想到这个人，毕竟商积羽号称是余照之后，千古一人。

道弥哪敢在商积羽面前评余照祖师的剑啊，干笑两声，岔开话题："师叔祖的双剑天下闻名呢，今日还只见了其中一剑，您可以聊聊另外一剑啊，我先去给宗主打扫卫生了……"他找个借口就跑了，免得城门失火，殃及池鱼。

商积羽看上去倒是不在意的，语气淡淡地道："余照祖师千年前已陨落，你若想看他的剑意，倒可去金阙玉关看看，留有些许残余。"

金阙，就是入宗时外头那两座阙楼，玉关，指的便是后头两座万仞山峰，全称是仙人斩玉关。仙人指的其实就是余照，两山原是一座，由他一剑断开。

"陨落？"小深奇道，"听道弥那么吹，我还以为早飞升了呢。"

商积羽摇头道："千载前，余照祖师与外道斗法，同归于尽，双双陨落。"

"可惜了。"小深晃晃头，"不过还好余照像你，我看你本尊就行了。"

商积羽清冷的脸上浮出一丝古怪，问："他像我？"

虽说商积羽清楚他们谁也不像谁，但从来世人都说他像余照，还从未有人说余照像他。

"当然了，我先认识的你啊。还有那个谁也像你！再看到谁也像你！"小深理所当然、乱七八糟地道。

那个谁，指的当然是另一个商积羽了。

商积羽略低头，但唇角的确现出浅浅的笑意，恐怕连自己也未察觉。

小深看了他一眼，迷迷糊糊间，想到的却是无关紧要的事——

万载之前有个普通的夜晚，他还是条极细龙时，天穹之西，浓云的裂缝里，新月的光辉丝丝缕缕地倾泻下来，让广阔的水面闪烁起光影，在遥远的海岸延伸，一切都披上了朦胧清凉的色调，甚至是他的龙鳞。

第二章 天选主翰

　　玄梧子的法器裂了,还被叫去宗主那里教育,删减版的事情经过很快流传开。即使不带上商积羽的名字,也叫小深的名字在羽陵宗一下响亮起来了,见过小深的,都要感慨一句:出乎意料,人不可貌相,这么娇小可爱,居然(很可能)是只龟……

　　人族和妖族就是不同,人族虽然天生道体,但妖族,有的可能修为低微,却多少有保命的本事啊。

　　像小深,修为也许低微,身体却强悍得要命,怕不是珍稀龟族,所以才被宗主带回来。当然,最绝的还是,据可靠消息,这小深还是个文盲!大字不识的那种!如此一来,小深后头再去书林,就难免引来围观了。

　　其实小深不想再去学字的,但是道弥苦求他,现在全宗都知道他的存在了,说不定很快全修界也要传遍了,毕竟宗内那么多外人,扫盲进度举世瞩目。再怎么样,至少也要把宗门各处的地名认全吧……

　　小深一想也是,他的水还不知道在哪儿,要暗中探查一番才是,不认得标志容易迷路吧，遂勉强就学。

因为太多人围观，道弥还特意找了个无人的角落。

"金木水火土……"小深心不在焉地跟着道弥念，忽而又觉被窥伺。

上次他来书林，就好似看到什么东西了，只是没逮住，后来又和玄梧子吵起来了。这次竟然又来，到底是什么精怪，这地方好奇怪啊。

小深假装认真看书，抓准时机，猛然一跳起来！只见和他双目齐平的书架上，竟坐着一个巴掌大的水墨小人。

小人浑身漆黑莹润如墨，唯独一丝不苟绾成发髻的长发是白色，身着道袍，背着一柄小剑，衣角随风轻摆时，竟会如浓墨入水一般氤氲开……

水墨小人虽又小又黑，倒还看得清五官，眉飞入鬓，目如寒星，他背靠书脊，和小深对视了一眼，索性也不躲起来了。

"这是什么？"小深奇道。龙族也有珍奇万千，但他从未见过这个。

道弥看了一眼，说："这个啊，这是当年长恩祖晒书、飞升之地，因此有遗泽。在书林，普天之下，也只有在书林，凡名篇真迹，文气会化为墨精，修水墨形，似怪似精。"

道弥说着，就见小深要去摸那墨精，急道："等等！不能摸！"

文盲不能摸墨精！

这些墨精高傲得很，水平稍微低一些，它们都不拿正眼看你，就像那些想做主翰的人，不被它们认可，它们还要打人，个头小脾气大啊！小深前辈现在连灵力也没有，要被墨精打了，万一，万一墨精的手也和白海砂一样裂了怎么办，这可是羽陵保护生物。

要是让小深知道他在想什么，肯定会说，墨精可有很多只，世上的龙只他一条！

而让道弥震撼的是，小深手指头才触到那墨精，墨精的两只小黑手就抱住小深的指头，腿一钩，爬到他手掌上去了，坐在小深的掌心。

道弥像被雷劈了，多少饱学之士来书林，这些眼高于顶的墨精顶天也就鞠个躬，现在竟会爬到小深手上去……他忍不住摸了摸自己的额头，怕不是烧糊涂了。

小深奇怪地看了激动的道弥一眼，托着墨精思考道："这么说，这是你们羽陵的土特产？"

"土特产"这个词令道弥疯了，他还没听过有人这么称呼墨精。

这是羽陵宗的异宝啊！不是每个大佬的飞升之处，都会有这样的异象的！外头有门派想拿奇珍异宝来换、来租、来借羽陵宗都从来不同意……

但是更重要的，这平时拿鼻子看学识一般者的墨精居然和小深亲密至此。被叫作土特产，都没有打人，虽说抱着臂，不像是欢喜的样子……

道弥忽然听到什么窸窸窣窣的声音，抬头看去，高大的书架，密密麻麻的藏书之间，不知何时许多小小的黑点探出来看着此处。他呆滞地想，他们好像被墨精围观了。

小深探头去看其他墨精，一个个的也都是穿着道袍，长得竟是各不相同。奇怪的是，再无一个和他手上这只一样背了剑。

"怎么只他有剑呢？"小深问道。

道弥木然地解释："他是从余照祖师的遗作中所化，余照祖师是绝世剑仙，文中亦有剑意。大概因此他才背了一柄剑，好认，全书林的墨精里只他有剑。"

"这样啊，他看着很喜欢我。"小深观察了一下，笃定地道。

小深心想：不过这不奇怪，我在海里更受欢迎！大家都喜欢我！

道弥忽然抖了一下，他想到虽说没人给小深前辈任职，但以往能够如此受墨精青睐的，都是书林主翰……这也是宗门内，唯一不完全由宗主任命的职务。主翰还需墨精认可。

道弥不可能忘记，羽陵宗的主翰之职，因为墨精闹事，来一个赶出去一个，已经悬空三年了。

鸿濛殿。

"谁？"谢枯荣表情空洞地道，"你说谁？"

道弥道："就是，小深哥，您从外头带回来的那个龟……呃，少年。"经过玄梧子一事，他哪还能不知道自己猜错了，小深压根儿不是什么章鱼。而那件足以震惊全羽陵的事情发生后，他也不敢耽搁，立刻来回报了，正赶上宗主在议事。

"宗主。"执事们齐齐看着谢枯荣，现在这个小深，他们是不得不见一面了。

谢枯荣的脑子也很空，他在想有什么办法能够让一个文盲一夜之间成为大儒，难道长恩老祖显灵了，慌张地道："他来了吗？你叫他进来。"

小深就在殿外，很快进来了。而且不只小深，那余照文中所化的负剑墨精竟也跟着来了！

通常墨精只喜欢待在书林，它们的活动不被限制，但很少有人看到它们出现在羽陵其他地方。

殿内所有人看着少年头顶坐着一水墨小人，背负一剑，指尖、衣角皆在活动中氤氲，聚了又散……见到他们，水墨小人更是用手指了好几下小深，似是迫不及待地告诉他们：这个主翰我认可！

殿内一片死寂，这是他们的下一任主翰？你知道主翰多重要吗？

他们还未见识过小深的具体水平，此时全都颤抖起来，对小深到底能有多"文盲"，还没有谢枯荣那样的概念。一些天真的执事甚至抱着希望，会不会是藏拙啊，也有一些年轻人喜欢扮猪吃老虎。

对对对，一定是这样。

某位执事试探着道："历任书林主翰非有卓绝之能，直谅多闻……"

小深打断他："你别说成语，听不懂。"

完了！比大家想的要文盲多了！这一刻，绝望的情绪在蔓延。

"虽然墨精认可了……但主翰怎能这样轻率定下呢。"执事绞尽脑汁想办法反对，反正他是不赞成的，"再说，小深毕竟刚刚入宗，甚至还只是外门妖族，主翰从来都是羽陵正式弟子担任的。"他越说越流畅了，不错，正是这样。

主翰也是执事之一，谁坐上这个位置不是花了上百年时间啊。小深才来了几日？

另一名执事想得则更多："不对，墨精怎会选无才之人做主翰，这里头恐怕还另有原因。宗主，您说呢？"

这个猜测也是正常的，修界的奇遇向来是不少的。尤其他们羽陵宗，光是从小捡到上古法宝的就有十好几号……

这墨精虽然是羽陵特产，但正因它们从不轻易踏出羽陵，说不定有些隐藏习性，大家都不知道呢。

谢枯荣沉默，他倒是有猜测，小深是祖师命我救下来的，和羽陵宗关系匪浅，资历又怎能寻常视之，说不定被墨精认可，也与祖师有关呢……不过这也都是猜想，眼下的事实就是小深还不识字，修为也未恢复，主翰不是那么好做的啊。真是难办。

小深无所谓地道："你们聊好了吗？其实我不想做什么主翰。"

这不是给他多找事儿嘛，他悄悄看这些人，再说了，做主翰有什么意思，以后你们都叫我殿下……会成语了不起吗？他记住这几个啰唆鬼了，以后要你们每天写一篇歌颂本龙的文章。

谢枯荣忽然想到什么，对小深头上的墨精道："你觉得呢？"

其他人亦是想，对了，我们讨论这么多，最后还是要看墨精的意见，难道他们说不可以就不可以了吗？要是这样，书林主翰就不会悬置三年了。

负剑墨精有了反应，他从小深头顶站起来，两手抱臂，严肃地看着大家。

谢枯荣问："你们就认准了小深？不可另选了？"

负剑墨精端坐在小深头上，严肃地点头。

众人叹息，怎么会这样……还就认准了小深。

执事气闷地道："反正……反正我还是不服！我认为，至少要在他认完字之后再接任,就算主翰再空悬几年,也理应如此。否则就是上任,他也担当不起。"

怎么,墨精可以莫名其妙地选小深,他就不可以无缘无故地抗议吗?何况他也不是无缘无故。

"谁不服?"

一道让大家有点儿头皮发麻的声音响起,转头一看,正是商积羽踏入鸿濛殿。

商积羽白衣如雪,语气却恐怖得很:"陈确长进这么快?就修得不伏境了?"

陈确,也就是那很不服的执事,一下泄了气,羞愧地拱手见礼道:"没,没,师叔。"

"那方才是在吹牛?"商积羽这就明显是找碴儿了。

陈确面红如血,吭哧吭哧地道:"不,不敢。"

他疯了,他怎么知道商积羽会突然出现,还抓着他嘲讽啊,好莫名其妙,倒霉。

"师叔容禀,我们只是在讨论悬置三年的书林主翰一职,墨精选中这刚入外门的妖族少年,我觉得不合规矩,且透着古怪。"

"我觉得可以。"商积羽道。

众人:"……"

连谢枯荣也被这轻飘飘的一句话砸晕了,小师叔这么说了,那这几个执事肯定也不敢反驳。别说这样不合规矩了,商积羽其人就是最不规矩的存在……说起来,在墨精之前,是商积羽打破了一直以来的习惯,非要亲自为小深解禁制。

谢枯荣也无心搭理那些疯狂向他使眼色、想询问商积羽到底怎么了的执事,顺势道:"主翰空置三年,弟子们早就抱怨连天了,事急从权,既然有小师叔担保,我看请小深做主翰也无不可。"

诸位执事无语,但谁也不敢出头了。

小深居然有商积羽做靠山，那实在没办法了，没看宗主也顺势把责任甩出去了。可惜啊可惜，主翰每年能分到的天才地宝一应法器也是相当多的，他们都有自己想推上去的人选。

　　修界有句俗语，道是修出来的，仙是堆出来的。哪个宗门的好苗子，不是好东西仔细喂着，才能让他们的修仙途更为坦荡。

　　在商积羽的威慑下，谢枯荣把主翰的令牌交给了小深，又不放心地道："小深，你还是要加紧认字。这主翰历来是宗门弟子的半个老师，你不能辜负这些好学问道的弟子啊。"

　　小深心不在焉地接过令牌，甚至有几分不情愿，他小声对道弥说："真不想做，有这个又不能作威作福。"

　　道弥："……"

　　不是，他怎么觉得小深哥早就挺作威作福了，尤其是告状的时候……

　　出了鸿濛殿，小深看了几眼商积羽，问："怎么是你啊？"

　　唉，不是他喜欢的那一个。

　　这自然而然流露的嫌弃与遗憾……商积羽微微一滞，明明是他特意赶来给少年撑腰……虽然意有所图。

　　"还有，主翰我不想做啊，我不想干活儿。"小深甚至有点儿委屈，再次抱怨，什么时候龙还需要工作了，只有他派活儿给别人。何况那些人还觉得他做不好呢。

　　"你还真是会得寸进尺。"商积羽说道。

　　明明弱得不得了，却有着极其敏锐的嗅觉，仿佛能够笃定他不会伤害自己。他的手触到小深的头发，和一团漆黑之物对上，动作定住了。

　　负剑墨精也回视商积羽，皱了皱鼻子，丁点儿大的五官也露出了反感之色。

　　商积羽看清楚墨精的五官，嫌弃地瞥了一眼。

一大一小，相看两相厌。

对视数息，商积羽漠然弹指，墨精飞了出去，空气中飘过似有似无的细碎声响。

小深怒道："你干吗弹他？"

负剑墨精被弹飞到了一丈之外，身体倒是在半空中稳住了，踩着他的水墨剑，又摇摇晃晃地飞了回来，被小深接住，拢在手里。

商积羽轻哼，倒也没有把小深的手掰开再弹一次墨精，算是忍下来了，问："难道你不想知道，给你下禁制的人是谁？"

小深本来想走的，听见这话，一下子停住了，反问："什么意思？"

他当然想知道！他被红袍人害得那么惨！

"你听说过术效羽陵吗？那人所下的禁制虽然奇巧，但任何术法都不可能凭空而来，一定有迹可循。书林藏书无数，各类流派俱在，更有各类分析对比的文章。你从中搜寻，自然能找到脉络。如此，至少也能推测那人的背景。"商积羽道，"若主翰空悬，有些东西，可是看不到的。"

原来是这样。这么说，书林还真是一个好地方。他睡了一万年，对人间的发展早就不清楚了，可偏就有这样一个地方，以文墨载万年源流——除了小深不识字，其他部分都绝佳。

不过在小深眼里，满羽陵宗都是欠他债的人，他识不识字又有什么关系，这些人识字就行了，可以奴役他们。小深已经开始幻想自己把红袍人给揪出来后的场景了。

"那你有话要对我说吗？"商积羽意味深长地鼓励他。

小深狡猾地道："虽然我可以去找线索，但还是你自作主张叫我当的主翰，所以我才不用道谢。"

商积羽先是嗤笑，随即道："我要的不是谢谢。"

小深头也不抬道："那就更没话说了！"

商积羽一眯眼，换作旁人看到他这杀气十足的样子，早吓得求饶，可小深还是自顾自地低头戳那墨精的肚子，讨人厌的墨精也甚是亲近他，说不定也是因他这蛟属的身份。他心中有什么蠢蠢欲动，按捺不住地把小深的脸抬起来，威胁道："你再想想。"

小深确实是不明白，另外他可还记恨着商积羽呢，于是凶恶地龙啸："不想哦！"

商积羽看到小深的表情，十分眼熟，仔细想了想，不正是指责他看不起蛟时的样子，一时牙痒痒又有些无奈，问："你还真记仇，是吗？"

对那么一件小事也念念不忘。

小深满不在乎地道："对！"

书林主翰小深走马上任的第一天，中午才起床。

其实和小深没关系，他睡了一万多年，根本不大想睡觉了，可是……小深看了看身侧坐着的商积羽，呼吸均匀，今天的调息时间不知不觉就延长了。

负剑墨精踩着他的水墨剑，在床边飞来飞去，若有似无、不明其意的细语响起，节奏快得像是在催促小深。

小深手脚并用地爬下床，刚到床沿，衣角陡然被一只手拉住。小深回头一看，除了商积羽也没别人了，他明明是闭着眼的。在诡异的沉默之后，他默默松开了手，眼睛也仍然未睁开……

即使一言不发，小深也认出这是哪一个了。他总像是无法控制一般，下意识地挽留小深。

小深又坐在原处呆呆地看了商积羽一会儿，才被怒气冲冲飞舞的负剑墨精惊醒。

"走了。"小深跳下来，往外跑。

小深自如地控制着小舟，现在已经不需要道弥特意来接他了，路也记住了。负剑墨精站在小深的肩头，背着剑迎风而立，倒是十分潇洒的模样。

"嗯……虽然都长得不一样，但你们每一个都叫墨精，有点儿不好区分啊。"小深端详着那背着剑的小墨精,思索道,"我给你起个名字吧。"

"你是余照的文意所化,不如叫余意?"小深说道。

墨精点点头,张嘴吐出谁也听不懂的话语,算是认可了这个名字。

远远地已经可以看到书林,墨精踩着剑飞到前头,似是十分兴奋的样子,他对小深挥挥手,可能是让小深快些跟上。

到了不动地,只见这里人头攒动,也不知来了多少弟子。他们已经痴痴等了一上午了,听说书林终于迎来了新的主翰,只是不知为何,上任的第一天迟迟不到。

能做主翰的,无不是才识渊博、修为精湛,这二者里,也很容易出现特立独行的怪才,主翰有点儿怪脾气都属于寻常事。

所以这到底是谁上任了,不知为何这次一点儿消息也没放出来。是嗜酒如命的应元子,因为酒醉才迟到,还是常年不知今夕是何夕的糊涂道人记错了时间?

够得上条件的人真不少,大家一个个地细数。焦急的他们甚至不愿在书林内等待,而是站在外头,眺望何处来舟,寻找那位主翰的身影。

小深悠然乘舟而来,倒也引起了一些人的注意。

看啊,文盲来了!

风头未过,只要扫盲未成功,他就还是大家津津乐道的羽陵唯一文盲。

余意在上空穿梭,小深就跟着他的路线,从人群中穿过去,大家也就是侧目,随即继续眺望远处有没有小舟。

道弥也等了一上午,百无聊赖地坐在门口打盹儿,他中间急得去碧峤峰找了好几次小深哥,但是不见人影,没有师叔祖的允许,他又上不去……现在道弥不敢随便给商积羽传讯,心道小深哥为了逃课,难道要让主翰继续空悬下去吗!总算看到了小深的人影,他又惊又喜,道:"小深哥,你来了,我还以为……"

小深刚想说话,一眼看到人群中眼神躲闪的玄梧子,道:"喂,你,就是你！站住！"

玄梧子也在等主翰，一看到小深，他就想往里头钻，赶紧躲起来，谁知小深眼神这么好，揪住了他。

四周都是人，见小深叫住玄梧子，都好奇地看过来，这俩可是结了怨。

玄梧子也豁出去了，问："干什么？"

小深发现，这是除了有可能找到红袍人身份线索之外，自己找到的第一个做主翰的好处——可以玩弄一下玄梧子啊。

小深叉着腰，道："叫爹！"

玄梧子又气又笑，就算有师叔祖罩着，又捶碎了他的法尺，你厉害，但你也不能这么霸道无理吧，他挺直了腰道："士可杀，不可辱，休想！"

"你敢反抗？这是你们谢……宗主说的。"小深道。

玄梧子震惊道："宗主不可能让我叫你爹！"

小深把主翰令牌掏了出来，道："怎么不可能，我以后是这里的主翰了。"

令牌上除了"主翰"，另有小字，正是那句"得知万载事，全赖古人书"。

与此同时，盘旋了两圈的余意见小深仍无意进去，也已缓缓落在他的头顶……

以小深为中心，声音开始渐渐消失，最后整个不动地都是一片死寂了，所有人都看到了他的主翰令牌。

主翰令牌和其他执事的令牌一样，是用水中金制成，更施加了术法，绝难仿制。非要说是仿制的话，那坐在小深头上的墨精又怎么可能仿制，还是那只负剑墨精。

只是连道弥都有些疑惑，弱弱地道："小深哥，这和叫爹有什么关系。"

"不是你说的吗？"小深疑惑地道，"宗主说从此以后大家得叫我先生,你上次跟我说什么师徒如父子啊。"

道弥汗颜,因为主翰管理藏书秘籍,以往也时常有主翰指点门人学识,都说主翰于大家有半师之谊,都会尊称一声"先生",但这个理解显然……

"小深哥,误会了,这个不一样!"

"咦,不是吗?"

玄梧子则是颤抖着声音道:"怎么可能,我不能接受,这令牌上的字你认得全吗?嗯?"

四周也哄的一下变得无比嘈杂。

现在什么爹不爹的都不重要了,小深大字不识,羽陵宗那么多博闻广记的修者,怎么就都输给他了,墨精瞎了?小深看了看令牌,别说认全,他一个也不认识,立刻道:"我宣布玄梧子没文化,以后不准他借书了!"

玄梧子被小深这强盗逻辑气得不行,愤怒地道:"我没文化?好啊,那我看看有文化的主翰能把书林管成什么样子!"

玄梧子这一番话说得酣畅淋漓,尤其是他身量不高,小深却比他还娇小一点儿,所以说得也格外爽。他甚至拿出自己的书来,打算以后就在这门口看书,看看小深能把书林管成什么样。

现场仍有些嘈杂,早上小深还是全羽陵围观的大文盲,太阳还未落山,他就成了按理说应该是全宗学识最渊博的书林主翰,哪个敢信。刚才还单方面宣布玄梧子没文化……真是太幼稚啦!

道弥眼见一片混乱,他早被吩咐过,这时背后伸出一对黑色翅膀来,拍打了几下,他悬于空中,高声道:"列位!听我说两句!"

下头有人混在人群中喊道:"别听这八哥的,两句话起码说一个时辰。"

道弥要气死了,又没找到是谁说的,气急道:"我会长话短说的!主翰已经悬置三年,相信大家都急着问道对不对!"

这句话一出来，大家倒是安静了。这是重点啊，在羽陵宗，自学是很重要的一条路，和师父一起泡在书林都不算稀奇事。

道弥见他们安分了，又道："小深哥已经被所有的墨精认可，这才被授以重任。我觉得，墨精一定是看到了小深哥的天赋。世有天赋异禀者，大家怎么知道小深哥不会在未来的日子里，学识突飞猛进，成为羽陵第一人呢？那样的话，也是咱们羽陵又一桩佳话吧！"

还真是难说，这年头奇遇太多了，小深都能当上主翰，这个理由反倒有了几分可信度。

大家都晓得道弥是宗主的人，好像也只能接受这个解释了。再觉得不可思议，甚至再不服气，都没法儿改变这个事实，这个职位又作弊不来。道弥说得也对，那就是书林终于又有了主翰，他们又可以借书了！主翰小气是小气，只要别像玄梧子一样……

于是无形之中，玄梧子身边都空了一点儿，可别连累他们了。

玄梧子："……"

道弥弹压住了众人，又道："按照惯例，主翰上任会劝学，不如小深哥来说几句？"

小深低声问："劝学是什么意思？"

想想也是，小深哥自个儿学习都不努力。道弥也小声道："就是勉励大家学习，你……你不知道就随便教育一下吧。"

小深哪知道该说什么，本来想赖掉，忽然想起什么，一点头，他那玉带就分出了一团，慢慢变形，膨胀，松软，飘到他脚下，将他托了起来。

也是这个时候，道弥才发现那根本不是玉带，而是一条云带，看起来很光滑。看来是小深哥炼制的，这倒是有些特别，竟能将云也炼成法器。

小深也感受到了玄梧子的心情，比旁人高了才更有气势啊，他说道："我问你们，做人，最重要的是什么？"

大家细碎地议论几句，给出了各种答案。说什么的都有，有说学识的，这个当然是首选，有说从心而欲的，等等。

"不对，"小深语重心长地道，"是欠债还钱啊！"

众人面露疑色。

小深道："希望你们好好想想这句话。进去吧！"

没头没脑，什么跟什么……大家一拥进了书林，还管他什么欠债还钱的。直到后来，他们才知道主翰为何这样重视品德教育，虽然主翰很不讲究。

小深荣升主翰，另一个无形中升了职的就是道弥了。毕竟，他是肩负给主翰扫盲职责的人……

小深真学起来，还确实挺快的，他本就学过人族语言，只要一一对应记住就是了。道弥甚至和他说，可以开始同步接触一些诗文、了解典故了，每日念一念，背一背，但是小深不大喜欢。

至于主翰的职责，不难啊。小深只和余意说了一声，这些墨精就很热情地帮他做事了，整理、找书，甚至包括测定那些弟子有没有资格看某些术法典籍，想来以后添置新书，也完全可以交给它们。他只需要大摇大摆地坐在那儿，不时用令牌盖个印记，甚至连这一项也可以交给墨精来完成。

来书林的弟子们则是瞠目结舌，在此之前，大家从没见过这些墨精如此殷勤！它们从大儒、名宿修者的纸上而化，秉承文气与灵气，也许因为从不同作品上所化而有些偏差，爱好不同，但有个共同点，就是傲气。

具体表现出来就是会特别挑剔，非常、非常苛刻，借书人的修为和学识一定要配得上这些经典。如今对着一只大字不识的龟，倒是小腿狂抢，马屁拍得飞起。

小深拿着一卷浅显的学字书像模像样地跟着念，旁边一个外门弟子抱着一本厚厚的书过来，这是本工具书，他最近要研读一位上古修者写的修炼心得，有些文法用典不明白。

桌上的几个墨精，则颇为嫌弃地打量这个弟子，似乎对他的学识水平不是特别认可,居然看不懂上次借回去的书。

外门弟子想把书放在桌上,对那负剑墨精道:"墨精啊,劳驾,让开点儿。"

负剑墨精压根儿不理他,这让对方有些吃惊,这墨精平日虽然不大理他们,但不是这么不好说话的啊。

"他叫余意!"小深则不满地道,"什么墨精墨精的,谁理你。"

余意也甚是正经地点点头,他如今有名字了。

外门弟子不知道这墨精有名字,忽然有些害怕以后会不会每个墨精都有名字,得一一记住。

"那个……余意,麻烦让一下。"

余意原是在桌上研墨的,此时把砚台推开,跳上了小深的手,让开了地方。外门弟子这才低头对坐着的小深道:"主……主翰,我想把这个借回去。"

小深说一个字,身体就高一点儿,最后俯视道:"这么厚,你看得懂吗?"

外门弟子看一眼他椅子下缓缓飘起来的云,又看一眼小深拿的入门识字书,深吸一口气,道:"我正在努力学习,主翰。"

"那要加把劲儿,不要辜负了书,长这么厚不容易。"小深教育道。

外门弟子道:"是……"

小深点点头。另有两三个墨精得令,便应声扛着主翰令牌,小跑着爬上厚厚的典籍,合力往书上一砸,书上就有了个闪着淡淡金光的印记,再忙碌地跳下来跑到另一本册子上登记……

小深想,玄梧子到底在拗什么,做主翰也不难嘛。

小深学了一阵,又让那些墨精帮自己把和驭灵环有关的书都拿回来,叫道弥啃。他还不会看,当然是逼道弥看完,还得归纳有用的条目。道弥的脸都绿了,但为了哄小深扫盲,也只能咬牙看。

围观了许久的玄梧子也回过味了,这主翰一职,根本难不倒小深,至少目前，倒霉的只有他。玄梧子先是痛恨那些狗腿的墨精，然后又极其后悔，刚才为什么要放大话。他不想借不到书啊！他还有好多术法想学呢！

玄梧子偷偷溜进来，去纠缠道弥，道："师弟啊……"

放在过去，玄梧子是不会这么叫道弥的，道弥可没有正式入门，叫自己师兄都属于高攀了。

道弥把脸往左转，假装没听到。

玄梧子赶紧凑到左边去，道："师弟！"

道弥想转到右边，玄梧子眼力好啊，已经先预测了他的动作，挪到右边去，诚恳地看着他。

道弥两只眼珠子一个往左上角飞，一个往右下角凑，玄梧子休想和他对视。

没办法了，让道弥帮他说话是不可能的了。玄梧子走向正主，大丈夫能屈能伸……

他喊："小深哥！"

霸王龙怎么可能轻易理会他。

怎么说呢，羽陵宗的人，大多自恃身份，就算小心眼儿，也要好好包装，至少说些冠冕堂皇的话。这位新主翰倒是直白，恨不得把"小深得志"写在脸上。见他来，椅子飘得是越发高不可攀了。

玄梧子仰着头，脖子都快断了。

一个下午还未完，小深就要走了。书林诸人苦苦哀求，你这没道理啊，修真者哪有日出而作、日落而息的，再说你中午才到，一个白天都没待够。过去那些主翰，好些都直接住在书林！原本就是此处的主事人啊，不动地上就有专门给主翰盖的大院子。

可小深每晚都和商积羽有约，无视众人，乘舟跑了。

这时大家才发现，根本没人知道小深住在哪儿，他好像不和刚入宗的新人住在一起。

道弥也觉得学习时间太短了，跟着小深上他的小舟，喋喋不休，希望他明天起早一些。

　　不知不觉就到碧峤峰了，却见前头两只小舟，上头站了几个修士，热情地招手。

　　"那是谁啊？"小深奇怪地看着这些人，好像是在对他们招手，难道是道弥的朋友？

　　他人生地不熟，道弥看清楚了那些修为不俗的修士，先是担心，但很快猜到了原因。

　　果然，小舟再近一些，为首一个高瘦的修士就拱手道："给您道贺了！仙甫恭喜先生入主书林，我们不请自来，是想沾沾喜气。早就听说了，看到先生本人，真是云龙之姿啊！"

　　"呵呵呵，应元子也在此恭贺了！"

　　"立人祝贺主翰……"

　　他们你一言我一言，甚是热闹。连着小深头上的余意也一起夸，本来也是，墨精能跟着小深一起出书林，这是对小深多大的认可啊。

　　谢枯荣糊弄人，说那天商积羽出鞘是试剑，但总有些人是瞒不过也不需要瞒的，自然也知道小深住在碧峤峰，可以在这里等到他。

　　小深本不认识这些人，但听为首之人夸自己云龙之姿，就心头一惊，很快想到自己过于担心了，应该只是这个人族眼力不错，看得出他的威仪！

　　"多谢各位了。"小深笑眯眯地用人族的礼仪还礼，如今做得还挺像样，仿佛真是个主翰的模样。

　　那几个修士没料到效果不错，小深都没计较他们贸然前来，还笑容可掬。他们也是无心的，虽然不知道小深的性情，但是夸水族，就照着龙夸呗……

　　看来小深还是好相处的，他们立刻蠢蠢欲动地道："等了先生许久，不知道能不能上去讨杯水酒喝？"

唉，这就露出目的了，道弥心道。这几个是羽陵宗出了名的酒鬼，尤其为首的孙仙甫师叔，他们这一脉的修者嗜酒如命，还要号称道便在酒中。当初他们坐小舟时，小深所问舟上刻的"天下船载天下客，世间酒酬世间人"一句，就出自这几位的直系师长。

师叔祖的师尊酿得一手好酒，留下的珍藏都给了唯一的弟子。这几个遇到酒，连命都可以舍了，何况是师叔祖的冷脸。师叔祖闭门谢客，他们就像苍蝇一样，时刻等着机会去骚扰。

说到酒，小深也想起来了，头天来碧峤峰，商积羽还说自己有些好酒，可以给他尝，但是后来也没机会。现在遇到这几人，小深倒是又兴起了，道："好啊，那就上去吧！道弥也来！"

没想到如此顺利！孙仙甫狂喜，与同门挤眉弄眼一番，喜悦地跟上了碧峤峰的绾龙台。嘴里更是不住地夸奖小深，从头夸到尾。而且他们知道小深是文盲，机灵得都用大白话。

这马屁拍得小深很是舒爽，跑去找商积羽，说要和人喝酒。

"我同你一道喝吧。"商积羽早知道有人来了。外人上了碧峤峰，商积羽怎会不知道，要没有他默许，这些人也下不了船。

"我不要！"小深看他一眼，轻易就分辨出来这是哪一个，立刻变得不客气起来，"快点儿把酒拿出来，拿出来！"

墨精在他身边像小流星一样踩着剑飞来飞去，就像助威一般。

商积羽懒懒地一挥手，地上已出现数个酒坛，哼道："看你这模样，不知道的还以为本是我欠了你的。"

小深扛起四个酒坛就跑，可不是欠他的嘛，羽陵宗上下全都欠他的。对了，这酒说不定就是用他的水酿的，等同是他的。

商积羽看着小深离去的背影，神色越发阴沉。小深虽然是急着去喝酒，但也像一刻都不想和他多待一般，他心中隐约有些烦闷，再看那讨人厌的负剑墨精追着小深飞，便随手一道剑气把他弹飞了。

墨精飞出去，砸在小深衣领上倒挂着，跟团墨渍似的。

"就是这个，就是这个味道……精酿百年的伏息酒，人间不会神仙药，酿来伏息百愁消！"孙仙甫神魂颠倒，抱着刚打开的酒坛，又好像想起什么，眼睛仍然放在酒上，拱手夸赞小深，"先生真是伟丈夫，天生神力。"

当然，最难得的是在商积羽那小子处面子这么大！

小深也嗅了嗅那味道，能分辨出里头很多还是水，又多了别的味道，变得很烈。酒是人族发明的，小深也见过一些龙族喝，但并不热衷，他没喝过，所以不知道为什么他们兴奋至此。

正在发呆的道弥这才醒悟过来，他刚才净在打量小深哥的房间了，这里是他布置的，一段时间不来，摆设的位置竟丝毫没变，包括铺盖。好奇怪啊，难道小深哥连休息也不用吗……

直到小深回来，道弥才暂时搁下这件事，提醒道："孙师叔，应元子师叔……你们可要量力而行啊！"

就这俩，出了名的好酒，可酒品又不好……

"不会不会！"孙仙甫怕他说得小深改变心意了，"你孙师叔我，可向来都是海量！"一看小深略带迷茫的眼神，又解释道，"我这酒量比海，就叫海量！呵呵，像你没喝过，量小，要慢些喝，不然几杯就倒了。"

小深的眼神瞬间变得跃跃欲试……没有人可以在他面前自称海量，虽然他也是刚学会的这个词。

"来来，祝小深先生这主翰越做越好，心想事成！"应元子在心中默默感慨，这辈子没说过这么没文化的祝酒词，他可还被列为主翰候选之一呢，正儿八经的那种，不是小深这样。说完大家举杯满饮。

"谢谢啊。"小深还没经历过这种人族酒席，颇觉有趣，也不知道要回什么，喝了满满一杯，只觉得酒也就那样吧，难怪在龙族不流行。

道弥陪了几杯酒，就不太行了。这伏息酒本就烈，况且还是百年精酿。可孙仙甫他们几个却是越喝越起劲儿，小深哥竟也跟着一杯接一杯，没事儿人一般。这导致孙仙甫先是劝，后来相当不满，怀疑小深哥利用水族身份作弊，偷偷把酒散了。

小深的一句"你知道海量是什么量吗？"彻底打响了战争，他们好几个对小深一个，一顿豪饮。道弥看得头皮发麻，这一个菜也没有，你们都能喝成这样。

最后小深还稳稳当当，几个酒鬼则喝到神志不清，还说今日真是尽兴，没想到吾道至圣在此处，喝这么多伏息酒脸都不红，告辞了告辞了……说完便手脚并用地往外走。

小深则得意扬扬地抱臂踩着石墩看着他们，心想我果然是他们说的那个什么伟丈夫。

道弥也目瞪口呆，喃喃道："不得了，这真是王八吃西瓜——滚的滚，爬的爬。"

他很快反应过来不对，对小深抱歉地说："对不起小深哥，我无意冒犯！"

小深是不太能听懂人话，但这句的言外之意他还是能听懂的！王家深也就算了，我，王八深？

"你说清楚啊，你向我道歉是什么意思！"小深掐着道弥的脖子道。

道弥倒是想扒开，但是他喝了几杯有些微醺，就是一点儿不醺，小深那力道也不是他能挣开的。

"小深哥……小深哥你冷静一点儿，你干吗？你不是没喝醉吗？我都道歉了，我错了，呜呜！"

道弥害怕了，他不就是一时忘情，说了个拿王八打趣的歇后语。这可还是在碧峤峰，下一步不会就是师叔祖出来主持公道吧！天哪，师叔祖比小深哥还不讲理的啊！

"你说，王八是谁？"小深恶狠狠地道，"别以为我听不出来，你觉得我是王八哦！"

怎么扯到这个来了啊，道弥战战兢兢地道："小深哥，你，你不是龟族吗……"

"我什么时候说过我是龟族?"小深愤怒地道。

可是你的皮明明那么硬……道弥不敢说实话,推诿道:"但是大家都这么说,我也是听人说的!"

小深惊奇地问:"大家?"

方寸老贼!!!小深又要大骂方寸了,羽陵宗真是上梁不正下梁歪,就是因为有方寸这种偷水的祖师爷,才会有这些乱给人扣龟壳的弟子。

"你去跟他们说清楚,我不是!"小深抓着道弥生气地道。

"好……"道弥心说,但是大家听不听我就管不了了,他们都觉得有事实依据呢。不过话说回来,小深哥到底是什么族啊,道弥百思不得其解,这么硬还能不是龟族吗,那是什么,必须带壳儿吧,螺蛳?

"你现在可以爬了。"小深冷冷地瞪着道弥道。

"哦……"道弥说,"小深哥,那你记得明天还是要上课的,我知道我说错话了,但我吃挂面不调盐——有言(盐)在先,你明天不能拿这个做借口逃课。"

小深:"……"

这只八哥好烦哦。

小深闷闷不乐地走进商积羽的房间,商积羽见他的步伐绵软无力,整个人好似打蔫儿的小白菜,颇能逗乐自己,但这肯定是不能说出来的,于是说:"怎么脸色不好看,喝输了?"

"当然是赢了。"小深立刻反驳。他不高兴的才不是这件事呢,可他也不愿意说给商积羽听,自己被扣上了龟壳。他也坐在榻边,说,"你怎么还在哦。"

商积羽伸手把用剑尖儿戳自己手臂的墨精弹飞了,沉沉地道:"那酒还是我给你的……不许我同饮也罢了,今晚总可以盘盘我吧?"

"你又弹他!"小深看了一眼,余意飞出去撞在桌子上,一只茶杯扣下来把他给罩住了,正在手忙脚乱地挣扎,"我才不盘你!"

商积羽扯了扯嘴角,眼神暗下来,似乎带着几分危险,道:"那至少说一句话吧。"

又是这句话,小深回想起来,商积羽不是第一次这么要求了,他总算觉出奇怪,问:"你到底想听什么呀?"

商积羽本想让小深自己说出来,可显而易见,少年是没法儿自个儿明白了。他看着小深,道:"就像你对'他'说的那句。"

哪句?小深几乎不明白他指的是什么。

商积羽站起来,道:"无论是余照,还是任何人,都只是像'我'……"

这个"我"字,尤其咬重了。

小深对"他"说的话,商积羽自然是知道的。他头一次对另一个自己产生了些淡淡的敌意,他们本是一体的,没有人会将他们区别对待,似乎没人觉得他们的凶残程度有什么不同。

但现在"他"变得不一样了。起初的分别对待,还只是让商积羽觉得略有新鲜感,甚至是好笑。可到现在,他却不满起来,为了一句可能只是小深漫不经心说出来的话。那句话让"他"特别起来,可小深只是说给"他"听的,只是他也听到了,而且也记在了心里。他甚至也去为小深出了头,诱导小深对自己说。即使自己索要来的也无所谓了,反正,他也要。

小深的确是随心随意而说,谁知商积羽竟在惦记这个。

"这怎么说呀,你这么讨厌,羽陵宗的人再讨厌也是像你?那也不对啊!"明明都是像方寸一样讨厌,还轮不到你呢。

商积羽一眯眼,威胁道:"你再好好想想。"

小深以前觉得道弥的八哥眼像呆子,现在倒羡慕起来了,恨不得和他一样,一个眼珠子向左上,一个眼珠子向右下,就不必和商积羽对视了。商积羽这么盯着他,让他觉得自己要被咬了!

商积羽猛然一动!小深吓得鳞片都要张起来了,幸好他想到自己是龙，商积羽就算要咬他，应该也咬不动。

但商积羽下一刻，竟陷入了沉默。不管他原本打算做什么，好像都忽然放弃了。他神色变幻，也不知在想什么。

过了片刻，商积羽再度抬起眼来……

换了一个？小深一喜，一下就把刚才的事抛到脑后了，委屈地分享："道弥说，他们都在背后猜我是龟族。"

商积羽坐起来，小深挪挪身体，更舒适地窝在他身边，因此也看不见他的脸上竟有一抹淡淡的笑……只是商积羽的语气仍是清清冷冷的："怎么会呢？"

小深那么喜欢"盘"人，分明是蛟。

"就是，所以我要找他们算账了。"小深哼道。

小深坐在桌前写字，余意为他扶着要临摹的书页，另外两个墨精则给他磨墨。

一名外门弟子抱着书过来，道："主翰，我想借这本……"

小深斜看他一眼，问："你觉得我是什么族？"

自己是什么族不知道吗？以前借书，主翰问的都是修为。弟子茫然道："我听说，主翰乃龟……"

这话才开了个头，小深就把书抢了回来："不借，爬开！"

你才是龟呢！

外门弟子："主翰，您太过分了！"

小深凶巴巴地道："怎么，这口气，你是想和我'硬碰硬'吗？"

外门弟子大惊：还说自己不是龟……

可是他到底做错了什么！弟子改作哭丧着脸扮可怜道："主翰，你就借给我吧，我真的很想看这本《太初五雷法》……"

小墨精们也把墨放下了，指着这名惹了主翰不开心的弟子，发出一些窸窸窣窣的声音，虽然没人听得懂，但从神态来看，多半也是在斥责了。它们甚至指了指书，又指了指那弟子，谴责他不配学。

外门弟子就这么稀里糊涂被狗腿子墨精们赶出去了，仍不明白自己到底做错了什么。

接下来这种类似的情况发生了很多次，在小深的随机抽问中，大部分人都回答了自以为的标准答案，也都被剥夺了借书权。有的人见到前面发生的事，但又实在不知道小深的族类，索性说不知道，也被赶出去了。

小深心道：就这个眼力，还修什么仙。

诸多弟子围在一起，讨论那文盲主翰到底在折腾什么。现在他们算是知道小深不喜欢别人议论他的原形，但也晚了。有的人甚至还不相信小深不是龟，觉得他只是不乐意别人说出来。也有的人和道弥一样，开始猜测起新的答案了。当然，眼下更重要的是，主翰发疯，好多人都成了玄梧子，该怎么办。

历任主翰，有怪癖的太正常了，有的人可能因为穿了一个主翰讨厌的颜色，就不被允许进去。怪癖可能不同，但这些主翰有个共同的爱好——爱书。想重新获得他们的认可，只要朝这个方向努力就是了。

但是，小深主翰……有点儿难。

"要我说，从一开始就是错的，选了这样一个主翰！学识浅薄，修为低，除了壳硬，还有什么优点吗？就这还不让人说！如今他作威作福，我等想求学何其之难！"一个外门弟子叫苦道。他只是个外门弟子，又入门没多久，想增长修为，多学些术法，只能去书林自学了。

此时一位长辈路过，见他们凑在这里，随口问了一句："在做什么？"

大家本来满腔愤怒，见到来人后却大喜，七嘴八舌地倾诉起来，他们都怀着一点的希望，想让这个主翰下台。

"应元子师叔，我们本来是期待您坐主翰的，真的没有机会了吗？"

"师叔的才华比小深何止是高千倍万倍！"

"就是，小深主翰长得有多可爱，性格就有多恶劣！"

也不知是谁在人群中说了这么一句，其他人纷纷回头看。

谁知应元子立刻打着哈欠道："胡扯！小深我是知道的，才学很不错，他若不肯借你们书，一定是你们不够资格，还不快去努力修炼！"说罢，在众人目瞪口呆之中，飘然而去。

应元子在小深那里得了酒喝，他怎么可能反对小深，甚至厚颜无耻地夸小深才学不错……不但应元子，其他高层似也有顾忌，推托不理。

"不然，咱们别来文的了，来武的，套麻袋，揍他一顿吧。"有人弱弱地说了一句。

现场顿时又是一片静默，很快纷纷议论了起来。

"我去和道弥聊聊，看主翰喜欢什么。"

"再去借一次，碰碰运气好了，也许这次能放过我。"

"我也去……"

谁敢去啊，你想试试自己法器有多硬吗？再说要被抓到怎么办，主翰是半师，殴打先生，完了。

此时的书林内。

小深问道弥："你给我查得怎么样了？"

道弥两眼昏花，道："才看了十分之三……这些是我搜检出来的。都是关于各种流派驭灵环，以及类似禁制的书。"

"先念搜到的给我听听。"小深的精神一振。

道弥强撑着问他："对了，小深哥，让你背的诗背会了吗？"

小深挥挥手道："太拗口了，不会背。"

算了，慢慢来……毕竟道弥也不敢和小深哥硬碰硬。他把那些内容都念给小深听，念完再拿下一册，一边重复着动作一边说："海里都是水，书里都是字。我今学写书，亦有我所思……"

他念了几句，觉得不对，忙说："错了错了。"

他一看，手里压根儿就不是自己的册子，恐怕是搬来的时候不小心夹带在里头的，是某位外门修者的作品集，还是新书，所以才在外围。

不知作者怎么想的，里头既收录了《长生既要》《坐忘录》这样的道法探讨，也有他平日写的歪诗。

"等等，刚才那首诗不错啊！"小深却眼前一亮，他最近也在背诗，可背来背去，觉得很是枯燥无聊，不像方才这首，简直写到他心里去了。

道弥无语，心道：什么不错，是好不容易你能听懂了吧……

小深道："这首不错，还有没有，再念几首，我觉得这个，这个就是你说的清新隽永吧。你看，'海里都是水，书里都是字。我今学写书，亦有我所思'。我才听一遍就背下来了！"

"清新隽永"要羞愧而死了。

这一次连那些狗腿的墨精也都对自己的上司沉默了，挠着头假装没听到。

"这作者叫什么？"小深很感兴趣地道。

道弥看了一眼："呃，云自然。"

小深赞道："连名字也很好听，我都听得出来。"

道弥："……"

不是说"自然"这个名字不好，当然好，道法自然。问题是，当今修者取名，和凡人一样，也是一波一波赶热潮的。像是当年很多人效仿余照，给弟子或后代取名"照"。几百年前，大家都觉得"仙"字好，所以像孙仙甫那样的名字也遍地都是，什么奉仙、仙公，等等。这个"自然"，也是流行过的，道弥就认识至少三十个"某某自然"。

"他还有别的诗吗，再念几首给我听听。"小深问道。

道弥的嘴唇动了动，但还是继续念了起来："……八条腿儿行天下，高举大螯爱自夸。而今落在我的手，息了刀兵又释甲。昔日称王又称霸，煮熟模样像它妈。"

这是写的诗人吃蟹时的事，显然，把螃蟹一家都吃了。

"这写的是螃蟹，对不对！"小深听出来了，笑得直蹬腿，"有意思，太妙了，真是写得活灵活现！再念一首！"

先前道弥给他念了一首写剑的诗，说是里头没有一个剑字，却处处都是剑，能让读者感觉到剑意。他一点儿也没觉得，那些用典他压根儿不知道。倒是这首诗，也没写到"螃蟹"两个字，他还不是一听就知，而且妙趣横生。

道弥的眼角抽了抽，念了一首又一首，这本来也就是附在书后的，没有多少，很快就念完了。

小深意犹未尽，连称呼都变了："自然真人真是有才华啊，这本书放下吧，我就拿这本学字了。"

道弥都不知道该说什么，是感谢这位自然真人诱导了小深哥的学习兴趣，还是痛恨他引领了小深哥的扭曲审美。

他安慰自己，会好的，以后一定会好的，待小深哥读多了就知道什么才是好的。

"主……主翰……小深哥……我想借书。"一名弟子低着头道，希望这次主翰能饶他一回。

"先等等，我考考你。"小深道。

这弟子心中叫苦，完了，还是来了！

小深："你背一下云自然真人的名篇《咏梅花》，并给我分析一下，好在哪里。"

名篇？哪儿来的，他怎么没听说过？主翰终于开始考文的了，这是好事，但云自然是谁？

小深刚仔细学了几首诗，谈兴正浓，想找人探讨。不想这个弟子一脸懵懂，完全没跟上小深的节奏。

后头躲躲藏藏的玄梧子却是眼前一亮，他有过目不忘的本事（有这个本事的人在羽陵特别多），以前翻过《坐忘录》，还有印象。

"您说的是'白雪纷纷下，梅花满树杈'吧！"玄梧子欣喜若狂，他一直在设法讨好小深，现在终于抓到机会了，但他实在想不出有什么优点，憋了半天也只憋出来一句，"易懂！"

"对!"小深开心了,指着玄梧子道,"你水平有长进啊,过来说话。"

其他人:"……"

为什么主翰会喜欢这种诗,难道以后为了借书,都得捏着鼻子和他讨论这种歪诗吗?

先前大家都抱怨主翰没有一点儿文学上的喜好,现在有了,却还是高兴不起来。说好的天纵奇才、进度飞快呢?不要求现在就熟读深奥的典籍,可为什么会推崇这种东西,光是听听他们都觉得自己的审美都快出问题了。这是怎么回事……

一时间,大家都目光灼灼地看向了道弥。一定是这八哥的错!这死八哥,每天歇后语、俏皮话,管丈母娘叫大嫂子——没话都要搭话!

道弥:"……"

不动地有四时不败之花簇拥着书林,今日下着霏霏细雨,更是清新。

羽陵弟子落舟,来到这里,旁边的同伴低声提醒:"都背熟了吗?"

"简单,看一遍就背熟了。"落舟说着不觉还叹了口气,上任主翰常被抱怨太雅,考校的问题都难懂,现在来了个太俗的,也把大家折腾得欲哭无泪。

这弟子还是新主翰上任后第一次来书林——羽陵宗弟子之多,有时候待数十年,也有没见过的同门。修者多有闭关多载的,这弟子还是最近准备与人辩法,来搜集一些资料。

"哎,那就是小深主翰。"

落舟眯眼看去,细雨中书林门口坐着个少年,背靠着门口的石麒麟,看起来纤弱娇小,任由雨点滴在身上,黑发一丝丝贴在脸颊边,眼神越发湿漉漉的。而且小深的灵力低微到在他们眼里几乎可以忽略不计,完全看不出传言中的霸道呀……

"真的是他吗?看起来挨一拳就会哭出来啊。"

小深坐在书林门口,边淋雨边看一本图册,余意则帮他翻着页。

这是他最新发现的一本好书，或者说手册，由羽陵宗弟子编撰，上面记录的是羽陵宗诸峰的情况，哪里适合修炼什么样的术法，是作何用途，等等。

这些天，小深偶然也会试探羽陵宗的人，可提到那么久以前的事，他们基本都是一脸的茫然。小深希望这书能为他找水带来一些灵感。

小深现在也认识一些字了，这图册上的字不多也不复杂，他勉强也能读下来。只是一边淋雨一边看书不大方便，所以小深撑了一小朵晴云，遮住了余意和书，不叫他们淋湿了。

玄梧子和一名修者匆匆走来，又猛然停住，似是才发现小深不在书林里头，而在门口淋雨，就和常人晒太阳一样。

小深看了玄梧子一眼，不甚在意。

玄梧子也故意咳嗽一声："主翰，您在这儿看书呢？"

"嗯。"

因为玄梧子会背云自然的诗，而且是最早响应小深的，所以小深现在倒也愿意搭理他。

旁边那修者看了一眼小深的书，那一页正是在介绍羽陵宗的藏宝库，他皱眉道："这是看的什么东西！你如今学了几篇正经文章了？"

小深道："没学几篇……你是谁呀？"

修者面无表情地"哼"了一声，表示不屑，道："听说主翰最近推崇一名无名修者的歪诗？"

小深回答道："有名字，云自然。"

不但有名字，而且有名，现在羽陵宗尽人皆知……

修者嘴角一抽，更加不屑了。

这时找小深的道弥跑了出来，见到他们，先忘了自己要说什么，点点头道："洞微真人。"

他又蚊子一般小声给小深介绍："这位是洞微真人，学识深厚，曾被推举为主翰……"

所以人家一过来，对小深就格外没好脸色。

"哦。"小深看看洞微和玄梧子，"哈哈，那你们是一家。"

——这俩都备选过，但都没选上。

小深随口一说罢了。他连主翰这个职位都不在意，更不会在意备选主翰的人了，反正都欠他债。

但洞微大受刺激，觉得颇为受辱，这一定是小深故意的，怒道："主翰不觉得自己不配这个位置吗？我本以为你被墨精选中，多少也是有些长处的，今天一看，实在不堪教化！"

小深陷入了沉思。

洞微还以为他被自己抨击得自省了，一甩袖子，还要再说话。

小深却合上了手里的图册道："你怎么都不会用成语的啊，连我也听得懂你说话。"

洞微："……"

他就是听说小深是文盲，怕骂得太深奥小深听不懂，故意的。他觉得这又是小深的一次讽刺，气道："你，你管窥筐举，赐墙及肩，胸无点墨，不识之无！"

这小深就更无所谓了，道："听不懂。"

洞微抚着心口，退了两步，大口喘着气。

这门口人来人往的，此时已经站着一些围观者了，全都难掩兴奋，想看洞微骂小深。就是可惜了，小深不痛不痒的样子，反倒是洞微气得快吐血了……

洞微有种拿小深无处下手的感觉，道："你……若不是你修为低微，我一定要和你打一场！"

别看羽陵宗人都是饱学之士，平时也一副风雅的样子，可归根结底，不是书生，而是修者。大道三千，各不相同。你的道，我的道，你的术法，我的术法，各不相同，孰对孰错，要是辨不清楚，打过才知道啊。其中更不乏热爱且精通斗法的，以商积羽为目标……不过这属于题外话了。

他不提这个还好,小深正被云自然真人的作品熏陶得平和了许多,听他一说,立刻生气了,修为低微还不是你们老祖害的。

小深站起来,说:"你修为多高,你飞升了吗?"

洞微翻了个白眼,道:"休要胡搅蛮缠,我可不是玄梧子,你的壳再厚,我亦有法破之。"

围观弟子们:哇哦……

此话一出,小深彻底愤怒了,非要和洞微打架。

道弥拦住他,小声道:"小深哥,他肯定是故意激怒你的,别上当!"

他看着就觉得不对,洞微每句话都像在挑事,还有玄梧子站在旁边,眼神躲闪,就不像干了好事的样子。这家伙虽然来道歉了,但是以他的脾气,难保心底还有不甘啊。

果然,洞微眼睛一眯,一字一顿地说道:"你若是输了,自请辞去主翰之职,如何?"

道弥心想不行,如果不是小深哥自愿,怎么也丢不了主翰一职,就算斗法输了,也不是一定要辞职的。要是主翰必须特别能打,那就该是师叔祖来做了。必须劝住小深哥,别那么激动。

道弥低声道:"小深哥,洞微术法精深,离火九法,号称屠龙之术!"

小深问:"屠什么?"

"啊?"道弥说,"就是一个形容啦,很厉害,厉害到仿佛能屠龙。"

但是这么一仔细解释吧,好像一点儿都不厉害,甚至像在吹牛了。道弥想。

小深本来听说他是故意激怒自己,还想要不要让他得逞呢,现在一听,那是非打不可了。他"龙"视眈眈地盯着洞微道:"好啊,你要是输了,每天在离垢河来回吟一百遍云自然的《食蟹诗》!"

洞微听他答应,一喜,也立刻道:"好!"

这小深,修为只有二境左右,浅得一眼可见,唯一可说之处,就是强悍的肉身。但这又如何,不说任何种族都有弱点,就算光用术法,老谋深算的洞微也随便玩小深啊。

"小深哥……"道弥拦不住,低声道,"要不要我传音给师叔祖?你现在还动用不了多少灵力啊!"

那外表不谙世事的少年却说了一句话:"你们人族的境界划分太可笑了,难道只要灵力深厚,境界高,就一定会赢吗?"

道弥愣住了,的确不是,商积羽就是最好的证明,就连小深哥也打碎过玄梧子的法器,但那不是天赋吗?也并非人人都是师叔祖啊……

书林内其他弟子全都暗想,没想到小深这样冲动,那这主翰怕是当不了多久了。就算现在下着雨,对水法有利,但实力差距摆在这儿呢。

越来越多的人拥出来围观。

要斗法,无须去别处,不动地占地极大,而且能够随着藏书变多、书林扩建而一同扩张,书林外自可斗法。

不成文的规矩,观看比斗的时候,围观群众要保持安静,就如观棋不语真君子。

小深和洞微各据一方,洞微冷冷地道:"我们点到为止,既然以书林为争,先被打出不动地的人,算输,如何?"

"就这样,开始!"小深说道。

看着个子小小的小深与洞微相对而立,大家反而觉得有些不忍心了……主翰是折磨得大家要死要活,但是这么恃强凌弱,欺负小深天真冲动,也让人有那么一点点不好意思呢。

洞微习的是火法,这要一烧,主翰不得成烤海鲜了,也怪好吃……哦,怪可怜的。哎,等会儿万一主翰哭鼻子,他们要不要去哄一下啊。

小深不动,洞微也不动,他心中暗喜,果然小深除了肉身,一无是处,看来无须再有任何忌惮了。他将法器祭了出来,正待要动之时,却见一道流光落地。

白衣青年悬空而立,冷声道:"你在做什么?"

全场皆是哗然,竟然是师叔祖!

商积羽这些年常年闭关，而且以他的修为，很早就不来书林了。好些年轻弟子都没见过他几次，此刻又激动又兴奋。听说前些日子，商积羽还在试剑，今日还出现在书林，看来是彻底出关了啊！虽然不知他为何而来，但叫他们看见，太幸运了！

道弥更是吃惊，他还没有给师叔祖传音啊。

洞微也是一愣，犹豫地道："弟子和主翰试试法……"

商积羽目光清冷，似是洞穿一切。

洞微嘴唇颤抖，坦白了："弟子实在不服，因此和他约定，他若是输了，就要辞去主翰之职！"

商积羽寒声道："放肆！"

洞微也知道这不只是讨巧，偷偷逼人辞职，太不合规矩了，在这一声呵斥下浑身一颤，道："弟子知错，但是……"

他话还未说完，只见那脾气极不好的凶神根本不等他解释，已拔剑了！

一剑如群山之潮，汹涌袭来。洞微脸色煞白，向前狂奔，可面前是不动地的边缘，他一个猛冲不及，单手扒拉着岩石，那剑意却是已猛然在他面前收住——

这收放自如的张狂剑意，叫在场所有人大气也不敢喘。

洞微被这样一吓唬，也是满头大汗，单手吊着道："多谢师叔祖手下留情，弟子……"

正在这时，一直沉默的小深动了。一股云雾由淡转浓，升腾起来，挡在他面前，他借着云雾的遮挡，向洞微的方向慢慢走去，而商积羽和洞微都对此熟视无睹。

这一招分明就是幻术，最早只有水族中的蜃族会，海市蜃楼，正是蜃族吐出的蜃气而成幻影，后来其他各族也有学习的，经过多年发展，在理论上，属于水法的一个分支。像这种假造一个藏身幻影，是最基本的，而且要所有人都看不到才对。

从洞微的角度，应该只能看到幻影。而站在小深身后的众人，则能清楚地看到小深的动作。

那就明白了，是小深故意把动作露给他们看的，只见小深还对道弥挤了挤眼睛。

那边洞微还在哭诉，这边小深就蹑手蹑脚往那儿走，蒙蒙细雨更加助长了他的隐蔽之术。

所有人又震惊又不知道说什么，小深这到底是想干什么，洞微没有发现，难道师叔祖也没发现吗，就这样纵容他？道弥狂汗，师叔祖对小深哥也太好了吧……

只见小深不疾不徐，稳重地走到了附近，然后举起拳头，往洞微那唯一攀着岩石的手上砸。

小深那力气多大啊，洞微猝不及防，惨叫一声，摔下不动地，掉进了离垢河里。众人就这么眼睁睁看着洞微被砸下了不动地……

等等，砸下不动地？

已有人觉得不对，而此时，那个"商积羽"已经化作了一缕烟云，和刚才小深面前那一缕一起消散了。

居然是幻术？简直不可思议……

大家都是一路苦修，各种各样的幻境考验也不知道经历过多少。而这幻变之术为什么只能算水法的小分支，因为它就是不如水法啊，镜花水月成不了大道，水法才是正法。浸泡书林学习过的，基本都知道。这单独的幻影，更是幻术基础中的基础。

可小深的幻术，只动用了那么低微的灵力，或者说他可能只动用得了这么多灵力，竟可以用水法一个分支术法中的微末之技，造出了一个谁也没看穿的商积羽，连其剑意都如此逼真！威力如此大！

幻影之真切，别说洞微，他们任何一个人都会上当，因为他们肯定撑不到那虚假的剑刺在自己身上。

让人几乎不敢相信是小深生造出来的，不对，应该是这样的控制力，不敢相信小深只有涤初境。

"天哪,我,我知道了……小深应该是蜃族。"

"有可能,所以外壳坚硬,平日像没骨头,又精通幻术——"

"咱们宗好像也有蜃族,没这么厉害啊……他真的只有涤初境吗?"

"还真不好说吧……会不会是伪装的,有的妖族就擅长这个,不过主翰什么时候见过师叔祖呢,这变得也太真了。"

"虽然没亲眼见过,但书上不是说和龙族血脉浓厚的大蛤蜊,一生能选择记录下某一幕场景,幻化出极其逼真的幻影吗?"

——这一刻,唯独道弥不相信小深是蜃族。

小深哥下场前说的那句话,让他更愿意相信这是小深哥基于自身灵力不足做出的判断,以小博大。他不禁思考起来,被驭灵环禁制前,小深哥到底是什么修为啊。不对,小深哥都说了不要单以灵力和境界来衡量一个修者……

一次跨境比试赢了可能是偶然,两次,且在对方有备而来的情况下,那就是实力了。现在看来,小深这个主翰可能还真有些本事啊,至少能不能推翻他,心里得掂量一下。而且现在再回想,洞微在他们眼前被小深砸下河,就更让围观者们一阵唏嘘了……主翰的可爱,果然只在表面,这得是下过多少次黑手才练出来的啊。

此时小深叉着腰看了过来,嘲笑道:"屠龙之术?就这样哦!"

现场沉默了一会儿,顿时响起了雷鸣般的掌声,甚至有马屁声。

"主翰真棒!此情此景,让我想借云自然真人的一句诗来表达自己的心情了!"

大家都在笑,就玄梧子在哭。

道弥抱着图册送小深回去,一路上还在喋喋不休小深今天跨境殴打洞微的事。洞微被捞起来后直接送到专司医药的药码头去了,估计很长一段时间不敢再出现在书林了。对了,还得上外头泛舟吟诗,惨。

还有玄梧子，道弥也抱怨了一下他："以后不能听他的花言巧语了！"

"嗯。"小深心不在焉，他点了点桌面，"图册放在这里。"

道弥扭扭捏捏地道："那个……小深哥，其实我想问，你能不能教我呢……"

他太佩服了，要是他也能假拟一个师叔祖，那威风死了。

"你不适合学幻术。"小深想也不想就道。

道弥一脸的失望，不过他很信服小深，也未多说："对了，小深哥，你晚上都怎么睡，不会躺在河里吧，我看这儿好像没什么居住的痕迹。"

上次在这儿吃酒时，道弥就发现这个问题了，只是没空问。现在再来，这里还是没有什么居住的痕迹，他有些疑惑了，这房间明明是小深哥选的。

小深叹了一声，道："唉，我都睡在商积羽房间。"

道弥沉默一会儿，弱弱问道："那师叔祖住哪儿……"

这个问题是认真的吗，小深奇怪地看着道弥："他当然住在自己房间啊。"

"什么？"

不夸张地说，这个答案比小深哥一拳捶飞了洞微还让道弥惊讶！

"哎，你可以走了，我现在就要去睡觉了。"小深站了起来，"我送送你。"

"不，我……等等……"道弥还想再说什么，小深一伸手，腰间那朵云就圈住还有一肚子话想说的道弥，把他送出去了。

小深在商积羽的房间门前探了探头，几步小跑进去，手里提着热泉水，问："你喝不喝茶呀？"

他想和商积羽说一下，自己今天用幻术变商积羽，最好让商积羽本人看一下是不是特别棒。那天看到商积羽拔剑后，他就念念不忘。

之前商积羽也给他喝茶，所以他特意逼人教了自己泡茶。

商积羽一勾嘴角,道:"想——"

咦,刚刚还不是这个,怎么突然变了?但是别想瞒住他。小深坐下来,甚至叩了叩桌面,道:"哦,那我要白茶,快点儿。"

商积羽:"……"

他带着恼意把空中飞舞的黑点儿弹飞,虽然是些许小事,但着实令人越发不满小深的区别对待了……

小深把余意给捡了回来,擦擦干净,还爱怜地蹭了几下他的脸,又往枕头上放。

商积羽冷冷地道:"别把他放这儿。"

小深到哪儿总是带着余意,或者说余意要跟着他,所以这个商积羽对余意的态度一直很恶劣……

"你管呢,太阳都要落山了。"小深不服地说。一到月升日落,他总是盘的另一个,而另一个商积羽不会做这么无聊的事情。

"好。"商积羽讽刺一笑,在心底道,你倒总是光风霁月一般,是吗?从前无人在意他们的区别,如今嘛,呵呵。

"你在和他说话吗?说了什么?你为什么老这样对余意?"小深看见他的神情,好奇地过去问。他早看出来了,这两个商积羽似乎也能互相交流。

"没说什么。"商积羽淡淡地道。

"那你说你为什么弹余意,你是不是也不识字?"

小深所见的羽陵弟子,即使经常抱怨墨精高傲,但更多的时候,还是会像道弥一样,以这个羽陵土特产为豪。

"那是因为他长得太丑了。"商积羽随口道,"这样,你今晚盘着我,我以后再也不弹他了,如何?"

小深沉默一会儿,把余意捧起来,道:"挺住!"

余意:"……"

商积羽几乎笑出来,但面上还是十分冷峻,道:"这样吧,只要你碰碰我的手指头,不过分吧?"

碰一下爪子尖尖啊,那好像还行……小深把其他手指攥起来,只小气地伸出一根食指。

商积羽察觉到心底某人若隐若现的不舒服,唇角浮现起了笑意,一下用自己的手指钩住了小深的,顿时舒展了眉眼,惬意轻叹。

第三章 金阙选仙

"今天来借书的人好像没平日多。"

小深看了一眼,说道。他的计算能力也很不错,游过一群小鱼,也能大略数个清楚。

"我看着怎么差不多……可能有些人偷偷去看热闹了吧,今日是金阙选仙的日子。"道弥说道,他对人数没有小深那么敏感,"小深哥,你想不想去看?"

羽陵宗平日陆陆续续也会不断有新人进入,但每隔一个甲子,便有一次大型招新,由执事专门负责这件事,从各地选来根骨好的弟子。最后,就在羽陵宗的金阙之外——大门口,还会有一次入宗考验,俗称"金阙选仙"。过了,从此就是羽陵门下,不过,就连羽陵宗的真面目也见不到,缘分尽于金阙之外了。今年,正是又一个选仙年。

小深还真感兴趣,他如今见到的人族都是修者。但金阙选仙,会从凡人里选好苗子,据说人族里的凡人和修者,也有些不同。

道弥变回了鸟身,小深如今在商积羽每日的努力下,灵力恢复,能使用自己那法器了,自己踩着云,不用搭顺风鸟了。两人跑到金阙后的玉关上,远远地看热闹。也不只是他们来了,大家各自隐于一处。

小深头一次来金阙玉关,就是抵达羽陵宗,没有在这里耽搁许久,因此只看了眼金阙,没上过玉关。

这玉关的来历,他从商积羽那里听说过,当年余照一剑劈山,所以有了这"仙人斩玉关"。如今上来,小深才发现这上头还有一尊石像,便问道:"那是什么?"

"哦,是有仰慕者给余照祖师立的像。当年他在此独立危崖、百年悟剑,一剑斩出玉关,成就剑道。他陨落后,便有后来人在这个地方立像纪念。"道弥解释道,他在羽陵宗长大,真像个万事通,只有兰聿泽剩下的水在哪儿他不知道。

金阙选仙还没正式开始,小深走近石像一看,这羽陵宗也是人才辈出,石像刻得栩栩如生。石像原是一名负剑男子,他五官俊美,眉飞入鬓,双眼微合,似是正在悟道,发丝与衣衫被风吹动,腰背挺直,更显傲骨。

小深立刻道:"哎!这个——"

他把头上的余意给捻下来,对比了一下,没错,和余意好像啊,连剑都长得像!只是余意要小了很多,而且他和他的剑都黑乎乎的。

"他俩长得好像啊!"

"这也不奇怪,那些墨精都和文章作者有几分相似,毕竟是承载了他们的文气。余意还继承了一些剑意呢,所以更像了。"

小深倒颇觉有趣,把这一大一小对比了一番,说:"那我要是写一篇作品,是不是会出来一个小小深?"

道弥讪笑了一下,欲言又止,不敢说话。

不太可能哈。

小深哥是不是忘了,那玩意儿是要才华盖世才能获得长恩老祖的遗泽,化出墨精,您写完的,也就是张废纸……

此时,在宗内执事的主持下,从各地前来抵达羽陵的弟子们,也开始了试炼。说来巧了，那位执事唤出来的，正是一名餍族，餍妖一张嘴，吐出餍气。

这些人族尚未踏入修行之途，哪有抵抗之力。被餍气围绕后，神色统一变得恍惚，陷入了餍妖制造的幻境。

"他们会看到什么？"小深问。

幻术也分很多种，有像他那样，造一个假商积羽出来，也有像餍妖这样，弄个更大型的，他们也看不到这些人各自看到了什么。

"各有不同，反正主要是为了考验心性。"道弥说。

修仙途上困难太多了，如果这也过不去，那入宗也没用，连撄宁境也入不了。修仙十二境的第一境——撄宁境，正是要求修者做到心念止，杜绝外界撄扰。虽是第一境，却是很多修者需要在未来不断巩固修炼的一课，因为可能时时都会遇到这个问题，须得一切顺逆，不动其心。长生之道，要有长久之志！

不多时，竟有一个人族从幻境中脱离，恢复了清醒，证明他已经通过了试炼，拔得头筹。接着，又陆续有人清醒过来，也有的失败了。最后，执事就让失败的站在一块儿，命人把他们送回去。成功者，就可以正式踏入羽陵宗了。

正在这时，那拔得头筹的人族却道："……仙长，我也想回去。"

执事脸色也没有变，淡淡地道："你可想好了？"

"是。"

"那便同他们一道吧，会有人送你回家的。"

"那个第一名……他为什么离开了？"小深觉得想不通，"他不是通过试炼了嘛，应该心性很坚定啊。"

道弥挠了挠头，道："我也不太清楚，好像以前也有这样的事发生。有些人族是很奇怪的，宁可放弃仙途，也要在尘世度过百年。"

他们一个是龙族，一个在羽陵宗长大，对这样的人族都捉摸不透。

眼看金阙选仙已经结束，他们也要回去了，进入金阙，那些新入宗的人也进来了,看着这片世外仙境,满脸惊叹。

群山秀挺,离尘之水环绕,小舟轻泛,隐约间有曼妙的吟唱声传来。

"很快他们就会习惯了,我们走吧。"道弥一笑,和小深离开了,路过时还和执事礼貌地点了点头。

执事同样微笑着还礼,一点儿也看不出来他当初曾反对小深做主翰。

那些新入宗的人惊羡地看了一会儿,却突然有人大喊:"骗子,妖人,这里不是羽陵宗!快快放我等出去!"

执事皱眉道:"你在说什么胡话!"

好不容易金阙中选,就欣喜疯了?

那人状若癫狂,对同伴们道:"诸位细听啊,河上之人念的是'昔日称王又称霸,煮熟模样像它妈',这里若是'道自天然,术效羽陵'的羽陵宗,怎会有人念这种东西!"

大家一听,皆是脸色一变,纷纷说:"有道理啊!"

没想到修界竟如此复杂,还有这样大胆的宗派,仗着凡人对仙宗不甚了解,顶着羽陵宗的名号招摇撞骗。

一时间,"骗子""放我出去"的声音不绝于耳……

执事:"……"

他抓狂地想,这要怎么解释!说那上面吟诗的是和他们主翰斗殴输了,自认受罚的弟子?那你该怎么说主翰的爱好?连他都要觉得像骗子了。

"听说新入宗的弟子闹起来了……"

"不知道为什么,都嚷着说执事是骗子,叫着把他们放出去。"

"嘶,怎么会这样,金阙选仙还从未出过这样的事吧?"

"真怪了,这些人若有什么问题,为何不在金阙外就剔除了?"

小深在书林听到大家讨论了,他还奇怪呢,心说先前看热闹时还好好的,看来那执事能力不行啊!难怪当初会反对我做主翰!他没有因为路过时对方冲他笑了一下，就忘记那件事了。甚至也不管当初自己都不想做这个主翰。

道弥也觉得奇怪，总觉得哪里不对，又说不上来……

小深一句话又把道弥的思绪打岔了："这个陈妙想的书还挺多人借，都写的什么啊。"

"哦，妙想元君啊，她正是师叔祖的师父呢，早便飞升了。"道弥十分向往地道，"我最可惜的就是没早生些年，见她一次。您知道吗，修界都叫她容易元君，因为好像她做什么事情都特别容易。据说容易元君参加金阙选仙时，宗内的长辈都想收她为徒，她先修的火行，后来都修到第五境听雷境了，忽然想要换成水法，一下就换了，好像一点儿也没受影响。想学炼器，就炼得特别好，宗内也提供了很多好材料给她。

"元君的修行之途太顺利了，一辈子没收弟子，都修炼到不昧之境了，忽然想收个弟子，就收到了师叔祖……您也知道的，师叔祖多厉害。师叔祖修炼的功法，好像也是元君为弟子独创的。哎，这本其实不是元君特意写的书，是她从前的笔记，宗主命人收录成册的，大家还是喜欢借来看，元君在术法上有很多奇思妙想。"

"难怪这么多人借啊。"小深也欣赏地点了点头。

但道弥还是觉得他太淡定了，道："小深哥，你怎么这么淡定啊！"

小深道："呵呵，我还是觉得方寸祖师最厉害，那么能搬水。"

虽然这个理由没毛病，但道弥还是觉得哪里怪怪的，是错觉吧，怎么可能听出来嘲讽呢……

小深能表达欣赏，已经很不错了，上古大能犹如过江之鲫，有些事迹散佚，人族不知道罢了，龙族活得久，却知道。远的不说，当初龙族为何举族飞升？正是当时的龙君珍宝君所为。

陈妙想的修仙途堪称顺利，珍宝君却是"一言登仙"，一语道破天机，人间容不下他啦。而且他不但自己走，还把全族一起带上仙界了……

当然，除了小深。

"小深哥……"玄梧子也不知道从哪里冒出来，手里还端着一竹篮子水果，"最近天气有些干燥，这是我亲手在得意田中采摘的果子，给您享用啊。"

得意田是羽陵宗自有的田地，和凡人田地不同，植物生长速度极快，可供应门内弟子各类需求。

小深和道弥看到玄梧子，都是一致转开脸。玄梧子现在已经没什么信誉了。

玄梧子委委屈屈地道："小深哥，主翰，我这次是真的悔悟了，您大人有大量，原谅我一次吧。我最近研究的新术法差一点儿就要成功了，想找找思路，不如您给我指点一下，您的幻术那么厉害……"

"哼！"道弥记恨他和洞微同谋，亏小深哥还原谅了他一回，"你这家伙，我看你就是花岗岩的脑袋——死不悔改！"

玄梧子："……"

唉，他之前是心有不甘，但现在，他是真的看清楚了，认命了，不再想别的了。

那些墨精也都窸窸窣窣地冒出来，对着玄梧子指指点点，和主翰同仇敌忾。

玄梧子被众墨精唾弃，厚着脸皮纠缠小深，道："您吃一个，吃一个嘛……"

小深嫌弃地说："不要！走开！"

玄梧子还特意半蹲，这样就没有小深高，看起来倒真没有面对小深时的优越感了，道："很甜的，吃一个嘛。主翰，我知道您是刀子嘴豆腐心，我最近又搜罗了一些云自然的新作……"

"花言巧语的人族。"小深冷着脸道，余意也帮他把耳朵折起来，堵住耳朵眼儿，"你再不走开，我就动手了！"

书林内的众人原是在感同身受地看戏，玄梧子的遭遇可是每一步都给了他们很大警示。忽而一阵难以忽视的凛冽气息出现，转头一看，竟是身着白衣的商师叔祖，径直朝着主翰的方向走了过来。

师叔祖怎么会出现在书林呢？

嗯，这也是有点儿熟悉的问题，前些日子他们没有仔细考虑这个问题，就和洞微一样被小深骗了。这就是幻术的致命之处，假的到底是假的，幻术有漏洞，被戳穿，也就那么回事了。这考验的也是婴宁境就开始打的心性基础呀。只要冷静下来，莫要被这几近真实的气势吓到，你就会想通了，师叔祖不可能出现在这里，这一定是假的。

玄梧子同样想到了这一点，仍然堆着笑，道："小深哥，没必要吧，手下留情。"

他心说，就是再来，好歹这次你也换宗主啊，继续用师叔祖，根本没机会捶到我的。啊，走近了走近了，第二次看到了……是真的很像本人！不愧是大蛤蜊！

"师叔祖，你晚些再来，我先给小深哥道歉。"玄梧子玩笑地道，同时默念假的假的假的，正好借此突破心障，还鼓起勇气用力推了那幻影一把。

嗯？为什么没推动？甚至感觉自己飞出去了？

书林众人只见玄梧子碰了一下"幻影"，"幻影"一挥袖，他就倒飞出去，砸在书架上。大部头都掉下来，就地把他给埋了。原在书架上的墨精也跳出来，指着玄梧子无声地骂咧咧。

不，幻影可不会伤人……

玄梧子挣扎着爬起来，已经一脸想死的表情了。这不是幻术，是师叔祖本尊啊……

怎么回事？说好的漏洞就是师叔祖都多少年没来过书林，绝不会也没必要出现在这里呢。

下一刻——

"你来啦！"小深一下扑了过去，盘在商积羽身上。

商积羽接着小深，又将他放在桌上坐好，轻声道："怎么了？"

商积羽的确已经不大出现在书林了,这次是小深把商积羽找过来的,刚才检索着书籍,他觉得找到了一点儿线索,因此呼唤商积羽。

"我找到一本书,这样写的……"小深把摘抄下的文字递给他看。

道弥在旁边面无表情地想:这话省略了一点儿吧,明明是小深哥逼我找的,我找得眼睛都快瞎了。

众人满脸的难以置信,他们不如早早便知道商积羽和小深走得很近的道弥,只一个劲儿地想:师叔祖为什么听主翰的话?主翰和师叔祖为什么旁若无人地看书,不理大家?主翰和师叔祖到底有没有在意我们这些活生生的人……

小深念了一段:"你看,这里写着,世间万物皆顺,唯修行、禁制要逆……"

万物要顺应天时,但修行,则是逆天,从命不过百年的凡人,成为长生不老的仙人。有句话叫"顺则生人,逆则成仙"。这本书里记载的理论,大意认为禁制也是如此,只有逆,才难以解开。

虽然写的不是驭灵环,但小深从中体悟到了一些相同的理念,那驭灵环正是逆向,与其他禁制的思路都不一样,借力打力,十分刁钻乖戾。

"的确像是一脉相承。"商积羽翻看了一下原书,眉头一皱。

"怎么了?"小深问道。

道弥也很好奇,这虽然是他帮小深找到的,但他学识也不算太广博,毕竟才活了一百年不到,像这书记载的一些人物和典故,他都不明白,小深这才叫商积羽来看看。

"这书是收集了些冷僻的理论,而这条和你身上驭灵环有些相似的,出自烟粉道人。"商积羽道。

小深自然不认识这是谁,他看了一下道弥。道弥也摇摇头,表示没听过。

"这里所记的烟粉道人是诨名,因性喜女色而得名,是名散修,原名罗伽,陨落得很早,并不出名。但他有个弟子兼义子很有名,就是罗频。"商积羽道。

"是罗频的师父！"道弥抽了口冷气，见小深还是一脸的迷茫，问道，"小深哥，你还记不记得，我和你说过，余照祖师是和一个外道斗法陨落的，就是这罗频！他很有名的，都说大道三千，大家修仙途上各有追寻，各自证道。偏偏他要证杀机之道，使得当初修界黑暗一时。"

"哦，是那个人啊。"小深倒还有些记忆，只是以往道弥说的多是他们余照祖师。

"嗯！我听我爷爷说过，这罗频当年也是天生神力，号称有一龙之力……"道弥说道。

小深掰着手指一数，道："认金龙，绾龙台，屠龙之术，一龙之力，还有你那些什么龙君放屁的歇后语……我发现人族真的很喜欢编派龙族啊！"而且很自相矛盾，一会儿想听龙吟，一会儿又要屠龙，还有自比龙的。

小深不说，道弥还真没在意过，但他道："这……这也是理所当然的吧，都是对龙族力量的变相崇拜。羽陵宗毕竟以人族为主，人族可一直有祭拜龙族的传统。只可惜世上已无龙，唯留下无数传说。"

人族也就只能拿来意淫一下了，别说歇后语，诗歌、成语都不知道有多少，或吹捧或狂一狂，各式各样、不计其数，充分展现人族文学的广博深厚。才听到这么几个，小深哥就觉得过啦？

"再说，你们水族不也是这样，"道弥又说，"动不动就号称自己和龙族血脉有多近，是某某龙王的后代，都八百代……孙子了……"他其实想说灰孙子，但是怕刺激到小深，"小深哥，难道你家里没吹过，你们有真龙血脉吗？"

小深道："有。"

但不是吹的。

"那不就是了！十个水族有十一个这样吹的，"道弥拍手道，"还不提其他种族，据说龙族留下了忒多血脉，咱们书林好些这方面的考据书籍呢。"

不能只许水族提,别族就不可以提了吧。吹龙资格,各族平等。

小深本来还想着也没看你们多尊重本龙……此时不自然地低咳一声,嗨,人族这爱修史编书的习惯太不好了,都走一万年了,还记着我们龙族这点儿爱好。

"对了,咱们说回罗频啊。"道弥转眼看到商积羽安静地站着,这才想起来跑题了。

"哦……我也想起来了,你之前不是说他和余照双双陨落吗?"小深展开了思路,"那是不是有可能,那人是他的弟子,或者就是他本人!对不对?"

道弥沉默了一会儿,说道:"不可能,罗频没有弟子,而且余照祖师为了永绝后患,与他同归于尽,二人都神魂俱灭了。"

小深一时怔住,问:"为什么呀?"

修者一旦悟道,纵然这辈子陨落,但宿根已栽,转世之后,也会异于常人,可再续前缘,但是神魂俱灭就什么希望也没了。这就和有人族明明拿了心性试炼第一,又改变主意不修仙一样,完全在小深的认识之外。他不明白为什么会有人这样做。

道弥讷讷地道:"我爷爷说,唯有大德大力者,不惧生灭。"

但到底什么是大德大力者,他们又为什么宁愿神魂俱灭,好像连道弥也无法说清楚。

"那这么说的话,线索也断了,他都没有后人。"小深唉声叹气,亏他方才还兴奋得很。

商积羽分析道:"如果这真的和烟粉道人一脉有关,那么,也有可能是罗频一党尚有余孽,当初他门下也纠集了一些追随者。又或者,是哪个修者无意中得到了他的道法秘籍。那么此人,多半不是出自名门大宗,甚至只是散修。否则也不会冒险胡炼得来的偏僻道法。"

"师叔祖说的是!而且我可以再继续看看书,也许还有其他线索。"

道弥兴奋地道,现在可能扯上千年前的大魔头,他也更有动力了。

"那就好,你努力看哦!"小深说道,"我先走啦!"

道弥:"……"

小深出了书林,就发现外面有很多小舟,舟上有好多人。他还以为羽陵宗所有人,差不多就是书林里那些了,但眼前乌泱泱的人群让他知道,羽陵宗的人比自己想的要多多了。修炼之路越到后头,自然越没那么常泡在书林了。这些人一看到小深和商积羽相携走出来,都骚动起来……

"我怎么觉得,他们不像是来看书的。"小深琢磨道,虽然这些人都假装四处看风景,或是路过。

"他们是来看热闹的。"商积羽淡淡地道。方才这点儿时间,也够消息传到各处了,也不知这些修者是真没事做,还是为了看他们,连手头的事也放下了。

"看热闹?有什么热闹?"小深左右张望了一下,他怎么没看见。

商积羽拉住少年的手臂,御剑飞离,身下还能听到一片细碎讨论之声。

这些修者和现今常去书林的弟子非同一拨人,但也听说了小深的事迹,惊讶之余,竟还有人表示,有点儿逻辑,这小蛤蜊和师叔祖一样,擅长跨境斗法啊。而且这小蛤蜊竟能把大杀神收服,才是真正的千古一人,不枉他们冒着被师叔祖打的风险前来围观……

小深这才明白,问:"是在看我们呀!为什么?"

商积羽的脸上不自觉带上一些浅浅的笑意,声音在风中仍凝成一线,清晰地传入小深耳中:"因为从前没人像你一样,和我在一处。"

"真的吗?你明明这么好!"小深从后面拉住他的手臂。

从第一次见面,小深就觉得商积羽是羽陵宗最顺眼的人,在他看过的人族里都是最好的。

"那你就该对我和气一些啊,不要老是不讲理。"商积羽慵懒地道。

小深把手撒开,商积羽却一回身把他给拉住了,道:"怎么,不是你先靠过来的吗?"

"刚才是你?"小深掰他手臂,"你走开,叫他回来!"

"我也是刚出现。"商积羽道,只是他一掌握身体,小深便抓住了他的手臂,"总不能夜里也是他,白日也是他。我们都达成共识了,平分一半时间,现在该是我了。"

若在从前,他们并未有过这样的讨论,谁愿意出现便出现了,反正也没什么区别。现在……却不太一样了。

可小深没了谈兴:"哼……"

商积羽偏偏要明知故问:"你们刚刚在说什么?"

小深才不想和他说,但是倒有另一件事,他想,问问这个商积羽也无妨,于是不答反问:"我今天去围观金阙选仙了,心性试炼的第一名自愿放弃了入宗。人族到底在想什么,前有自甘灭绝神魂者,后有明明心性坚定,却放弃仙途回尘世中过上数十年的人。"

商积羽随意道:"人族是很复杂的,还有像我这样,一会儿讨你喜欢,一会儿不讨你喜欢的人。"

小深:"……"

商积羽低头看着小深,问:"你真想知道?"

小深莫名地看他,反问:"不想知道我问你干什么?"

他想着,自己不知道,道弥不知道,也许作为人族活了很久的商积羽会知道吧。

商积羽在他耳边道:"那我带你去看看。"

长剑掉转方向,朝着宗外飞去。

出了羽陵宗,商积羽和小深一路向东御剑而飞,速度极快。眼看着脚下的景致慢慢变化,人烟渐渐变多,最后眼前出现了一座人族城市,而此时,恰好是夕阳余晖彻底散尽,满城灯火初上。

小深也猜到他要带自己去看人族了，此时跃跃欲试地探头往下看。他自出了兰聿……呃，王家潭，一直待在羽陵宗，没有到过凡人聚居的城市。

商积羽带着他落在城楼上，往外看了几眼，说："今日是节庆呀。"

小深也看到了，大街上人声鼎沸，大家都在围看一群人舞动着用红布竹子扎成的长条物，头前还有个彩球，锣鼓喧天。

商积羽道："这是在舞龙灯。"

"舞龙灯，又在编派龙族……"小深琢磨了一下很快明白过来，"不对，那是龙？"

哇，气死龙了，我们龙怎么会是那样的，身体胖胖的，眼睛突出来，连鳞片也没有，太丑了，做得太丑啊！人族怎么回事啊！龙族离开一万年，就可以随便涂涂画画，反正也没龙来计较嘛！小深气得想跳脚，又不能叫商积羽发现。

这时，商积羽说道："这是从人族祈雨的仪式演变而来，祈求掌管天下水脉的龙族，保佑他们风调雨顺、五谷丰登。只有逢着盛大的节日，人们才会舞龙。"

小深不觉便停止了气愤，他也发现了，那些围观的人族脸上都洋溢着笑容，眼中倒映着花灯，星星点点。这么说来，他们也是出于对龙的尊崇呀。他彻底没气了。

"凡人的命运难以由自己掌握，连行云布雨也要祈求。在修者眼中，他们只有数十年生命，蝼蚁一般。但是，在有的人族看来，这数十年平凡的喜怒哀乐抵过千百年升仙之途。那个选择放弃的人，的确心性坚定，也的确想清楚自己到底想要什么了。"

商积羽的话，小深半懂不懂，但他也隐隐察觉到了，这里的氛围和修界大不相同。

"下去走走吧。"商积羽带着小深向前一步，身影已到了繁华的街道上。

小深好奇地左顾右盼,虽然时隔万年,修界依然是河在天上飞,字可化小人,一切都那么正常。这里却完全是另一个世界了,人人脚踏大地,搬个重物就会汗流浃背。

与此同时,这些凡人的话语也入了小深耳中,原来有的凡人和羽陵宗的修者一样,要学习,只是他们追求的不是道法,而是其他的东西。

小深目不暇接,他这好奇又天真的模样,通常是商贩们最好的招揽对象。可他旁边跟着一个俊美凶煞的男子,谁也不敢靠近。

一个小孩儿埋头往前跑,撞在小深腿上,小深把他接住。

这小孩儿手里还拿着一支龙形糖画,抬头看到小深,连忙说:"谢谢哥哥!"

"不客气。"小深说着,拔走了小孩儿手里的糖。

小孩儿愣在原地。

小深放开他,继续往前走。

小孩儿在后头哭起来,隐约还能听到有女声在问:"这是怎么了,哭什么?"

"这个也是龙形的。"人族果然很喜欢龙,小深端详了一下那糖,又闻了闻,不过他不想吃,随手往后一丢,糖又回到了小孩儿手里。小孩儿傻傻地攥着失而复得的糖画,鼻涕还挂在嘴边。

前头又是一队舞龙的,而且这次是两条龙,双龙戏珠,有人不住地叫好,大呼:"龙君保佑,风调雨顺!"

珍宝君都已离开万载了,但人族还挂念他呀。如今人间只有我一条龙了,那就帮珍宝君,让这些人族开心一下吧。

小深施展水法,腰间的玉带悄然飘出了一朵云,直升到上方,颜色渐渐便深,然后从中飘起雨点来,刚好笼罩舞龙和围观的群众。

"啊!落雨了!"

尖叫声响起,刚才还热闹无比的街道中央,一时间人人遮着头顶,向四面八方跑开。

"真讨厌啊，怎么下雨了！"

"搞什么，为什么只有这儿下雨。"

小深傻了，道："他们怎么走了，我还没看完热闹呢！而且这些人一点儿也不开心啊，不是说舞龙是为了祈雨吗？"

商积羽也察觉了，看了郁闷的少年一眼，道："求的是来年风调雨顺，可不是立刻下雨，凡人随便淋雨是会生病的，怎么还会继续玩下去。"

"咦？这么弱？"小深这才知道凡人具体弱到什么程度，赶紧手忙脚乱地把云给收了。不过他也看清楚了，那些奔跑的人族，大人护着小孩儿，丈夫为妻子挡雨，即使在躲避突如其来的雨水时，人族也是抱着团的。弱小的人族正是靠着相互依靠，才成了神州大陆无法忽视的一族。

小深觉得自己虽未全懂，但已没有之前那样不理解放弃仙途的人族的想法了："那余照，又是为什么选择神魂俱灭呢？"

可这个商积羽却有些小气，他漠然地道："你可以去问问你那小黑人，他不是余照的剑意吗，兴许清楚。"

小深："……"

小深本来想骂他的，商积羽却忽然拿出一个彩球递给他，道："这是刚才舞龙抢的'龙珠'，人族民间习俗，谁摸到了就一年都有龙君庇佑，你也是水族，这个给你吧。"

小深接过彩球，虽然说珍宝君经常骂他，但庇佑肯定是懒得庇佑的……但商积羽有这个心还是让他很欣慰的，龙族也迷信嘛，否则不会管小龙叫细龙。

这回再看商积羽，好像都没那么讨厌了。他点了点头，说："谢谢。"

商积羽看着灯火下的少年，深碧色的眼睛里闪烁着火焰的光芒，他体内涌动的经脉灵力，也像在随着少年眼中的光芒而起伏。

商积羽摁住少年的肩，低声道："要谢的话……"

他的手指在少年的肩膀上摩挲了几下，却歪打正着，摸到了叫小深舒服的地方，小深无意识地歪了歪头。

商积羽眸色更为深沉，他抬起手，想触碰小深的头发，却在快接近时生生停住，倏然后撤。他的脸色阴晴不定，烦躁地从牙缝里挤出几不可闻的一句话："凭什么不可以？"

不远处正在找"龙珠"的舞龙队队员四下瞪摸，忽然看到城楼下站着俩人，一高一矮，矮的那个侧身站着，还抱着龙珠，顿时气不打一处来。他叉着腰大声喊："穿白衣服那个，把龙珠还来，你儿子都多大了还拿龙珠逗他呢！"

小深瞪大了眼睛，把"龙珠"往商积羽身上砸，道："谁是你儿子！你占我便宜，你真讨厌啊！"

商积羽接住"龙珠"，抛了一粒丹药给人族，毕竟他身上也无银钱，又一下拉住小深，转身已到了城楼上。

那人见两个大活人忽然不见了，攥着手里的丹药两眼发直，遇着神仙了……

"我可没叫你儿子，是那人错认。"商积羽对小深平静地陈述道，"你太矮了。"说完又叫小深拿好那龙珠。

小深不肯接，人族真肤浅，他嚷道："但是我的本体很粗好吗！"

也不知这小蛟到底是在哪里长大的……商积羽喟然道："你这么说别人听不懂的，我们人族通常不会这样说。"

"那是因为你们无知！"小深傲然道。

商积羽抓住小深的手腕，似笑非笑地道："这句话更不能随便说了，你最好小心一点儿。"

小深觉得商积羽的语气怪怪的，让他不舒服，只想挣脱开，他不服气地用另一只手轻捶了他一下。商积羽侧过身躲过撒娇般的一捶，那只手就轻飘飘砸在了厚厚的城墙上，击了个对穿——一个锅大的洞出现了。

小深不熟悉人族，可也知道城墙是用来做什么的，他不好意思地看了一眼，然后辩白道："我是想砸你的，谁叫你躲呀。"

商积羽："……"

掉落的砖石从外侧砸了下去，守城的卫兵原本也沉浸在节庆氛围中，被惊醒后向上看了几眼，喊了一声："什么动静，快去看看！"

"还是走吧，再待下去，我怕你要把这里拆了。"商积羽叹息道。

要叫久居羽陵宗的老人来说，似乎每次金阙选仙前后，都是淫雨霏霏的，雨水极多。

今年入宗的新弟子，统一住在碓磨院，待到入了撄宁境后，才会各自正式拜师。以羽陵宗弟子的根骨，这个时期越来越短，不断突破。最短入撄宁境的纪录保持者是商积羽的师父妙想元君，这位容易元君，只用了七日。

只是因为"骗子风波"，这次的新弟子们还闹了许久，生怕自己被骗，最后甚至连谢枯荣也出面，亲见了他们一次。单单这些事，就花费了好几日。

负责招新的执事没办好差事，私底下埋怨了半天，继而骂洞微，你说你作甚要去惹那大蛤蜊，惹也就惹了，你不能努力一点儿吗，连个涤初境的修者也打不过，还害得我也出错。

又过了些日子，一众新弟子被领着熟悉羽陵宗，也头一次造访了书林。

"稍后，我们一同进入书林看一看，这里就是无数修者向往的地方，道法万千，尽在其中。但是要注意，千万不可以招惹这里的墨精，否则很可能会被它们赶出来。也不要招惹这里的主翰，他比墨精还要难缠。"

碓磨院的管事是只鹦鹉，长了个鹰钩鼻，说起话来声音粗哑有力。

经过了这些天，众人已了解了一些羽陵宗的历史，知道墨精是羽陵宗独有的精怪，而且只会佩服才华盖世之人，他们早就按捺不住了，刚入宗，都是满怀希望与信心的年轻人，谁不期待自己叫人刮目相看。

疏风也是这一批的新弟子，他家里有位表叔祖，也踏上了修仙途，只不过是拜入了一个小宗派，不像他，有幸进入羽陵宗。

当年表叔祖家里的至亲还未都去世时，他也回来过两次，说起自己代表宗门在羽陵宗问道的经历，但只说了书林，尤其是书林中的墨精。后来他的血缘至亲渐渐都不在人世，表叔祖也彻底和凡间的亲族断了联系，再没回来过，但表叔祖提起过的墨精一直停留在疏风心间。

如今亲自踏入了书林，疏风实在难掩激动，管事说他们这一下午，可以在最外围的区域随意看看——他们还远不够资格自学这里的道法呢。墨精很少出现在最外围，只能远远看到有小黑点跃动，这已足够使疏风心跳加快了。他在书架间走动，忽而看到窗边的座位上有个少年正趴着看一本图册，头上又趴着一只墨精。少年如白玉无瑕，墨精则是水墨身形，画面令人难以克制地想微笑。

只是有一点疏风却没注意到，那就是少年周围没有其他人坐。

疏风忍不住走了过去，见少年正在看的竟是一本介绍羽陵宗的图册，不禁问道："小兄弟，你也刚来羽陵宗吗？"

少年抬起头，湿漉漉的眼睛看向他，道："是呀。"

"你不是金阙选仙进来的吧？进来多久了？我都没见过你。"疏风被他一看，心也软了几分，立刻来了兴致，"还有这……这是墨精对吧，你怎么搞到的？"

"也就先进个把月吧。我没搞，他自己来的。"少年说道。

疏风看到小小的水墨道士，背着剑，亲密地趴在少年身上打盹儿，小小的眉眼还挺漂亮，心痒难耐，没想到同样是新人，少年就可以和墨精亲近了，问："我可以摸一下他吗？"

"他不喜欢别人摸他。"少年制止道。

"但他不是在睡觉吗……"这是墨精啊，疏风鬼使神差，伸出手指头，去碰小墨精的脸颊。

不想这墨精一时暴起，两眼晶亮，将背后的剑抽了出来斩下去，堪堪和疏风的指尖擦过，斩在了桌面，留下一道深深的印记。要不是疏风缩得快，加上小深揪住了余意的后领，他的手指头就没了！

疏风的脸都白了，下意识惊叫一声，不一会儿，管事循声而来，见他脸色不好，连忙问道："你干什么了？"

"我刚才想摸这墨精。"疏风弱弱地道，"差点儿被伤了。"

他说完这句话，管事反而松了口气，随即训道："我不是说过，不可以招惹墨精，你想以后都进不了书林吗？到时候有你哭的。"

总有那么几个不怕死的新弟子要调戏墨精，他都习惯了。幸好这新弟子想摸的不是旁边那位……

疏风弱弱地道："我以为这墨精脾气好，他还趴在小弟弟头上睡觉。"

管事问："小弟弟是谁？"

少年问："小弟弟是谁？"

疏风自知喊错了，尴尬地道："实在不好意思，因为我有个亲弟弟同你差不多身量，有些神似。"

管事的脸扭曲了一下，深吸了一口气道："休要胡言，这是……我们书林的主翰小深先生。"

"就是您说的……"那个比墨精还难缠的人？可是不像啊，明明很好相处的样子，疏风还算没笨到家，没说完就赶紧闭嘴，又道，"不是……可是……他，他说他也是刚进羽陵宗的啊。"

小深捕捉到了那半句话似有什么未尽之意，追问道："他说什么？"

管事忙用粗哑的嗓音喊道："达者为先啊！你懂什么！快快随我来！"

小深问："等等，你跟他说什么？"

管事拉起疏风就拔足狂奔："不打扰先生了，回见！"

小深无语，可见不是说的什么好话啊！记下他的脸！还有，难道我真的很"矮"吗？

余意仍有不满，趁小深腹诽出神，一下飞了出去，他刚才还没揍到疏风，疏风竟敢擅自摸他。

小深跟着余意往外走，那管事早已不见踪影了，余意也不知追上没。

倒是一直蹲守在外面纠缠道弥的玄梧子，一看到小深，就蹿了过来，亲热地喊道："小深哥！"

小深一看到他，嫌弃地皱了皱鼻子，又掉转了一个方向。

"小深哥，小深哥，我是来献术的。上次我说的那新术法，已经在我的努力之下成功了。我觉得您可能也很感兴趣。"

玄梧子继续道："这个术法，叫作造化术，夺天地之造化，改道体之精要，使人在顷刻之间，长高三寸！"

玄梧子觉得他研究出来的法术小深可能也会喜欢，想借此打动小深。

小深的脚步果然停了下来。

玄梧子小心地道："当然，我说您可能感兴趣，不是指您很矮的意思。您还年轻呢，这就是一个有意思的小术法，如果能得到您的支持，也许能更加完善。"

小深臭着脸问道："成功了？你还没给自己试过吧。"

"在兔子身上做了几次试验，比较成功，但还有一点儿不稳定，兔子大了五倍，所以希望有您进一步支持。"玄梧子见小深的态度松动了，虽然脸色不好看，但是和自己回话了啊，心中一喜。

小深原本是不介意的，但人族好像喜欢拿高矮说事，要是忽然长得比商积羽高，会不会把他吓一跳呢。小深撇撇嘴，道："那你再试一次给我看。"

"好啊，我看看，弄个什么东西来试试。"玄梧子往外一看，捉来一只松鼠，将其定在原处，算了一下方位，然后念决施法，"生气在寅，木气为旺，神气交结，万物化生！"

他指尖疾射出一道青光，可恰在此时，一个黑点闪过，竟与青光相撞，飞了出去。

"余意！"小深喊了一声，他看得分明，那黑点正是刚返回的余意。

余意撞在书架上，被一本书盖住，小深跑过去将书掀开，把晕头晕脑的余意揪了起来，问："你没事吧？"

余意晃了晃脑袋，一蹬腿，摇摇晃晃又踩住了剑，以示自己没事。

咦，对了，术法应在余意身上了啊，可是他看起来似乎没变化。

"这不是也没长高吗？"小深用手指比画了一下余意，还是原来那么一丁点儿大啊，"你这法术压根儿不行。"

"呃……"玄梧子的鼻尖冒汗，但仍是尽力争取，"这墨精非精非怪，是文墨之灵，我的术法又刚研究出来，可能是还有疏漏处。但是我保证，放在别的动物上真的有效，我还是把那大兔子拿来给您看看吧。"

"下次吧！"

小深这时却想通了，他要是长高了，商积羽说不定还以为他被人族的审美套住了，反而高兴呢。还是要仔细考虑一下，反正玄梧子的术法还不完善。嗯，说来说去还是人族的审美太狭隘，不像我们龙族，总能发现各族的美。

一下午过去，小深又要在大家的惋惜声中离开书林了。

恰巧那些新入宗的弟子也都一个个地在管事的带领下，上了一只只小舟，要回碾磨院。他们见到小深，全都暗里讨论，这少年看上去不像是人族呢，可惜他们的眼力不行，无法像入修界已久的弟子一般，判断出来他到底是何族。唯独疏风知道少年其实是主翰，管事倒说过是水族，也的确和给他的印象一致呀……

小深兀自上了小舟，才荡出去没多会儿，忽觉有些颠簸。正在疑惑之际，身下猛然一个落空，周遭惊叫声四起。

——竟是悬流多年的整条离垢河连着河上的小舟与人都向下坍落！水倾如帘！

小深一下反应过来，或者说没有人比他反应更快，这离垢河本就是从兰聿泽中分出的。他倏然向下，穿过了正在倾泻的离垢河，悬停在空中，两手凌空摄住整条长河，将其托起！

对同境界，甚至再高两阶的普通修者来说，一霎间要完全控制整条离垢河可能都有些难，但对小深来说，如呼吸般简单。

只是他托住了离垢河,人和舟仍在向下跌落,多数是刚入门的弟子,尚无半点儿修为,惊骇至极,惨叫连连,嚷着碾磨院管事的名字叫救命。

此刻这段河上的修者只有小深和碾磨院的管事而已,那管事接住身边几个已算是迅速,他也并非高阶修者,只负责照顾新弟子们日常生活罢了。倒是河下平地或其他山峰住着的门人察觉动静,纷纷出来,见上头掉人,正待动手,却见早有人把人都给接住了——

其他人都喊管事,唯独疏风,也许是知道执事比管事应当阶级要高,鬼使神差喊了小深:"主翰先生!"

小深听到疏风叫自己,瞥了他一眼,顺脚一踢足下的云,分出多朵,便接住了管事接应不住的新弟子。

继而,他心中忽而闪过一个念头:哎呀,现在我的水在上头,虽说是意外,但四舍五入,这岂不是也算在水底捡到人族,而且是一大批。一次捡忒多祭品了,这不好吧……

一切都在刹那间发生,人和河是都接住了,还有些小舟噼里啪啦地往下砸。小深倒是不把这些当回事,他龙鳞坚硬,被砸到就和淋雨差不多。但小墨精余意十分忠心上司,飞到小深前头,从背后抽出剑,斩向其中一只恰好快要落在小深头顶的扁舟。

在余意拔剑的刹那,竟是青光一闪,原本手指大的小人,陡然变得比小深还高,水墨剑利落地将小舟斩作两截!

墨精收剑负于身后,随即看向小深,锐利如剑的目光亦转为平淡——似人非人的墨精,仍是水墨之形,周身都是莹润的黑色,唯独眼瞳银亮,一头白发,衣角处与剑尖也仍是浓墨入水般氤氲开,别有几分超然之意。

除却肤色,放大来看,墨精的五官与那日小深在玉关崖顶看到的余照石像,更是几无区别了!只是比起真正的余照,余意还有一处不同,那就是人味儿不足,加之特殊的水墨形黑白色,甚至有些妖异。他微微倾身,脸与小深近在咫尺,也无呼吸,墨线般的发丝几乎拂在小深脸上,眼中像是什么感情也没有，动作却极为关切……

离垢河渐渐脱离小深的掌控，回归了原位。此时身后有人喊了一声"小深"，小深这才回神，回头看去，原来是商积羽赶来了，而且是他喜欢的那个。

商积羽熟知羽陵阵法，安置好了离垢河，瞧见少年和不知为何变得如常人般大小的墨精并立，距离极近。此刻墨精也转了脸，这般大小，与余照更是相像了。他仍如往常一般对待小深，以往只能抱住小深的手指，这时却能握着小深的手腕了。

商积羽心口一窒，清冷的眉眼头一次笼上了阴云。

商积羽是不是不开心啊……小深正在犹豫间，商积羽已上前来，神色好像又恢复正常了，小深几乎以为刚才是自己的错觉。

"这个阵法是怎么回事呀，刚才突然失效了。"小深说道，他最关心的就是自己的水，而且他早早就搞清楚了，这离垢河是依靠法阵腾飞在空的。

商积羽摇摇头，道："我方才匆匆安置，还未细看，稍等吧。"

此事非同寻常，至少是执事级的人要来察看的。说罢，商积羽的目光又若有似无地落在了余意身上。小墨精变大墨精，此时仍紧紧挨着小深，距离近得不知情的旁人看了会很奇怪。想必要不是体形不允许，他还是想趴小深头上的。

"你看，这就是玄梧子弄的什么新术法，说可以叫人长高，不小心对着余意来了一道，本来没什么变化，但是刚才突然一下就变大了！"小深见他看着余意，立刻解释道。

是玄梧子啊……几次三番，商积羽就是想对这个晚辈没印象也没办法了。

商积羽牵起了小深的手臂，仿佛不经意地稍稍用力，小深就自然往前走了两步，和余意拉开了距离，问："你没事吧？"

他是最清楚小深修为的人，只怕小深为了托住离垢河耗费了大量灵力。当然，从外表上看，小深比他想的要轻松多了。

"我能有什么事……嗯，还行。"小深有所保留地说道。

此时几名修者御剑而来，其中正有谢枯荣。整个羽陵宗好似都沸腾了。

离垢河离尘绕山已经数千载，从未出现过这样忽然下坠的情况。何况今日河上还有上百名新入宗的弟子，幸好被小深一个不漏地捡起来了，碾磨院的管事现在还在擦冷汗呢。

目睹离垢河下坠的人不少，继商积羽之后，不但宗主现身，又陆续来了许多关心的门人。

余意寸步不离地跟在小深身后，羽陵宗人人都在玉关看过余照祖师的石像，怎会不知道他长什么样，更知道那独一无二的负剑墨精。此时看到一个这么大的水墨版余照祖师，全都惊骇莫名，差点儿顾不上离垢河的事。要不是余照祖师神魂俱灭，他们都要怀疑这是余照显灵了。

"这是……"连谢枯荣也"咝"了一声，端详着墨精说道，"墨精怎会这样大了?！"

小深又给他重复了一遍玄梧子的所作所为，指着余意说："喏，就变这样了。"

余意还是保持着老脾气，谁也不理，见小深指着自己，还伸手去握他的手指。小深把手扯出来，又去摸小深的发梢，自得其乐。

似乎拔剑时的余意，最肖似余照，现在这样反倒像是撒娇了，虽然谁也不知道那位余照祖师有没有同人撒娇的癖好……

"这样啊……"谢枯荣多看了余意几眼，虽没说什么，其实心中总觉得别扭，毕竟余照是人人景仰的前辈。幸好余意是黑色的，否则他肯定更难受，看到和余照祖师一模一样、连气质都有几分类似的墨精痴缠着小深。在大家的想象中和流传下来的故事里，余照祖师那可是剑意峥嵘的剑仙形象。

谢枯荣还琢磨了一下，想解开这术法，但玄梧子也算是有点儿本事了，这术法自有独到之处，玄梧子实力不够，施术之时是借了天时与卦象，所以若非施术人，不符合天时也很难强行解开。

待谢枯荣亲自察看过了阵法，眉头皱得更紧了："离垢河的阵法并无任何问题！"

小深作为亲历者，而且是第一个发觉并托住河水的人，理所当然站出来叙述了一下经过："我以为是阵法日久天长，出了什么问题，河水陡然倾泻下来。"小深说完又怀疑道，"你说，要不是阵法，难道是谁用术法导致的吗？"

羽陵宗是有规矩的地方。羽陵宗弟子就是要练习水法也有特定的地方，除非是失心疯了，否则不会用离垢河来练习。小深的怀疑并不成立。

在场之人，都不相信巧合。就连最不谙人世的小深，都觉得不对呢，何况其他人。只是一时之间，实在查验不出究竟。

"我会调遣弟子暂时日夜守着离垢河，以免再出事故。此事还需细细探查，诸位都先散了吧。"谢枯荣不动声色，吩咐巡照等执事调查，又关切了一下那些新入宗的弟子，他有些担心他们，这一个个的，入门才多少天，别说飞，连樱宁境都还没入。

这离垢河是金光闪闪的方寸祖师所设，本受新人万分景仰信任，正是他们兴趣最浓，以泛舟河上为乐的时期。突然从河上掉下去，就是被接住了，也不知道有没有留下阴影，往最坏处想，不会给入樱宁境造成什么困难吧……这一届新弟子，还真是状况百出啊！

新入门的弟子的确被吓得特别惨，能进羽陵宗，多少是知书达理的，此时还纷纷给小深行礼，感谢这位在管事口中很难搞的主翰，大家对他的印象简直不能更好了。方才在他们最恐惧的时候，正是主翰最先出手，一朵仙云救了大家，更力挽长河，风采令人倾慕。

小深虽然是随手一捞，和捞海鲜差不多，根本没多想，但是捞完才发现好像也暗合捡祭品的规矩。所以从龙族风俗来说，只要他想，这些全都可以算作他的祭品了……有点儿多嘛！小深想着，脸颊又是微微一红。

　　这些新弟子今日前都不认识小深，也不知道小深到底什么修为，但小深展现出来的，和管事、其他人含糊形容的完全不同。他善良、有实力，救了大家，竟然还会红脸，深碧色的眼睛像深潭一样吸引人，眼神湿漉漉的，真是可爱得要人命了……无论男女，都有种春风在面上拂过的感觉。

　　不过小深想到商积羽还站在自己身后，一下又清醒了，从胡思乱想中抽离。在他的心目中，商积羽比这些人地位还是高许多的，便立刻又一本正经起来，道："不客气，再见。"

　　少年故作正色，倒更有反差之可爱了。连那些围观的修者也不由得暗想，除了是文盲，小深真是样样好啊。对了，还有霸道。哦，还有能打，再有就是不讲理……

　　越是修为高的修者，感应得自然越广。玄梧子就来慢了一步，才刚到，发觉宗主也走了，没热闹看了，反倒浑身发寒得厉害。

　　玄梧子循着众人的目光四下一看，不难，一下就发现让自己颤抖的是师叔祖。不知为何，师叔祖看过来的眼神不友善，很不友善……玄梧子绞尽脑汁地想：我做错了什么吗，还是小深哥讲我坏话了，否则师叔祖为什么这样看我？

　　小深本就想找玄梧子，一瞧见他来，就把人给揪住了，道："你看你把余意弄成这样了！"

　　玄梧子先前瞧见一个黑乎乎的人形在小深身边，还没反应过来是墨精呢，琢磨着是什么东西，猝然看到墨精的脸方才认了出来，也是很吃惊，又忍不住乐，道："这么高大！"

　　这可就是他梦寐以求的身材了！墨精原来还不足一只手那么大，现在比他和主翰还高出一个半头，虽是水墨色，但一头白发与莹亮的眼眸衬得黑色也多了些意思，背着剑的模样，纵是异族，也很是俊美潇洒。到底是余照祖师的文气和剑意所化，书剑风流，莫过如此。

可惜术法看来还是不稳定，把个墨精变大这么多，这不是他的本意。果然一时半会儿还不能在人身上实施法术，不然变得好也就算了，他要是长得像鸿濛殿那么高大怎么办……

"会解除这术法吗？"商积羽忽而插言问道，打断了玄梧子的思考，他神情冷冷淡淡，也看不出到底关心的是什么。

玄梧子刚才就被他吓惨了，冷不丁被师叔祖这么一"拷问"，十分紧张，道："呃……回禀师叔祖，这个小法术是刚想出来的，还没完善，我，其实就是，可以说还不会解……"

商积羽："……"

玄梧子看师叔祖脸色似乎更不好看了，牙关都开始打战了，道："我……我怕单纯地逆行法术，万一出了错，他小到和蚊子一样大可怎么办……对了，他现在这个样子，有没有什么影响？"

玄梧子这么小心一问，小深也去问余意："你有没有觉得哪里不对，看你飞得也正常，都能使剑，那还识字吗？"

可别身体变大，智慧被稀释了，那墨精就称不上墨精了，土特产的最大特点都没了。

余意摇了摇头，又点了点头。虽然变大了，他还是不会说话，这也是他与真人的极大区别之一。

"那倒也不是很急吧，这样岂不是还更方便给主翰干活儿，看这身板……"玄梧子刚说一句，就见师叔祖的目光冷冷地扫过来。他浑身一寒，那目光令他毛骨悚然。

玄梧子也不知自己哪里说错了，本能地低眉顺眼道："我会加紧研究透这个法术的！"

小深很嫌弃地看他一眼，捏着鼻子道："要找书就进去找吧。"

玄梧子一喜，真是柳暗花明又一村，这个术法没研究错，这不就又获得借书资格了吗？于是他连忙说："是，是！多谢主翰，多谢小深哥！"

余意像一个侍卫一般，紧跟着小深回到碧峤峰。小深忙活了起来，对余意说:"你这样大,都不好待在我头上和兜里了,你晚上如果不想回书林,就睡在我的房间里好不好?"

余意摇了摇头,甚至上前一步,抱着小深的胳膊,张了张嘴,却只有一些说不清道不明的细碎声响发出,和细微的书册翻页声一般。

"那不行,没有地方给你待啦!你坐下!"小深一说,余意也就坐下了,背着剑,两手放在膝上。

"你就乖乖待在这里等我哦,自己看书。"小深说罢,立刻出门,去商积羽那里了。

商积羽正盘膝坐在榻上,白衣逶迤着如堆雪一般,他合着眼,唯有嘴唇是一抹淡红色,腰背挺直似剑,风姿如画。

小深熟门熟路地爬上去,坐在他身边。随后,小深闭着眼睛,无意地道:"我觉得你今天有些不开心……"

商积羽缓缓睁开眼,垂眸看着小深,抚了抚他的发顶,问:"是吗?"

"我觉得。"小深强调道。

少年太坦率了,商积羽淡淡一笑,甚至觉得自己是否过于计较了,几乎失态。那不过是一个墨精,长得像余照又如何,以小深的性情,必然也没多想。小深也说过的,余照本尊,至多也不过像他罢了。

小深也睁开眼,正要说话,却看到窗外有道人影,道:"咦?"

商积羽一眯眼,心念一动窗子就打开了半边,却发现人影还是人影……不对,只是太黑了,幸好头发与眼睫还能让人看得分明,余意呆立在外,一见窗子打开,就立刻往里头爬……

"余意!"小深叫了一声,赤着足跳下床。

余意开开心心地来抓小深的手,小深还未上前,已被商积羽一把拉回去搂住,力道大得让小深想起他们第一次在鸿濛殿遇见。

商积羽的脸色也冷了下来,剑气一扫,余意被迫驻足,飞扬起的发丝掠过剑尖,被削断几缕落在地上,无根无源,便成了墨渍。

余意眼睫一眨,直直地盯着商积羽。他的手指握紧了背后的剑,眼神有一瞬变得锋利。

商积羽能感觉到另一个自己在心底笑得难以遏制,十分有趣地对他说:这可真是太出人意料了……不,还是应该说,我们不愧是同一个人?

商积羽能感受到对方的幸灾乐祸,这是非常简单的快乐,毕竟这段时间以来,"他"才是嫉妒的那一个。而他只是在第一次伸了伸手,从此小深就会自动盘上来了。

纵然双面,亦是一人。

商积羽低下眼,他明知那只是一个墨精,却无法忍受少年离开他,向对方走去,从身到心都十分抗拒,也许只是因为体内潮涌般的灵力。

余意站在原地,也很是委屈,莹亮的眼眸盯着小深,但被剑气所逼,不得上前,他原本是想拔剑的,小深却在他对面,所以最后他也只是伸出一只手来。

小深却不解地看着商积羽问:"你到底是哪一个呀?"

他确信自己没认错,但温柔的商积羽可不会弹飞墨精。而且另一个不是也答应过,只要碰碰爪子,就不再弹余意了吗。那现在对余意不友好的到底是哪一个商积羽。

商积羽难以启齿,只好抓紧了小深的肩膀,转过脸,低声道:"别走。"

低低的嗤笑声在心底响起,很是嘲讽。

"我没有走!"小深大声道,很快又担心,"你是不是不舒服?"商积羽经常这样抓住他,只有靠着他时,才会放松。

商积羽不答。

小深对余意道:"你还是出去吧,都说让你在我的房间待着啦。"

余意茫然而又委屈地看着小深,他也不知道自己有什么错,他只是像往常一样跟着小深而已,为什么要赶他出去呀。

小深被这眼神一看,语气也没那么理所当然了,硬着头皮道:"你都长大这么多了,要学会独立。"

余意:"……"

他更委屈了,又不是他想长大的。

余意伸出来的手慢慢缩了回去,一步三回头地看小深,白色的长发在月光下更是银白发亮,眼睛里的光芒却黯淡下来,在小深坚定的目光下又爬出了窗外。但是他也不愿意回小深的房间,于是抱着剑,坐在了柱子下面。

次日,小深起来后,徐徐走出房门,见到一团黑影缩在廊柱下,原来是余意。他怀中抱着剑席地而坐,一手握在剑身,额头也抵着剑,要不是那一头白发,黑黢黢的他几乎和廊柱的影子融为一体了。

"你怎么坐在这儿?"小深这才发现他其实一夜未走,急道,"不是叫你回去待着吗……"怎么像没爹娘的小蝌蚪似的,可怜兮兮地待在外头。

余意见到小深,立刻站了起来,往他身边挤。墨精又无须睡眠,他也不想待在那空无一人的房间,要是这样,还不如去书林了。

小深无语,发觉和余意说不通,他那隐隐委屈的脸又让小深怪心虚的,疑心是不是自己太过分了,虐待了墨精。他也想和往常一样伸手戳戳他的脸颊,又发觉余意现在可高大了太多,手抬到一半就有些犹豫了。

余意见状,连忙俯身,用脸颊蹭了蹭小深的手指。这是余意做惯了的动作,可一个小墨人这么做是可爱,大墨人这样做就有说不出的怪异了。

商积羽才走至门口,就看到了这一幕,仿佛想到了什么,抱臂嗤笑,喃喃道:"果然不该答应再也不弹这玩意儿了……"

他可不会像"他",口是心非,表面光风霁月,实际明明和他是一般的小气。很可惜,他答应过小深,不能对这长着一张讨人厌脸的墨精再动手。真是失策,他也没想到这玩意儿还能更讨人厌……

墨精敏锐地察觉到了商积羽的冷嘲热讽,而且似乎察觉到了他细微的转变,迅速直腰按剑,露出了防备的神色。大约也是长期被弹飞产生的下意识反应。

"别怕。"小深倒对商积羽还有那么点儿信任，而且商积羽的话其实也恰恰说明了他这会儿不会对墨精出手，"小气鬼，后悔也来不及了。"

"小气的不是'他'吗？"商积羽的笑意更浓了。是他让你把余意赶出去呀。

"我才不和你说。"小深拉着余意的手就往外跑。

商积羽遥遥地看着余意寸步不离地跟着小深，不只手，恨不得全身都贴在小深身上，目光也冷了下去……真是碍眼。他旋即想到什么，懒懒地低声道："不如，让给我一半夜晚的时间吧，我来想办法，让他没法儿再出现。"

一阵沉默。

商积羽轻笑一声，道："真该让他看看你真正的样子。"

书林里，余意跟小深一出现，便惹来无数目光，不少人尚不知道究竟，瞧见墨精的身影，大受冲击，神思恍惚地道："太大了，太大了，是什么圣人巨著才能生出这般大的墨精……"

"疯了吧，巨著就能生出巨型墨精了吗？听说这是中了玄梧子的术法呀，没看长得和余照祖师一模一样吗？"

这个尺寸的墨精，即便在人族也属高大了，在墨精族群中就更是巨大了。

听说是玄梧子的手笔后，众人这才露出了然的神情。

"我早就知道，他迟早会弄出这种道术来。啧啧，这不是研究得还不错吗，可他竟然敢拿墨精来试法？他以后不想来书林了吗？"

得罪了小深主翰，还有转圜余地，但要是得罪了墨精，以它们傲气又记仇的性格，你还能在书林待下去就怪了。

不但各类弟子看着余意，那些小墨精同样冒了出来围观余意，张大了嘴，无数细碎的声音掠过耳边。

很快,就有墨精迈着短腿跑到小深身边。

余意眼睁睁看着它,跳上小深的手掌,沿着手臂一路往上,爬到小深的头顶,表情惊喜,甚至捋了一下小深的头发,在这个新地方待得很开心。余意气鼓鼓地一伸手指头,把这只墨精给弹飞了。

小深道:"好呀,你好的不学,学坏的。"

余意并不羞愧地低下了头……

墨精们对余意这种明明都变大了,还霸占着主翰,不让大家去主翰身上玩一玩的行为表示谴责,最早化形的前辈们更是对其使出了群攻绝招:指指点点。

余意沉默片刻,忽然将剑拔了出来,剑锋直指前方。他仗剑而立,莹亮的眼眸睥睨众生,神情冷峻无比,道袍猎猎飘动,末端氤氲如水墨画一般,又活生生的。剑意更有上破九霄,下抵九渊之势。

不愧是余照祖师所余之意!墨精们无声尖叫着躲进了书架里。

四周的弟子们也沸腾了,这负剑墨精继承了余照祖师的剑意,大家是知道的,但他鲜有需要显出剑意的时候。而且他变大之后,看得也更清楚了,观感都不太一样了。

一时围过来许多人,余照祖师身殒道消,却有石像可睹昔人风采,更有墨精,能一观其剑啊,也是后人之幸呀。但余意把墨精们吓跑了后,很快又收回了剑,继续玩小深的衣角。四周响起了整整齐齐的叹气声……

"散了散了,没见过墨精吗!"小深赶螃蟹一般挥了挥手。

此时道弥也抱着一大堆书气喘吁吁地出来了,他最近铆起劲来看书,时常是一动不动,此时一眼看到余意,惊叹道:"嚯!这就是玄梧子那术法的效果啊?"他最先想到的是,这下子余意可不能往小深哥身上爬了,道,"余意还真是芝麻开花节节高啊,不对,应该是黑芝麻开花,哈哈哈哈。"

可惜,余意面无表情,不是很能领会道弥的幽默。道弥在心底鄙视:你听小深哥念诗时可不是这副面孔。

"这些书是你找的吗？"小深翻了一下道弥那些书。

道弥点点头，道："是呀，小深哥，我求你了，我这里帮你检索，你也好生看看书吧。"

"我看了呀，我还找到一本道术，适合你。"小深说道，上次道弥和他说想学幻术，他觉得道弥不适合就拒绝了，但回过头来，也以自己的想法找了觉得适合道弥的书，"那书不好拿，我抄下来了。你看看。"

小深从案头拿下来一本册子。

随着小深对羽陵也熟悉起来，道弥早不用时刻跟着他了，还真不知道他什么时候找的，还抄写了！

"多谢小深哥。"道弥受宠若惊地接过册子翻开，映入眼帘的就是小深那奇丑无比的字，不禁长长"嗯"了一声后，才仔细去看内容。才看了两行，道弥就会心一笑。

龙族是水族之长，羽族之长则是凤凰，就像很多水族喜欢自称有真龙血脉一样，羽族也喜欢攀附凤凰。凤凰性烈而高傲，上古时期在修界极为张狂，也因此惹怒许多大能者。争斗之下数量锐减，为休养生息，也不知都隐居在何地了，行迹消失得比龙族还早。甚至有传言说他们其实和龙族一样，悉数离开此界了。

这道术前头，就提及了此乃凤凰之术，很像一些羽族大言不惭地表示：我们这道法是根据上古凤凰族的术法获得灵感创造出来的哦，或者说这是凤凰传给某某，某某再传给……最后传给我们，十八道倒手后还剩下三分精髓。反正花样很多，但没有龙族的故事那么繁杂，大约也是顾忌凤凰族不一定和龙族一样都不在了，倘若计较起来怎么办。

本以为一样的套路，可越往后看，道弥的神情就越惊骇，他修为虽然尚浅，但好歹也世代住在羽陵，眼光不错，看得出其价值，忍不住喃喃道："这火羽之术，如此宏秘精粹，我真要相信和凤凰有几分关系了……"

"本来就有。"小深理所当然地说道。

很早之前龙、凤两族的关系是很不错的,而且以龙族的审美广泛,当然也有过联姻,甚至据说龙凤夫妻合力为一,人莫能挡。只是两族都不一般,凤凰还尤其高傲,要配成对的概率其实很低。因此也并没有很多龙凤在一起。小深对凤族的源流还是有一些了解的。

"可是,我从来未见过这术法啊。"道弥细想之下,宗内似乎从未有人练过这术法,还是说他孤陋寡闻了,"小深哥,你从哪里找到的?"

"就特别里头,我翻了一圈。"小深道,"怎么,没人练?这么不识货吗?"

"没……可能是我太年轻吧。"道弥挠挠头,书林的典籍越往内间越深奥,其中内情他也不了解。

书林一环又一环,寻常弟子没有主翰允许,都不得进去太深。有些道法还是由宗主亲赐给合适的高阶弟子。所以说这一本既然出自书林深处,难怪不寻常,要不是小深哥拣出来,他不知道何年何月,甚至有没有机会能得到!

这绝对是好东西啊!道弥想通这一点,就更加感激小深了,道:"小深哥……你对我太好了呜呜。"

"你怎么还哭了,你的哭声真难听!"小深吓了一跳。

道弥愣住了,虽然他的哭声是公认的难听,但也没必要说出来吧!

小深随意地道:"你别哭了!我就是看你找书也找得很辛苦。"

虽说一开始小深打定主意,占领羽陵宗后不能留这只八哥,但是相处下来,他对道弥在有点儿烦之余,也产生了认可,甚至觉得道弥干活儿也比较麻利。可以说,谢枯荣以后那龙宫总管最大的竞争者就是道弥了!希望谢枯荣能继续努力,别落后了!

"我只是做了一点点工作而已……"道弥深深感动了,小深哥真是面冷心热,他原先还有些别扭,现在却主动吟起了云自然真人的诗,"长念人心便如水,你我友情万丈深!"

小深果然微微颔首,认为道弥这一句引用得恰到好处。

道弥将册子贴身收了起来，决定回去就要练起来。过段时间就是门内小比了，外门弟子也可以参加，优胜者是会有各类奖品激励的。就像玄梧子当初的白海砂一样。

他刚收好，就听见书林内一片抽气声，转头看去，原来是师叔祖来了。大家犹犹豫豫地给商积羽行礼问好，至于为什么是犹犹豫豫——

"这次是真的还是假的……"

"不知道啊，很难说吧。"

"先问个好吧，以免万一！"

商积羽走到近前，众人却见主翰没有以前那么热情了，甚至很冷淡地说："你怎么来了？"

"帮你看看书，不好吗？"商积羽反问道，又瞥了余意一眼。

他这么说，小深就不太好意思了，羞涩地从道弥那里搬了一大半给他，道："抓紧看！"

商积羽道："你倒是不客气。"

他自觉洒脱得很，却越想越不爽快，索性亲自过来了。好在这次，墨精没有那样放肆了，只是跟在小深的身侧而已。

小深莫名其妙，道："人族真奇怪，明明是你主动要求的。"

余意也点点头，只是脑袋刚一点，下巴就不知不觉放到了小深的肩膀上。

商积羽心中冷笑，"他"也就罢了，这黑余照竟也高他一等。他想摸一下小深的手，还有交换条件，黑余照倒是放肆得很。但他又不太想就此出手，便宜了"他"。次次都是自己落了不好……真是烦。

玄梧子彻夜沉浸在术法研究的海洋中，才觉两眼微酸，揉了揉眼睛，走到外间，准备喝点儿茶水再继续。只见师叔祖竟也在，毫无意外地和主翰在一起。玄梧子小跑上前问好："小深哥，师叔祖……"

商积羽一脸漠然，瞥见玄梧子，伸手把他给弹飞了。

玄梧子哭出声来。

众人：……

商积羽心下不爽，极为狂躁。在书林待了半日而已，那阴郁低沉的气场就吓得好些门人心思不宁，不敢待在此间看书了。而且他从此便常来，时不时能听到他和主翰拌嘴，偶尔还响起玄梧子的哭声。

大家叫苦不迭，也不知道这俩人到底是什么关系，看起来时好时坏的，也不知那玄梧子又在其中扮演了什么角色。幸好，这个时候师叔祖被宗主给叫走了，总算还大家一片安宁。

这日，七八名新入宗的弟子来了书林，其中就有那日和小深相识的疏风。他们进来就左顾右盼，瞧见小深伏案看书，高大的负剑墨精在给他磨墨，道弥站在旁边不知说些什么。

几人互相低语，走上前去。

"主翰。"疏风斗胆搭讪小深。

"是你啊。"小深也认出了疏风，还有他那几个伙伴，毕竟这几个人族都可以算他的祭品，往他们身后一看，却无他人了，"怎么这次没有管事跟着你们。"

疏风露出一点儿笑意，道："我们几个都入了樱宁境，各自拜师，已不住在碾磨院了，来这里也是师哥、师姐带着的。"

能够这么快入樱宁境，绝对都是根骨绝佳之辈了，可以想象若干年后，他们就是羽陵宗的中流砥柱。

小深随意地点了点头。

"不瞒您说，我们对您的风姿、才学十分仰慕，自上次承主翰救命之恩，不敢忘怀，今天除了再次道谢，也是希望在刚踏入修仙途后，能得到您这样一位前辈的些许教诲！"疏风认真地道。

道弥在心底琢磨，这应该是客套话吧，我们小深哥风姿行，才学嘛……是他们看到墨精后幻想的吧。

小深也很茫然，问："教诲什么？"

他连教诲这个词还是前天在《人族常用词源流辞典》上学会的。他也听道弥说过,历来主翰是半师,提点教导众弟子都是常事。只是他上任以来,还是第一次有人主动来讨教诲……

疏风立刻道:"都可以,无论是为人处世,还是修行悟道!"

他的同伴也抓住机会插话:"先生掌管书林,能否启示弟子,道与术之间的关系!"

修者修道,也炼术,以道驭术。对刚入门的弟子来说,这二者的本源会让他们有些迷茫,毕竟各种眼花缭乱的道法、术法那么多,似乎每一项都很重要。

"这个啊。"小深仰着脸想了想,"当然是练术之前先立道,要修术法,功夫还在后头呢。"

小深讲了几句大白话,疏风一行人脸色也没变,没有如道弥所想那样,对崇拜对象感到幻灭,反而把他的话奉为至宝:"主翰一席话,真是钩玄提要、意味深长,令我等豁然开朗!"

道弥也暗暗点头,小深哥确实厉害,说的虽然是大白话,但十分精准,毕竟是能以幻术跨境挑战的人。这些弟子都是天赋异禀之辈,大约都能受益匪浅。

"道在术先,术在法外。受教了!"那提问的女弟子也腼腆道谢,并提炼了小深话中的意思,"我回去定然要抄写在案头,时时提醒自己。"

疏风却不满地看了她一眼,道:"你怎么能篡改主翰的话?主翰说的分明是'练术之前先立道,要修术法,功夫还在后头呢'!"

女弟子一愣,立刻道:"不错,是我错了,擅自更改,反失了精意,我一定一个字不改地抄写下来!"

道弥无语。这些人什么毛病,明明总结得挺好,他刚才甚至觉得这几句可以宣传出去,一洗小深哥的名声,他们这又是做什么?没必要,真的没必要。

疏风仿佛知道他的疑惑一般,对他一笑,说道:"我们这些日子,听过一些所谓主翰不通文墨的传言,但我们是半点儿不信的。这不但和管事所说墨精认主的传统相悖，也和我们所见到的主翰相悖。"

在这些弟子眼里，小深完全担当得起主翰这个职位！如果说商积羽是小深的海上月，那小深就是他们的山巅雪了。头一次见到他，就是仰视他的，被救了后更是折服。先入为主，加上种种巧合，他们就愿意把小深往好了想，私底下都讨论了很多次。刚才小深的一席话，也更加深了他们的念头，越发觉得主翰是妙人，不同俗流。

疏风叹服道："主翰明明能说出这样的精要之言，所谓的不通文墨，只是不拘一格罢了，难道非要咬文嚼字，才显出千年底蕴吗？书写出来，话说出来，不就是让人理解的？可惜有些人，不理解主翰，大俗即大雅，大道至简，返璞归真！"

其他人纷纷点头，又补充了几句，将小深无限拔高，表示主翰逼人念云自然真人的诗，一定也是想让他们悟道而已，他们这些新入门的都觉得能理解，甚至愿意追随其后，最后才深深地行了一礼，不好意思地道："弟子擅自解读，主翰莫怪。"

道弥对这一番解说，着实是目瞪口呆，这些就是我们羽陵宗未来的中流砥柱？这些人的想象力让他久久不能回神，但仔细一想，还自有一番圆全逻辑的，要不是他全程见证，真要相信了……他不禁看向小深哥，你到底对羽陵宗的幼苗们做了什么呀。

只见小深也有些意外，似乎还琢磨了一下这黑白颠倒的解读，才说："哦，没事，也可以。"

道弥心道：小深哥，你什么情况自己不知道吗，什么叫也可以啊？！

第四章

羽陵宗近来有一股歪风邪气,自新入宗弟子为始,以书林为源。

——公然吹捧羽陵第一大文盲小深。

碾磨院的弟子渐次各自拜师,可能是一同经历过生死,他们之间的感情也很好,时常约在书林相聚。自疏风向小深讨教后,来的人也越来越多。

小深因为这些都是预备祭品,又都仰慕自己,态度也挺好的。

众弟子拜的老师不同,聊起来时还会有想法相撞的情况,这都是寻常事,一些爱思考的弟子偶尔会觉得,老师的想法和自己不尽相同,有些茫然。他们便把小深当智慧的长者,询问之。

小深已经接受自己是个智者的新事实了,洋洋洒洒地说道:"其实天地万物都可以做你们的老师,但是,老师只是领你们入道。修行之时,学习,却不要严守,自己得知道变化。你看这么多人学习水法,好似都是同一条道,其实各不相同。如果真的照着别人的道,那你也修不下去了。"

众人茅塞顿开，深以为然。

微雨——就是第一次询问小深的女弟子第一个反应过来："先生微言大义，师法不泥，变化在我！"

大家怒视微雨，怎么老是犯老错误呢，这样和那些庸俗的人有什么区别。

微雨立刻知错了："我再也不乱说了。"说罢，一字不差地将刚才小深只说了一遍的教导背出来，并抄写。

道弥："……"

没救了！道弥本来觉得这个微雨很有文学修养，大有前途，指不定就是下任主翰的料。

如此数次，这一批弟子差不多全都被收服了，处处宣扬小深先生的大雅。老人们都傻了，甚至觉得好笑："你们可莫要钻牛角尖了，你看他高深，殊不知他前不久大字也不认识一个。"

"那又如何？"说罢，这些弟子就把小深的话流利地复述出来，"这话说得可有道理？阁下说得出来吗？"

还真说不出！他们连小深的幻术都看不穿，毕竟小深的真实境界确实比他们高呀！

这倒成了小深那些新追随者的证据："这是小深先生的大智慧。真正的智者，不流于形式。"

除此之外，他们更具体的践行就是学小深，说大白话。

其余羽陵弟子表示：荒谬！小深害我羽陵！

现在已经有些意志不坚定的弟子被他们忽悠了（可恨那个微雨口才太好），长此以往，羽陵遍地大白话，怎么得了！方寸祖师因羽陵讲道，乃成五千年绝学，竟要毁于一旦？！

这事连谢枯荣都知道了，却不愿出手去管，私底下对为人师长的大家道，大道三千，信什么的都有，如果小深的追随者胜了，那也说明人家有点儿道理啊。

双方你不服我,我不服你。

疏风作为小深这一边的领袖人物,操着大白话和批评小深的每一个人激情辩论,别说,倒因此状态忘我,修得了撄宁境的大圆满,也算意外之喜。

但这对双方来说,似乎都还不够,在等待一个强有力的证据,判定追随小深就是歪风邪气。

小深本人,倒是置身事外。他这几天,连追查驭灵环的线索都放下了,在守着道弥突破玄关境,迈入认金龙境。当初小深刚来羽陵宗路上,道弥就提起过他快要破玄关了,现在到了最重要的阶段,其实这也是因为修了小深给的火羽术,有所感悟之下的结果。

道弥盘膝坐在榻上,已经憋了三天三夜了。他祖父、父亲、母亲都在旁边给他护法。

因此小深说是守着道弥,其实也没什么事儿需要他做,挤不进去了。只是出于关心道弥,他觉得要自己镇守在这儿,以防万一。不过道弥破境有点儿慢,小深看了他两天后,就开始坐在对面的椅子上打盹儿。

道弥却进入了忘我境界,不知时间流逝。闭目内视,引灵光一点入泥丸,行了许久功法,感觉到进入清虚状态,铆足了劲儿冲破了最后一处穴窍,自此,窍窍光明!

一霎间,清光外现,道弥长吼一声蹦起来,差点儿把房顶也掀了。他的家人都欣慰一笑,成了。

"嗷!"小深吓得惊醒,他定睛一看,道弥的翅膀又伸了出来,而且光华更甚。

道弥扑上来抱小深,道:"小深哥,我突破了!"

小深打了个哈欠,含糊地道:"恭喜你,进入了认青龙境。"

嗯?青还是金?道弥听他那几个字的发音有些不太准,也没太在意,小深哥的口音向来有些外族风味,又一直对人族定下的境界不太感兴趣,此刻他正开心着呢,道:"谢谢小深哥!"

小深点点头。嗯，人族的梦想不是和余照一样，要叩问金龙何处吗，金龙吟是没有，但有青龙吟啊，而且绝对正宗，正经的认青龙。

"就是这动静真大，吓我一跳。"小深嘀咕道。

"这还不算大吧，要是到了第六境巡天境，那才大吧。"道弥喜滋滋地道，巡天境离他还有两阶呢，但他已经畅想起来了。

巡天境之所以叫巡天，是因为修者入境后，神魂会隐约沟通星辰，观地络万千，领悟自然法则，立下属于自己的道，称作"攀星认道"。

不同的修者依附不同的星辰，目前还没有什么研究证明具体如何分布，以及星辰不同会对修者未来的仙途造成什么不同影响，多数大能认为是没影响的。纵观历史上有名的修者，有攀荧惑星却老实巴交的，也有攀红鸾星一辈子没找过道侣的。但也有一批修者迷信，认为这和命运息息相关，概率大小而已。比如羽陵宗就一撮人在讨论时表示，小深以后若是攀星认道，估计要攀上彗星——既是吉兆，也可能带来灾祸。就像他成为主翰后，既让大家可以借书了，又强行推崇云自然。

道弥以前也觉得这是无稽之谈，但是随着他的境界提高，竟也有些期待，经常猜想自己攀星认道，会沟通哪颗星。

他看了一眼小深哥，也不知道小深哥有没有到巡天境，他觉得有，但不知道攀的哪颗星。像宗主、师叔祖他们这样的修者，都不屑提起自己的星，小深哥说不定也是这样吧。

"唉，不知道商积羽什么时候回来，他都被谢枯荣叫走好些天了。"小深忽而叹起气来。虽说现在没什么与商积羽相干的事。云自然真人写得好：纵然有酒亦有菜，一见日月便忆君。

"师叔祖是不是也去查上次离垢河掉下来的事情了，其实我也觉得那事有蹊跷。"道弥小声道，还看了一眼他那正在张罗要办酒庆祝孙儿认金龙的祖父，"但是我爷爷不让我乱聊这件事，说万一引得人心浮动就不好了。"

"可能是吧。"小深开始给谢枯荣重新打分了，怎么老拖着商积羽不让他回来。

一直像影子一般跟在小深身旁的余意却忽然抬起头来，窸窸窣窣地说了些什么，也不知道是什么意思。

道弥道："多半是在骂师叔祖。"

小深道："我也觉得。"

余意："……"

说来也巧，小深从道弥住处离开，行舟没多久，就遇到了商积羽。商积羽御剑从上方飞过，小深喊了一声，他就悬停空中。小深挡了挡太阳，冲商积羽招手。

自金阙选仙后连绵不断的阴雨结束了，随之而来的是小深非常不喜欢的骄阳。阳光像是瓢泼出来的，用力投在大地，激起灼人的热气，更刺得他眯起深碧色的眼眸。

商积羽便露出一个浅笑。心情才变好，就见余意把手伸了出来，拿袖子给小深遮阳光，黑乎乎的，把大半个小深都挡住了。

商积羽："……"

他不在的这些天，恐怕都是余意跟随在小深身边……

商积羽落在舟上，不去看余意，而是对小深平和地道："这几日没事吧？"

"没有。"小深直白地道，"就是想你了。你去做什么了？"

人族鲜有这样直白表达的，商积羽一愣，随即刚才那一点儿不快也悉数散去了，温和地道："只是离垢河之事，我要做的已结束，此事恐怕不是人为……谢枯荣派人外出再探了。为了防止类似的事情再发生，这两日又和他一起多布了一道法阵。"

"这样一来，以后就算是离垢河再发生什么问题，也不会伤到人，就是耽误了一些工夫。"

"嗯嗯，一定要小心，就这么点儿水了。"小深心说可不能再糟蹋了，你们这些败家子，都败完了看你们拿什么还我。

余意依然忠心耿耿地给主翰挡太阳。

商积羽瞥了一眼,对余意道:"你把手放下来吧。"

余意眉头微皱,盯着商积羽。

商积羽不为所动,倒是一点儿也看不出来他其实介意这件事,纵然已经被另一个声音嘲笑一百遍了。

"对,可以放下来,我打一朵云好了。"小深也附和道。

商积羽看上去没有之前的不悦了,他理所当然地认为之前确实是意外,商积羽才没那么小气。叫余意把手放下来,可能还是体贴余意呢。

余意盯了商积羽一会儿,听到小深这么说,才不情愿地把袖子放下来,有点儿不开心……

小深正待弄出一朵小云,商积羽将自己的剑抽了出来,长剑再出鞘,竟有铮鸣之声。剑意冲霄,上达青天,八方流云汇聚,将晴空烈日严实遮蔽,仿如要形成什么大灾一般,惊动四方修者。此刻陡然再收剑,剑意荡然无存,层云仍在。一点儿浩气啸烟云,不过是为了长空蔽日。

商积羽道:"不晒了。"

小深仰头看了一会儿,变阴天啦,他乐得抓住商积羽,道:"这剑真好看。"

"笃、笃、笃。"

余意不知道什么时候坐下来了,用剑磕着船沿,一脸的幽怨。

可小深哪里还听得见,他去摸商积羽的那柄古拙的剑,问:"上次没问,这剑叫什么?"

"和另一柄剑共名山河。"商积羽道,"一山一水,是师尊所炼之器。"

小深细品了一下,道:"那就是一阴一阳,真好。"

简单,却是两个极端,既要分隔,又要融合,常人难以掌握。小深还未见过商积羽的另把一剑,但敢修这样的道,已是惊世骇俗了。

小深忽然想到,商积羽不会就是这么练剑,才练出两个性子吧……

他偷着打量商积羽,却被商积羽逮住了,问:"怎么?"

"没什么呀。"小深"嘿嘿"一笑,却觉得身下一沉,立刻叫道,"河又要掉啦!"

商积羽摁住他,道:"不是。"

小深一看,还真不是,就是余意发牢骚地磕船,把船给磕破了。

余意茫然地站起来,水已经没到他脚踝了,反正看起来真不是故意的。

小深心疼,这船他还蛮喜欢的,因为前日他才在疏风、微雨等人的吹捧之下,效仿宗内的酒鬼刻诗,在船上刻了自己的大作"羽陵一夜山绕水,我向烟波钓故人",自觉很有自然真人的余韵。

这诗形象地描绘了他想象中自己占领了羽陵宗后的情景。

因为现成的龙宫都在水上了,该如何用龙族的习俗把"故人"变成祭品呢?他受到人族钓鱼活动启发,当然是趁祭品"不小心落水",自己坐在龙宫钓祭品了,极有情趣。

所以这船可是独一无二的,小深不想抛弃,于是快速地控制水流,就近在旁边一座山峰靠岸,打算抓一个弟子来给自己补船。

这山峰十分热闹,修者云集,支着架子摆摊,有一点儿像小深看过的人族市集,又没那么喧闹,而且不时有宝光闪过。

小深看过羽陵地形图册,想起来这边以积金山为代表的数座山峰都很热闹,不像碧峤峰那样冷清。

这一带有专司医药的药码头,相邻着做丹药交易处的药墟,也有交换其他材料的春水渡,还有一片宗外来客居住的地方……所以几乎时刻都是这么热闹的。

小深主翰和师叔祖大驾光临,携带宠物墨精一大只,引来不少人偷看,大家都有些忐忑,不知道他们来干什么,师叔祖还需要私下以物易物吗?但见师叔祖一言不发,心道说不定就是陪主翰看热闹,也不敢打扰人家,就继续战战兢兢了。

一名女修者看了一会儿,大着胆子拿着个口袋过来。

还没等她说话，小深先问她："你会修船吗？"

女修者茫然地道："会啊……"

很好，就抓她了，小深说："那你给我把船补一下，要补得和之前一样。"

"好……"女修者没防备就被抓了壮丁，旋即想到更不能浪费这次机会了，"主翰，我们在为刚救助的珍稀妖族募捐，他们突遭大难，来到羽陵求助，大家都把不用的丹药、草药、法器之类捐给他们。您看要不要……"代表书林捐点儿书最好了啊，寻常弟子是没资格决定捐书这种事的。

"救助珍稀妖族？"小深则略带疑惑地重复了一遍。

"是的。"女修笑起来很甜美，"总共一百只也不到了，被一些没道德的修者残害，连家也没有了。咱们羽陵宗弟子向来行善举，修大道，遇到这样的情况总要表示表示。"说完她又把口袋往主翰面前送了送，意思很明显了。

小深探头看了一眼，装了不少东西，什么都有，估计都是大家捐出来的，口袋里还有几棵大道草呢，他拣了出来吃掉了："剩下的就算了，你留着吧。"

虽说他超可怜，被羽陵宗害得家也没了，全修界只剩一条……但其他的实在不爱吃。小深吃完人家的草，大摇大摆就要走开去看看此处热闹。

女修站在原地久久不能回神：他刚才是吃了我的草吗？是吃了我给珍稀妖族募捐的草了？主翰真的和传说中一样不讲理啊！

眼看着小深就要离开了，身边左有无数羽陵弟子腹诽过的墨精，右有可怕程度不必详加描述的师叔祖，怎么办……要不要拦下？

她心中默念一百遍"吾道长存"，鼓起勇气走过去拦住小深。

小深反问道："你还不修船去？"

女修的脸微红，道："主……主翰，那草是我为珍稀妖族募捐的，您吃了不大好吧。"

此言一出，周遭都寂静了。真厉害啊，居然敢找小深的碴儿，她是不认识玄梧子这个人吗？

小深这才发觉她的目的，指着自己鼻子说："我就是珍稀妖族，我全族就剩我一个了，被你们……你们宗主带回来的！难道我不能吃这个草吗？"

女修者张口无言……

小深的原身到底是什么，全宗猜很久了，现在的主流看法是某种大蛤蜊，具体是什么谁也不知道，更不知道是不是真的珍稀妖族。但小深要这么说，谁也没法儿挑理。

更令男弟子听了沉默、女弟子听了流泪的是，小深竟然是个孤儿！全族都不在了！没人会拿这个开玩笑吧，小深也确实是宗主捡回来的，就算不是珍稀妖族，也够可怜了。

难怪小深平日行事总有些强硬，可是在无亲无故的情况下，必须"狡猾蛮横"才能活着啊，幻术原来是这样练出来的……而这样的他，又怎么有条件学习文字呢？

此时再看小深，他貌似满不在乎的外表，娇小纤细的身体，时而透露出一丝忧郁的湿润眼神……无不令一些多愁善感的弟子内心紧紧地揪起来，不觉谅解了主翰的作为。

比如这个女修，就自觉看到了小深柔软的内心，可能就和他壳壳里的肉一样软！

女修也不好意思再提募捐书本了，柔声诚恳地道："对不起，先生，是我不好……真的不好意思，我还有几棵大道草，也给你吃吧。"

她自掏腰包，把原本准备用来炼丹的大道草都给小深了。

"咦？谢谢。"小深接过了大道草。

而旁边虽然还有些人因为受伤太深，无法对小深彻底改观，却也有不少人主动上前投食。

这些人怎么回事，早不拿出来？

小深一一接过捐给自己的东西,塞进嘴里,倒也不忘说"谢谢"。虽说都是欠他债的人族,但就和那女修说的一样,还挺善良。小深对羽陵弟子们有了小小的改观,决定以后占领这儿后对他们好一点点。

而这些羽陵弟子看到小深不断把大家送的东西塞进嘴里,嘴巴都鼓起来了,还在说谢谢,心中也是一暖。果然,只要主动释放善意,小深就会展露出可爱的一面,很不辜负他的样貌……

小深把捐赠的草都吃完了,摸摸肚子,那些投喂……不,祭祀的弟子都散开了,他一看旁边才发现商积羽也正用十分温和的眼神看着自己。

商积羽还问:"吃饱了吗?"

"还行,挺久没吃了。"

小深的注意力早转移到了那些摊位上,趁着女修给自己补船,拉着商积羽过去看。小深来了没多久就继任主翰,和羽陵中人的交流仅限在书林内,这时才发现,书林之外的生活比自己想的要丰富多了。难怪当初龙族中,捡人类祭品是一大流行……果然是知情识趣啊。

比如这些人族拿来交换的各类法器,有些竟不是为了斗法或增进修为之类的"正途",还有一些看似无用的法器,只为了娱乐或美观而已。小深甚至看到了一个人工墨精!

那是一名弟子自己炼制的,当然并非真的精怪,十来个墨条雕琢而成的小傀儡排成一排,其中一个作为示范,已经启动。它们和真墨精不一样,没有自己的意识,但能够按部就班做一些小事,比如帮主人翻书、磨墨(也就是磨自己)。

"有点儿意思,哈哈。"小深拿起一个,"我买一个好不好?"

余意不是很开心的样子,还拿起它们做了个磨墨的动作。意思是他就会研墨,何须这些假墨精。

摆摊的弟子瞄了余意几眼,"嘿嘿"笑道:"深主翰,您有余意,还不如直接买我师兄炼的法衣给他穿啊!我们可以不收别的,只要您准我们进书林第五进看看就行!"

小深奇怪地道:"法衣?什么法衣,为什么要买给他?"

余意生来就自带一身道袍,他可没想过要给余意买什么衣服。

弟子指给他看,他师兄的摊位就在不远处,修者的视力很好,看得清清楚楚。那上头摆着许多同一款式的法衣,旁边还立着与仙人斩玉关上的余照像几乎一模一样的雕像,身上穿的也正是那件法衣。

"这是复原余照祖师的穿着,绝对一模一样,许多弟子都会买来穿。"他解释道,"但是任谁穿,也没有这墨精穿来神似啊。"

还可以这样?小深正在琢磨呢,一旁的余意却黑了脸。

小深转头去看余意,想象了一下,道:"还真是,几乎一模一样了。"

余意气急,小深根本没发现他黑了脸。试问一个墨精黑脸,又有谁能看得出来呢?

哦,商积羽可能看得出来。因为他虽然眺望着原处,眉眼却很舒展。

余意想到小深看不出自己的脸色,于是将剑抽了出来,直逼那弟子的脖颈!剑芒如水墨吞吐,看似飘逸,可不减半点儿锋利。

"啊!"那弟子吓得浑身僵硬,心中更是闪过一个念头,就连墨精的剑意都如此惊人,真不知余照祖师本尊全盛期是怎样的。

"余意,你放下来!"小深还不知道余意为什么生气。

商积羽淡淡地说:"他虽然是余照祖师的遗留之意,但已有自身思想。"

这个时候,反倒是商积羽更了解余意的想法了。任谁被和他人做比较,甚至当作仿冒品,也不会开心的。商积羽如是,余意亦如是。

商积羽是一体双面,这一个他虽然心态平和,但另一个对余照,乃至对和余照有着一样容貌的余意都十分厌恶的他,同样是"商积羽"。

余意长得和余照一模一样,继承其剑意文气,风姿也神似,从前对余照本尊,他没有什么特殊的想法,但绝对还是亲近的。甚至因为从前没有名字,每当人们提到余照时,他就会有所反应。

但现在他已经有自己的名字了,再听到小深可能要让自己去刻意模仿余照的话,木木的精怪心泛起波澜,开始有了逐渐清晰的概念:至少他自认如此,从余照的文墨中所化,但他不是余照。他更不能接受给了自己名字的小深,也把自己当作余照……

"你说得对……"小深在商积羽的提醒下,才恍然大悟。

将余照和余意相提并论太自然了,所有羽陵弟子也很自然地在余意身上寻找余照祖师的风采,就像修界要拿"余照之后,千古一人"来评价不相似却同样优秀的商积羽。神魂俱灭的余照对修界来说,是千年难忘的绝世剑仙。

但小深没有这样的印象,他又不是听余照的故事长大的,所以他代入得容易,改观也很快,一下就接受了。

"不好意思呀余意,我不买那法衣,我也觉得,余照有什么好模仿的。我听不懂你说话,下次你比画一下好了。"

余意这才把摁住的弟子松开了,归剑入鞘。

那弟子揢着脖子松了口气,还行,幸好当年泡书林时也是常被墨精殴打的……但他着实委屈,有本事你怎么不拿剑冲着小深。

余意又乖巧地站到了小深身后,嘴角也翘了起来,因为小深看起来其实一点儿也不在乎模仿这件事呀。

法衣是不买了,但小深已被启发了,揪着那弟子问:"你们对余照都推崇备至,那对方寸祖师一定更是吧,有没有什么关于他的东西,比如以方寸祖师的著名事件连夜搬运兰聿泽回乡为主题制作的法器……"

说不定,这些东西里头就隐藏着兰聿泽的线索呢。

那弟子想了想,说:"这个,好像我记忆中以前有卖,是用来沐浴的,有个方寸祖师的模子倒水,就和搬兰聿泽一样,还可以打泡泡呢。是好久以前的弟子制作的,现在已绝迹了。我只是听百丈潭里的龟族前辈提过一嘴。"

小深心中暗喜,看来可以去问问,龟族都活得长,知道也有可能。

"什么?沐浴的吗?那就是水系了?"小深一副很感兴趣的样子,

对商积羽道，"你知道路吗，带我去找那老龟问问吧。"

商积羽不疑有他，点了点头。

这时给他们补船的女修也完成任务了，小深急着去找老龟，让她把船送到碧峤峰，自己跟着商积羽御剑飞走了。

小深搭商积羽的飞剑就可以，但商积羽难道会让余意上来吗？

余意见他们起飞了，自己也踩着水墨剑去追，谁知商积羽速度极快，流光一般，转瞬已不见人影。余意在原地怔了一会儿，蔫蔫地回去了……

那百丈潭也是兰聿泽剩下的水，小深站在岸边喊那弟子告诉自己的老龟名号，可喊了半晌也不见应声的，以他对龟族的习性判断，老龟一定是睡觉呢！

他转向商积羽，羞涩地道："不如，你陪我下去找他吧。"

看到这水，小深就有了一个念头：终于有机会了。

他一直在想，商积羽修为高，自己要如何才能把商积羽弄下水，然后捡起来。这可是个重要的仪式，只要在水底捡到商积羽，不管是怎么捡的，商积羽都是他的祭品，要做听命于他的随从了！

"小深，"商积羽微微倾身，抱臂看着小深，"在打什么坏主意？"

"怎么是你？"小深一愣，很气，"你突然蹦出来做什么，快叫他出来，快点儿！"

商积羽闪身躲过小深的拳头，道："客气一点儿，这老龟在羽陵宗待了三千年，修为可不低，脾气也不怎么好，你还想要我帮你吗？"

小深看他就像是来趁火打劫的，赌气地说："那你别去了，我自个儿去！"

小深一下跳进水里，就不信活龙会被龟逼死。

脾气可真大。商积羽也跟着下了水。

潭底老龟叫金钱子，三千年前投靠羽陵宗，资历极深，平素已经不需要干什么活儿了，反而被羽陵宗供奉着，只要必要时刻，出来办事就行。

金钱子脾气很大，他若是睡觉了，那些在这里修习水法的弟子要是惊扰了他，肯定要吃苦头。这也是此时这里一个羽陵弟子也没有的缘故。

小深一入水，比在岸上灵活多了，竟比商积羽都游得快，商积羽也微微惊讶，心想不愧是蛟族。

小深在金钱子的洞府外用力敲门，喊道："金——钱——子——"

饶是商积羽，听到他这么大声，也有些犹豫，甚至怀疑小深一上来就这么猛，是想故意给自己找事——难道金钱子找小深麻烦，他能坐视不理？

大门很快打开了，一名中年水族游了出来，满脸阴沉，怒气蓄势待发："哪个小子，竟敢扰我清梦！"

小深利落地道："我听说从前宗内有卖沐浴法器的，主题是方寸祖师搬运兰聿泽，我很想要，但消失已久，你知道它的渊源吗？或者，可以复制出来吗？"

商积羽见金钱子随时都要发飙的样子，手已按在剑上了，但他竟也未爆发，只是黑着脸答道："那是一千多年前的事了，有个弟子制作出来的，图纸收藏进书林了，你可自去查询。"

"这样啊，那倒是方便。"小深道，"对了，还有没有其他关于兰聿泽的法器，我觉得很有意思，毕竟兰聿泽早不知哪儿去了，我想看本体也看不到。"

商积羽看了小深一眼，作为羽陵门人，仰慕方寸很正常，作为水族，想看上古大泽也很正常，但不知为何，他总隐隐觉得有些奇怪。

金钱子想了想，道："那倒是没有，而且你要看兰聿泽，来晚啦！"

"什么意思？"小深忽然觉得不妙，这金钱子果然没白活，像是知情的，"怎么这样说？兰聿泽呢？"

金钱子答道："当初方寸祖师只留下离垢河与这百丈潭，剩下的用芥子纳须弥之术法装在一只锦囊里，藏于寡二库。"他指了指商积羽，"后来那小子的师父陈妙想，入门后半道转修水法，亦有所成，当时的宗主让她在寡二库挑样法宝，她就挑了装着兰聿泽的锦囊。虽然这不算法宝，但宗主也不愿食言，就约定给她赏玩百年。

"此事你问别人断然不知，但我那时就在现场。陈妙想那家伙自己炼制的法器、别处收集来的法器太多，百年之后，也不知怎的，竟是不知把锦囊丢在何处了，翻也翻不到。她毕竟是借用的，又没有把锦囊炼化，再说里头装着兰聿泽，也难以炼化啊，所以毫无感应。

"当时撕扯许久，也没找到。她强说东西肯定还在羽陵宗，自己百年没出去过，让宗主找便是了。不过直到现在我都还没见过兰聿泽，这么多年过去，甚至都没人提了。真是可惜了，好歹也是上古大泽。"

小深气到无言。羽陵宗的人到底还能不能好了，他那么多水都能被陈妙想弄丢了？如果她不是商积羽的师父，他都想破口大骂了……算了，还是骂方寸好了！

"家师性情乖僻，也确实有些丢三落四。"商积羽失笑道。这件事连他也没听过，陈妙想的事迹太多了，这闹得估计都不算大。

小深唉声叹气，怎么找个水这样困难，难道他以后只能做河龙王了！不行，既然那水还在羽陵宗，他一定要找出来。就算不在，也肯定不会无故消失，说不定是陈妙想偷偷送人了，还得继续查！查不出来以后让羽陵宗的人百倍赔偿！

小深坚定了信念，对金钱子说了句谢谢，就往回游了。

"不客气。"金钱子一脸的郁闷，他这会儿才觉得有点儿奇怪，自己今天脾气怎么这么好，本来想打人的，一听到那少年问话，他竟不知不觉气全消了，还说了那么多。

商积羽也对金钱子一拱手，他甚至以为金钱子没动手是给了自己薄面。

商积羽慢小深一步，当他冒出头来时，小深已坐在岸边了，手撑着下巴，一副若有所思的样子。陈妙想你欠我的用什么还……

商积羽心中一动，并不出水，而是游到岸边，伸出手来："拉我一把?"

小深不理他。

商积羽的笑容微微僵硬,道:"只要轻轻拉我一下就好。"

小深道:"不拉不拉!自己爬上来!"

"我也与你几日未见,你就这样对我?"商积羽气急之下,竟无力再和另外一个自己相争了。

只见商积羽微微闭眼,再睁开时,眸光流转间,已换了一个。若是叫他来看,心中却是有些清甜,小深总是直白得可爱。

他轻轻伸出手去,淡淡地笑道:"那我呢?"

小深忽然看见他,惊得站了起来,太好了,又出现了!好机会!他连忙用力去推商积羽,道:"下去!"

商积羽极为惊愕,不明白为什么,难道小深竟没认出他来吗,他又喊了一声:"小深?"

小深却已经听不进去了,完全陷入了一定要抓紧机会的想法中。他蓄力又压了一下,试想当年罗频会吹嘘自己有一龙之力,就知道龙族的力气有多大了,配上他们坚硬无匹的鳞片,很多时候无须灵力也能碾压一大群低阶修者。饶是商积羽已是不伏身,毫无防备的情况下,也猝然没入潭中。

"哈哈哈哈……"小深笑到两只眼睛里的碧色几乎要漾出来了。

不是他死板,而是他们龙族也没有像人族那样的仪式,顶多请龙君祝福册封一下,现在珍宝君早就带着其他龙飞升了,那小深所知的收人类祭品的仪式就是自水底把人捡起来,带回龙宫。他现在还未占领羽陵宗,旧俗还是不要随便改为好。说了水下,那就是水下。

小深在心中默想,我的第一次收祭品仪式极其失败,被人设计套上了驭灵环,第一点五次是大型意外,被我暗暗隐藏,并留作备用,这第二次一定要顺顺利利才好。珍宝君在上,保佑一下本龙吧。

小深跳下百丈潭,踩了踩水波,只见商积羽被他捶得还在往下沉,白袍在水中鼓荡起来，像大鱼的尾鳍一般，于是连忙疾速游上前，将商积羽给捞了起来。

仪式达成！

小深难掩激动，抓住商积羽。

商积羽的脸转了过来，一开口嘴边还逸出几个泡泡，似乎颇为欣喜地道："怎么，你想了想，还是来救我了吗？"

错了！不是这个！捡错祭品了哦！

真乃晴天霹雳！！！

小深欲哭无泪。他怎知因为今天这两个一直暗中争抢控制权，先前就因为生气，换了一次，短时间内，又因心神晃动再换了回去。小深一下子颓了。为何会如此坎坷呢？

商积羽伸手拉住小深，发觉他竟没排斥，心中一喜。小深几乎从不叫他靠近，方才小深主动游过来时，他就已经觉得心中像是清流淌过，现在更是惬意无比了。

当然，"他"自然是更为不悦了……

可谁又理会得了，少年的身体看似娇弱，实则很有韧性，骨肉亭匀，因为个头儿较矮，低头看去除了乌黑的头顶，只能看到白玉一般的耳朵，耳尖还泛着淡淡的红色……商积羽之前的不快都散去了。

"你力道倒是真大，连我都快挡不住了，我得看看手臂青了没。"他挽起衣袖，竟然还真有淡淡的瘀青，不知道的大概以为被石头砸过。

"这怎么办？"商积羽问他，"揉一下？"

这倒霉的人族……我也倒霉，倒了一万年的霉……

小深决定和上次救人一样，同样不告诉商积羽，他幸运地成了龙的祭品。

"你用灵力运转一下就好了。"小深推开他，"走了走了！"

"等等，你还没说，把我推下来做什么呢。"商积羽忽然道。

"谁推你了，我推的是……"小深回身，话说到一半又停住了，眼睛不老实地向旁边看。

商积羽果然察觉到了异样,眼睛一眯。什么意思,难道他推人,还是件好事?

小深心思飞转,想到了措辞:"我是想和他一块儿再去找金钱子做客,我还没看过羽陵宗的水下洞府呢,我也想要一个!"

商积羽的表情看不出来到底信没信,沉沉地道:"是吗?"

那边,金钱子才刚躺回去睡觉,又被外头两人的对话声吵到了,气急地打开门,道:"你们到底走不走啊!还有什么要问的,就不能一次问完了吗?!"

这黑脸大汉气到脸颊上都出现了黄色斑纹,妖气更盛。这一次商积羽几乎都以为金钱子要动手了——

小深问:"可以去你家做客吗?"

金钱子道:"进来吧。"

第二回了,这次显然和他无关。商积羽看了小深一眼,怀疑金钱子是不知不觉中受到了影响。小深的真龙血脉到底多么浓郁,否则他若非龟族,怎么会和金钱子这样投缘……

金钱子也有点儿郁闷,他就是不知不觉地应下来了,黑着脸道:"我素来不喜人多,这里就我一个,所有什么点心也没有,就不招待了。"

他的脸色看起来很冷,说的话也很没礼貌,但是比较金钱子以往的行事风格,他对人解释没有点心,才比较诡异吧。

"没事,我才吃饱。"小深走进去,来都来了,就顺便参观一下金钱子的洞府吧。

只见金钱子洞府内,不但没人,还很朴素,只有一些珊瑚做装饰,看起来最华贵的就是一颗宝珠。小深仔细看了两眼,这不是骊珠吗?

骊珠就是骊龙颔下之珠,所谓骊龙,即黑龙,黑龙生于深渊之下。这骊珠其实也不是他们颔下自己长出来的,要是龙能长珠子,那岂不是成了蚌。只是因为深渊太黑了,骊龙们总会含着一颗珠子,或者佩戴,久而久之，大家几乎以为骊龙的本体是骊珠了……而被骊龙常年佩戴过的明珠，也会沾染一些龙气，没有特别大的用处，却也被其他水族竞相追捧。

小深想起道弥说现在的水族都喜欢和龙攀关系，就打趣地问道："你家还有骊珠呢，你该不会也是龙族后裔吧。"

金钱子仰着下巴道："我不是！我最讨厌那些吹牛说自己有真龙血脉的妖族，是什么就是什么，装什么长尾巴龙。"

这倒少见，小深想，回去可以和道弥说，也不是个个水族都那样。

金钱子又道："哼哼，我祖父，乃龙宫的丞相！若非龙族举族飞升，我现在也不会在这儿了。所以我虽然没有真龙血脉，却是龙族家臣！这颗骊珠，正是当初龙王赐给我家的。"

小深有点儿犯起难来，龙族也是念旧的，所以龙宫丞相才多是龟族。比如当年他在兰聿泽，就有一个龟丞相，但已经老死了，也无后。这么说来，羽陵内现在有三个合适的总管候选了啊……唉，算了，珍宝君说过，身为龙王，要懂得驭下之术，就让他们互相竞争吧。

小深想罢，又觉得自己成长了，喜滋滋的，还附和了金钱子几句，勉励道："我就说看你像个丞相的模样，又正值壮年。"

"是啊，我正值壮年，却没什么事。要知道当年祖父还教过我营造龙宫……无用武之地啊。"金钱子蔫蔫地道，"如今每日除了修行就是睡觉，而且好久也没人敢来羽陵挑事了，无聊。"

还会建屋子？加分！

小深拍拍他的肩膀，道："但你这休憩处至少很宽敞。"

百丈潭也是潭，但是比王家潭大多了……

金钱子的脸上竟还现出一丝微红，道："唉，也不知道为什么，和你聊了几句，我的心情都好多了。你们再坐一会儿吧。"

"下次吧，我要回去睡觉了。"小深还记得他和商积羽是有约定的。

金钱子惋惜地送他们到了水面，摆手道别："再来呀！"

"你师父飞升前,那些财物是不是应该都留给你了?就和那酒一样?"回去的路上,小深问商积羽。

"自然。"商积羽点头。

小深也可以等另一个商积羽出来问的,但他有些迫不及待了,问道:"那能不能给我看看……"

都说陈妙想把水弄丢了,但小深仔细想了想,还是要从陈妙想这里研究起,说不定是收在她的什么法器里了呢,这个可能性其实比随便落在羽陵哪个地方了要大一些。实在找不到了,再一寸寸地去翻地皮……小深暗想,若是能早些恢复灵力就好了,可以压迫全羽陵宗的人一起找。

商积羽随手拿出一个盒子,道:"都在这里。"

盒子虽小,却很能装。他一句话都不多问,爽快的样子,让小深喜出望外,连忙把盒子接过,还打开往里面看了看,道:"哇,你师父留了好多舍生灵芝。"

普通的灵芝许多地方都有,但舍生灵芝是用战意经年沾染出来的,多是剑仙之类很能打的修者才养得出。因为养这个象征着主人从各个层面来说都很危险,所以有人夸张地说,舍生灵芝根生黄泉。

"你要吃就吃了吧,我留着无用。"商积羽随意地道。

"好,我慢慢吃。"小深喜道。虽然捡错了,但没想到这商积羽还挺大方的。

回了碧峤峰,小深就趴在床边,在盒子里翻找,发现陈妙想还真是颇多奇思妙想。她炼制了许多稀奇古怪的法器,这装东西用的法器也不知有多少,里头又容纳了各类藏品,一个套一个,令小深眼花缭乱。

我太难了,我只是想把水找回来!小深埋头翻找,觉得苦了,就吃点儿商积羽说可以随便吃的草药。

不知不觉间,金乌西坠,玉兔东升。小深还在努力找线索,不时吃一棵灵芝。一只手从后方缓缓搭在他肩上,道:"舍生灵芝杀气大,别吃太多了。"

小深回头看见商积羽，立刻委屈得几乎快哭出来道："你……你怎么才来，你先前为什么突然不见了。"

小深泫然欲泣，语气还怪理直气壮的，商积羽一时失语，随即才无奈地道："我也不知道……你想同我一起去参观金钱子的洞府？"

可小深最委屈的，其实是因为他不见了，所以自己捡到了另一个祭品。但他不好说出来，只能继续委屈地看着商积羽。本来应该是件好事……

商积羽被他这么一看，恍惚都觉得自己犯了什么大错，才让小深这么委屈，连忙说："对不起。"

他一道歉，小深反而自省了一下，其实这也不能怪商积羽，是他太心急了……小深把他的衣袖撩了起来，那淡淡的瘀青还在原处，喃喃道："我不小心捶得太猛了。"

小深张张嘴，想用龙涎帮他治愈。但很快就反应过来，这样可能会暴露身份，因此连忙闭上了嘴，好像欲语还休。

商积羽只见到少年盯着自己的手臂稍张口，齿关微开，就像某种怯生生的妖物。

小深伸出手，看似柔软的手指覆盖在商积羽的瘀青上，缓缓揉了一下。商积羽却只觉得浑身战栗，差点儿扬手制住小深！

见商积羽都快碰到自己了，又猛然停下来，小深忽然想起，上次他和另一个商积羽在人族城市，商积羽也是这么忽然凑过来又停住，难不成当时那个商积羽也不舒服？

"很痛吗？"小深知道龙的力量有多大，他已经很轻了，手指再次试着动作，这一次商积羽没有被惊动，也没有反抗，他体内甚至流淌出了真气，汇入小深的指尖。就像轻缓的水流，自两道河源交汇、融合，从起初的一点儿触碰，冰冷生疏，继而迅速卷着浪花滚在一处，最后不分彼此。

小深觉得就像又回到了大泽深处，浑身浸泡在冰凉的水里一样舒服。

半晌后,商积羽才收回了手。

小深突然觉得有点儿不好意思。

商积羽看着自己的手,说:"收着点儿可以吗?你太用力了。"

小深也是一时露出了本性,龙嘛,力气太大,有时也难免用力过度,否则家具怎么都要用坚硬的器物。

小深低头,他也没被教导过要小心,不能把祭品给盘死了……想到这里,他又疑惑地看着商积羽。他怎么总觉得刚才商积羽的语气有一点儿奇怪,但也只是转瞬而已,且仔细再看,又像是自己的幻觉了,这人分明还是霜雪一样冷。还是月华般的清冷中带着几分只有面对自己时才有的耐心。

"对不起,我也不知道怎么就这么用力了。"小深不好意思地道。

他偷偷去看商积羽的手指,淡红色的指尖,指节分明,方才只是手指触碰在一起,出乎他意料地很舒服,甚至才分开就已经在怀念那感受。到此时,他又忍不住怅然,唉,如果今天捡到的是这一个商积羽,那就完美了。

商积羽见少年埋头,怕也是紧张又害怕了……就是也太迷糊了,忘了控制力道。商积羽心里有点儿无奈,方才的一切证明他们的默契,尽在不言中。一想到这里,他心中也更为平和了,只觉一刻无声就胜过万语千言。

但是很快小深就再次抬起头来,问:"你好一点儿没有?我可以再捏一下你吗?这次我保证不会太粗暴了!"

"……"

面对小深的话,商积羽竟然哑然无言。

就是真不行,也要行了。

他冷冽的气息环绕着小深,窗外的月光就像万年前那个普通的夜晚,清凉如水。

第五章 盖世文豪

太阳已经升起，小深坐了起来，该去书林了。他才刚出门，又回身去找商积羽。

商积羽有些无语……

虽说没什么人敢和商积羽亲近，但他身在羽陵宗，所见也多了。修者各自修的道不同，但任何事都不可太过沉迷。少年像是极其热衷于"盘"——商积羽不可否认，他也很喜欢和少年接近，可是他也有点儿犹豫，少年的本体究竟是何物，修行方式如此与众不同。但眼下，看着眼巴巴盯着自己的小深，商积羽着实无法拒绝，伸出手去。

墨黑的一缕发丝落下来，拂过小深的脸颊，小深一把抓住商积羽，精神百倍地道："等我回来啊！"

总觉得哪里怪怪的，少年是不是有什么误会。

小深头顶三寸处飘着一小朵云，挡住了阳光，他负手站在已经被修补好的小舟上，心情愉快地前往不动地。

虽然没有正式完成收祭品仪式，甚至连一句多余的话也没有，但小深觉得如今他和商积羽的心贴得无比近，而且心意相融。

小深甚至觉得和商积羽交流真气比什么捡祭品的仪式更美滋滋，应该倡议全体龙族把仪式换成这个。不仅对修行有利，还简单很多。

很快就到了不动地，小深落舟，进了书林，小深看到玄梧子在和余意说些什么，余意则抱着臂，冷面，不理他。

玄梧子围着余意，说得口干舌燥，这墨精也不配合他，此时看到小深，庆幸地道："小深哥，你可来了，我这里有点儿进展了，想给余意探查一下身体，好调整调整，他都不肯让我碰！"

天知道他为了研究这个术法，还要放弃参加小比……他可是很有机会再次夺得魁首的，上次被小深弄裂的小比奖品白海砂法尺，他现在还没修好。

"余意，你为什么不愿意呀？"小深问余意。

余意沉默，连表情也没有了。发着脾气呢。

小深捋了一遍前因后果，觉得余意有可能是因为让玄梧子解咒的命令是商积羽所下并敦促着的。可能因此，他故意和商积羽对着干吧。

"余意，你想想，你要是变回去，又可以趴在我头上了。"小深说道。

什么细碎的声音飘过，余意一步跨到小深面前，把下巴搁在了小深头上。

刚刚好，小深嵌了进来。小深抬眼，只看到余意黑色的喉结："这个……"

这个，好像确实也算趴着哦？只是没有整个趴上来罢了。

小深也不舍得为难余意。于是他从余意的下巴下面钻了出来，对玄梧子说："你想办法克服一下。你造出这个术法的时候，也没探查过余意的身体啊，或者你去找其他的墨精研究一下……反正总有办法的，不要让你师叔祖失望哦！"

玄梧子："……"

他现在怀疑小深哥是想让他被师叔祖多打几天。

此时小深已经不理玄梧子了,去找道弥。今天书林格外热闹,他也不觉得奇怪,他已经从道弥口中知道了,是因为小比将近,大家在书林开盘押注,笔墨纸砚都用来干这个了。

龙族就没有这样的比试仪式,虽说小深当年也是揍遍了同龄细龙,要不怎么能当上兰聿泽的龙王呢?但人族还真是会玩,还要专门弄一个比赛。像疏风他们这些樱宁境的弟子也没法儿参赛的,只有玄关境以上的弟子才能参与。低阶弟子们也积极参与其中,各有支持的对象,或是自己的师兄姐,或是交好的对象。

小深自然是支持道弥了,道弥的赔率不理想,看好他的人不多,小深义无反顾地给道弥下注,他浑身也没几样法宝,但他是主翰啊,在道弥的建议下,押了几张借书券。

"我告诉你,到时候你照着百照窍、明府窍用力……"小深低声对道弥说。以前他揍其他细龙时,就在这些地方狂揍,当然,是对方变作道体的时候,如果是龙形,他还有别的办法。

道弥吓了一跳,脸都白了,道:"小深哥,宗内小比而已,用不着拼命吧。"

他回忆了一下自己牢记的知识,百照窍要击中了,而且破了防御,对方会像瞎了一样,明府窍更厉害,是心脉要害之处。

"那你们打架和我想的不一样。"小深失望地道。这就跟龙族看泥鳅过家家一样。

道弥想起来今日又有传言,说小深哥身世悲惨,和他起初在小深哥口中得知的境况吻合,而且多了很多细节,什么小深哥挣扎求生之类的现在看来可信度很高啊,难怪下手这么狠。

他们正说着话,有个弟子走上前来,在小深面前放了几棵大道草,道:"这个送给主翰吧,吃饱饱哦。"

"谢谢啦。"小深随手捡起来吃掉。

道弥瞪大了眼睛,在他不知道的时候到底发生了什么?小深哥什么时候多出来的追随者？

吃饱饱？有点儿恶心。

这小比就在鸿濛殿前，会凌空架起擂台，宗主和执事们也会偶尔关注一下比赛。下完注后，小深就和道弥一起去鸿濛殿了，此时殿前已会集了许多修者。擂台看似只有方寸天地，却能容纳许多人同时相竞。

待时间一到，一位管事宣布比赛开始后，就分组开始比试了，不是单以境界划分，只要相差在一境之内，就可以分在同一组，其他只论比试类型。比如道弥报名的，就是术法组，大家都不带法器。

弟子们同时进入擂台，经过多轮比赛，每组最后只会有一个胜者出来。大家都关注着比赛，所以有的弟子可能境界低，但如果有出彩的表现，也会得到额外赞赏，甚至是高阶前辈们的馈赠。

蜃族们负责将比试内容投影在空中，重现真实发生的场景，这算是蜃族的看家本领了，比起自己重构也简单多了。大家只需仰看就行，不过因为是重现，"海市蜃楼"有数息延迟。于是和平时大家围观斗法不一样，不禁止讨论，反正也干扰不了战局。

道弥在第三组，轮到他时，紧张地和小深点点头，就飞进了擂台。

小深在外头看幻影，也不知道为什么，不时有人过来祭祀，给他塞点儿吃的，他悉数收下，边吃边看道弥打架。

道弥因为不受关注，起初没多少人注意他那一组。直到他的翅膀拍打着拍打着，上面就附上了一圈火焰。每当他振动一次翅膀，火焰就像箭矢一样疾射出去，竟能悉数吞噬对方的术法。要只是这样也就罢了，这火焰还会化成小小的凤凰形状，一次射不中，绕个弯再来。他多拍几次翅膀，就漫天火鸟飞舞了。

一些修习火法的弟子注意到后，却是一皱眉，道："这是什么火？"

火也分很多种，有太阴火、南明离火、雷火……道弥的火焰，大家却认不出来，看着杀伤力还怪高的，无物不烧，迫得那个和他斗法的弟子狼狈乱窜。

至于形状，倒没什么，哪个羽族不喜欢炼点凤凰形状的法器呢，术法效仿凤形也是平常事。

两人同是认金龙境，道弥前些天才认金龙，对方已经是认金龙后期了。

渐渐地，看道弥斗法的人越来越多，随着他一路闯关斩将，议论声越来越大。全都在讨论这到底是什么火，什么术法，怎么如此清奇。以羽陵宗人的博学也没见闻过。

这道弥之前都跟在宗主身边伺候，最近才被派去给主翰扫盲的，难道是宗主私下优待，给的什么秘籍？

没有一个人想到去问小深，毕竟就算疏风吹得再起劲，他们这些老人也都知道，小深还在扫盲阶段。

直到道弥夺得了小组第一，飞出擂台，现场响起了雷鸣般的掌声，还隐约有些弟子的哀叹声，这下可赔惨了，压道弥的都是他的亲友……估计只有这少数人和庄家赚了。

"道弥大有长进。"谢枯荣不知何时也从鸿濛殿出来了，手里还拿着奖品，似是要亲自奖赏道弥，"不过……你这是何时新练的术法，我都未曾见过。方才几位执事也都在议论呢。"

现场一时无声震撼了，宗主并几位执事都是什么人物，竟也没见过……看来这道弥是有什么奇遇啊！

却听道弥迷糊地道："这个是，小深哥……主翰从书林里誊抄出来的道法，给我学的。"

他原本以为自己没看过只是见识还不够广，应该要高阶弟子才知道，怎么连宗主也来问他？

此时一个中年修者立刻大声道："书林中绝无此类道法！"

此人正是应元子，也是曾经的主翰候选者之一，上碧峤峰蹭过酒的。他这会儿没喝酒，很清醒，而且语气笃定。

鸿濛殿前好像炸开了锅,应元子博闻广记,他都说了没有,那就肯定是没有啊!但又是小深拿出来的,那就只有他知道了。无数道目光投向了还在吃东西的小深。

万众瞩目之下,小深索然无味地道:"怎么没有,这不就是书林最里头那一进装的书嘛。很适合道弥练啊。"

羽陵诸人一时有点儿反应不过来。

"最里面那一进?"

"是我们不能进的地方吗?"

"不对,我好像记得以前师姐讲解过,那里装的都是没法儿读的'书'啊!"

"不可能吧?"

"那怎么解释……"

"噤声!"谢枯荣淡淡地道,声音虽轻,却传遍各处,众人瞬间都安静下来。他看着小深,凝眉说道:"小深,可是,书林最内里一进收藏的都是上古神文遗迹。"

小深振振有词:"是啊,不是说了我管着书林嘛,没说那里面的不让借啊。"

不是这个问题啊!

现场一时鸦雀无声……现在众人好像知道为什么墨精会认可小深,为什么谁也看不出那是何种术法了。

上古之时,三界还未分离,最初的神明们创造天地间最早的文字,包含着本源之道。后来众神分出三界,搬去仙界居住,凡间生灵唯有修炼飞升,才能上达仙界。在漫长的时光中,随着一族又一族的消亡、离开,大多数种族也难以通识神文了。人族算是各族中的"后起之秀",因生命短暂,早年的修行者很少,未能传承这种深奥甚至包含着力量的文字,对其亦知之甚少。

自大约一万年前,连龙族也举族飞升后,凡间更没什么能认全神文的了，无法完全理解其意。

羽陵宗的书林内，收藏的这些刻着上古神文的遗迹，因绘制者的种族不同，或是石刻，或是书册，不一而足，向来象征意义更大——世上最早的文字。而实际上，那些文字书写的内容，到底是道法，还是什么少女日记，人族完全不知道。

小深虽然是"文盲"，但只是人族意义上的，龙族生命漫长，肉身强悍，是上古大族，龙族的文字更是脱胎自神文，学起来事半功倍。当初珍宝君"一言登仙"，就是用的神文，也唯独这包含着天地本源之道的文字才能道尽天机。小深不大会说人话和他能阅读上古神文，一点儿也不冲突。

对于其他修者，书林其他所有典籍，都可以学着看懂，唯有这些上古典籍，学了几百年都只能学到皮毛，还是看不懂！

小深对外族了解不多，哪知道这些是羽陵宗的藏品。看着觉得合适，就给道弥了，而且因为那原件是刻在崖壁上的，好大一块，他还特意用更简单的人族文字抄写下来。

应元子声音微微颤抖，确认道："所以，你的意思是，你能读懂那些文字？"

可能不只是懂，道弥练了，那就是翻译过，还是术法。道法，失之毫厘差之千里，不精准怎么行。

——说到道弥，他此时早就吓蒙了，宛如一夜暴富。

"你读不懂啊？"小深反问。

应元子道："略……略懂。"

这话算他吹牛皮了，以他的博学，也就认得出其中一本的书名叫《如何打磨你的角》，拼拼凑凑识得一些内容，连到底是哪族的角也不确定。至于普通弟子，更是看天书了。

小深看了一圈，发现所有人的表情都一言难尽，敏锐地从中察觉到了什么，迅速思考起来。

"你们都不会？不会你们还放在书林？"一夜形势逆转，他不禁狡黠一笑，"所以你们才是文盲，我是盖世文豪啊！"

"……"

新出炉的盖世文豪小深学会这个词，其实也没多久，同样是新出炉的，但不妨碍他吹嘘自己。偏偏还没人能反驳，现场一片死寂……甚至很尴尬，当初围攻小深是文盲时有多狂，现在就有多想哭。他们还有机会接受文豪先生的教导吗？

道弥呼吸急促，道："小……小深哥，那我练的火羽之术前言说，此是凤凰之术……难道……"

本来大家就还没从小深竟然认识上古神文这件事中回过神来，道弥的一句话又给他们制造了重击，尤其是那些羽族。倘若是上古流传下来的，就算不是真的凤族遗术，因为年代久远，是有凤凰精义的可能性，也比现在各类自吹自擂的术法高明多了！

"就是火凤所创。"小深肯定了道弥的想法。

所以道弥炼出来的火，杀伤力特别高，上古时可没现在太平，打起架来都要命得很。

"咝——"抽气声此起彼伏。

道弥要流泪了，道："嘤……小深哥，夜明珠说话——你就是我的'活宝'！"

谢枯荣始知方寸祖师留下的遗言如何珍贵！幸亏他当初将小深带了回来！就是有些汗颜，当时小深被墨精推举为主翰，他还有些犹豫，还是师叔祖明智，力推小深上位，真是羽陵之幸啊。

其他反对过的执事脸同样僵，不过再僵也没有那些私下狂指小深文盲的弟子的脸僵。

与之相对的，则是疏风、微雨等人的狂喜。果然他们看得没错，先生有大智慧！现在看谁还敢反对他们说大白话！

"真是失敬了。"谢枯荣长叹一声道，"原来我等才是无知之辈，确实应该尊称小深一声先生。"

片刻，其他人也都陆续回神，就是再觉得脸红，这时也别计较了，想不想学上古神文？想不想学凤凰之术？想就吹吧！你小深哥什么人还不清楚吗！云自然真人的诗先背一套，之乎者也全都丢掉！就算再想掉书袋，在主翰面前也憋着！

"云自然真人有诗云——"

"我这里还有几棵大道草……"

"也不知道为什么，初见先生，我便觉得先生身上散发着智慧的光芒。"

小深不知不觉就环着手臂，下巴也抬高了一些，见谢枯荣还想说话，他制止了，道："你等他们再夸一会儿，还怪好听的。"

谢枯荣：真的很直白……

不过因为是小深说的，现在可能要称之为大巧若拙了。

不开心的可能只有余意了，小深说白话他可以接受，这些人齐齐念云自然的诗，他就很嫌弃。而且他们越说越靠近，余意就怀疑他们想抢自己的位置，站得离小深更近了……

"不知主翰究竟是什么根骨……"一位执事说到一半，就被谢枯荣低声警告了。小深看起来分明不愿意提自己的种族。

但是谢枯荣心中已有一点点猜测了："你想想吧，凡间界，寿命如此之长，又有机会通晓上古神文的水族，还能有多少？"

龙族举族飞升，是所有人都认定的，所以龙族和其他上古遗族一样，不在考虑中。在座这么多博学的执事，仔细一思考，完全绕过了正确答案，然后翻出来一个差不多能对上的答案。

"白鼋？！"

相传，龙与鳖生元鼋，元鼋生灵龟，灵龟生庶龟。其他所有龟，都生于庶龟。比如金钱子，就属于这个"其他"，和鼋之间，还差了好几个档次。所以，你要是指着鼋说是龟，虽然长得像，但是人家能高兴吗？

而白鼋,又是为数不多的鼋中最为特殊的,它们的寿命极其漫长,鼋壳不但厚重,而且据说坚硬到能硬抗天雷。自古以来,白鼋只有一只,代代相传,都是龙族的史官,把龙族的历史书写在自己的壳上,一只白鼋,就是一段龙族历史。

不过,龙族飞升后,白鼋和其他所有龟丞相之类一样,都失业了,不知所终,可能转行了吧。但要问当今修界,谁可能会上古神文,又不是凤凰而是水族,那只能是白鼋了。一万年对其他族来说,还可能久远到难以传承下来,但对白鼋来说,可能才换了一代而已,保留的历史还很多。

那既然是白鼋,精通鼍族的幻术,也不奇怪吧?大蛤蜊,不也是介物(带壳的),鼋是介物中最高一等了。小深又说全族只剩他一个,白鼋一脉相传,可能是说他父亲、祖父都去世了?龙族飞升,白鼋就没露过面,和小深的隐居论也符合。

对得上,完全对得上!不但是谢枯荣,其他一些脑子灵活的弟子,也想到了这一点。甚至还猜测到了,主翰的真实修为可能更高。毕竟如若真是白鼋,即便是修行时三天打鱼两天晒网,也不止这个境界了。

小道消息在悄悄流传。

"这,这真是荣幸啊……"那个回过神来的执事,也加入了吹嘘的行列。

要是鼋史公之后,那不会人族文字叫什么文盲,只能说没必要。没见深先生学起来多么飞快吗,听说现在都会作诗了。他们羽陵能得白鼋做主翰,这是什么意义?这是龙族的待遇啊!

小深浑然不知这些人已经再次给他扣上了壳,只是这次的壳更厚、更重。

"你们还继续比吗?"吹也吹过了,对小深来说,这件事也不是多震撼。

"要比的!"主管小比振奋地说,"下一组,大家打起精神来,让主翰看看你们的风采!"

众人:"是!!!"

对,书林最后一进在等着他们!

可惜小深在鸿濛殿外看了一会儿,就要回去了,反正道弥已经比完了。

道弥满脸红晕,道:"我送您回去!"

在大家不舍的目光下,小深身后跟着道弥和余意,回了碧峤峰,反正今天几乎所有人都去看小比,书林也没什么工作了。

道弥没想到白鼋这一说,谢枯荣或者其他人也没偷偷告诉他,所以他还在琢磨这件事呢,道:"小深哥……你真厉害啊,你怎么会上古神文的?我听说,全凡间界,能认的修者都不多了。毕竟通晓神文的种族几乎都不在此界,或者和凤凰一样,失去踪迹了。"

"嗯?是吗?"小深先前猜到了这些人都看不懂神文,但也没想到具体情形是这样。不知会不会因此暴露身份,但是看谢枯荣他们的神色,也不像。罢了,反正那驭灵环也压制不了他多久了。

小深含糊地道:"我就和家里人学的,跟你说了,我以前住得偏,就这么传下来的。"

"这样啊……那一定隐居很多很多年了。"道弥感慨道,"要不是你是水族,我都要怀疑你是凤凰了。"

小深撇了下嘴:"哈哈。"

到了碧峤峰,道弥正飘得很,一看到商积羽,就鸟胆包天地嚷了起来,道:"师叔祖,你知道吗——"

商积羽不耐烦地打断这八哥:"我知道了,他会上古神文,谢枯荣传音给我了。"

道弥哽咽了一下,可怜地说:"还有我会凤凰之术了。"

商积羽不理会道弥,只是盯着小深看。

小深还有点儿不好意思,道:"干什么啊……文盲,你也想学神文吗？"

他现在见人都可以喊文盲。

商积羽有点儿无奈，问："你见了'他'也打算喊文盲吗？"

小深理直气壮地道："我打算叫他小迷糊！"

然后如果他想学，就教他。

商积羽："……"

道弥不明就里，咦？什么"他"，"他"是谁，碧峤峰不就俩人吗？难道是说余意？便问余意："你是小迷糊吗？"

余意："……"

商积羽缓缓看了道弥一眼。

道弥只觉得一股寒意渐生，被杀机锁定了，道："弟子先告退了……"

练功去，练功去！道弥决定以后给自己的头衔增加一项，往后自报家门，他就说：吾乃羽陵宗（外门）弟子，凤凰嫡系传人——道弥。

"亏你想得出来。"商积羽打量小深，这个称呼真让他无语至极，甚至不想重复第二遍。

"什么？"小深说，"你说小迷糊吗？"

头一次，商积羽真的一点儿也不羡慕另一个自己，他负手道："你真通晓神文？"

小深难掩得意地道："而且我还知道你们都不会，还天天吹学识渊博呢，也就那样吧。"

商积羽眯眼看他，谢枯荣传音不但说了发现小深会神文的事，也说了他们的猜测，认为小深应当是龙族史官之后——白鼋。这和商积羽断定的蛟族，相差有些远。金钱子身为龟类，对鼋产生下意识的服从，好像更说得过去。可如此一来，小深喜爱盘人的动作怎么解释，难道人族不了解鼋，鼋也喜欢盘人的？

商积羽总觉微妙，细细看着小深，虽然是在想着小深，却念及了自己身上的蹊跷……

"哎，你在想什么呢？"小深朝他摆摆手。

"我只是在想，书林最里间都是些什么书。"商积羽道。

"那可多了，就是不知道你们怎么搞的，是不是见着带字儿的就收进来了？我就说奇怪，怎么连人家刻在墙上骂人的话都拓下来了。"小深想起来就乐不可支。

"骂人的话？"商积羽疑惑。

小深说："是啊，就进去左面最显眼那一片字，特别大，估计是异人族写的，翻译过来就是：某某某你无耻，我咒你炼丹炸炉，修行气逆，吃饭卡嗓子眼儿之类的。"

商积羽："……"

商积羽对此还真有印象，不只是他，羽陵很多弟子应该都印象深刻，大家虽然读不懂，但多少会去瞻仰一下神文。那字儿特别大，有种不知道是什么但应该深不可测的感觉，摆出来也大气，于是被放在了最显眼的地方。商积羽想，小深第一次进去时，该有多奇怪，大概觉得羽陵宗是个很特别的地方吧……

小深正乐着呢，忽然觉得脚上一烫，原本一直用障眼法掩盖的银环又显现出来，他差点儿跳了起来："啊！"

他脚上的驭灵环微微振动，颜色也变深了，小深的脸一黑，恐怕是那浑蛋祭品终于发现他们在偷偷尝试解除禁制了。

余意看见此物，一下把剑拔了出来，想斩断银环。

"别动！"商积羽警告了一声，伸手去探银环，却觉巨力从中涌来，他手中忽而出现一把流银般的软剑，挡住这一击，卸下了力道。

禁制本就没有完全完成，下禁制的人无法控制小深，但发觉不对后，使驭灵环处于戒备状态。

商积羽闪过一个念头，这驭灵环以逆为主，它自身不能产生力量，只能借力打力，所以刚才那一击实际上，是小深的灵力，十分……深厚。

"烫……"小深低吟，他觉得不舒服，就是皮再坚实，这感觉也不大好。

"没事。"商积羽低声哄他，软剑慢慢流淌，小心翼翼地缠裹住银环，却不触发它。

冰凉的剑身有着水银一样的质地，贴在脚踝，伸缩自由，完全不会影响行动。小深的眉头舒展了，这才意识到，这应该是他未见过的山河剑的另一半，属于这一个商积羽。他不禁问道："那现在还好解吗？"

"恐怕必须我和'他'合力了，一面牵制住它的力量，一面继续解禁。"商积羽平静地道，"你不用担心，世上没有解不了的禁制。"

小深是知道自己修为的……他看了商积羽两眼，刚才商积羽不顾银环的攻击，立刻出手，还差点儿受了一击，而且也没有因此邀功，反而安慰他。

小深都对这个版本的商积羽有些改观了，其实他除了吹过骑龙的牛，好像也没别的……尤其是在修界众人对比之下。小深也是后来才知道人族喜欢拿龙吹牛嘛，其他人还吹过自己会屠龙之术呢，商积羽都不算吹得最过分的那个了，而且还把师尊留的东西都给他吃，挺大方的。

"那辛苦你了。"小深说。

商积羽不动声色地看了他一眼，察觉到了他微妙的改变，放在从前，小深可都一副自己欠了他的样子。这一刻，他似乎摸索出了一点儿思路，道："没什么，你更辛苦，给你下禁制的人真是无耻。"

小深一直在心底狂骂坏蛋祭品，见他同仇敌忾，一时也激动起来，咒骂道："对！太无耻了，我希望他被人打死！怎么会有这种人族，亏我看到他掉下水，还以为他是我的……"

"嗯？是你的什么？"商积羽眼中闪过一丝异色。

小深瞬间安静下来，坐直了道："没什么。"

商积羽也不追问了，只是道："说到禁制，玄梧子怎么还没研究好法术。"他瞥了余意一眼，自语道，"明日我和你一起去书林好了，我打……问一下玄梧子。"

小深和余意深感无语。

商积羽说到做到，果然通力合作，一心二用，一面压制驭灵环，一面改变方式，为小深解禁。这一次要比从前耗费更多心神，一番下来，额头都有了细细的汗。

"没事吧？你们……"小深问道。

商积羽摇摇头，道："他没事，我也没事，就是想休息一下。"他眼睫垂下来，淡淡道，"嗯……可以吗？"

他没说透，小深却知道他的意思，应该是想叫小深盘他。

小深立刻摇了摇头，道："不可以。"

就算改观，也是有区别的。

商积羽眉宇间带上了失落，看上去和另一个他竟有几分相似，小深恍惚之间，都不太好意思了，慢慢伸手握着商积羽的手腕，道："你休息吧。"

商积羽奸计得逞，不理会心底传来的不悦，看了小深一眼，感受从凉凉的手指上传来的舒适。

小深也累了，闭着眼睛调息，感受自己的修为又回来了多少。

不知不觉就已经到了夜晚，他睁开眼睛，发觉商积羽不知道什么时候早就醒来了，正撑着手臂，看着他。

"你不是休息吗，看什么？"小深哼哼唧唧地道。

"我休息过了。"商积羽道。

"啊？"他一开口，小深才发觉已经换过人了，可刚才那瞬间，他身上的气息的确有点儿让人难以分辨！

"你……"小深犹豫地开了头，却没说下去。他向来将这两个商积羽分得很清，但是相处日久，他反而觉得有时候，他们之间的界限会模糊起来……

商积羽不语，伸手摸了摸小深的头。毕竟是同一个人，就像另一个自己可以模仿他，他也会因此不快，也会流露出肖似另一个自己的气息。

他甚至有些不敢确定了,这样的自己能不能算小深心目中的那个祭品。但即便不是,他也不会让小深发现的……

而小深,已经又忘了正在想的事,沉浸到这美滋滋的人族特有的互动中。

次日,商积羽果然如昨日说的一样,也一道来书林了,要找一下玄梧子的麻烦。

小深一出现,就受到了广大弟子的热烈欢迎,他一看到这些人迎上来,嘴角就翘了起来,对商积羽得意地道:"你听一下他们怎么夸我的哦。"

只见众人还未走到近前,就已经笑着拍起马屁。昨日小深离开很早,经过一日的思考,众人早有了成算。背云自然的诗肯定是不够的了,主翰在宗内关系最好的就是师叔祖和道弥了,甚至道弥可能还更占便宜,得了凤凰之术法。

那么仔细思考,道弥有什么特别之处,可能是他得到主翰赞赏的地方呢?

于是——

"主翰今日来得真早,从前有得罪之处,还望莫怪啊,老朽也是吃红芋长大的——实心眼儿。"

"呵呵,从前我也有些狂妄,吃江水,说海话——好大的口气,先生别计较。"

"先生真是半天云里做衣服——高才(裁)!"

"馒头落地狗造化,先生来了是我们的造化……"

"谁说的,谁拿我们比狗呢,我看你屎壳郎酿不出蜜来。"

有人站得比较远,扯着嗓子喊:"这叫龙君搬家去陆上——厉害(离海)!!!"

被踩到痛处的小深气疯了,他都是看在道弥忠心耿耿照顾自己的情面下，才原谅了道弥的贫嘴毛病，这些人又是干什么的？失了智吗？

众弟子正各自献艺，展现自己收集到的俏皮歇后语，希望能把主翰逗乐，谁知主翰的表情越来越不对，愤怒中带着几分委屈，委屈中含着些许羞恼。

直到忍无可忍，小深才一声长啸："全都给我闭嘴！你们烦死了！"

他一想到自己的伤心事，就特别不开心，忍住想哭的冲动，大骂道："我最讨厌别人说歇后语了！"

众人：道弥又误我？

可是那八哥分明每天都把俏皮话挂在嘴边，连知道自己修习的是火羽之术后，还说了一句，主翰也没怎么样啊。

但主翰很快揭晓了答案："我忍一个道弥就够了，谁再敢说，就做一辈子文盲吧！"小深气呼呼地骂道，"你们以为自己很幽默吗？嗯？龙君搬到陆地住，这是厉害吗？离了海龙君还厉害吗？哪里厉害？你说说？还是你说说？连基本的逻辑也没有，你们还想脱盲？！"

众人都羞愧地低下了头，其实找歇后语的时候，其中一些他们也觉得编得不怎么样，这不是以为主翰就喜欢这个风味吗。唉，怪他们没骨气。也是道弥的错，太闹腾了。早知道，还不如去搜寻一下云自然有没有新作。可恨啊可恨，主翰喜欢哪个知名诗人不好，喜欢一个寂寂无闻的垃圾诗人，忒难找作品了，上任主翰又离世了，鬼知道他上哪儿采购来的。

"别生气了。"商积羽忽然道。

弟子们又是一喜，师叔祖今日竟然大发善心，帮他们安抚主翰。以他们的关系，主翰一定会原谅大家吧。

商积羽很快又道："打他们一顿吧，气坏自己岂不是不好。我帮你摁住，谁也别想跑。"

众人：心情复杂……师叔祖还是那个师叔祖，甚至更过分了。

"都挡不了我一拳，回头全打坏了。"小深惆怅地道。全打坏了谁来还债啊，他觉得自己盛怒之下可能会特别用力。

已见识过小深力道的大家瑟瑟发抖,别看小深哥的手指头白白嫩嫩,但徒手能打碎白海砂。要是被师叔祖摁住让他揍一拳,可能立刻就往生了。

每个人都生无可恋的样子,真是失策,讨好失败,现在也没人好意思去让小深哥给自己看看神文了,大家望了他和师叔祖一眼,幽怨地散开了。

商积羽则叫住了人群中的玄梧子:"玄梧子,你站住。"

玄梧子哭丧着脸走过来,道:"师叔祖,你打我吧,我真的还没弄好。"他俨然是死猪不怕开水烫了。

商积羽的脸一沉。

玄梧子的脸色发白,往小深那边躲,道:"主翰,主翰,你要帮我说说好话啊,我是想让余意配合我试探的,你说别碰他!"

小深无语:"你还告我的状?"

商积羽道:"你不但消极怠工,还惹你们小深先生生气了?"

玄梧子:杀了我吧……

正在此时,谢枯荣竟来了书林。

"师叔也在?"谢枯荣大大方方给商积羽行礼,又和小深打招呼。

是丞相候选人啊,小深也不理会玄梧子了,问:"怎么了?"

"昨日你走得早,后头的小组选出来个好苗子,和你一样是水族。袁罡?"谢枯荣示意了一下身后跟着的白衣弟子,那弟子立刻上前行礼,激动地问好。

"你看,你作为主翰,是不是指点一下?要能是上古遗术,那就更好了。"

宗门内住着一位白鼋,谢枯荣要只是表达震惊,再不去理,那就是傻子。只是他也担心,小深因为之前被诬蔑为文盲的事情,心存芥蒂。这不,才忍了一夜,立刻借机带人来磨小深了,他还特意选了个拿第一的水族,还是介物哦。

小深正不开心着,漫不经心地看了这弟子一眼。

我要发了——袁罡心中闪过一个念头,"扑通"一下就跪下了,道:"先生教我!"

小深面无表情地从怀里掏出来一本册子,递给袁罡。

"弟子多谢先生。"袁罡颤抖着接过册子,不愧是宗主出面,如此轻易。

四周隐隐投来嫉妒的眼神,拿了第一就是好,这一届最好运的就是他了吧。按平常,奖励也就是材料或者法宝,哪比得上这个,真是撞大运了。

袁罡当时就没忍住,翻开了第一页,只见主翰那歪歪扭扭的笔迹:此凤凰之术,火羽……

袁罡小心地说:"先生,好像错了,这看起来是道弥练的那一册。"

小深道:"就是那一册,还是我的原本手迹,道弥抄过了,这本还给我。现在传给你。"

袁罡的嘴唇嚅动了几下,颤声道:"先生,我是虾啊。"

小深打量了他一眼,道:"看得出来。"

谢枯荣也哭笑不得,道:"小深,他是水族,你给他火凤遗术,可叫他怎么修习。"

袁罡脸涨得通红,只敢跟着点头。

偷看的众人也都心里一寒,这不是胡搅蛮缠吗……主翰还是那个主翰。

"他也就拿了个小组第一,我还要专门给他翻译一本吗?拿这个练不好吗?"小深反问道,"让你练火了吗,此书灵机满纸,从中领悟精要才是最重要的,什么时候悟出法外之法、道外之道,就算你悟道了。"

袁罡傻了。他绞尽脑汁,也想不到该如何破解这话。是了,主翰看起来修为不高,但之前流传过的几句话也都是至理。

"妙啊!好一个法外之法!"谢枯荣甚至抚掌大笑,看起来都不像是安抚小深,似是情真意切,"今日始闻这等练习法,极妙。不错,袁罡,既然主翰看好你,你就拿这本火羽之术去悟吧,我看,这也是你的机缘。若是有所得,受益终生。"

袁罡趴下磕了个头,讷讷地道:"弟子谨遵教诲。"

小深环视一周,那些原本盯着这边看的人瞬间散了,尤其是水族。万一要被小深塞一本火羽之术让他们练怎么办……唉,也不知到底要怎样讨好小深哥才好。

"对了。"谢枯荣忽而左右看看,想引小深去角落。

小深蹭了过去,问:"干什么呀?"

谢枯荣从怀中拿出一张拓印了神文的纸出来,小声道:"不瞒你说,这是我家族流传下来的,据说我家祖上,上古时候,住在情州沿海处,司祭祀,与龙族有点儿交情,这些文字也是龙族写的,留有石碑。你看,能辨认出来具体意思吗?"

小深一惊,还真是祖传的丞相吗?谢枯荣难道再加一分?他接过纸一看,面露难色……

谢枯荣问:"如何?"

小深把纸举起来,道:"这字儿的意思差不多是,前头左转有如厕的地方。这碑立在你家的哪儿?"

谢枯荣深受打击,脸一白,踉踉跄跄地跑出去了。

"他干什么呢?"商积羽看了一眼谢枯荣的背影,怀疑谢枯荣是不是想学神文,被拒绝了,大受打击。

"没什么。"小深还算照顾备选丞相的面子。

商积羽笑了笑,问道:"那现在要解禁吗?"

小深待在书林其实也没别的事,有余意领着墨精们跑腿,他原是想去找找自己的水,可现在来看,浑蛋祭品在捣鬼,还是解禁更重要吧。

"嗯,好吧。"小深说。

两人就在角落中,商积羽握着小深的脚踝施法解禁,两人离得很近,小深想说什么也没法儿说。而且商积羽刻意不说话，十分无耻地模仿另一个自己，让小深更不舍得说什么了。

"小深主翰……"有弟子过来，才探了一个头，就赶紧转回去了，并警告大家都不要过去，师叔祖也在呢……

又过了几个时辰，小深和商积羽才从角落里出来。仔细一看，小深哥脸色也没什么异常，甚至容光焕发，有敏锐的还能察觉到小深的修为竟是大有提高的样子。

与之相对，是师叔祖眉宇间有些疲倦的样子。

围观弟子们："嗯？"

第六章 龙王正位，江河恭迎

修界中，各宗各派莫不以上羽陵问道求学为荣。羽陵也并非山门大开，有来便收，不分时日。他们也是有周期和入门标准，且排着队呢。

今日，正是又一批外宗修者进金阙的时节。他们无不承担着师门的寄托和自身的野心，希望在羽陵不动地求到适合自己的大道。

这些修者都有一定修为了，多是各自宗派的佼佼者，好不容易抢到这次机会。彼此间也有相识的，在羽陵弟子接引下一路进来，不时交谈几句。

"那就是离垢河了吧。"其中一名修者感慨道，"当年方寸真人以人力改变地理，留离垢河绕山，今日才得一见，值得作文一记！"

其他人似乎都以此人马首是瞻，纷纷应和，他们一道来羽陵问道，也算是同学了。在修界，羽陵同届问道的交情，还是值得一提的。

其中一名留着八字胡的中年修者提议道："不如咱们先去离垢河泛舟一圈，赏玩一番？"

为首的修者冷淡地看他一眼，道："咱们还是跟着知客小师兄去入住吧，否则也耽误他的事。"

那被叫小师兄的弟子受宠若惊，忙道："没事，没事。"

他也只是外门弟子而已，倒是眼前这个为首的修者，是七山剑宗的人，也是一个有些名号的宗派了，不像那留着八字胡的修者，来自一个没什么名气的小地方，他连宗派的名字也记不住，在这群人里当然地位不怎么高。

"咦，那前头的羽陵弟子们在做什么？"有人忽然道。

他们还未上离垢河，只见到前头有一群身穿白衣的羽陵弟子正在试验术法，其中一名弟子，试着对着一堆草施展术法，却怎么也施不出来。知客弟子探头探脑地看过去，颇感兴趣的样子。七山剑宗的修者看他一眼，说道："小师兄想看，不如咱们过去看？"

"这……"知客弟子不好意思，又实在抵抗不住诱惑，"那麻烦各位了。"

"没事，没事，我们也想看哩。"不管想不想，就算他们修为比这外门弟子高，人生地不熟，也是迁就为好，都能理解。

他们上前去，知客弟子介绍："那是我们袁罡师哥，才拿了前几日的宗门小比的小组第一。"

七山剑宗的修者点点头，倒也没作声，不敢轻易搭讪。反倒是那留着八字胡的修者伸脖子探头，说道："小兄弟啊，你原本是修的水法吧？怎么这势头，有点儿火爆的意思，好像不适合你吧。"虽然没点起火来，但他们都感受到了灵力流动得不像水。

袁罡看了过来，冷冷淡淡。他们是羽陵内门弟子，自有骄傲。

知客弟子怕师哥不开心，连忙道："师哥，这是今日才来宗内的问道者，刚刚入金阙。"

意思就是有什么得罪之处，多多见谅。其他人也怒视八字胡，胡乱说话，万一连累他们怎么办。

"没事，这位道友看得很准。"袁罡也没特别生气，还随口问道，"不知出自何方名门？"

八字胡修者一笑道："非是名门，南州仙宗，小宗小派。"

的确是说出来都没人听过。

他旁边一人和他交情不错，立刻道："虽不是名门，但吾友云华真人也是有识之辈，所著文章一百多年前就被收入过羽陵！"

当今修界三大至雅之事：其一，学上古神文；其二，修宗谱攀关系，确认自己与哪位上古大能或遗族是亲戚；其三，撰文并被收录入羽陵书林！

这么一说，立刻显得他的格调和身份也高了几分。

"是吗？"袁罡也没特别惊讶，毕竟这里可是羽陵，著作等身的都如过江之鲫，所以只是礼貌性地问了一句，顺便炫耀了一下自己的过目不忘，"我不记得有'云华'的书，先生可是用的笔名？有空拜读大作。"

云华羞涩一笑，道："用的字，我字自然。"

袁罡先是"哦"了一声，随即琢磨后猛然一怔，失声道："自然，云自然？"

云华迷茫地道："你认识我？"

众人：谁不认识你？

云华活了几百年，从来寂寂无闻，在他们那小宗派里算不错，放到整个英才辈出的修界来看，就平淡无奇了。

看着袁罡一副认识他的样子，其他问道修者不禁暗暗酸了起来。明明一道进来，路上云华还很不起眼呢。

袁罡解释说："我……我们都拜读过自然真人的诗文。"

其他人也纷纷点头。何止是认识，何止是熟读，他们能一字不差地背下来，你知道羽陵弟子被这个云自然的诗折磨过多少回吗？

同行的问道者原本那淡淡的酸味猛然变浓了，全都看向云华。

云华则有点儿迷茫地道："诗文？"

虽说他对自己的诗文很有自信，但他的诗文都是暗暗抄进文章里，单出怎么可能进得了羽陵,他现在开始疑惑,是不是有个和自己同名的修者,也出了书收录在羽陵了。

"不错!先生现在还未入住吗?"袁罡说着说着就靠近了云华。其他弟子亦是,都要把云华围起来了。

云华更蒙了,道:"还没,怎么了?"

"我送送真人吧,我四下都熟悉。"袁罡道。

其他弟子也七嘴八舌地道:"还是我来吧,我就住在药码头附近。"

连那知客的外门弟子,都涨红了脸,鼓起勇气道:"各位师兄,这原是我的职责!"

七山剑宗的那名修者皮笑肉不笑地道:"原来云华道友还有这样的高才,难怪师兄们都要送你,这回真是宾至如归了。"语气有点儿阴阳怪气的。

他还未说完呢,就见那几个弟子已经进阶到打起来了。

袁罡刚才还憋了半天憋不出法术,好在手脚够快,一下就把其他人掼开,头上伸出两条长长的虾须卷住云华的腰,把他整个举了起来,然后迈开步子,遁往远处。

其他人也嚷嚷着追了过去。方才还热闹无匹的地头,一下空空落落了。

其他问道修者深感不解,什么情况,怎么还带绑人的?就算他们是傻子,也看得出来这热情劲头太过了吧。知客的外门弟子也遥遥张望,只是追不上罢了,只能叹气。

其他人忍不住问他:"小师兄,他们为什么这么'热情'?"

知客弟子喃喃道:"早来几天,也不至于这样,但是现在……"

这什么意思?

有人问:"这云华的诗文,很好吗?"

知客弟子憋了很久才说:"不是好不好的问题……它是那种,在羽陵很少见的……"

惊了。在羽陵都很少见,这是什么新奇的流派。

正在疑惑间,那知客弟子忽然道:"你们仔细听,河上那人吟诵的,就是云自然真人的诗文。"

当初和主翰斗法输了,洞微现在要每天在离垢河念一百遍《食蟹诗》。

众人凝神听去——

"八条腿儿行天下,高举大螯爱自夸。而今落在我的手,息了刀兵又释甲。昔日称王又称霸,煮熟模样像它妈。"

众人:这什么玩意儿?!

小深坐在书林里,眼前摆着一些神文遗迹,还有几个执事在劝他,能不能抽空辨认一下。他的热情不是很高,现在可忙着呢,既要找水,又要解禁。

"先生,那你到底要怎么样……"执事问。

"等我忙完手头上的事就可以了。"小深狡猾地道,等他忙完之日,也就是他占领羽陵宗之日。

执事怅然若失,单是他们一头热,且不知如何讨好小深,"深门立雪"怕也是无用的。

此时,却有声音遥遥传来:"深先生——我带——云自然真人——来了——"

这音色还有点儿耳熟,分明是袁罡,小深还辨认得出。

执事也是一喜,道:"怕是有了自然真人新作,先生是否要一观?"

小深果然欣喜,立刻往外跑,问:"自然真人的新作在哪儿?"

袁罡跑到了近前来,虾须卷着云华一放,大声道:"不是新作,是自然真人本人,我给您寻来了!"

身后慢一步的弟子们纷纷叹气:嗨!被他抢了先了!

"什么?这是自然真人本尊?"小深细看。

云华头都要晕了,道:"我……我是,你们这是干什么?"

"你就是自然真人?"小深一把牵住了他的手,"先生,我好喜欢你的诗!"

云华回过神来,有点儿琢磨过来了,这个少年怕是身份不俗,还喜欢他的诗,所以那些弟子都争着讨好他。

"咳,阁下抬爱了,只是游戏之作。"云华得人赞赏,也很得意,从袖子里拿出几张纸,"这是我近来的新作,阁下随意看看。"

小深如获至宝,一边翻看,一边问:"对了,不知道先生多大了,什么修为?"他看有的文章里,自然真人提起寿数,似乎年纪不小了,但是修为不算特别高。

"惭愧!"云华道,"我修了七百来年道,只到巡天境。"

小深仰慕地道:"那先生攀星认道时,一定是攀的文曲星吧。"

其他人嘴角一抽,不知该说什么。

好在云华也不是太没自知之明,道:"不敢不敢,才疏学浅啊!"

"先生是人族,七百多岁了,那要是不及时突破,怕是要寿终。"小深算了算,拉着云华的手往里走,"来,我传先生长生之术!"

其他人大惊。

云华也一惊,道:"世上除了飞升,哪里来的长生之道?"

小深道:"元鼋寿数最长,习得白鼋遗法,自然可以延寿,起码数千年。长生只是个形容。"

但即便如此,也很不得了了。

其他人听到小深提起鼋族,更是交换了一个心照不宣的眼神。

哪知道小深正琢磨呢,自然真人来得好啊,他有才,待我龙宫修起来,他可以给我做史官,反正白鼋一脉也不知哪里去了。

云华当然也知道元鼋的大名,这可是龙子,只是不知这少年到底是什么人,竟能做主把这听起来就不凡的术法传给他,他本就是来问道,现在不但得一知己,还有延寿的方法,当然大喜,道:"还没请教阁下尊姓大名,如何称呼?"

"叫我小深就行，我是这里的主翰（债主），叫主翰也行。"小深道。

"主翰！岂不是羽陵书林之主，最博学的人？"云华吃惊地道，"呀，赏识我诗文的竟是羽陵主翰！我，我真是……"

何德何能呗……众人心想。

云华一抹脸，道："我就知道天生我材必有用！"

众人：……不愧是小深哥喜欢的作者！

眼看小深和云华互相吹捧，云华要去学什么长生之术了。袁罡急了，给自己请功："弟子记得主翰最爱自然真人的作品，因此一刻也不敢耽搁，把他请来了！"

小深本来要走开了，又回头道："嗯，那倒是不错，要奖励。"

袁罡大喜，道："先生若能抽空……传点儿水族之法，再好不过。"

小深看他一眼，貌似很单纯平淡地道："你想好了吗，到底是要再拿一本水族术法，还是就练手头这本了。"

袁罡正想说当然是水族术法，脑海中又忽然闪过宗主的话，法外之法……他顿时犹豫起来，再抬眼一看，旁边一位执事微微闭着眼，头却非常轻微地摇了两下。袁罡心头一凛，再不犹豫了，道："弟子，弟子炼火凤遗术！"

"好。"小深道，"自今日起，我每日教你半个时辰如何悟出法外之法——不对，还是从明日起，我今日要和自然真人畅聊。"

袁罡总算机灵起来，顺杆爬，一个头磕下去："多谢老师！"

小深微微一怔，果然也没说什么，直接邀云华："自然真人里边请吧。"

小深平日去书林，都是晚去早回，今日却不同，天都黑了，还未回来。

商积羽觉得奇怪，传音问了谢枯荣，这才知道那个云自然来了。他有些惊讶，因为他以为云自然已经死了。

担忧之下，商积羽还是去了书林找小深。一进去，便看到小深和一个留着八字胡的修者两手紧紧相握，膝盖也抵着膝盖，相谈甚欢。他的神情凝滞了一瞬，这就是云自然？

　　余意原本是闷闷不乐地倚坐在一旁，见到商积羽来了，反而有种松了口气的感觉。云自然还不如商积羽呢，至少商积羽不写垃圾诗。他戳了戳小深，小深这才看到商积羽。

　　"小深，还在和云真人聊天呢？"商积羽按下心头的不快问道。

　　"是啊，我们还要继续聊呢，今天晚一些再回去！这位是我最爱的云真人！"小深谈兴正浓，注意力全在云自然身上。

　　最爱的？

　　云自然和商积羽对视了一眼，只觉对方境界高深莫测，随意看自己一眼，也宛如被凶兽锁定，小心地问道："还未请教，这位是？"

　　商积羽淡淡道："敝姓商，商积羽。"

　　云自然当即坐不住了，松开小深的手，站起来道："久仰啊！"

　　商积羽心情好了一些，朝他点了点头。

　　"既然前辈是来找小深的，那我还是不打扰了！"云自然坐立不安，索性告辞。他虽然比商积羽年长，但即便不提两门差异，辈分也是低于商积羽，因此叫前辈。

　　"啊……"小深依依不舍，又拍了两下云自然的手，"那先生明天再来，我传你的长生之法一定要勤加练习。"

　　商积羽听了这句话，又深深看了云自然一眼。

　　书林内本就有许多弟子在，偷偷看见了，内心暗道，师叔祖完全不用担心，这云自然除了主翰认可的才华外一无是处，远不如师叔祖啊！但主翰也是出乎大家意料地胆大，连师叔祖都敢搁置着。文豪就是不一样。

　　从此，连日下来，两个商积羽都不开心。

　　自打云自然本尊出现在羽陵宗，小深就从以前在书林待不了多久，变成现在能赖在书林就赖在书林。连商积羽特意去书林给他解禁,他都要让云自然坐在旁边。

云自然都要成羽陵最尊贵的客人了,和他一道来的问道修者们不知道私底下掐了自己多少回,怀疑他们在做梦,羽陵上下陷入了一个庞大的幻境。

小深一开门,就听到商积羽阴阳怪气地背对他道:"你还知道回来啊——"

真是恶人,幸好当初没告诉他捡了他做祭品。小深在心中道。前些天他还感慨,这个商积羽越变越好了。

"我不过是和自然真人畅聊了一会儿,你今天真凶!"

商积羽的脸一沉,也装不下去了,他本就不喜如此,站起来大步走过来,逼近了小深道:"是吗?我凶,怎么,你以为他就不凶,他就没有意见吗?不过是都交给我来说罢了!我们本就是一体的!"

小深嘴硬地道:"一体我也分得清。"

"你分得清?你真分得清?那日你盘我的时候,可没分清。"商积羽沉沉地道。

小深回忆了一下,那天他确实觉得商积羽说话有点儿怪,但异样只是一闪而过,道:"不可能吧……"

"准确地说,我与他共据此身,所以,当然可能。"商积羽冷冷地道。

小深两眼雾蒙蒙地看着商积羽,问:"真……真是你?"

商积羽看少年恐怕快要哭鼻子了,笑道:"是我,如何?"

小深急了,瞪着商积羽,重复说:"真是你……"

商积羽答:"嗯,怎么样?"

小深大声道:"那我是不会管你的!"

商积羽本是气急了,把那日的事也掀出来,谁知道小深竟露出无赖模样,让他十分无奈,最后气笑了,道:"没想到你还是这种无赖的小人。"

小深闻言一扭头,傲然转身,自己去倒茶喝了。没错,他就是无赖,而且他早就随意不认祭品了,珍宝君说了,我们龙族鳞片厚,不要浪费,必要时候,想怎么耍赖就怎么耍赖。

商积羽本以为,小深还要和云自然本尊长聊一段时间,谁知那么快就有了变化。倒也不是他突然不喜欢云自然了,而是先前谢枯荣派出去查探离垢河一事的弟子终于有了回音,离垢河突然转向很可能与八极之一的东极异样有关。

八方之极,大地穷尽之处,分别在神州大陆的四角与四个中点。八极各有一山,是天下山脉的起点,又有沙泥、沼泽、海洋、田地,等等,也是各种地形的发源之处,无形之中影响着天下地理,牵一发而动全身。

之前,谢枯荣和商积羽讨论离垢河之事的蹊跷之处,最后想到了八极之处,遂让人外出查探,发觉其他多处水源也有改道的情况,于是前往东极。到了东极更是发现,东极之海竟向内陆倒灌,所以才影响了各地之水的流动,只是离得越远,变化越小罢了。这可是大事,不多时就会淹了很多地方,使得生灵涂炭。因此,羽陵弟子即刻回禀,谢枯荣准备多调些得力的弟子前往勘探、平息此事。

小深在谢枯荣点人现场,听了前因,立刻嚷着道:"我也去!"

谢枯荣迟疑地传音道:"你的修为不是还未恢复吗?"

能理解小深作为水族,作为白鼋,关心东极之海,这是影响天下水脉的大事。但以小深现在的境界,帮不上大忙吧。

"我不管,我就去!"小深强硬地道,"我去过那里,还能给他们指路呢。"

谢枯荣这才道:"那倒是也行……"

"既然如此,我也去吧。"商积羽道。

"师叔也去?那就更没什么好担心的了。"谢枯荣点点头。

袁罡一看,先生要走,那他也不能落后啊,耽误了上课的时间:"弟子随行伺候!"

道弥也忙道:"同去,同去!"

商积羽颔首,看了一圈,忽然点了一人,道:"你也去。"

玄梧子:"……"

他满心悲愤地看了师叔祖一眼,抱着必死的决心道:"我提议,那不如把自然真人也带上!"

玄梧子拼死一搏,在场的人都安静了。明眼人都看得出来,师叔祖因为主翰和自然真人走得近,心情不是很好了……

谢枯荣惋惜地看着玄梧子:年纪轻轻的,何必呢?你师叔祖的山河剑是白修的吗?

小深却是哈哈一笑,说:"是可以带的吗?我还想着,要与自然真人分别了,不大开心呢,那就带上吧。玄梧子,这次算你机灵。"

玄梧子嘴唇一白,干咽了口唾液,师叔祖的眼神好可怕……但是他玄梧子也不是没有骨气的,反正都要被打,那他也不让师叔祖痛快!他狠狠心,把头扭开,颤声说道:"余……余意也可以带上,伺候笔墨啊,先生和自然真人万一诗兴大发呢。"

谢枯荣想给玄梧子留条活路,说道:"好了,好了,你们这是去办事的,还是去游玩的?墨精历来不出羽陵,小深有你们几个照料也够了。"商积羽脸上的寒霜这才淡了一些。

知道主翰要远赴东极,羽陵宗的弟子们好不伤心。他们才刚刚发现了主翰的智慧光芒,就要分别了吗?主翰平时办事都不积极,这次主动请缨去东极,也不知是为什么哦。

云华则是惊讶后很快就接受了。他只是来问道的修者,但知己小深都传给他长生之法了,要他陪着走一趟,他有什么异议?再说了,羽陵会去好些高阶弟子,连商积羽也在,有什么活儿恐怕都轮不到他做,他的唯一用途,就是陪小深作诗。于是云华开开心心带着自己放下没多久的随身物品,又和羽陵宗一行人一同上路了。

出发时,谢枯荣看商积羽盯着相携并肩的云华,小声道:"知己而已。

再说了，云华都这般年纪了，和小深更像是叔侄吧，不如你们似兄弟般亲厚。"

白鼍虽然寿命长，但小深在元鼍中显然还只是个少年。商积羽颔首不语，不知是不是接受了这个安慰。

羽陵地处西南，离东极路程足足有八日八夜，为苍生计，这一行约莫三十人，日夜兼程，一同搭乘谢枯荣从寡二库中调出来的大型飞行法宝，只需弟子轮流操持就行，其他人可以调息休息。

到了第三日，就听道弥大声道："自然真人，你怎么看起来年轻了很多啊！"

虽说云华之前也不苍老，但有一定年龄感了，现在嫩了许多，一副意气风发的样子。

云华摸了摸自己的脸，道："咦，是吗？一定是因为修了长生之术啊！"

原本要尽的寿命开始延长，有效果了，自然也就看起来年轻了。

"肯定的，不过现在这样看着，胡子就很奇怪了……别动，我帮你烧了。"道弥热情地控火，帮云华把胡子烧得一干二净，彻底露出了清俊的面孔，看起来应该二十出头了。

小深道："哦，好看。"

小深只是随口一说，不想商积羽阴恻恻地问："云自然好看吗？"

"肤浅，自然真人最出众的是才华！"小深理直气壮地教育商积羽，"好看的应该是你，你可以靠脸吃饭了。"

商积羽本来很生气，突然被小深直白地一夸，又不知说什么了。

小深补充了一句大实话："但是'他'比你还要好看。"

商积羽掐了他脸一下，道："这一句你可以不说的。"

小深一脚踩在商积羽身边，道："我不说了，你给我解禁！"

自从驭灵环再生变故，商积羽加快给他解禁，进度很快，一日千里。只是到了这两日，总像隔着一层纱，打不透、看不破，难以用外力解开。

小深和商积羽都暗暗觉察到了，这是最后一成变化，不解开这里，那就是差之毫厘，谬以千里，若破了，小深也就彻底恢复了。

"你很急？"商积羽问道。

小深总觉得商积羽的语气意味深长，于是反问道："换了你，你不急？套着俩环呢。"他怀疑商积羽不会察觉到什么了吧，但商积羽又没说什么，只是握着他的脚踝。

"我啊，我急你之所急。"商积羽悠悠地道。

小深一愣，难得今日夸了他好几次："不错！"

东极之山曰开明，高不可攀，上接碧落，一侧便是东极之海。

如今海水逆流，巨浪滔天，最初来探查的弟子惭愧地表示，以他一人之力，阻拦不了大海，只是按照谢枯荣所说，给沿途各地的仙宗发出警示。幸好现在来了许多高阶弟子，可以通力合作，再不行，还可以给其他仙宗继续传信，合修界之力，改变地理。

"咱们应该设一个法阵，将水引回去。"

"不错，全靠蛮力太难了……"

"但海水已经倒灌许多了，时间会不会不够？"

他们正在讨论之时，小深忽然道："开明山呢，开明山也很危险吧，海水变动，产生的巨浪不停地冲击开明山，万一山髓受损，东极折缺，倾覆下来，怎么办？"

他的思路出乎意料地清晰。就是说得太吓人，东极之山倾倒，那可不只是压不压到万千生灵的问题，八极对应八卦，天地卦象变了，那要出大乱子的。

"开明山怎么会倒，难道能被巨浪冲倒吗？"有弟子提出疑问，在大家心目中，八极之山是天地初始就存在的山祖了。

"当然会。而且这不是寻常巨浪，是东极之海的巨浪。"小深道。

众人倒吸了口凉气，这才醒悟过来。不错，这东极之海，又何尝不是水脉之祖。山与水，一阴一阳，相生相克。

小深又问："查到东极之海为什么倒灌了吗？"

最初来的弟子摇头道："还是没有，东极之海太大了，而且东极之海是没有水族生存的，连能找来一问的都没有……"

八极之处，多是生灵难以生存之地，鲜有人至。小深环视了一周，简单道："那你们快去治水，道弥、袁罡、云华，跟我上开明山，检查山髓。"

原本大家心想，小深是跟着来的，最大的好处就是师叔祖也跟来了，谁知他现在俨然领起头来。可别说，竟然意外地有些气势。

商积羽微微思索，没说什么，只点了点头，众弟子便即刻拱手应道："是！"

小深带着最弱的几人上了开明山，竟是熟知这里道路的样子。其他人都是第一次来，紧跟在小深身后。道弥本想扯几句，看小深哥严肃的模样，是从前未曾有过的，都有些被唬住了。

只见小深哥熟门熟路地到了一处，对他们说道："这里的岩缝可以直接看到山髓。"

这里确实有道岩缝，深不可测，极地本就罕有人至，这开明山高不知几许，谁能知道有这样一处所在。

云华疑惑道："主翰怎么知道这等秘事？"

小深简单答道："来过。"

道弥和袁罡却是有数，人家可是白毫，什么上古遗秘，都在壳壳上记着了。

小深叫他们在外等着，腰间那云带又飘了起来，乘着云钻进岩缝里，半个时辰后才出来，脸上的表情已经轻松许多了，道："山髓还没事，快我们去看看水治得怎么样了，不能叫东极之海继续冲击了。"

他心中确实松了口气，幸好开明山没事！否则，他说不定要被珍宝君骂了！

人族有所不知，八极之山矗立万万年之久，但万年前东极之山的山髓就逐渐出现了裂缝。珍宝君布下了阵法，再生山髓，因极地不适合生灵长久居住，便将阵法关联在小深身上，交给他照看开明山的任务，也是要磨一磨他的性子。山髓要生长，岂是千百年之计。后来珍宝君一言登仙，带着全族飞升了，却要留下小深，等待山髓长成，完成任务。

一万年过去，山髓终于长成，阵法消散，小深也就醒来了。听到东极之海倒灌时，他就有些担忧，不仅操心水脉，更是怕影响开明山，出什么岔子。幸好，只是虚惊一场，好险，这山髓还未出事。当然，还不能完全放心，现在该去察看东极之海倒灌的蹊跷天灾了。

他们一路回去，顺着约定的方向去找其他人。半道上小深就看到羽陵宗弟子们了，只是没有商积羽，倒是多了几个不认识的修者，从气息看，应该是水族，这一点小深还是可以肯定的，而且个个修为不俗。

弟子们见小深回来，行礼："先生辛苦了。"

"商积羽呢？"小深开口就问。

"师叔祖看不下去我们做事，说我们磨磨叽叽，他说要试试一人将东极之海'赶'回去。"一名弟子苦着脸道，"叫我们先去帮人族救灾，受东极之海影响，有处大泽正冲着那边的城镇去了。"

"我去帮他！"小深心念一动，就想去帮商积羽，他是龙族，控起水来要容易许多，那到底是东极之海，即便不像方寸真人那样直接搬到另一处，"只是"使其回流，也很难的。

"不急吧，我觉得师叔祖应该没什么问题，先生不如陪我们去救人吧，那头缺人哩。"

小深正在犹豫之际，那几个不认识的修者倒是开口问起来："哎，羽陵的小友，怎么不给本王介绍一下这是哪一位？"

小深看了这修者一眼，本王？看来是当地比较厉害的水族了。

万载前，龙族尚在，龙君为首，其余众龙各掌天下水府，除龙君外，掌一府者都是龙王。不过听道弥的意思，后来龙族不在了，水族当然也有上位的心，占据一处水脉，自称为王，这也属平常事，不过还无人敢称"君"。

"呃……这是我们主翰,小深先生。"弟子给两边的修者介绍,"这位是东湖蛟族杨溯真君、府上公子及其部属,他们也是发觉东湖有变,一路探查过来的。"

杨溯真君手里牵着个道体模样十岁上下的男孩儿,头上还长着两只角,和他颇像。他颔首,矜持地道:"原本我正想效仿方寸真人,将东极之海移到南极去,但见羽陵同道抢了先,要逆转水流,便算了。"

小深觉得这蛟在吹牛,现在的水族怎么都这么不务实。移海?做梦吧,就是方寸再生,也做不到!

杨溯真君看着小深,忽然道:"小兄弟,看你模样,像是水族啊,不知什么根脚,我们可叙一叙辈分。"

天下水族都有共同的辈分,是从前龙族定下的。

小深听他指出自己的水族,心想,虽然爱吹牛,倒确实有点儿本事,能在什么线索都没有的情况下,看得出他是水族。

不等小深回答,其他弟子已经迅速道:"是厴族。"

可不能叫外人知道小深哥是白鼋!不然各处水族,肯定会来疯狂骚扰,谁要能得龙族史官,不就更好吹牛了嘛。

"我看着可不像呢,总觉得……"杨溯思考了一下,到底是蛟族,如今水族中,都默认龙族之下蛟族最强。他比其他水族更敏锐,但琢磨半响,也说不出具体来。

杨溯真君身边还跟着个龟族,恐怕是他效仿龙族立的龟丞相,如今的水族都爱这么做。

所以羽陵弟子才觉得,这样的水族要知道小深哥是白鼋,十有八九忽悠小深哥给他做鼋史官,甚至厚着脸皮跻身龙族正史,他绝对做得出这种事。

这老龟咳嗽一声,为主子摇旗呐喊:"大王乃真龙嫡系,血脉纯正,小深先生不必害羞,可大胆请教!"

又一个真龙嫡系，小深已经听腻了，道弥说得没错，十个水族有九个都要这么自称。还请教，我玩水时你爷爷还是个蛟蛋，没孵出来。

道弥也偷笑，对小深使了使眼色：我没说错吧。

大家都习惯了，礼貌性吹捧了一下，毕竟东湖广阔，杨溯这水府之主，还是有些势力的，出门在外，不必计较小事。

杨溯真君像是佐证自己的话，一手扶着腰带，做遥想状："说来，我与羽陵还有些干系，险些结了仇。吾乃兰聿泽龙王之后！只是在兰聿泽被你们祖师爷搬走前，祖上就迁居东湖了，宗谱自有载明！不过，你们也还算是欠我一份人情吧？哈哈哈！"

他的儿子也啃着啃手指，大约自小被教育，听多了这样的话，几乎是下意识地附和，奶声奶气道："吾乃兰聿王嫡系血脉。"

小深一脸的愤怒："你说什么？！"

"胡说八道，你们！"羽陵弟子们见小深哥发怒了，指着杨溯发火，"你们是什么兰聿嫡系？一派胡言！"

这种水族，搁以前是要被抓去烤了的。他清清白白一条龙，祭品都是今年才有，哪儿来这么大的孙子啊。可冤死他了！

杨溯真君吹多了自己都要当真了，全天下水族都吹啊，至多他吹得比较具体。迄今没遇到过有人较真儿的，怎么这羽陵的主翰还激动起来了。蛟族脾气也不好，龙族不在后，水族中就属他们最大，自傲得很。先前看他们是羽陵宗的，才肯攀谈几句。

"放肆，不得对大王无礼！"东湖臣属们纷纷呵斥，无须杨溯亲自开口。

"退后！"羽陵弟子也不示弱，手按在法器上，小深哥的威严由我们来守护！虽然在外不随便惹事，但羽陵弟子也不是怕事的。主翰是所有弟子半师，就算自己忍，也不能忍别人欺负他们先生吧。再说了，这杨溯自己吹也就罢了，还说什么他们羽陵也欠他人情，真是可笑。用道弥的话说，那叫城门大的纸上画个鼻子——好大的脸。

道弥疯狂撇嘴，嘲讽道："我们羽陵主翰知识渊博，精通历史，天下皆知。你修的宗谱怕是不符史实，先生才会'无礼'的。"

这龙族谱系，白鼋还能不知道吗，小深哥一定是看不惯他们吹牛了。

杨溯真君脸也不红一下，理直气壮地怪起对方脾气大："大家各抒己见，你们气性也太大了，别以为我怕了羽陵宗。"

双方一时剑拔弩张，对峙起来。对面的小蛟被这场面吓得一下哭了，年纪尚小，容易被惊着。

那个龟丞相附耳对杨溯真君说了几句话，杨溯便摸了摸小蛟的头，道："本王有事在身，今日就不与你们计较了！"

道弥也低声对小深道："小深哥，咱们还得去人族城镇，就先算了吧。"

"好。"小深看了杨溯真君一眼，心想跑得了泥鳅跑不了水府，想当灰孙子是吧，记住你了。

大家各放狠话，然后冲着相反的方向离开了。

小深一行赶往人族聚居处，一看，好险！此处大泽水脉改道，离一座城池只有几十里了。城中百姓纷纷出逃，十分混乱，哭喊声一片。

羽陵弟子分作两队人马，一边试图引开大水，另一边则帮助人族躲避到高处。这里人族乌泱泱，将近十万之众，见天降修者，当即拜倒谢谢仙人。

对凡人来说，那些修者就已经是法力无边的神仙了。这也是为什么修仙十二境中，有一境叫"飞仙"，并非真正的飞升，而是因为到了这一境，就能做到许多凡人眼中的神仙法术了，寿命也大大延长。

小深帮着羽陵弟子一起，把水引回正确的水道。这些弟子都是谢枯荣挑出来的佼佼者，本以为主翰灵力并不深厚，平时更多用幻术和蛮力，没想到控起水来，竟是比大家都要得心应手，不愧是白鼋啊。要说起来，白鼋和龙族，比起不知道多少代的蛟，要近多了，难怪他看不上东湖蛟族。

这改变地理的事情，太耗费灵力了，他们都要轮换着来，唯独小深是一直支撑着。这是大泽，兰聿泽也是大泽，还更大，小深虽然被禁制，有些施展不开，但靠着龙族天赋和就任经历，也比其他人得心应手多了。

眼看着大水慢慢退去，被淹没的田地也都逐渐露了出来。就要大功告成之际，道弥忽然指着远处道："那是什么？"

一团黑云沉沉逼近，铺天盖地，气势汹汹。

小深眯眼一看，问："这不是之前那泥鳅吗？"

杨溯真君怎么又来了，先前他还往相反方向，回他的东湖去了。道弥有些担忧起来，问："不会是来找我们的吧？"

大家都是旧力快用尽、新力未生的时候，要是打架，岂不是占下风。

道弥这个乌鸦嘴——只见黑云到了面前，里头钻出来一个蛟头，打雷一般隆隆道："无耻之徒，把我儿的蛟珠交出来！"

里头乌泱泱的，还有他水府的部属们，阵仗很大，为大王助威。

那些人族见着半空中出现一条大蛟并虾兵蟹将，凶恶无比，还一副找麻烦的样子，吓得面如土色。他们都不知道为何会发大水，现在看到大蛟，还以为是杨溯真君招来的水患，连声求饶。

一名羽陵弟子皱眉道："真君何出此言，我们自分别后，就来这里救灾，你们蛟族的蛟珠，不都自己好好收着，我们怎么拿得到？"

蛟族有用天材地宝炼化蛟珠的习惯，与炼丹有点儿像。炼好了再吞下去，号称能够增长龙气，更接近龙，乃至最后化龙。当然，蛟是这么说的，谁也不知道是真是假，每只蛟的配方也不太一样。

杨溯烦躁地在空中盘旋了一圈，道："本王不过休息片刻，我儿在旁耍一耍，蛟珠就不见了，半分气息也无。这里挨着东极，方圆几百里一个修者也没有——除了你们，而且前头才结了怨。本王思来想去，不是你们，还能有谁？"

能从他身边隐蔽地把小蛟的蛟珠拿走的，本身也不简单，所以他才会首先想到这些人。

羽陵这边面面相觑,这可真是天降黑锅,自己没看好宝贝,我们跟你拌了几句嘴,就赖在我们身上吗。

"确实不关我们的事,要真是我们,我们也不会在这儿等你来找了。你也可以自己找找。"

杨溯低吼一声,激得水花四溅,急躁地说:"不是你们,那能是谁,我儿急需蛟珠增进血脉修为……"

他的臣属们战战兢兢道:"大王,此处也无公子的蛟珠气息,可能真的与他们无关,不如我们再去寻找。"

小蛟细细的一条,藏在黑云里,也怯生生地道:"父王,算了吧。"

杨溯道:"我儿,你不知那蛟珠是父王在你未出生前就开始炼的,何等珍贵。"

杨溯越想越气,好不肉痛,又是一声长吼,发泄怒火,尾巴掠起层层波涛,将旁边的田地都毁了。这动静在凡人眼里太大了,吓得那近十万人又开始惊恐逃命了,生怕被波及。

"真君!此处正逢水难,还请不要雪上加霜了。待平定此处祸害,我们或可助你一同去寻找。"羽陵弟子高声道。

杨溯一回头,只见他双眼血红,道:"闭嘴,谁知道到底是不是你们拿的,你们人族最狡诈了,我早就听说,有的人族修者会偷蛟珠炼丹!"

羽陵弟子忍住怒气,说道:"真君息怒,凡人无辜。"

杨溯眼珠子转动了几下,从鼻孔里漠然冷笑,庞大的身躯扭动了一下,问:"与蝼蚁何异?"

非但是杨溯这样的水族修者,甚至有些人族修者,也不把凡人性命当回事。似乎对他们来说,迈上仙途后,就和脆弱的凡人不一样了。

羽陵风气不大一样,毕竟是从方寸真人时,就会顺手救凡人的。所以今日来的羽陵弟子,无论是何族,都不赞成地看着杨溯。他们也是顾忌十万凡人,才好声好气地和杨溯说。

杨溯被劝反而越发想撒火了。

玄梧子都忍不住了,高声道:"真君可想过为何龙族不在人间界后,蛟族难成水族之主?就是因为蛟族无德无行,龙族飞升万年,人族仍在祭祀龙王,可提起蛟,只呼之'恶蛟'!"

这是实话,蛟族脾气不好,恶名远扬,不知引发多少水患。杨溯炼蛟珠就是想"化龙",玄梧子却这样对比,狠狠踩了他一脚,他气得鳞片都要张起来了,勃然大怒道:"竖子尔敢!"

小深却欣赏地看了一眼玄梧子,道:"想不到你还蛮会说话。"

玄梧子"嘿嘿"一笑,他虽然经常被师叔祖打,但是别忘了他还曾经成为主翰备选,读书多,骂起人来那也是有理有据、刁钻狠毒的。

杨溯不愧是恶蛟,他黄色的大眼珠转了一下,看那些惊恐的人族。这些来治水的羽陵弟子,一个个的修为不俗,但是,他们还得顾着人族……

"好,"杨溯自语道,"我今日不痛快,你们谁也别想痛快。"

羽陵宗又如何,他猛然掀起巨浪,向山头打去!

杨溯都动手了,他的下属当然也不会干看着,不然,倒霉的就是他们了。

果然,羽陵宗的弟子纷纷出手,拦截巨浪,还有对上杨溯与他下属的。

"道弥,你们修为低,躲在先生后头!先生,辛苦你控住水,护好他们就行了!"玄梧子急切地吩咐几个被小深带出来不大能打的人,"这杨溯真是卑鄙,乘人之危。也不知师叔祖那里忙完了没有……可恨,否则怎会叫他嚣张!"

小深的"壳"硬,是羽陵人都知道的,刚才也展示了他的水族天赋,这大泽水流还未彻底回归正道,仰仗着小深呢。

"快去,把他的皮扒了!"小深怂恿道,只恨自己不能动手。他现在的实际修为,是不如杨溯的,若不控水也就罢了,凭幻术也能戏耍

第六章 龙王正位，江河恭迎

一番。

玄梧子讪讪一笑，道："我倒想……"

你来我往，城墙都在斗法中倒塌了。这一番倒是杨溯占了上风，原本羽陵弟子为了救人，就耗费了大量灵力，现在还要护人，杨溯身为蛟族，本也修为不俗。

只听十万凡人啼哭尖叫，对他们来说，这就是神仙打架了，砖石都能粉碎成粉末，何况他们肉体凡胎。生怕自己小命没了，不住地祈祷帮他们的这一伙仙人能战胜恶蛟。

杨溯还想从那大泽中汲水借势，却发现汲不动，恨恨地看了远处的小深一眼，也不知这少年有什么法宝，竟能镇住大水，叫它纹丝不动！但他蛟皮肉何等强悍，尾巴一甩，也可以推倒大片房子与树木了。

玄梧子不慎，被杨溯一尾巴抽中，倒飞出去。他爬起来，吐了一口血。

"师兄，你先调息一会儿吧！"道弥喊住他，急道。

"嘿嘿，我倒还坚持得下去，总不能叫他们接近了那些凡人啊，磕一下死一片呢。"玄梧子道。

小深看他血糊糊的，问道："万一商积羽赶不过来，你先死了呢？"

那是东极之海，谁知道商积羽一人需要多久，甚至能不能逆转。

玄梧子一愣，随即洒脱一笑道："那我也修道多年，宿根已栽。来世再寄人身，先生去寻我，带我回羽陵吧！"他说罢，提起还有裂纹的法尺又上前去了。

云自然低叹一声道："无情江海有情人，万劫千生亦不忘。云某才得长生之术，不过——"他对小深拱一拱手，也不再避让，提剑增援。

"小深哥？"道弥小心喊他，却见小深无心品味自然真人的新作，只低头冥思什么，然后，竟一下跳进了水里。

"小深哥？！"

小深脚上还有商积羽留下来的剑，他生来顺遂，几乎未遇到什么险境，纵是现在，也伤不到他什么。可是他看羽陵弟子被打，就很不痛快——那都是要给我还债的，打也该是我来打。

心念急转直下，想到驭灵环最后一层，从外头破不开，他灵光一闪，莫不是也要用那个"逆"字，这才符合禁制的宗旨？看似绝处，实则绝处逢生。

杨溯尽冲着那些凡人去，见羽陵弟子左支右绌，已见疲态，得意地一笑，道："本王看你们如之奈何！"

他一爪向玄梧子抓去，正在此时，一柄软剑飞来，流银般在他的爪上缠绕一圈，竟动弹不得。

"谁？"杨溯吃惊。

众弟子见山河剑，皆以为是商积羽赶到，却听水声巨响。两方都侧首望去，只见刹那间宽阔的大泽绽开漩涡，从中跃出一条长长的生灵，相比起巨蛟，身形堪称秀气，玉石般的两只角斜飞，鳞片反射着碧波般的润泽光芒，四爪锋利。

一霎间天地寂静，无论是人还是水族，都不敢相信自己的眼睛，最后竟还是凡人先反应过来，大呼此物之名："龙！是真龙！"

谁说世间已无龙？

修者们被颠覆万年来的印象，几乎无法思考，难以相信自己的眼睛，却又不得不信——

汹涌的大泽顷刻归位，水面掀起垂直的波涛，扑向天空，就像有灵性一般，进行特殊的仪式。

境界稍低的水族修者心中升腾起传承自血脉中的敬畏，不敢直视。杨溯原本飞在空中，高昂蛟首，此时却也在无意识之间，蛟首微低，降低了身体，不敢飞得比那尚小他一圈的青龙更高。

龙王正位，江河恭迎。

青龙一探首，骄矜地抬了抬下巴，那缠住杨溯蛟爪的剑便寒光一闪，整只蛟足被齐齐切断，蛟血淋漓！

青龙伸爪摄住飞回的山河剑，上头仍在滴着蛟血。他深绿色的眼珠子带着羽陵诸人熟悉的蛮横，声音更是耳熟到令人瞠目结舌——

"本王？你也配称王吗？"

蛟族致力模仿龙族，总是充满自傲地自称王。但是当青龙的话音传遍此方天地，轻蔑自然的语气，举重若轻地昭示着一个事实——蛟族，还不配称王。

事实上，不只是蛟族，除龙族之外，又有哪个水族真可称王？不过往自己脸上贴金罢了。天地水法之本源，自龙族呼吸举止中可见！

这个声音……是小深哥！

羽陵弟子们脑子像是被大铜锤狠狠敲了一下般，嗡的一声，眼前的一切都要失色了。尤其是道弥，他是唯一见到小深哥往水里跳的，但即使青龙飞出水，他也没想到这是小深哥，直到他开口！

小深的身份在羽陵有过各种猜测，从章鱼、龟到鼍，再到白鼋，谁也没猜过，或者说没敢猜他是龙，还是青龙——龙族之中，以青龙最贵。就算普通颜色……这可是龙！龙啊！！！

道弥脸色忽而一僵，低声道："难怪小深哥说他全族都不在了。"

其他羽陵弟子也愣住了。对！之前他们还特别同情小深哥来着！现在想来，小深哥的全族，那不就是集体飞升的龙族？他们这些挣扎在修仙途上的人到底有什么资格同情啊！

道弥越想细节越多，喃喃道："难怪，难怪头一次见面，小深哥就一副很烦躁的样子……"听他说了那么多和龙族有关的歇后语，没杀了他算是走运吧，"难怪，我破境之时，小深哥说'认青龙'……"

根本不是小深哥说错了，而是他那天真的有幸"叩问青龙所在之处"了！

大家听到道弥的话，都心情复杂，难掩艳羡，有这样一桩传奇，恐怕从今以后，这"认金龙"境就要改名为"认青龙"了，道弥的名字说不定也会随着这个故事流传下去。

与之相对的则是玄梧子，他也心情复杂，感觉自己的故事可能也会在羽陵代代流传了……他曾经拿法器去砸一条龙……

青龙才现身,人族已仿如得救,高声欢呼。

在这一片欢腾之中,唯独杨溯脸色灰白,试图在龙族威压之下昂起头来,本王亦是千载东湖之主——

龙族虽然离开已有万年,但他们统摄水族的时间更久,自天地伊始,有些东西已经深埋血脉,尤其在没有任何束缚的小深面前,不是杨溯想抬头就能的。蛟族也只得龙族些许血脉,杨溯被压制得灰头土脸,对他的骄傲更是致命的打击,原来他和真龙差得还这样远。

杨溯疯得更厉害了,拼命挣扎起来,好像连断去一足的疼痛也不当回事了,他更不愿意接受这个事实,道:"不,不对,世间怎会还有龙……这一定是幻境……是幻境!"

羽陵弟子们皆是一愣,竟也生出了一点儿怀疑。小深哥幻术高深莫测,连师叔祖也能模仿,不会连龙族也能模仿吧,虽然按理说小深哥也没见过龙,但知道的总比他们多。小深哥旋身化龙,竟然还能使用师叔祖的剑,也很奇怪……师叔祖真的没回来吗?

但很快,他们就确信无疑了——巨蛟的尾巴随着他的挣扎甩了出去,眼看要刮倒一片城墙,青龙伸出利爪,一下将杨溯摁住。爪尖毫不费力地刺入巨蛟坚硬的鳞片,杨溯的半张脸陷进淤泥,动弹不得。力分强弱,龙族正是一力降十会,此时也没人怀疑这是幻境了,假的终究是假的。

青龙现世,这个消息,想来很快会随着水流、风声,散遍至整个神州大陆。

小深一爪子拍打在杨溯身上,杨溯痛得在泥中打滚。那些东湖水府下属们早就没力气敢反抗了,他们也是帮凶,难逃劫难,看见杨溯的遭遇瑟瑟发抖。

别以为这只是抽打那么简单,杨溯每被打一下,嘴里就吐出一口几乎有实质的气,这便是杨溯的修为!随之,他原型的整个身躯,也会缩小一截，小深抽了九下，杨溯痛呼之下，吐了九口气，修为被散了干净，身形也小得可怜了。

这还未够，小深下手干脆无比，不等杨溯求饶，爪尖一钩，准确无误地将他的蛟筋抽出来一截，钉入地面。杨溯想动弹，但蛟筋牵扯全身，疼痛无匹，竟被禁锢在此地。

"你假称真龙嫡系，毁我名声，损我财物，伤人无数——"

今天要不是羽陵弟子都拼死保护，十万凡人怕是活不了几个，饶是如此，躲避之间也有许多受伤的，城镇、田地更被损毁。当然，更重要的是羽陵弟子都是小深的私产。

小深哼笑两声，道："从今日起，废你修为，在这大泽边上做一系舟蛟，蛟筋为系舟绳。和你那些部下，都为人族所役，直到整座城的人都原谅你。若有不服，打死了因果算本王的。"

最后一句，是对那些人族说的。

法随言出，杨溯和人族身上皆是青光一闪，正应了此令。杨溯的下属也被摄来，一同被拴在他的蛟筋上，更增疼痛了。

杨溯现在既无修为，力气也因蛟筋被钉住而丧失了，连人族也能伤了他，日后真与泥鳅无异。更让他崩溃的是，他以后竟然要被自己视为蝼蚁的凡人役使，只有整座城的人都谅解了，他才能离开此地，但也只是离开，修为仍不能恢复——都被打散了，哪儿还找得回来。如此生不如死，比身死道陨还叫他难受，明明只是弱小如蝼蚁一般，现在却能骑在他头上，决定他的生死自由。

杨溯想说话，却只吐出一口血，他还有一件事想不明白，他假称真龙嫡系算是有碍龙族名声，但什么叫损了青龙财物？

在凡人的欢呼、祝祷声中，小深又化了道体。只是这一次，他不需要再隐瞒自己的身份，解除禁制后，再难有人能伤到他了，额角也保留着两只斜飞的玉色龙角，更显骄态了。

羽陵弟子们这才纷纷围拢上来，难掩激动地看着小深。从来只在传奇中听到龙族如何，今日才知道，什么是水法本源。虽然不知道为何世间还有龙族，但他们何其有幸，能亲眼见证龙王正位，更有幸的是，小深还是他们羽陵宗的主翰呢！与此相比，其他都不算什么了。

玄梧子带头欢呼道："以后咱们宗就有龙了——哈哈哈——全天下独一份儿的！"

袁罡亦是乐陶陶的，什么真龙嫡系，我才真龙嫡传弟子呢！

小深一脚就踹在玄梧子屁股上了："什么你们宗有龙了，以为我为什么救你们？"

羽陵众人不解，难道不是因为小深哥是我们的主翰吗？

道弥更是迷糊地道："小深哥，你在说什么……"小深哥不是宗主救回来的吗，师叔祖还一直帮他解除禁制。

"知道我本名叫什么吗？"小深冷静地道。

众人怎知龙族谱系，但忽然觉得有什么不妙之处，道："呃……先生请指教。"

小深道："兰聿深！"

羽陵众人：……

杨溯：感觉自己死得不是很冤了……

第七章 占领羽陵宗

长空里,一道白色的流光掠过。

商积羽耗费一日一夜,掉转东极之海,使其回归正道,而后极快地赶往人族聚居之地。此前他收到了传音,说是羽陵弟子们与一蛟族发生冲突,只是他正在险要关头,不得回应。

之后再无音信,商积羽料想有些麻烦,但应该没大事,否则不至于再催他一次的余力也没有。不过,商积羽还是以最快的速度赶来此处。

遥遥地,商积羽就看到大泽归位,城有损毁,但气氛欢天喜地。那水边还趴着一些落败水族,被拘着,并不见传音所说的蛟族。

羽陵诸人都在法器上,站成几排,低头垂手,一副刚刚大战过的样子。唯有云自然还可置身事外,立于一旁,但看表情,好像也不是那么轻松。

小深正背对他,趾高气扬地教训这些人:"先前先生怎么教你们的?修行最重要的是什么?"

好在这些人多是记忆极好的,齐声回答:"欠债还钱!"

"不错！"小深道，"你们记得，我觉得很欣慰！不辜负我的教导！"

商积羽再上前一些，便有人发现他了，喊出声来了："师叔祖！您终于来了！"

师叔祖可算来了！他一定不会相信他们遇到了什么事，如此惊心动魄，一波三折！小深哥是不知为何遗留于世的龙族！还是来找他们羽陵讨债的龙族！

原来方寸祖师抽的是小深哥的水！他们全都吃小深哥的、喝小深哥的！原以为杨溯就够麻烦了，却不知道解决了杨溯的小深哥，才是真的大麻烦……呜呜呜……

小深听到他们的叫喊，动作便顿住了，然后凶巴巴地道："喊什么喊，你们师叔祖就是第一个要还我债的人！"

其他人算是欠了一份儿，商积羽欠的两份，他师父陈妙想不知道把小深的水弄哪儿去了呢。小深也转过身，他额角两只冷玉色的角就展露无遗了，更显得脸小小的。

同时，也有最快的弟子说出声来："师叔祖，小深哥是龙族——"

"什么颜色的龙？青色？"商积羽问道。他怀疑小深的颜色和瞳色是一样的。

众人道："是，不过……"

怎么觉得，师叔祖这个语气，不是特别震惊啊。这个心态，这个境界，也太厉害了吧，见到龙族都不动声色，堪比开明山崩于前而不变色啊。

道弥怀疑地喃喃道："您不会早就知道了吧……"

"禁制解开了吗？"商积羽走到小深面前，伸手摸了摸他的头，顺着还摸到了小巧可爱的龙角上，才低声答道，"略有猜想，不过……也是今日才肯定的。你就是上古兰聿泽中的龙王吧？"

他和小深朝夕相处，得到的线索比其他人要多得多，在肯定了小深就是龙族后，便连具体身份也很明了了。以小深对兰聿泽的关心，和被谢枯荣带回来的地方，他若不是兰聿龙王，还能是谁？

小深被摸到龙角，无意识地往商积羽手上蹭了两下，夸奖道："你真聪明！"——不愧是他挑的祭品。

商积羽修长的手指又摸了一会儿那莹润的龙角，随意问道："那之前的蛟族，想来也不足为患了，他在哪儿？"

小深一指，道："不就在那里。"

商积羽先前只掠过一眼，看到那里有一堆水族，这时仔细去看，才发现里头确实还有条蛟，只是软趴趴的，如鼻涕一般，身量更是宛如四脚蛇……

羽陵弟子们说了小深哥对付这恶蛟的手段，把自己代入恶蛟后，有点儿瑟瑟发抖，然后眼巴巴地看着商积羽道："还有，师叔祖，小深哥说咱们都欠他债，他要占领羽陵宗啊。"

小深这才清醒过来，甩掉商积羽的手，挺直了腰，道："嗯！"

这是原则问题，不会因为商积羽就改变的！

商积羽沉吟道："万年前方寸祖师取你水，万年后你追债羽陵，一饮一啄，自有定数。但兰聿泽如今遗失，我看你还是暂住羽陵，羽陵弟子自然一边为你寻找兰聿泽，一边好生侍奉，任你索取，这样有问题吗？"

"好像没问题。"小深想了想，"我还要一个陆上龙宫！你要来陪我住！"

商积羽点头道："自然也没问题，叫谢枯荣建便是了。"

很简单的逻辑，小深又不是随便哪儿来的龙要霸占羽陵宗。兰聿泽都没了，占领羽陵住在这里，拿些利息，是应该的，又不杀人——杀光怎么还债。原来他做主翰时就打人，这都是无妨的。所以说，有何不可？等于小深从主翰又升到最高一级，还在宗主之上——债主。

祖师欠债，后人还债，商积羽还双份，日夜兼职，他心甘情愿。

羽陵弟子们也议论纷纷。

"这样一听的话，突然不害怕了……"

"嗯？和小深哥之前的日子好像也没太大区别……"

"予取予求啊，养一条龙要多少花销？"

"咱们寰二库够用了吧？"

"管他的呢……全都给他，咱们要有龙了！！！"

小深龙啸一声，凶他们："闭嘴！都说了你们没有龙！是龙占领你们羽陵宗了！"

玄梧子小鸡啄米般点头，道："也行也行也行。"

小深想捶一下玄梧子，但是怕把带着伤的新晋手下捶转世了，玄梧子之前的行为还是让他比较欣赏的："呸！你给我等着，回去揍你。"

玄梧子盯着云头看，道："没啐出来吧，龙涎啊……"

小深："……"

"那能不能告诉我，你为何在人间界，世上还有其他龙族吗？"商积羽问道。

其实好多问题其他人都想问，但刚才小深哥太可怕了，他们几经波折，惊魂未定。

"就我了。"小深老实地道，"我留下来守那开明山咯，万年前开明山山髓裂开了，只是被珍宝君修补，叫我守山，我便睡了万年，只是一醒来水也被方寸老贼偷了……"他说着说着，又忍不住开始大骂方寸。

方寸老贼？就是说小深哥不是真的崇拜方寸祖师！

小深骂着骂着才绕回来："反正，这次开明山也没出事，挽救及时。"

所以听说极东出事，他才这样紧张？商积羽微微点头，心中闪过什么。

小深并未察觉，又道："但我还是觉得哪里不对，难道真是无根之灾吗？好蹊跷啊。到底是受到什么影响呢？此水贯通天下，会不会灾祸源头还在别处？"

"我也想了，现在海水回流，开明山也无恙，但还是不能掉以轻心，我叫谢枯荣派人轮流值守，到别处继续查看。"商积羽道。

小深放心地点点头，才想起来把山河剑还给他，道："喏，我用它把小泥鳅的爪子斩了，可真锋利呀。是你特意施法许我使用吗，我用起来也毫无阻碍。"

这法器本是只有主人才能用的，但在主人许可或设下特殊的启动法令，其他人也能用。

商积羽捧着剑看了一会儿，才微微一笑道："是的。"

此时他们还听到下头隐隐有敲锣打鼓的声音，拨开周围的云看去，原来是那些人族，才刚安顿好，就开始轰轰烈烈地祭祀龙族了。当然，还要感谢一同救他们的羽陵仙人。他们不知道，那些仙人其实还未离远，就在云头上呢。

小深也饶有兴味地探头去看。

玄梧子感慨道："自从离开家乡，我也好多年没见过这样的热闹了。"

"祭龙啊，也不知他们是哪种祭法。"

"说来，我在书林看过一本书，说很多很多年前，有的地方比较蒙昧无知，还有用活人祭祀的。给祭品换上华服，沉入水底，然后又被龙族连同其他不喜欢的祭品一起给退回去。我看了好几篇，记载被退祭品的水下经历，写得还挺有意思，可以一睹上古龙宫风采。但是，极少数好像真的会被收下，就此步入仙途呢……"

小深傻了，道："什么？祭品不是自然而然掉下来的吗？还可以退的？"

大家看向小深，道："怎么可能，人族那么脆弱……咦，龙族是怎么想的呢？"

小深一时忘情，震惊地道："珍宝君骗我们的？我小时候他告诉我们，水上会掉祭品，捡起来就是我的属下了，祭品可以伺候我们！我还以为这是找人族祭品的必经仪式呢！"

众人还未说话，只见连得知小深哥是龙族时都平静无比的师叔祖，忽然转过来,反应极大。他的眉眼如寒冰一般,声音低沉,情绪复杂,道:"在水里,捡人族祭品?"

倘若从水里捡起人是龙族的捡祭品仪式,那么,当初在百丈潭,小深也把商积羽捡了起来,而且是先推下去。这说明,商积羽现在是小深的祭品了。但是,是另一个他。

商积羽想起当初小深把他推下河后,哭了一样问他,为什么另一个商积羽不见了。

想到这里商积羽的脸色就更不好看了。小深也后知后觉,发现自己说漏嘴了!哎呀,被商积羽知道他当时捡错人了……看商积羽多伤心呀!小深也没经历过这种事,一时陷入了思索中,不知该如何应对。

羽陵弟子们都被师叔祖猛然低下来的气场吓得瑟瑟发抖。

袁罡仿佛悟到什么一样,忽然道:"哎呀!是不是……那个……我想起离垢河掉下去时,老师捡了一百来号人,按你们龙族的说法,这些不会都算……你的祭品吧?"

我的祭品?小深转头看袁罡,没想到这木脑壳虾米这时候反应倒是快。

其他人恍然大悟:"哦——"

商积羽还真未想到这一点,如果这也算……说起来,小深的确对那些新弟子都很好。他的脸冷得快要能掉下冰碴儿了。

小深反应过来,立刻道:"那个不算的!我是救人,你不要乱说哦!"

袁罡也尿了,道:"是是是,我胡说的。"他和其他人交换了一下眼神,"哎,刚才那一声就是标准的龙吟吧,真是可爱中透露着霸气,霸气中蕴含着英气……"

道弥的冷汗都要滴下来了,义不容辞地找到解决之法,伸手道:"我提议,我们大家再去把之前被淹了的田地整理一下吧,举手之劳,也方便了凡人。再布置一些法阵,阻拦猛兽和妖物,留给他们休养生息的时间。"

大家也都回神了，道："是，是，弟子去了！"

还是留给师叔祖和小深哥解决吧，看师叔祖这个反应，总觉得小深哥干了什么不得了的事啊，那一百来号祭品看似无稽，不会是真的吧？

"师尊，弟子告退。"袁罡还特意给小深行礼，喊得格外大声。

本虾真是撞大运啦，以后就是大虾了。——类似龙族以粗细论长幼，很多水族也以大小论修为。

一时间法器上的羽陵弟子加上云自然都散得干干净净了，独剩下小深和商积羽。

小深期期艾艾地道："你别不开心了。"

商积羽有些无奈地看他，又摸了摸他的龙角，别说，这龙角的手感着实是好，道："你想让我做你的祭品？"

小深点点头道："前头那一百多个真的不算哦。"

现在他是算人间界最粗的龙啦，但是放在整个龙族里，也就不粗不细吧，龙角还未完全长成，别说打磨了，顶端甚至还泛着淡红色，有些嫩——龙族意义上的嫩，玄梧子的白海砂往这儿砸还是会裂的哈。不过，此处还是很重要的，不是极亲近者，小深不让摸的。

商积羽却不知道，仍在那龙角分叉的圆滑润泽处摩挲了几下，低声道："你知道在人族中，这代表什么吗？"

他更想说，你知道对我来说，这代表什么吗？

小深迷蒙地道："就是伺候我的属下啊，难道不对吗？"

商积羽笑了笑，没有说话。也可能是因为忽然被另一个自己夺取了控制权，因为在沉默片刻后，他再次抬起头来，表情就有些微妙了，还用力搓了一下小深的龙角！

"说得倒好听，谁知道你到底捡了多少个啊，一次就是一百多个，你够能捡的啊。"

小深龙角突然被搓，猝不及防，猛地抖了一下，牙都咬紧了，大退一步把龙角抽离出来，骂道："你走开呀！"

商积羽也不在意，收手抱臂，道："龙王殿下别恼羞成怒，我没那么好糊弄。"他似笑非笑地道，"给你下驭灵环那人，也是'掉'下水的。你那时原想怎么说……你本来以为他是你人族祭品对吧？当时我就觉得不对……"

小深之前就在他面前差点儿说漏嘴，现在他竟敏锐地翻出来算旧账了。这个，虽然小深是被骗了，但当初他确实喊了红衣人一声，对方还回了句"主人"。小深隐约察觉到，这个细节说出来可能很要命，万一被那个商积羽听到……

"怎么，一百多个你没认，"商积羽忽然冷笑一声，说起来，要不是这次说漏嘴，他怕也是"不认"里头的一个吧，于是他逼问道，"那之前这一个，你认了吗？"

他在心底轻笑了一声，祭品就祭品吧，难怪少年一直奇怪得很，原来把他当祭品了。同时也对另一个自己充满嘲讽地表示：阴错阳差，也是我赢了，他想捡的是你又怎么样，最后还是我。

小深这才反应过来，立刻道："都是误会，刚才没听玄梧子他们说嘛，还可以退的！我把你退了！"

"晚了。"商积羽面无表情地道，"再说，你听过退半个祭品的吗？你觉得能怎么退？"

对啊，半个，这家伙随时可以躲起来！那怎么退啊！小深垂头丧气。

商积羽步步紧逼，颇有扬眉吐气之感，道："现在我倒非常支持你，把我们分开了，你可千万一定要记住，你捡到的是我。只有我才最有立场找你麻烦。"

小深傻了，不知不觉都被商积羽逼到飞行法器的一角。他心里恨恨地骂这个商积羽，真是恶人啊！

商积羽俯首，貌似语气柔和地道："就算是半个，我也认了，回头我再帮你把前头那个打死。"

打死是好的……但是这不就被凶巴巴的商积羽缠上了吗！真是祸从

口出!小深愣了半响,无处可逃,抱住头,道:"都说了不管,不管的!不服,你打我吧!"

事到临头,还是珍宝君教得最有用啊,该耍赖时就耍赖。

别以为小深说"不服打我"是什么认厌的话,认厌和耍赖不一样,你打一个耍赖的小深,只会被怒张的龙鳞划伤……

商积羽当然不会傻到和玄梧子一样去打小深,他说道:"虽然当时无人,但是天地日月皆可见证,你赖不掉。以后,也别让我看到你再捡什么乱七八糟的人了,龙宫可以建,新祭品就别想了。"

小深嘟囔道:"我才没想……"说着还看了商积羽一眼,他多倒霉,他也就正经捡过两次祭品,怎么落得这么个乱七八糟的局面……

待道弥一行人回到飞行法器上,看到的却是师叔祖意气风发地站在那儿,小深哥则坐在一旁,手托着脸,有点儿愤懑中透着幽怨的意思。也不知发生什么了……

"老师,已办妥了,那些凡人还想给你修建庙宇呢。"袁罡说道,"对了,杨溯应当还有些部属在东湖,他家那小蛟胆子小,应是护着小蛟留在东湖了,估计还有杨溯的族人,要去警告一番吗?虽说布了阵,万一他们试图来营救……"

小深诧异地道:"现在的水族胆子都这么大了?"

"嘿嘿,我看是不用了。"道弥道,"袁罡太年轻了。小深哥降罪杨溯理所应当,而且他的族人要知道是龙族现身,来羽陵送礼告罪还差不多。哎,你这个样子,一点儿也不自信,怎么做小深哥占领下的羽陵弟子啊!"

本以为本虾就不错了,还是道弥适应得更快!袁罡跃跃欲试:"那……咱们现在回羽陵了?"

他们可是要带着一个惊动修界的消息回去啊,试想一下回山后大家的表情……好吧,袁罡觉得无法想象。

先前因为小深哥拘着,谁也不敢给宗内传讯。后来小深和商积羽商量妥了,但他们自觉不知道怎么和宗主开口,说这种事……还是让师叔祖去说吧。故此到现在,羽陵宗内其实还是不知情的。

"好啊,好啊!"小深比袁罡还要跃跃欲试。虽然不小心捡错一个祭品,但不能因噎废食(使用成语一个!),羽陵还等着他去统领呢。

一路顺风,比来时还快了一日。

谢枯荣一直关心东极之事,却有阵子没得到回应了,急得他都快要再派人前往东极了,要不是门内玉册上显示这些弟子都好好的——羽陵宗的玉册载有每个弟子的身份信息,而且布过术法,能从上面知道这些弟子是否尚存于世,而且此时,飞行法器也把他们带了回来。

谢枯荣亲自迎到玉关,宗内不少关切的执事和弟子,也都聚在一处。谢枯荣见他们飞入金阙,一个个的看上去都还好,纵然有伤,也未伤及性命,这才松了口气,道:"此去如何?"

宗主竟一无所知?师叔祖没说,外头的消息也还没传到宗主这里来吗,还是说,宗主只是保持风范?一名弟子脸色古怪,去看商积羽,可师叔祖也不回应,他只好硬着头皮道:"师叔祖将东极之海引回原处,各处水脉也已回归正途。还有就是那个……龙族……"

谢枯荣听到"龙族"二字,眼前一亮,道:"怎么,你们路上有奇遇?在哪处水脉找到龙族秘境了?"

这龙族虽然举族飞升,该带的都带走了,但总还是有些东西留下,若是找到并传承,绝对堪称奇遇了。就算在羽陵宗这种遍地天才的地方,也难得一见。

小深早就按捺不住了,一听谢枯荣这么问,立刻冲了出去,团身化龙,摆出幻想已久的恶龙姿态,猖狂大笑,道:"啊哈哈!不是!是找到龙了!!!"

谢枯荣差点儿被吓死,捂着心口直翻白眼。不是龙族秘境,是真的龙族本龙?

围观的弟子们也都惊骇莫名,张着嘴半天说不出话来,秀气的青龙飞旋空中，虽然只在书本上看过形容，却一眼就能确认，而且唯有亲眼看见，才更能体会到这种震撼。

青龙的鳞片闪烁着光泽，一举一动，都牵引着周围的灵力，把他们都笼罩在某种气场中。甚至离垢河都脱离了法阵，围绕着青龙，银练一般盘旋。

青龙在里头惬意地穿梭了几圈，凑到了谢枯荣面前。他的脑袋比起谢枯荣来说，大上很多了，深绿色的眼珠在阳光下琉璃一般，眨了一眨，鼻子都快碰到谢枯荣了。

小深道："吓死你！"

最初那批羽陵弟子，好歹是一步步看到小深说话、打架……最后接受了小深是青龙这个事实。谢枯荣和其他人却是非常突然地看到小深的本体，谢枯荣甚至被龙嘴撑到脸前，差点儿变成斗鸡眼了，此时几乎连话都说不出来。

半响，谢枯荣才退了几步，失声道："这是……怎么回事？"

"宗主！"道弥难掩兴奋地道，"是这样的，小深哥就是兰聿泽的龙族，他现在要占领我们羽陵宗了！"

小深轻轻点头，是这样没错。

众人：道弥中毒了吧？

"等等，"谢枯荣抬头看了一下这强大美丽的生物，觉得有些眩晕，"世上怎么还会有龙……还有，兰聿泽？小深，小深是兰聿泽的龙？"

他胸闷，方寸祖师到底知不知道兰聿泽还有一条龙啊？！不过说起来，祖师根本也没说让他把小深带回来，都是他猜测的哦……

眼见那些普通弟子越来越吵闹。商积羽此时才淡淡地开口："万年前，方寸祖师移动兰聿泽，结下因果。小深为守开明山独留人间界长眠万年，苏醒后前来索债，只是前些日子未曾表露身份。"

他一开口，大家都住口了，不光是因为师叔祖的一贯威严，也是想听小深哥到底什么来历。才听两句，就已经心有余悸。

原来龙族竟还有隐秘,并未全部飞升。这种感觉太奇妙了,隔着万年时光呀,有几个种族能做到?羽陵宗也算大宗门,可也没一样东西比小深哥年长。你以为你小深哥是文盲,是鳖,是蛤蜊,其实人家是上古龙族,是你全宗的债主,是活生生的历史,好刺激啊!

羽陵弟子陆续恢复了思考,并从见到龙、而且龙就是小深哥的震惊过渡到了我见到龙、而且我们中有的人投喂过龙的狂喜中。当然,也有一些人陷入了我骂过龙的懊恼。

商积羽继续道:"羽陵上下,自当奉还兰津泽,并赔偿万年利息。故此从今日起,小深还是会暂住羽陵。宗主以为如何?"

这还用想吗……谢枯荣被吓蒙了一瞬,现在也反应过来了,正色道:"小师叔说得正是!要赔的,要赔的!"

不愧是一脉相承,其他弟子的心情也和最先知道小深是龙的师兄弟们一样:还债算什么,我们宗要养龙了,人间界唯一的龙!甚至有人开始掏兜了,他的大道草在哪儿来着,他要都拿出来供养小深哥。

小深悄悄舔了一下嘴唇,说:"还有一件事!得给我修建一个陆上龙宫!要大!"

谢枯荣立刻道:"这个不是问题,即刻选地营造。"

甚至是求之不得……都有住所了,岂不更加深了和大家的关系。

小深略微满意,有点儿对债主毕恭毕敬的意思了,继续指点道:"龙宫有了,丞相也要有。"

谢枯荣连连点头,却忽然发现小深那大大的眼珠子在一瞬不瞬地盯着自己看,甚至带着点儿打量。

谢枯荣嘴唇动了动,冒出来一个自己也难以置信的想法,问:"不会是……想让我来当这个龙宫丞相吧?"

小深道:"没有,没有。"

谢枯荣失笑道:"我就说……"

小深苦恼地道:"我有点儿拿不准,你和道弥、金钱子谁更合适?"

谢枯荣："……"

谢枯荣本来想，我堂堂羽陵宗主，怎么可能去做"龟丞相"？结果后头听说自己还只是备选之一，他居然还挺不舒服。

偌大的人间界，能迈上修仙途，已是千万人里挑一。要进羽陵宗，更是天赋、机缘、努力缺一不可，最后要做上羽陵宗的宗主，那就更是不简单了。这样优秀的他，可以说参选任何位子，都没有输过！他居然只是，龙宫丞相备选之一？和他一起竞选的还是道弥和金钱子？

谢枯荣斜着眼睛看道弥。

道弥又含冤莫白，又受宠若惊，龟丞相龟丞相的，这丞相多是龟族来做，他一个八哥能与金钱子还有宗主一起候选，真是小深哥的信任，天大的荣幸啊。宗主都斜着眼睛看他了。道弥心绪复杂，扭扭捏捏地道："什……什么丞相呀，我都不知道在选这个，嗯，我还不够资格吧，这不是光屁股飞升——太不好意思了嘛……"

小深立刻说："你落选了！"

什么！这么快！他不是刚刚入选吗？一句话就落选了啊！道弥欲哭无泪，道："为什么呀，小深哥，我才刚知道，还没有来得及表现一下呢。"

小深恶狠狠地道："你刚提醒我了，不能选这么啰唆的丞相。"而且每天不知道从哪儿收集来奇奇怪怪的俏皮话。

玄梧子在旁边都忍不住赞同地点了点头。这陆地龙宫还是头一遭，建在羽陵，丞相人选也要从羽陵出，若是选了道弥，今后让天下人怎么看他们羽陵宗？难道不会产生误会吗？有幸养了龙，却派这种货色去侍奉青龙？

其他人亦有各自的想法，但大体来说，道弥落选是众望所归，做个跟班也就罢了，万万不能做丞相，他们就差没鼓掌了。

那现在就剩下谢枯荣和金钱子咯。

金钱子估计还在睡觉，现场只有谢枯荣了，一时之间，所有的目光都投向了谢枯荣。

谢枯荣心中无语,虽然……但是……这么期待他立刻走马上任吗?

谢枯荣也是再三斟酌,仔细一想,其实做了这个丞相,倒也没什么事,还会和小深关系更好,但要是知道他做了丞相,金钱子说不定会发疯,他这宗主也真是难当,要顾全大局。

"小深啊,"谢枯荣道,"我平日还要处理许多宗内杂务,加上对水族不够了解,我想,我还是把主要精力放在更擅长、你也同样关心的事上。兰聿泽不是还没找到嘛,我组织弟子们找一找。"

虽然是推辞的话,但小深听得极为舒服,觉得自己果然没看错谢枯荣,急自己所急,道:"好吧,那就定下金钱子。你一定要全力帮我找兰聿泽,另外,白毫不知在何处,我想要自然真人做我的史官!"

云自然也愣了,他没想到自己还能捞到一官半职啊!这可真是值得写上十首诗了!不过,云自然也有一点儿顾虑:"殿下啊,可我是有宗门的。"

"这有何干系,金钱子不也是我羽陵宗外门,宗门与在龙官供职,没什么关系的。"谢枯荣饱读史书,说道,"这上古时期,不也有修者去龙官做供奉的。虽然少,但不是没有。"

"哦哦。"云自然迷糊地点点头,"那就恭敬不如从命了!"

好人做到底,谢枯荣道:"其他的若有短缺,直接调弟子当差就是。"看那些小子的样子,恐怕他们乐意得很。

果然谢枯荣说完这句,疏风、微雨等人都兴奋了起来。此事舍他们其谁,除了道弥师哥,他们这批弟子,都算是先生的嫡系了吧。那么早便慧眼识英跟随先生。其他人就算修为高,也比不上他们的一片丹心。

疏风决定把握机会,排众而出,他站到小深面前,道:"先生!弟子愿意——"

下一刻,商积羽把疏风弹飞了。

…………

"刚刚是你吧?是你吧?真的不是'他'?"小深围着商积羽,就像被道弥附身了一样，不停地说，"是不是'他'偷偷出来了，不然怎么会把疏风弹走！"

商积羽不语，眉眼间甚至有一丝无奈。

小深沉思着道："我这次又一点儿都没察觉到变化，他这回是怎么乘虚而入的……"

"小深。"商积羽忽而转向他，道，"是我弹的。"

小深道："啊？"

商积羽低声道："我也会不开心……我想如果你一醒来，我便与你相遇，就不会有那些人了。"

小深觉得心里暖暖的，道："那……那我现在再捡一回就是了。以前都不作数的。"

商积羽苦笑，然后叹了口气，深深看了他一眼，道："来日吧，待我们对这个行为有了共识。"

小深不解，还要什么共识，不就是大家都知道了的——捡祭品吗？

"是龙？真的是龙？是我？真的是我？"

从沉睡中醒来，知道了自己即将上任兰聿泽龙宫丞相，并羽陵行官总营造的金钱子，龟目含泪，反反复复都在念着这两句话。

金钱子从未想过，这辈子还有做龟丞相的一天！多少家族都是世袭职业，他们家不例外，都是龙族飞升后才失业。而且，金钱子家从前效力的只是一个深潭的骊龙，小深却是上古大泽的龙王，相当于升了好几级。虽说兰聿泽现在不见了，但金钱子相信还能找回来，这可是天下数一数二的大泽了！

"臣一定不负殿下的信任，听说在我和宗主之间，殿下选了臣！臣一定会证明，我们龟族的世代积累配得上殿下的看重。"金钱子擦了擦眼泪道，他的确挺适合做丞相的，在小深面前也完全不咬文嚼字。

谢枯荣也是无奈到吐血了，就算他再三表示自己是主动让贤，后来也少不了编派他因竞争失利而黯然神伤的故事。

"那就看你的了,还有这龙宫,一定要给我造好了。"小深提点道,之前他都是住在商积羽那里,现在要展示一下自己的实力了。

"您放心!"金钱子道,"我这就俯瞰宗内地理,度量高下,选出最适合营造行宫的地方,日夜赶工,不用多久便可以入住了!"

小深很满意地点头,又道:"你也要问一下商积羽的意见,我带他一起住进去,看他喜欢什么样的。"

金钱子一愣,了然道:"臣懂了!"

如今人间界就殿下一个龙族,商积羽是羽陵宗现在辈分最高、也最能打的,倒是勉强配得上服侍殿下。

商积羽却悠悠地道:"那岂不是还得布置两处风格,毕竟各人喜好不一样呢,但须得把我的房间建得大些,毕竟我才是正儿八经的……"

小深无奈:又出来了!

原先一段时间两个商积羽还有过默契,一个白天出来一个晚上出来。但是从祭品的事暴露后,这个商积羽就不满了,表示其他的时间他不管,但是和小深相处的时间,不该是他这个正经八百的"龙的祭品"更多吗?而且看他恨不得每句提醒一下,他是名正言顺的祭品,即便是要区别对待,那也得是他的待遇高一些。

金钱子哪儿知道那么多啊,还想了半天,问:"两处?那另一处问哪位?余意吗?"

他才醒过来多久,也是紧急补课,询问了一下殿下身边都有些什么人。想来想去,唯独这余意,秉承余照祖师遗风,或有可能吧?

商积羽的脸黑得便和余意一样,问金钱子:"话怎么这样多,建你的房子去!"

金钱子也不敢和商积羽置气,大不了他回头再打听:"好吧。"他搓了搓胡子,"殿下,那臣就去了,哎,只可惜如今没有大量的白海砂了……臣会尽量找到替代物的。"

小深点点头，当初他倒是有一大块白海砂，原型躺在上面也睡得下，只是被他一拳打碎了，可惜。

"哎，刚刚说到余意，想起我回来还未见余意呢！"小深道，"他应该在书林吧？我去寻他。"

商积羽背着手道："我也去。"

小深的脸皱了一下，嘀咕着他还真把自己当回事了："这也要跟着呀。有空去找我的水不好吗？现在羽陵上下都在替你师父补救呢，你也去吧。"

商积羽道："既然有那么多人在找，我又何必找。不过我可不是为了那黑妖怪去的，不过一只墨精罢了。"他说话的口气，仿佛他从来没在意过墨精，也不知道以前每次都把余意弹飞的是谁，"我得再去找找看，那给你下禁制之人的线索。"

小深一愣。这事儿他没忘，但当前他和羽陵上下一样，都忙着找陈妙想弄丢的兰聿泽。

商积羽道："还是这件事比较重要，我得赶紧找到那个人，然后打死他啊。"

可笑，敢排在他前头当祭品的，还想活过今年吗？现在对他来说，这才是排在最前头的一项。

倒也不失为一件好事？小深一边往书林去，一边问商积羽："好吧。那据你对你师父的了解，能不能猜到你师父可能把东西丢在哪儿？她那些遗物我都翻过一遍了，什么也没有。"

商积羽脸上也没什么表情，道："不知道，早就丢了。"

"那么多的水，说丢就丢了？现在就一条河和一口潭。"小深抱怨道，龙族虽强，但一则，龙有了水，兴云作雨的本事大大增强，可以说水就是他们的利器。二则，小深是正式受过册封的兰聿泽龙王，单意义上也不一样。

商积羽冷冷地道："一条河你都捡了一百来号人，若有大泽，你想捡多少就捡多少，是吗？"

小深气死了："怎么又说到这个了！"

小深发现，商积羽察觉自己的祭品身份后，胡搅蛮缠的本事和次数简直高了不止一等！他埋头冲向书林，如今作为羽陵身份最尊贵的债主，小深当然不必再遵守那些指定区域内不得飞行、只可划船的规定。

落在不动地，小深还发现自己原来题字"我向烟波钓故人"的船被羽陵弟子们圈起来，下头还放了个底座，标明是小深所用，好像在展览。他往旁边一站，沾沾自喜中带了几分不解："难道我用过的东西都要收藏起来吗？"

大家见了小深，都眼前一亮，交换一个兴奋的眼神，答道："倒也不是，但这只船太有价值了。我们刚才还在猜，您是不是唯一在水上还划船的龙。这只船就是真真正正的龙船了啊。"

对哦，他堂堂一条龙，当初怎么会鬼使神差地跟他们一起划船！不能飞，还不能游了吗！都是羽陵宗的氛围影响了他，小深气得想捶烂这只船，又不太舍得，上面可是有他的诗作……但是真的任由羽陵宗保存下去，还当成景点吗？

"沙沙——"

像是风吹书页的声音，小深回头一看，只见余意背着剑出现在书林门口，一见到他，莹亮的眼睛更亮了，他迅速飞来，衣角在风中拖出的水墨如虚影一般。

余意站到小深面前，虽然他不会说话，但脸上的表情都是压抑不住的喜悦，而且他注意到了小深额上的龙角。

余意小心地抬头，快要碰到时，小深一撇头躲了过去，哈哈笑道："是龙角，我是龙呀。"

水墨剑飞快地在余意身周飞舞，前所未有地快，虽然这么形容一把剑不好，但他看上去极其兴奋。剑意挥洒，本来围观小深的弟子们都不自觉离远了，免得被伤到。而余意好像也莫名地激动起来，努力想靠近小深的角。

"余意，你怎么这么……"小深也觉得不大对了，抵住余意，"你激动什么呀？"

羽陵宗的人见到龙也兴奋，却没像余意这么失态。

听小深这么一问，余意试图摸他的动作停了下来，但剑还是在飞舞，他脸上出现了几分迷茫，似乎也不明白自己怎么了。

站在旁边的商积羽眼睛一眯，好像想到了什么，冷笑道："看来，你和余照可能还真早有渊源呢。"

"余照？"小深不解，这和余照又有什么关系，隔着千年，他都没见过余照。

"呵呵，余意秉承余照的剑意，而余照的剑意，便是自'认金龙'时悟出来的。他的剑，就叫'龙吟剑'。"商积羽越分析脸色越难看，"不是见着他，我还未想起来。据说余照'认金龙'时并不在宗内，而是前往兰亭州办事。当时那声龙吟，其实不是什么仙界的龙族发出来的，也不是谣传……就是你叫出来的吧？"

兰亭州，就是原来王家潭所在州县。其他人也恍然大悟，这个猜测真正是有理有据啊！

当年大家不知人间有龙，据说余照祖师破境听见龙吟，便揣测是大圆满触及上界了，可是人间还有小深哥，且就在那附近，这又不一样了！极可能是误认，龙吟实际上是小深哥发出来的，而且不是大家幻想中的金龙，而是青龙！所以，这"认金龙"境，可能真的一开始就应该是"认青龙"境？小深哥，早就和羽陵产生来往了？！

羽陵弟子们倒是开心，还觉得看破一宗千年秘事，极其有趣，值得一记。

商积羽却脸黑得不行了，因为如此来看，余照竟是早便"认识"小深……他自修仙以来，因天赋高，一直被与余照比较，所以心怀芥蒂。唯有小深表示，不管什么余照，对他来说，就算像，也是余照像商积羽（虽说是另一个）的。现在知道余照先认识小深这件事，两个商积羽都不快起来。便是另一个商积羽再光风霁月，得知此事，也难免忧郁了。

商积羽低声道："真是阴魂不散……"

小深则很茫然，道："什么，我没有啊……没有吧，我都睡着了，怎么会叫呢，我也不打鼾的，肯定没有的。哪有什么渊源啊，别乱说。"

不愧是龙族，敏锐地察觉到危机，语气都逐渐笃定，开始死不承认。

"不是你是谁？要不余意会这么兴奋？再者，世上只有你一条龙了，别说真是沟通了仙界，当初我就不信，觉得必然有夸张之处……你当初到底和他说什么了？"商积羽不知幻想了些什么，"你说了什么？也夸他的剑'好看'了？那到底谁的剑意更好呢？难怪你一见那黑玩意儿这么开心，是不是早觉得似曾相识？"

小深觉得自己冤枉死了："我不是，我没有，你不要胡说八道，我一直在睡觉……咦，等等，等等！我好像有点儿印象了。"他搜寻着十分模糊的记忆，忽然翻找到了线索，"是不是一千多年前，我也不是很清楚，反正就那一次，我中途醒来了。我睡得很熟，按理说若非开明山有变，我是不会醒过来的，但是有人破境的动静太大了！"

商积羽眼神一黯，虽然早有猜测，但小深肯定时，他还是格外不快，道："真的是你。"他吸了口气，不甘心，他不过晚生几年，他若生在千年前……他顿了顿，阴沉地问道，"那当年龙吟，是什么意思，你对他说了什么？"

小深木然地道："滚蛋。"

商积羽突然被骂，一脸愕然。

小深捂住脸，道："我平时不骂脏话的。那天被吵醒好气哦，根本没动弹，只是远远大骂了句'滚蛋'……"

众人：啊！我们修界的美谈啊！！！

这么多年以来，余照几乎一直是所有修者心目中的"完人"。他天纵奇才，前程大好，本该是仙途坦荡，却为了天下和罗频同归于尽，身死道消。其剑有尽而意无穷！"认金龙"亦是每个修者入道时，都会听到的故事。所以，这已经不只是余照的传奇了，还是每个修者心目里的美好传说。试问哪个修者入道时没幻想过，自己就是下一个奇才，破境叩问金龙啊！

现在传奇和梦想都被小深哥打碎了，那不过是他当年起床气一发的嗔骂而已。

小深还在自省："珍宝君也说，不能随便骂脏话，有损形象。唉，早知道我不告诉你了，要不是你这么生气。反正谁也不知道我到底说了没，说了什么。"

还是珍宝君说得对，该耍赖就要耍赖，他已经在后悔自己没耍赖了……

"没事，你说得好。"商积羽却一下子舒坦起来了，甚至觉得自己过去几百年，都没有什么必要把余照放在心上！余照算什么，到底做什么耿耿于怀，不值得！心结全解开了！

商积羽这么想，其他人却不这么想。呜呜，就不能别让他们知道这个真相吗，宁愿活在梦里。

余意半懂不懂，到现在才反应过来，这件事和自己息息相关。他一把握住了飞舞的剑，张嘴吐出一串大家听不懂的细碎声音。

商积羽惬意又居高临下地看着余意，道："我看你改名叫余滚，或者余蛋，也是说得过去的。"

听了这话，余意伤心了，他委屈地想爬进小深怀里。

"哎哟！"小深看到高大的墨精想扑进自己怀里，刚伸出手要接，却见余意停滞不动，他探头一看，原来是余意背后的商积羽用山河剑挑住了他的后领。

商积羽也稍一歪头，懒洋洋地道："你敢接他？"

小深：好恶毒的祭品！好恶毒的祭品！好恶毒的祭品！

虽然小深可以做无赖龙，但他也想起来另一个商积羽在意，于是讪讪地收了手，对余意道："你别理他，跟你有什么关系，你只是墨精而已！"

余意一时也有了底气。不错，他的名字还是小深起的。

小深又催促商积羽："你不是要去找线索吗？"

商积羽悠然自得，一伸手，玄梧子就不知道从什么角落里跑出来，呈给他一摞书。他翻着书，道："我一边找，一边盯着你，也是忙得过来的。"

小深："……"

那边好不容易从梦碎的打击中恢复了的羽陵弟子，怯怯地提出："先生既来了书林，能不能给我们上课呢？"

这个要求还从未有过，要知道小深教羽陵弟子的第一课，就是"有债必偿"。后来即使误认他是白毫，大家也是希望他能翻译神文。

小深想了想，说："你们想学什么啊？作诗？神文？术法？"

却见他们都摇头。

小深觉得奇怪了，羽陵弟子出息了，这些都不想学了，问："那你们想让我上什么课？"

一口气说了那么多都不对，连他自己都猜不出来，自己能上什么课了，总不会是要和他学做龙吧。

只见这些人对视一眼，异口同声地道："历史！"

历史，小深哥不就是活生生的历史，万年前的世界谁见过？他就见过！扪心自问，他们当下最好奇的，就是万年前的历史了。至于其他，反倒可以放放了。

小深一乐，那不就是说他的生活环境，欣然应下来："可以啊，那我给你们说几句。"

又有人举手道："先生能先从珍宝君说起吗，如今大家最耳熟能详的故事，就是珍宝君一言登仙，举族飞升，其他的却知之甚少。先生提起他的口气这么自然，是不是很熟悉呀？"

"哦。"小深说道，"他是我父亲。"

众人彻底被吓呆了。就连商积羽，也愕然地看向小深，连他也丝毫未想到，这位名传万年的上古大能，还几次出现在小深口中的珍宝君，就是小深的父亲。

虽说他们就是想听小深说点儿上古秘事的，可也没想到，小深开口就说了这么惊人的内容，一时半会儿都没人反应过来。

小深继续说道："珍宝君什么都会，还挺厉害的，就是现在我开始怀疑他骗小孩儿，"比如给他说水上掉祭品的故事，很不现实，害他捡了两个恶毒的人族，"他活了很多很多年，但还是经常装年轻人……"

小深正在回忆呢，却被打断了。

"等一下啊先生！珍宝君，珍宝君是你父亲？你是珍宝君的儿子？"

能猜到作为青龙的小深应该很有背景，但万万没想到，他会是珍宝君的儿子啊！而且他提起来，也都一口一个龙君，搞得大家以为珍宝君单纯是很欣赏小深。其实如此一想，小深哥细细一条就接掌了兰聿泽，还被留下守开明山……他是珍宝君的儿子，好像也合理了，这是要磨炼自己儿子吧？一瞬间，有种和传奇如此之近的不真实感。

道弥甚至喃喃道："我喊小深哥，那岂不是可以喊珍宝君伯父了……天哪！"

小深漫不经心地道："你们这么震惊做什么，珍宝君什么都会，生儿子也会，很奇怪吗？"

话不是这么说啊……我们质疑的不是珍宝君生不生得出孩子吧……本以为小深哥和珍宝君比较熟，但如果小深哥是珍宝君的儿子，他还称呼其珍宝君，反倒显得太生疏。

面对大家的疑问，小深轻松地道："因为他是龙君啊，所有人都这样叫他，我也不能例外。我是珍宝君的儿子，又不是他爹。"

众人愕然：这是什么龙族专有的逻辑……

商积羽却渐渐出神了，手指搓了搓书页，深思许久。稍一回神，就听到有弟子在问小深关于龙族捡人族的习俗，怕是先前去东极的弟子传出了消息，商积羽头也不抬说道："对了，以后谁敢落水，便将腿打断。意外落水也不行。"

羽陵弟子们：……

一堂课下来，羽陵弟子都觉得受益匪浅，依依不舍地和小深道谢。师叔祖看得可真紧啊……不愧是发下宏愿"世间无龙，何必骑蛟"的男人……

有刚入门的弟子和小深说谢谢时，小深为了气"祭品"，故意道："不客气，大家都是一家人。"

对方快速看了一眼商积羽，不等他弹，自己先飞出去了。

商积羽看着小深悠然地道："你放心，整个羽陵宗，也没人敢违抗我。"

小深转头看他，恶声恶气地道："少废话了，你看书看出什么东西来了吗？"就知道威胁后辈。

商积羽的嘴角微抬："你还记得，以前找到的书，你那驭灵环以'逆'为要，和罗频似有渊源。"

"记得啊，不是说他和余照同归于尽了吗，也没后人，要么是巧合，要么是有人意外得到了他的遗术？"小深说道，"怎么，有新思路了？"

"也可以这么说吧。我再去找些和罗频有关的书来看。"商积羽的手指轻轻摩挲书籍的扉页，"海水倒灌……不也是'逆'？"

小深一时无语了："不会吧，罗频的术有这么厉害？"

他们之前也觉得东极出事很奇怪，后来还让谢枯荣派人继续轮流守着，想知道到底为什么，是否真的只是一场意外又蹊跷的天灾。要真和给他下禁制的人有关，那人困他可能是为了收部下。可折腾东极就诡异且令人不安了，八极事关天地玄机，万物根本，牵涉到每一个生灵。

"我也只是觉得相似，究竟如何还未可知。"商积羽道，"对了，你确定，给你下禁制的人不知道你是龙？"

小深一直觉得，那人应该是无意中在王家潭发现了他，然后起意降服他。毕竟王家潭也不像兰聿泽那么大，随随便便被发现也是很可能的。

小深沉睡时，一直是道体人身，寻常人不可能看得出他的原形，最多能觉察出他修为不浅，所以现在商积羽这么问，小深笃定地说："当然不可能知道。"

你看羽陵宗的人还有那么多线索呢，都猜不到。

商积羽点点头道："总而言之，我叫谢枯荣再小心一些。若真是罗频后人，还与东极之事有关，怕是不怀好意。"

谢枯荣知道后，还挺惊讶。师叔祖从不相干的事情中觉察出源流，他也觉得有必要注意一下了，如是巧合倒无所谓，不过白费点儿工夫。

第八章 进献后宫

没过几日,谢枯荣又找商积羽。

商积羽还以为是东极之事,不想谢枯荣道:"师叔祖,小深呢?这行宫已经快造好了,你们可以准备搬进去。"谢枯荣哀叹,他是没当成丞相,也要帮着打杂,"还有,各处水府开始陆续送礼物来了,金钱子在打点。"

这修者造房子,和凡人速度当然不一样,进度是极快的。

"小深在睡觉,我叫他。"商积羽进了房间,看小深还趴在被窝里,只露出来一截顶端微红的龙角,心道虽然小深一直没说,但这龙角应该是比较脆弱的部位……

商积羽伸手摸了摸龙角,就见小深在被子里翻了半圈,从鼻子里哼出声音,脸颊也是红的。顺着润泽微凉的龙角向下,在底部摩挲一圈,小深就连腰也拱起来了,眼睛也不知不觉地睁开一丝缝隙,他半响才猛然回神,把商积羽一推,道:"放……放肆!谁准你摸本龙的。"

"你推我下水的时候也没经过我的同意。"商积羽凉凉地道。

小深闷头爬起来，嘀咕道："就这点儿事还老说……"

商积羽跟着他往外走："谢枯荣来禀，各地水府送礼给你了。"

"哦。"小深只觉寻常，普通水族给龙族上供，这是再平常不过的事情了，就算过去万年，他们也不至于连点儿规矩都不懂。

青龙现身至今已有一段时间，足够消息传遍大半个修界，且不说其他族、宗派震撼之下想法，如何难以置信并羡慕嫉妒羽陵宗……反应快的一拨水族，礼物已准备好，这时正送到了羽陵宗。其实他们都想亲自来拜访，不过，就算龙宫没了，兰聿龙王暂住在羽陵宗，他们也不能没有宣见贸然觐见，不合规矩。于是先奉上礼物和书信，殿下看了若是满意，自然会挑一些见。就是不见，也没什么好说的，大概就是继续送礼吧。

"我去看看。"小深知道了，立刻要去看看礼物。

虽然有珍宝君这个收藏了无数奇珍异宝、甚至得名"珍宝"的血亲，但小深并未遗传父亲的这一爱好，反而因为自小见到太多而失去兴趣。他急着去看，主要是为了别的……

小深理直气壮地说道："你让'他'出来吧！我带他去看看人家送我的东西！"

商积羽皮笑肉不笑地道："怎么，想送点儿礼物啊？那也得先给我送啊，我还什么都没有呢，我师父留的我可都给你了。我看你这云带不错，还未见过能炼云成器的……"

他伸手去拉小深的腰上那条云带。

"呸！"小深一下闪开了，恨恨地道，"早晚我把你退了。"

商积羽仿佛没听到，道："我去看看都送了些什么。"

他们到的时候，只见那陆上行宫已修了大半，金钱子的手里则拎着长长的清单，见到他们来便行礼："二位殿下……"

这称呼听得商积羽通体舒泰，过问道："那些水族都送了我们小深些什么？"

"太多了，臣按先后顺序说吧，头一个是洞庭水府的蛟族，他们离得远,来得倒快,很有孝心。他们强烈要求,希望能来羽陵拜见殿下,随信献上九鼎丹一炉、白海砂九柱——这个恰是得用的,夜光明一箱……"

金钱子一口气念着长长的礼单,小深一边听,一边去看商积羽的神色,总想着另一个他也能听到吧,回头就问问他喜欢什么。对了,如果这个商积羽等会儿表现得和善一点儿呢,他其实也可以考虑送他那么一点点东西。毕竟,就如其所说,这个商积羽还是挺大方的,把陈妙想留的东西都给他了。

这时金钱子也快把礼单念到底了,飞快瞥了两人一眼,含糊道:"还有各处水府一共送来了美鱼三百尾、美蚌三百只、美螺螺十盘……"仿佛在念菜单。

商积羽怔了一会儿才反应过来,反问道:"你以为这么说,我就听不出来是献了后宫吗?!"

虽然金钱子狡猾地措辞,想瞒过去,但商积羽还是辨认出来了。

意料之外,情理之中。

而今世上只有一条龙,那些水族除了想朝见一下,更想的是攀上关系,而其中最妙的,莫过于留下真龙血脉。这回可就是真正的真龙血脉,而不是差了多少代的灰孙子了!而且是正经有王位可以继承的,不是什么自己随便号称的某某王——事实上,知道杨溯的下场后,那些打出过王号的水族,都默默撤掉,假装无事发生。

"呃,这个嘛,"金钱子到底家学渊源,很快想到了应对话术,"偌大的行宫,总要些伺候的仆从。"

的确不是都非要充作后宫的,传说中青龙殿下青春正茂,孤身一龙,但要实在看不上,就算留不下真龙血脉,贴身伺候殿下,也是水族们的一片孝心。所以金钱子这么说,倒也没错。

商积羽冷笑道:"伺候的仆从,用得了这么多?"

金钱子赔笑道:"天地可鉴,您看这礼单上,真的也只写了送来服侍虽多了一些，那也是对殿下的心意，人间无龙可有万载了。"

他说得是滴水不漏，那些水府送什么美螺螺来时，也的确不会直接写：麻烦殿下临幸一下。他们没这个资格啊，只是默默选了美丽的水族送来……

商积羽和金钱子你来我往几个回合，越发像在针锋相对，他看小深还在旁边看着，更气了，调转方向，阴恻恻地道："你还要美鱼？"

小深本来是没什么兴趣的，看商积羽气得不轻，反倒一拍桌子，道："别人家都有，我宫里怎么能没有呢，先安排几十条。"

"是，"金钱子立刻道，"都是在各水府当过差的，稍微调教一下就行了。"虽然对商积羽也尊敬，但毕竟殿下才是他效忠的对象……

"几十条？"商积羽轻轻一笑，也不多话，只是把自己的剑拔了出来，"叫他们来吧，一律清蒸了。头一道，我就喝甲鱼汤。"

只见丞相就地一缩，就成了一只大龟，四肢都在龟壳里。不是他金钱子不想为殿下尽忠了，实在是知道商积羽什么事都做得出来。

小深也讲义气，往外跑把商积羽引开："你不能不讲道理，难道我连宫女也不能招了吗？那我建那么大一个行宫，每天自己跑东跑西，自己给自己打水吗？"

商积羽提着山河剑追出去，见小深化作了龙形飞向天际，冷哼一声，道："不与你狡辩，也罢，今日我就真骑一回龙。"

小深本想胡扯几句，气一气商积羽，毕竟行宫招宫女也是正经的，说出来有理有据，谁知商积羽更蛮不讲理，甚至还要骑龙，他大惊失色。小深飞在空中，只觉身后剑意袭来，低头一看，就见软剑缠住了自己的龙爪。

山河剑的确精巧至极，当初小深就想过，此剑若是大圆满，便如阴阳融合，蕴含天地至理。如今虽非大圆满，但也臻至化境了，极为难缠。

小深本以为应该很难解开，不想甩了两下就开了个口子，虽然很快又合上，但还是被他找到了机会，连忙用爪尖抠住缝隙。

商积羽手指一点，山河剑延长，去缠小深。

小深扭动了几下，从复杂的形状中轻松钻出去，不想商积羽不知何时就在出口等着，翻身就骑在了他头上，一手捏住龙角。

"放肆！我退了你！"小深没想到他真敢骑上来。说来，商积羽毫无顾忌，小深却惦记这身体和武器都是二人共用的，不好真伤了商积羽。

商积羽俯身又问道："退了我，是怕我打扰你广纳后宫吗？"

小深被他一抓龙角，浑身不自在，不答话，用力一甩头，同时一道离垢河水就飞了起来，冲向商积羽，力道控制得刚刚好，只是把他从小深头上给冲了下去。

动静如此之大，远处山上的羽陵弟子们都看见了。

"那是小深哥吗？在和师叔祖打架？"

"怎么打起来了……"

"不会是师叔祖非要骑龙吧？"

"有可能啊！天，估计真是这样！一言不合就打起来了，不会闹翻吧，那小深哥还会住在我们这儿吗？"

此间，水流冲刷过，商积羽一身白衣已湿透了，墨发滴着水，鼻尖唇瓣上也沾着水珠，看着倒有几分凄凉，气质又肖似另一个自己了。他垂眸，神态一变，只抿着嘴道："你还打我。"

小深化作道体了，现在他可不吃商积羽装可怜这一套了，商积羽早就把那恶人的嘴脸暴露无遗，他嚷得比商积羽大声多了："胡说八道，明明是你追着我打，还骑在我头上！我好痛啊！"

商积羽无言以对，这就是睁着眼睛说瞎话了，龙鳞护体还能痛的。

商积羽吸了口气，低声说道："这样吧，我让你骑回来，算我赔罪了。但是你不能真让那些鱼虾进来，不然真的太不像话了，伺候自有羽陵弟子，否则……否则……"

小深原以为他又要说什么清蒸之类威胁的话，正想着本龙绝对不接受威胁。

商积羽却继续道:"否则'他'恐怕也不会乐意吧。"

小深一时无语,他本来就是想气一气这个商积羽,哪里舍得真给另一个商积羽找不痛快。但是,现在也算达成了,还有意外收获,他立刻"生龙活龙"地道:"那我马上要骑回来!"

商积羽嘴角出现了一抹笑意,道:"当然可以……"

小深道:"我要在大家面前骑哦!哼哼,说起来,我早就想说了,我倒要看看真龙面前,是你骑龙,还是龙骑你!"

商积羽道:"可以……"

羽陵弟子们前脚还在担心师叔祖和小深哥打起来,会不会影响深远,直接导致本宗失去龙,都想去和宗主告状了……没有大事不得进鸿濛殿,但谁都同意,这就是大事。

不过很快,他们就看到小深哥骑在师叔祖背上,得意扬扬地出现在大家面前。

师叔祖一直挺直的背,现在倒是弯下去些,一手扶着小深哥的腿弯。两人就这么旁若无人地走过……

吓死了,前一秒还在打架,下一秒友好到吓人。

商积羽回头问他:"骑够了吗?"

小深摇摇头道:"不行!你再到鸿濛殿去给我转几圈!"

他又昂然环视了一周,觉得大家都在看自己,越发满意了。嗯,这回知道谁都不能骑龙,只有龙能骑别人了吧。

刚上任史官没多久的云自然看着这一幕,用笔戳了戳脑袋,在自己的笔记上写下一行字:龙王与人族祭品情同手足。

数百来自各地的水族惨遭退货,都不愿离开,自言本是来侍奉殿下的,你们这陆上行宫也忒没规矩了,除了个龟丞相,竟都是羽陵弟子,好些还不是水族,让他们怎么放心?好说歹说,也不肯走,便是进不了行宫,也要留下来。

金钱子心说,反正商积羽只说不让进行宫,那他就把这些水族安置在离垢河与百丈潭中呗——可怜,如今殿下的地盘只剩下这么大了——否则,殿下手底下净是羽陵弟子,的确很没排场。

小深一听也是,挥挥手道:"那你就练兵吧。"

金钱子道:"啊?"

小深道:"啊什么,不是要排场吗,让他们给我操练去,别丢了我的脸。"

这些原是各地送来的美貌水族,金钱子沿河安排站岗,还给他们发了甲胄,演练起来。什么美鱼、美虾、美螺螺,一律成了力士。特意准备的漂亮衣裳也不让穿了,道体那头发也让剪了,大家哭哭啼啼地穿上铠甲,挎刀的挎刀,舞旗的舞旗。

天知道原来在各地水府,他们只管干点儿轻松的侍奉活儿,甚至只要跳跳舞唱唱歌,有些大蚌只要晒一下自己的珍珠就行了。现在要辛辛苦苦地在烈日下操练,要么就是站在河上或宫外把守,面甲遮得严实,根本没什么机会在殿下面前展示自己的美貌。

"当年珍宝君有三十万兵,护卫九重。我这阵势,也是按照他那里安排的,人数不多,看起来不怎么气派。"小深指给商积羽看,"不过没关系,本王能打。"

商积羽失笑,拍了拍他脑袋,道:"是很能打。"

小深得意,悄悄拉了下商积羽的胳膊。

不想走了一半,小深忽然听到身后有隐隐约约的啜泣声,回头一看,是一名卫兵正在低声抽泣,他好奇地走了过去,问道:"你哭什么?"

那卫兵带着哭腔道:"殿下恕罪……属下,属下是北地海鱼,不习惯此处,只是思乡而哭……嘤……"

一说话,小深才发现她声音极其好听,只是还隔着一层面甲,有些看不清楚,便伸手把面甲掀开了。只见面甲下是张娇弱绝色的面庞,细细的眉毛,双眼含着泪,楚楚可怜,虽然穿着粗犷的铁甲,但也不掩其芳华。更神奇的是，她两边面颊颧骨处和眉骨上，各有一抹淡淡的五色细鳞，在阳光下闪烁着夺目的光彩，而且从每个方向看，都有不同的变化。

"你是月魂鱼？"小深恍然，这种海鱼以美貌出众闻名，数量很少，无论是鱼身，还是道体，都是非常值得观赏的。说来，小深也有很久没见过了，一看就想起了当年珠光宝气的上古龙宫……

"是。"月魂鱼点点头，泪珠挂在睫毛上，娇羞地看小深。

小深被流光溢彩的细鳞晃得有些失神，忽然想起来什么，偏头一看，才发现商积羽不知道什么时候已经走了。

小深赶紧拔腿就走，只觉袍袖被牵住，回头一看，正是那条月魂鱼。

月魂鱼可怜地道："殿下，那属下……"

小深把袖子扯出来，挥了挥手道："想家就回去吧。来人啊，把她放生了！"

清脆悦耳的号啕声从背后传来，每一条能来羽陵的鱼，都费了多大力气，才从千万水族中脱颖而出啊，一句话就放回去了。其他水族都心有余悸地看着那哭得快昏厥的月魂鱼，心道，谁叫你这么说，谁叫殿下那么实诚……

但小深已经听不进去什么哀号声了，他似是心有所感，也不回行宫，一路直奔碧峤峰，果然在这里找到了商积羽。

他负手站在花树下，也不知想些什么，白衣飘飘的，小深上前一拉他的袖子，商积羽就回过头来，定定地看着他。

小深一瑟缩，有点儿怕商积羽下一秒就和恶人一样，质问起自己是不是要见色忘友去找美鱼了。不过商积羽也未说话，只是把手搭在小深肩膀上。

"咦？"小深赶紧推开他。

可商积羽把他给拉住了。

"太阳……"小深可怜地哼唧了一声，今日烈日当空，照得他并不舒服。他想把云唤出来，可商积羽一见那云就轻哼了一声，小深觉得他很不开心，于是把云收了回去。

商积羽这时才开口，向来清冷如积雪的嗓音中带了几分沙哑："你还要见色忘友吗？"

小深摇摇头："不……"

商积羽又在龙角上轻轻揉了揉，呢喃般地道："那美鱼、美蚌和美螺怎么办呢？"

小深答道："全……全部放生好了……"

他实在喜欢这样的感觉，其实，从他见到商积羽开始，每一次与商积羽的接触，都令他感觉到十分温馨。即使是另一个商积羽，不招他的喜爱，但因为是"商积羽"，在触摸他的龙角时，也会让他想起在龙宫那些年的惬意生活。

那种舒适，仿佛是回到他最熟悉的世界。有海水，有月光，还有珍宝君无声的陪伴。没有任何旁的，只是单纯的静谧和享受。不要说放生所有水族了，如果商积羽现在说让他改名叫羽陵深，他可能也会同意……

小深舔了舔下唇，懒洋洋地问道："你的剑意何时能大圆满呢？"

他有些好奇，商积羽的剑意如得大圆满会是怎样的惊人。

"不知道。"商积羽道。

学本师传，道由心悟，每个人的道是不一样的，何况他的山河剑，前所未有，全凭他自己探索。也许一世无成，也许下一刻便圆满了。他看着小深，若有所思，道："倘有一日，剑意圆融，我便可缚住青龙，叫他长伴我身边。"

小深抬头看他，哈哈笑了，语气带着天生自然的骄傲："何人能缚青龙？"

商积羽还来不及说些什么，小深已又兴奋起来，豪迈地道："再来打一架！"

商积羽面露难色。

小深还是那么体贴,问道:"怎么,你还没休息好吗?"
商积羽道:"好了……"

行宫里。
小深吩咐道:"把这些乱七八糟的水族,都给我放了!遣散!"
金钱子不敢置信,问:"殿下!这是何意?"
这一个个的俊俏好看,最近还操练过,能看能打的,都是各地水族中的精英啊!
小深回头看了一眼正在漫不经心看书的商积羽,咳嗽一声,道:"想想没什么必要啊,兰聿泽还未找到,我河里装这么些水族,一个个的还那么大,倒显得拥挤。"
他只是随意的一眼,金钱子却懂了,不禁心生悲意。商积羽也太过跋扈了,前些日子,还勉强留人给殿下装装场面,现在一个都不让留了,给撸得光光秃秃的啊!金钱子顾忌商积羽就在不远处,小心地传音道:"殿下,若是有忌惮,臣还有暗度陈仓之法。"
小深大惊道:"暗什么?什么意思?"
金钱子马上自省,为什么要说成语典故,小声道:"找个办法,悄悄的。"
比如,他就可以设法,直接选一些水族,拜入羽陵宗!那就是正经的羽陵弟子了,甚至可以进入行宫伺候!他们做丞相的,不就是要给主上分忧吗。
不是金钱子吹,好多手段,那是世代家传的,谢枯荣老说是他谦让,其实压根儿竞争不过本龟。
"不要了,不要了!"小深甚至有点儿害怕,"哎呀,哪有空看别的小鱼小虾。"
懂了懂了。
金钱子看向商积羽的眼神顿时多了几分畏惧……

这个商积羽，修界出了名的凶恶，前几天还和殿下打起来了，没想到这么能屈能伸，很快就换了路子，竟然把殿下劝住了。

金钱子想，既然这样，他也要及时调转风向了，问："那殿下，可要召见进贡的水族？"

小深琢磨了一下，这些日子用下来，有些东西还不错，他点了几个："这几处水族献的东西都比较好，可以传来一见。对了，记得让他们不要带什么鱼鱼螺螺了，送自己也不行！"

金钱子一汗，他还真听说有的水族，是拿手底下的美人打头阵，若是殿下召见，就自荐枕席，尤其那些蛟族，自个儿都内斗起来了。他琢磨了半晌，俨然为了殿下的"所有物"着想，还刻意把声音提高了一点儿："殿下啊，您二位好像没有正式行捡祭品的大礼吧，这人族礼节多，既然如此，何不操办一下，也好让那些水族知道殿下的用心，忠心伺候两位殿下。"

小深一听，回头看了一眼商积羽，想起这人族好像是很多礼节，又很喜欢大场面，之前商积羽还带他去看过人族过节舞龙。可是，之前小深想再捡一回对的那个商积羽，他都不肯，所以小深也拿不准了，只说："你待我问问！"

金钱子急了，声音又变小了："殿下是不是有点儿……有点儿……"

小深问："有点儿什么？"

金钱子道："在祭品面前没啥威信吧。"

小深怒道："你知道什么，你个老头儿！"

金钱子被骂得抱头跑出去了，心说殿下一点点意见都接受不了啊。

金钱子跑出去没多久，羽陵就响彻水族的哭声，正是那些得知自己要被遣散的水族，一个个的伤心难过之余，还期盼哭得够大声、够惨，也许殿下能可怜可怜他们。

可惜，小深正和商积羽在一起，就算听到了，也只是一挥手，布下了屏蔽声音的术法。

虽说把金钱子骂走了，先前的提议小深还是记住了，便到商积羽旁边问他："你听到没有啊，金钱子说，可以用人族的礼节，给我们操办一场收祭品的典礼哦，那样别人就知道你是独属于我的随从了。"

在小深忐忑的张望下，商积羽只是摇了摇头道："不必了。"

"哦。"小深想起商积羽以前说的话，失望地道，"你还是要那个什么共识吗，那你直接告诉我不就好了，你要什么样的共识？"

商积羽手指拂过小深的龙角，嘴角带上了一丝苦笑。不是不想，而是不敢……因为他害怕得到一个令人失望的回答。而且，他自己仍有不明之处……

小深见商积羽蹙着眉，凭空又多了几分忧郁，索性又爬到商积羽的身边了，问道："我说错什么了吗？你不开心了。"

"没有。只要你在，我就很开心。"商积羽叹息道。

虽然是叹着气，但小深听得出来他的话是真心实意的，这也让小深不知道究竟该不该高兴了。

"那这样吧，我们来做一些龙族特有的开心事。"小深说。

商积羽缓缓看向小深，对上他澄澈的目光，半响，他一笑，看来小深只是单纯想让他欢欣起来："好吧，那该怎么做？"

翱翔九天揽明月，还是潜入深海探明珠？甚至是酣畅淋漓地大打一场？自古相传的故事里，关于龙族的诗意传说在商积羽脑海中一一闪过。

小深一听，立刻从床上滚了下去，落在地上的同时，化作了一条长长的青龙，丢出来一把精致的刷子和一个瓷瓶儿，欢快地说："就是你给我刷鳞片，抹润鳞膏，是龙族最喜欢做的事。刷完了你肯定就快乐了。"

本是互相刷，但商积羽没有鳞片，那就只有商积羽刷他了。

快乐不一定，但可能确实没时间忧郁了。以小深的身量，怕不是要刷上一整天。商积羽好笑地弯腰捡起了刷子，还真从颈部的鳞片开始，一片片给小深刷。龙族的刷鳞片活动，非亲信之人不可为，在此之前都是小深自己做。这鳞片的光泽，七分靠自身，三分也是靠保养的。

"好舒服哦。"小深把肚皮也翻了过来，短短的爪子朝上。这里的鳞片转淡转细，看上去挺白嫩，其实用手摸，还有一层柔韧坚固的细鳞。

"那还是先刷肚子？"商积羽温声问道。

刷毛才试探地碰了一下小深的肚子，小深短短的龙爪就抽了两下，龙身也扭了扭，道："哎呀哎呀！哈哈哈哈哈！好痒啊，刷到我的逆鳞了，哈哈哈哈……"

龙皆有逆鳞，是要害之处。每条龙的逆鳞所在各不相同，自然不会轻易透露。

小深的信任令商积羽一愣，小深看上去天真烂漫，不通人事，但从他打架的时候就能看出来，绝非那么简单，否则龙族也不可能成为上古大族了，何况他还是珍宝君的儿子。但小深愿意把逆鳞露给他，这代表什么，会不会小深也开始信任他了……

商积羽忽然身形一晃，察觉到体内的挣扎，另一个自己在抢夺身体的控制权。而小深也在龙视眈眈，催促道："快点儿哦！"

商积羽已经连续接掌了许久身体的控制权，怎么论也该是另一个出现了，但他如何愿意……

小深可能没发现，有时那个他更喜欢的商积羽甚至更无情，毕竟他连那些水族留在羽陵，也觉得闹哄哄的。商积羽不动声色，狠狠地将暴动的自己压了下去，然后对小深温声道："那我先给你把尾巴刷一刷吧。"

小深幸福地滚了滚，道："好啊！"

第九章 白鼋现身

书林里。

小深大摇大摆地坐在椅子上，问羽陵弟子："我的水找得怎么样了？"

座下弟子回禀道："先生，我们仍在寸寸搜索，翻了半个羽陵，尚无痕迹。这妙想元君，会不会把水丢到别处了呀？"

"我怎么知道？"小深反问了一句，心情不好地往后一靠。他朝商积羽勾了勾手指。但是商积羽没有回应，让小深有点儿奇怪。

弟子一看，说了句"那我们继续找"就赶紧很有眼色地退开了。

商积羽这才发话了："呵呵，这么急着找？不再等等？"

小深一听已换了个人，不满地说："你什么意思？"

商积羽仍坐在原处，也不知怎么就突然不悦了，直接冷冷地道："你不觉得很奇怪，'他'对你那么好，却不上心帮你一起找兰聿泽，也不肯和你行礼。"

"还不是因为你在作梗，你又要找之前那个给我下套的骗子，又要霸占位子……"小深无语道。

商积羽知道"他"压制着自己时做了什么，加上刚才小深对兰聿泽的关切，更是令他烦躁不安，体内的灵力汹涌成潮，咬牙道："那是因为我们都知道，一旦找到兰聿泽，你就再没什么顾忌的了。"

小深一怔，皱起眉。

商积羽看向他腰间的云带，道："我思来想去，都觉得不对。你是青龙，是珍宝君之子，珍宝君留你守开明山，会一点儿都不照看你吗？何况你作为龙王，身无长物，法宝也没几样。恐怕是守完山后，随时便会由珍宝君接引你升仙了吧。青云直上？"

小深不到飞升之境，但这对珍宝君来说有何难！他能以一言堪破至理，带全族飞升，自然能接引小深直入仙界。商积羽猜得八九不离十，连小深那云带就是他去仙界所用，都猜到了。想来若不是那红衣人与方寸祖师导致的意外，小深也不会多耽搁这些时候。

小深老实地道："珍宝君确实留了一线仙缘给我，我全族都在上头，我当然也要去上界。"

"果然。"商积羽笑了出来，但声音毫无笑意，"我不过是你在人间的随从，也不敢阻你升仙。到时你升仙，我为人，若有一日我也飞升，再相见，早已是千百年后，或半道陨落，反正结局都是陌路殊途罢了……龙族不都是这样，翻脸不认人。"

小深听他口气竟是隐隐像"他"，一半一半，分不清楚，就好像两个人同时在和他说话。

而且，小深这时才恍惚明白商积羽的不安，严格来说，与仙界、飞升无关。情生于心，心生于性。而龙族之情如波，心似流，性为水。这样的龙族，即使不是飞升，也可能有其他缘由而离开羽陵宗。所以商积羽的确担心小深抱着这样的心态，可能随时抽身离开。而他，也许在小深心里同样是可有可无的存在，纵然交好，可能也仅仅是交好。来日和其他随随便便就能捡上来做属下或随从的人族，不一定有多大区别。

小深结结巴巴地道:"没……没有,你怎么这样说龙族呢,那是有的龙,不是我!"他颠三倒四地解释,怕商积羽不信,"好吧,一开始我是想过,不对,应该说我本来什么都没想过,并非故意的。只是……只是见到他……你……就觉得很投缘。但是后来,慢慢地,我觉得,你是个很好的朋友,我是想把你也带上去的。珍宝君都能带全族飞升,我想个办法嘛……反正,就算一时分开,也肯定不会是什么陌什么殊,我保证,我不是那种龙。"他说着,好像想到了什么,摸了摸肚皮,"你看,我连逆鳞也没有瞒着你!"

"真是能说会道啊,那我要是不想升仙呢。"商积羽的语气变得阴阳怪气起来,故意刁难小深,不等他回答,又道,"对了,后来?你是说你想跟他形影不离?"

小深仔细看他,苦恼了,道:"你到底是谁呀!"

刚才那一刻,小深觉得两个商积羽就好像融为一体,一同质问他。但现在嘛,听他的口气,小深心里又有些清楚了。

商积羽嘲讽道:"怎么,我不过两日不出来,你就不记得我了?玩得太开心了?"

小深抓狂道:"你快让他出来,我说的他听到了吗?相信了吗?我没说谎。"

商积羽道:"不急,你先给我解释好了,你们背着我做了什么事。我现在很——不——满——意!"

升高的话音偶尔飘到外间,以修者的耳力,想听不到也不行。羽陵弟子们议论纷纷。

"嗯?你们听到了吗?"

"背着我?"

"天哪……"

"可怕,那些水族不是都被遣散了,全宗门还能有这么不怕死的人?"

"不知道,那羽陵宗最不怕死的人是谁?"

过了一会儿,认真看书的玄梧子一抬头,觉得好多人在看自己。

玄梧子震惊……这种猜测毫无根据!太粗暴了!他觉得自己好冤。他什么也没做,羽陵宗就开始传流言蜚语,意指他偷偷讨好小深哥,惹得师叔祖大怒,在书林与小深哥争吵不休……

没错,他的确是近百来年,羽陵宗唯一曾经敢找死得罪过师叔祖的人。师叔祖也的确指责了小深哥背着他做了什么事。但单凭这就推断是他,未免太草率了吧!而且今时不同往日啊,他现在已经不想死了!尤其在知道小深哥是龙族后!

玄梧子觉得小深哥和师叔祖肯定知道自己是无辜的,但为了不让师叔祖迁怒自己(师叔祖真的很喜欢迁怒),玄梧子还是加紧研究解咒方法,去给余意试。

小深就站在旁边,盯着他看。

"神气交结,万物化生!"玄梧子一声断喝,青光投向余意。青光没入余意的身体,余意眨了眨眼,什么事也没发生。

玄梧子啃着指甲,说:"不对吧……嗯……"

小深失望地道:"你又没成功啊!"

话音刚落,"嘭"的一声,余意又化作了原来指头大的水墨小人,在空中坠落到一半,还没等飞剑出鞘就被小深捞起来了。

"哈哈,变回来了!可爱!"小深是无所谓余意大小的,不过这么小小的一只确实很方便。

余意顺着小深的手掌,爬到了他的肩膀上,坐下来瞪着玄梧子,好像还有点儿不开心。

"哈哈哈哈,成了!成了!"玄梧子狂喜。

尤其是此时,商积羽负手走进来。玄梧子难掩激动地禀告:"师叔祖,弟子终于把余意变回去了。"

商积羽看了一眼,颔首,倒也没什么特别的话,脸上看起来虽然有赞同之意,但也不是特别高兴,至少没有到让他表情变大的地步。

玄梧子如同被泼了一盆冷水，明明之前师叔祖很上心，很记挂这件事啊……

小深看了商积羽的样子却是大喜，变回来了！前几天和"他"争执后，那家伙就以要讨个公道为由，连着几天都没让另一个自己出现，小深又气又急，但是拳打脚踢也没办法啊。今日，才总算看到商积羽出现了。他对商积羽一笑，顺手捏了一下肩上久违的小墨精余意。

谁知余意无声地念叨了两句话，指着自己，身体忽然又变大了！而且因为他原来就在小深肩上，这下两人一起滚到了地上，余意把小深压得结结实实，白色的头发从黑色的皮肤边垂落，和小深的头发纠缠在一起，黑白分明，格外显眼。

余意长手长脚，撑起来一点儿，睁大眼睛怔怔地看小深。

玄梧子震惊了，他颤抖着，瞥了一眼商积羽，刚才师叔祖是赞许得不太明显，现在却是不悦得有点儿明显……他的上下牙不断磕碰，发出"嗒嗒嗒"的声音："我……我……可能是……不太稳定……待会儿，应该就变回来了吧……"

商积羽深深地看了玄梧子一眼，出乎玄梧子意料，师叔祖没有把他给弹飞，而是把手伸给了小深。

小深拉着他的手，站起来。余意半跪在原地，眨了眨眼，水墨氤氲间，似乎有些低落。他站起来，拖着剑往前走，走了两步，又变作了小人。小小的身影拖着水墨剑，越发显得伶仃可怜了。

玄梧子兴奋地道："看，又变回去了！有用的！"

才说完，就见方才还情绪低落的余意举着剑大步跑过来，跳起来气势磅礴地直刺玄梧子的膝盖！

"嗷！"玄梧子惨叫一声，接着拔腿就跑。

"这个玄梧子，真是不靠谱。"小深喃喃道，但很快他就把注意力转到了商积羽身上，拍了拍商积羽，因为太激动，差点儿控制不住力道，听到商积羽咳嗽一声，他赶紧放下了手，"那天你有没有听到我说的话？"

他迫不及待地看向商积羽。

商积羽脸上露出了笑意，道："听到了，是我想岔了。"

"你想通了，那就太好了！"小深拉着他，"来，我带你下水！"

商积羽哭笑不得："别急，这不过是形式罢了。"

"对，没事没事，反正水就在那儿。"小深道，"不如来盘？"

商积羽温声叹道："这是在书林，外面还有人呢。"

小深大怒，掀翻他，道："你又骗我！"

商积羽站定了，哼道："不是我又骗你，是你又没分出我们来。"

小深一下没脾气了，唉，是没分出来，而且是越来越难分了。之前还能察觉到一点儿异样，现在，要不是商积羽故意露馅，他恐怕真的会上当。

商积羽幽幽地道："你有没有想过，之前在树下的，其实也有我……"

小深抓狂道："胡说八道，你骗谁呢！"

"骗你的。"商积羽又站近了，"不过，他总叫你克制，你想想吧，我们其实都是一样的，我可不会让你克制……"商积羽带着笑意看他，手指点了点龙角，觉察到小深一阵颤抖，轻声道："怎么样？"

小深扭开头，道："不好。"

软硬不吃。

商积羽收回了笑容，手指慢慢屈起，在袖中紧握。他从未有过这样的想法，但如果，他真的成为"他"……

玄梧子被余意追着出去，哇哇怪叫着逃遁。沿途弟子无不投以同情的眼神，谁又没被墨精殴打过呢。

玄梧子都出了不动地，逃到离垢河上，余意竟然还跟着。只见前头有小舟，载着谢枯荣、两位执事并一名未见过的少年，宗主寻常是不会乘舟的，玄梧子也来不及多想，一下扑到了前头去行礼："宗主！"

他回头一看，余意不但继续追过来，竟还又变大了，手中提着水墨剑，一瞬间剑意纵横，直刺过来！连谢枯荣的脸色也变了，呵斥一声："余意！"

余意双眸莹亮，面无表情，还带着凛凛杀意，仿佛听不到谢枯荣的话。玄梧子脸色一白，本以为宗主要出手，倒是他身边那少年先出手了。

方才隔得远没细看，到了眼前，玄梧子才看清楚，这少年也是一头白发，但和余意不同，他的眉睫、皮肤也是雪白的，两只眼瞳则是红色的。他穿着白底长衫，从腰部往下，有一行行淋漓墨字，但认不出是什么文字。

少年出手，身上的墨字外衫飞旋而出，生生挡住了余意一剑，又回到他身上，竟是毫无损伤！

余意的剑意承自余照祖师，身为羽陵弟子，这一剑有多厉害，是再清楚不过的。就算不清楚的，往金阙玉关一站，看看当年"仙人斩玉关"的遗迹，也该知道了。可这少年竟只用一件衣裳，就硬挡去了剑意，他到底是什么人？！

余意收剑，谢枯荣又是一声疾喝，他这才回神，目光茫然地看看手，再看看谢枯荣，一下又变回了小墨精。

"玄梧子，你又给他用了什么术法，怎么神志都不清了？"谢枯荣皱眉道。

玄梧子心虚地低头，道："呃，我也不知道怎么会这样……可能是暂时有点儿混乱？"

谢枯荣无语，不过羽陵弟子自创术法，也难免发生各种意外，师长们还是以鼓励为主："好了，你要谨慎，这可是余意，今日要不是我们在，白先生又出手搭救，你还能全须全尾的吗？"

"是，是，弟子记得了。"玄梧子擦汗，又疑惑地道，"多谢白先生，不知道白先生是？"

谢枯荣一笑，道："还记得你们都把小深错认成鼋史公吗？这便是真正的鼋史公,听闻青龙出世,特意从隐世之处赶来的!"

玄梧子低声惊呼,竟是白鼋!继龙族现身后,不见踪影的白鼋也来了。难怪能挡住余意的剑,少年的外衫恐怕就是传说中载着龙族历史的鼋壳了,难怪如此坚硬。

白鼋雪白的睫毛闪动一下,他的道体看上去十七八岁的样子,但实际年龄恐怕有几千岁了,笑着道:"在下白沧年,的确是为青龙殿下而来的。"

他们家族世代都是史官,为龙君效力,而他算是唯一一代没有辅佐过龙君的白鼋,不想还有机会见到龙族。

"方才一路看了看水域……我还是带白先生去见小深殿下。"谢枯荣讲这话还是有点儿不好意思的,毕竟他们到现在还没把兰聿泽找回来,他小师叔更是把各地献给小深的部下都放生了。看起来……难免有些寒酸,仿佛羽陵宗亏待了债主。

白沧年道:"羽陵书林闻名天下,我也一直想看看。还有刚才那个就是墨精吧,真是百闻不如一见。"

谢枯荣难掩自豪,白鼋可是龙族史官,就算白沧年未担任实职,也是家学渊源,能得他一句,就算是客套话,也很满足了。其他执事连着玄梧子,也无不露出笑容。

"哈哈,正是,这墨精平素不这样的,只是最近中了术法,有些奇怪,还请莫怪。"谢枯荣道,"小深殿下现也正在书林,我们过去,还能看到其他墨精。"

他一挥手,小舟又动了起来,载着他们往不动地去。

还未到书林,就看到小深化为龙形,正在用尾巴抽商积羽,而商积羽则在闪右躲,一旁还有弟子围观,极为幼稚。

谢枯荣看了一眼还是含着淡淡微笑的白沧年,干巴巴地道:"那是……我们小师叔,和殿下关系甚好。"

他抹了一把脸,扬声喊:"小深殿下——"

小深回过头，问："干什么？"

商积羽又趁机在后面拽了一下他的尾巴，小深回头瞪了商积羽一眼。

谢枯荣忙说："哈哈，你看看这是谁？"

小深的目光落在他身边的少年身上，龙身一摆，游了过去，龙首一低，伸到了少年面前，深绿色的眼珠子盯着他打量良久，从他身上的衣服扫过，那上面的墨字都是龙族文字。

小深慢慢吐出两个字："白鼋？"

"拜见殿下。"白沧年在青龙面前俯首，"臣听闻殿下现身，如此大事，不可不记。"

也是他作为白鼋，头一次动笔——自龙族离开后，就没有值得白鼋动笔的事了。

"哦……"小深还是慢吞吞的，当他化作龙身时，这双竖瞳虽有熟悉感，却比道体的眼睛来得更冰冷、疏离，打量他人时，甚至有些居高临下的冷峻，但这可能才是龙族的本性。

白沧年抬头，当他看着青龙时，带着几分向往，很好理解，白鼋嘛。

商积羽也走了过来，问道："是鼋史公？"

白沧年看了商积羽一眼，方才谢枯荣就介绍过了，他礼貌地道："山河剑之名，如雷贯耳。"

商积羽也不客气，开口就道："那鼋史公给我在史书上记一笔吧。"

白沧年淡淡一笑，道："山河剑虽威名赫赫，却不足留名吾家史册，贵宗余照亦不能。"

玄梧子抽了口气，不愧是白鼋，这话说得……轻描淡写又不留情面，大概除了龙族，他们真的不把任何人看在眼里。白鼋记史，说是为了龙族而记，但据说天下有巨变，也会提及。今日一听，余照祖师都不能入，想进龙族史册，真不知要怎样的成就。

商积羽也是一笑，很无所谓，他本也不在意白沧年记不记他有多厉害，他早就留名龙族史册了："你不记，我们原来那个史官也记了。不过，也不是记什么剑意,是记我与殿下情同手足。"

白沧年一下笑得有些僵了,白色的睫毛微微颤动,红眼睛定定地看着商积羽,又去看小深。

对啊,还有云自然。谢枯荣咳嗽一声,道:"殿下原本立了一位人族才子作史官,不过既然氅史公来了,殿下看是不是调换一下官职?"

玄梧子心道,啧啧,可怜,千辛万苦来找小深哥,结果小深哥根本没有在意他,早就另有史官了,看白氅的表情多受伤啊。

"为什么?这样自然真人会伤心的!"小深道,"这不是在指着他说,他才学不如白氅吗!"

众人:可是就是不如啊!

白沧年低下了头,很是伤心的样子。虽说可能已几千岁了,但这么看,他还只是个少年啊,怪让人同情的。世世代代都是龙族唯一的史官,这突然没他位置了。

"不过白氅也一直都是龙族史官,熟悉历史。"小深倒还没昏聩到底,自语道,"我可立左、右两位史官,分班记载。"

白沧年这才勉强露出了点儿笑容。

其他人看了这笑容更同情了,等你知道云自然到底什么水平,不知道你还笑不笑得出来。

小深兴致勃勃地分配:"我看,这左史官自然真人,就负责记载本王英明神武的大事、要事。白氅呢——"

白沧年会意,道:"左史记得,右史记失。殿下英明,不掩自瑕。"

一个记殿下做得好的事,一个记殿下没做好的事,殿下能不避讳这一点,主动让史官直书,实在难得,都值得一书了。

小深奇怪地看他一眼,道:"闭嘴哦。是一个记事,一个记言。你当然是负责记本王才华横溢的诗文大作和名言警句。"

众人:"……"

玄梧子觉得白沧年不愧是家传的史官,说不定很有侍奉昏君的经验，在听到这么无理的要求后，竟然很快就反应过来了，甚至为方才的失言告罪："殿下恕罪，臣明白了，定当尽忠职守。"

这才对嘛，本龙哪有什么过失。小深看上去还算满意白沧年的知错就改："那你就在行宫住下，回头给你介绍自然真人，咱们共论诗文。"

白沧年听了立刻道："那臣必要向殿下讨教了。"

也不知道为什么，他说完这句话后，其他人露出惨不忍睹的表情。白沧年有一丝疑惑，这是何意？

龙族行官如今盖在羽陵宗的地盘，一应人手也都是羽陵宗人，可以说是债主的权威，但叫白沧年来看，倒像是他们圈养……不，供养着殿下。

比如此时，还是谢枯荣做着龟丞相的活儿："那我叫道弥来接引一下白先生，他家族世代在羽陵生长，先生初来，有不明之处，问他就是了。"

其他人顿时又看向了宗主，这是故意的还是无意的，道弥？

"好啊，好啊，让道弥带他安置吧。"小深对白沧年道，"我白日就在书林，你回头可以来找我。"

白沧年一躬身，道："是。"

白沧年暂时被领走了，小深盯着他的背影看了几眼，自然地伸了个懒腰道："我觉得这人表面顺从，其实心里还挺不服气。"

大家讪讪一笑，哪个能服气啊，好歹也是白鼋。

这白沧年生来就不见真龙，估计也不知道在心中描绘、想象过多少遍龙族的模样，结果苍天开恩让他得见，却是这么个样子……恐怕和白沧年向往的大不一样吧。太惨了！

小深哼笑一声，一伸手，余意就跳到了他手上，又对商积羽道："你，给我过来。"他要把商积羽给领书林里去。

商积羽跟着走，口中略带嘲讽地道："殿下开恩，又愿意召我伴驾了。"

谢枯荣"哎"了一声，随口道："小深殿下不再聊会儿？"

小深头也不回，不屑地道："跟你们这些文盲聊不到一块儿。"

谢枯荣："……"

白毫现身羽陵的消息很快传遍全宗，当初因为误会小深是白毫，整个羽陵宗即使是原来不了解白毫的人，也在那次之后，看了许多关于白毫的记载，自然兴奋无比。这个，可是真正学识渊博的了！

据说他穿着一件外衫，就是白毫史册炼化的，上头都是龙族文字，甚至包括神文，就算不认得，看一眼也好，说不定能沾沾文气！

大家齐聚书林之外，小深哥在这儿，要蹲守白毫，当然也在这儿比较好。

羽陵弟子翘首以盼，半日后，才看到白沧年精神恍惚地随着道弥一起来书林。只见道弥嘴里还念叨个不停，两只眼珠子，一只盯着前头控制小舟，另一只转到侧面去看白先生，道："您说，这是不是阎王奶奶大肚子——满怀鬼胎！"

众人露出同情的表情，道弥真是害人不浅啊！你害了小深殿下，还要害白毫！

但总算见着白毫本尊，还是叫人欢喜无限的，白沧年一袭墨字长衫，更显风流，长发眉睫雪白，白璧一般，让人见之惊叹。

羽陵弟子纷纷行礼，知其满腹诗书，仰慕地称之为白先生。

白沧年颔首回应，先前只遥遥看到书林，现在上了不动地，他看了看四周，发现书林前头还竖着一叶小舟，下置底座，像是特意摆放在这里展览，不由得多看了几眼。

专业引路多年的道弥立刻介绍道："白先生，这个是小深殿下当初划过的小舟，上面还有他亲作亲刻的诗。"

据小深殿下指定，白沧年的职责，正是记录他的名言、诗文，白沧年的红眼睛一动，自然走上前去看，逐字念了出来："羽陵一夜山绕水，我向烟波钓故人。"

白沧年的嘴巴微微张开，带着几分迷茫，目光更是不自觉地再次打量那船，可能怀疑还有其他诗文，自己念错了，也可能是在思考这诗到底写的什么。

道弥早已被小深洗脑，正儿八经地介绍："原来我们都不知道这首诗什么意思，后来才晓得，小深殿下是说来日他有了陆上行官，便创造新的礼节，在水上钓师叔祖。这是小深殿下的得意之作，您是不是拿笔记一下？"

只见白沧年身体狠狠晃动一下，更加虚弱了。唏嘘，连他们都被云自然和小深的诗狠狠伤害过，何况世代大儒、秉承千万年文脉的白鼋。

白沧年坚强地道："这诗句我已记下了。"

还真记下了。而且看样子白先生可能也预感到，和他齐名的云自然是个什么水平了。众人犯起了嘀咕，白鼋会被逼疯吗……

白沧年走进书林，见此处墨精蹦跳往来，随口对道弥道："我先前见到一个墨精，十分奇特，与其他墨精都不同，背着一柄剑。"

"哦，余意啊。"道弥说，"那是我们余照祖师的作品所化，余照祖师连诗文中也剑意峥嵘，所以他生来负剑。从前我们都只叫他负剑墨精，还是小深殿下给他起了这个名字。"

"原来是余照的剑意……难怪如此与众不同。"白沧年若有所思。

正说着余意，就见余意出现了，他长身而立，手里捏着水墨剑，站在书架旁，黑漆漆的脸，眼睛却是莹莹光亮，看过来时格外有神，手里的剑也握得更紧了。

道弥不觉如何，他不知道先前发生的事，要是换作玄梧子，恐怕要担心余意提剑乱舞了："啊，余意在这儿，那小深……殿下应该就在附近。"他习惯了喊小深哥，改口有点儿难，叫起来不顺口。

白沧年和余意对视一眼，大约之前两人过了一招，氛围有些不太自然，不过余意更多一些茫然，他并不认得白沧年。数息后，白沧年微微颔首，与他擦肩而过。

小深正和商积羽坐在一处，在争执些什么。

商积羽抱臂道："你总觉得他是天下最好的，我不过当年随口说了几句，就成坏人了。你是不是朱紫难辨？"

小深怒道："我只是分不清你们俩，红色和紫色我当然分得清！"

商积羽道："我是说，朱紫难辨。"

不是那意思？小深愣了愣，一挥手，道："反正肯定不是什么好话。"

商积羽道："这倒是……"

居然认了！

道弥又看了一下白沧年，觉得他看上去不大好惹的样子。

"白先生？你还好吧？"道弥小声道，"你宽心吧，小深殿下也是刚学人话，不过前些时候还会用成语了。"

白沧年疲惫地摆摆手，不语。这和刚学不刚学没关系，有的人就算新学一门语言，做派也截然不同……

"你们来了啊。"小深也懒得理商积羽了，看向那两个人说，"过来坐吧。"

"多谢殿下。"白沧年规矩地行礼，入座。

道弥本来想直接就座，一看白沧年，也照猫画虎，行了个礼再坐下来。

商积羽则大摇大摆地往椅背一靠，斜睨白沧年，问："那我呢？"

白沧年的动作一顿，去看商积羽，眉头微蹙，似乎不解其意。

商积羽笑道："金钱子——就是现在的龙宫丞相，也称我为殿下啊。"

白沧年沉默了一会儿，才站起来，再次行礼："殿下。"

道弥无措地也跟着站起来，挠挠头，道："我……"

商积羽立刻道："你什么你，你又没当上龙宫丞相，想跟着谁叫？"

"好累啊。"道弥想起自己一轮落选丞相的伤心事，终于绷不住了，"称呼换来换去的，有时候宗主叫小深，有时候也叫殿下……白先生还这么认真，我都不敢叫小深哥了。师叔祖，那我就一直叫您师叔祖了，有时您一不开心，我都不知道到底该不该叫殿下或者老深哥了。"

商积羽本是端着范儿，他有时提什么字眼，都是为了戏弄小深，只有这八哥，居然认认真真考虑叫他老深哥。

这称呼太难听了。小深还嫌弃呢："不要不要，不许这么叫！"

白沧年的嘴角一抽，有些怀疑的样子："史官真记载过，二位殿下相处堪比手足吗？"

小深唉声叹气道："捡错了，都怪我老捡错。"

白沧年的笑意又有点儿僵了。

道弥估摸着，是觉得刚才给师叔祖行礼亏了吧，毕竟师叔祖在羽陵辈分高，但白毫是活了几千岁的。至于师叔祖对白先生也不是很友好，这也不奇怪，师叔祖本来脾气就不好……

商积羽不屑地笑了一声，捡错了也是捡了，退是永远不可能退的。

"壳壳脱下来给我看看。"小深忽然对白沧年道。

白沧年一怔，随即将外衫脱了下来，递给小深。

小深托着墨字淋漓的长衫，感叹道："这都是你抄写的吧，字不错。我见过你父亲的字，他爱写大字，你倒是和他不大一样。对了，你现在可以开始记我的诗文了。"

白沧年一时怀疑小深是故意把他的壳抢过去，好逼他记载烂诗。

顶着小深灼灼的目光，还有碍于他牢牢抓着外衫的手，白沧年不得不在衣角添了一行很小很小的字，小到和苍蝇一般大，正是小深的诗文。

小深倒是不挑拣，抖了抖那史衣壳壳，又道："壳儿好像比你爹的轻多了。"

"没有龙族庇护，这万年也不是平安顺遂的，斗法总有磨损，好在史册都保留着。"白沧年轻描淡写地道，表示自己的壳是同人斗法才薄的。

道弥唏嘘，也是，指不定就有人打白毫的主意呢！毫虽是介物之祖，但代代单传，修界强者又多。难怪这些年白鼋销声匿迹。"

"我还好，倒是您。"白沧年也关切地看小深，"兰聿泽只剩这么一点儿了，我听说还未找到？现时记史，是不是要记为'王家深'殿下才准确？"

白沧年不提这个名字小深都要忘了！

道弥和商积羽则是惊奇地看着小深，什么王家深，小深不是叫兰聿深吗？

常人不知道龙族的命名规则，小深通常自称"小深"，偶尔提起原名，也仗着人族不清楚，自称"兰聿深"。但这白鼋熟知龙族历史，看样子还了解过兰聿泽现在只剩王家潭了，一句话竟把小深的秘密给戳穿了，让他一下黑了脸。

白沧年一本正经地给他们解释："龙族皆是单名，以水域为前缀，故此，殿下当年是兰聿泽，如今兰聿泽寻不见，那原处只剩一口深潭，王家潭。暂时只能叫王家深了。"

道弥"扑哧"笑出了声。

商积羽也觉得有点儿好笑，道："可没听殿下提起过。"

想也知道是小龙嫌丢脸。

小深的脸绷紧了，脸色难看地道："不准这么记。"

商积羽道："王家深……哈哈，挺可爱的。"

叫这种名字，殿下还有什么威严可言，可恨他瞒了许久还是被说了出来！小深气急，半晌，也憋出噎人之语："你开心什么？真按道弥的说法，你不就是老王哥。"

道弥疯了，道："我不敢！！！噗——"

一不小心还挤出一点儿笑声。

小深现名王家深的消息在羽陵不胫而走，成了时下最多人讨论的话题。

"难怪我们被占领,害得王哥名字都改了。"

"你要死啊,被小深哥听到你这么喊,这辈子也不要借书了。"

"嘿嘿,我就偷偷说。"

"你们别说,我师兄今日还在撰文呢,小深哥龙都到羽陵了,完全不必叫什么王家深,就算一时找不到兰聿泽,也是叫离垢深吧。"

"不,不,小深哥如今住在陆上行宫,又占领了本宗,应该叫羽陵深!"

此言一出,众人皆惊。不错,羽陵深啊!这个名字好……

大家都转而支持"羽陵深",但都不敢在小深面前说。

再转过天,金钱子来向小深汇报,那些要来拜见殿下的水族过几日就到,另外,有人族国家的使者携礼来羽陵求见了。

小深觉得奇怪,问:"凡人国家的使者?是之前遭蛟患的国家吗?来道谢的?"

这些日子,陆续来羽陵的都是修界宗派和各处水族,还没见过凑热闹的凡人。

金钱子搓了搓胡子,说:"不是。如今人间界也在传闻,真龙现世,因目睹的只有一城民众,所以有的地方还是半信半疑。这个国家的皇室出过修者,所以对修界有所了解,也有点儿联系,我看派人来,应该是想求证,再表达一下崇敬吧。"

这也正常,小深"哦"了一声,说:"那收下礼物,把人打发了吧。"

金钱子应声离开了。过了一会儿,又回来了,支支吾吾地说:"殿下,那个人族,他,他说……"

小深看金钱子那欲言又止的样子,问道:"怎么?还非要见我吗?"

这当他是什么龙了,给了礼物就可以随便见啊,那还叫觐见吗,是参观。

金钱子一擦汗,表情有些古怪,道:"不是,这人族说,他们新国君很快要登基了,因是夺其兄之位,名不正言不顺。听说殿下在羽陵,想问问能不能用他们皇室收藏的珍品换殿下在登基大典上随便飞两圈，他们好宣扬国君是天选之子、真龙天子……"

小深被人族的想象力震惊了，道："还……还可以这样的？"

金钱子讷讷地道："臣也是第一次遇到，来与殿下说个稀奇。"

因为这个邀请太离谱，小深甚至都不觉得生气。他自语般地道："我也想过，为什么龙族飞升后，以人族最为势大，连蛟族也比不过。现在看来，即使是普通人族，也胆量惊龙啊……"

人族大胆，还真不是吹的。天下水族曾经那么无耻地自称真龙血脉，也只敢小心送礼试探，再求觐见，人族却连把龙请去撑场面都想到了。

金钱子听了小深的话，也是无语道："可不是嘛，人族的心眼可多了。依臣看，这人族可能也是抱着试一试的想法，成便成，不成，殿下也不可能屈尊亲自去揭穿他们。"

"这样吗？有道理。"小深一想，确实，没有哪个修者会计较这点儿小事，不远万里去找麻烦吧。他们来试一试，也不会少块肉。

金钱子摇摇头，道："哈哈，只是也太过异想天开了。"

小深却是忽然想到了什么一般，露出一个微妙的笑容，道："听起来场面会很大啊，那我到底要不要去呢？"

金钱子问："殿下这是何意？"

金钱子被吓到了。本是给殿下说个稀奇，如此离谱的事，他根本没想过能成，怎么殿下还动心了呢，起初不还不大高兴的样子吗？

一个敢问，一个居然也敢考虑！他苦口婆心地劝道："殿下啊，这样太有失身份了！您要什么样的珍宝没有，还需要去任他们调遣吗？"

到时他们说殿下在哪儿飞两圈，殿下就在哪儿飞两圈，这像什么样子。为了那么点儿东西，没必要，真没必要。

"可是听起来很热闹的样子啊，这国家在何处？"小深还打听上了。

金钱子强烈反对，道："殿下三思！"

小深淡淡地道："我就玩玩。之前人族过节，商积羽带我去看过，你知道他们还会'舞龙'吗？有意思得很。"

原来是那时埋下的祸根！金钱子恨恨地想，这也太不着调了！他继续劝谏道："那怎么一样，殿下若是感兴趣，悄悄去人间游玩也无妨，点两个弟子陪着，但是应下这事就不必了吧。"

"我不想悄悄地去啊。"小深说，"你好啰唆哦，到底我是殿下还是你是？"

金钱子觉得有点儿头疼："殿下不如把其他臣属请来同议？"他觉得自己一个人抵挡不住，也不想一个人招殿下的讨厌。

小深同意了，于是金钱子去把左右史官、八哥、殿下的弟子、殿下的出气筒什么的都叫来了。

"……就是这样，现在殿下动了心，非想去看热闹。"金钱子说着，幽幽地看了商积羽一眼。

玄梧子一脸的茫然，问："我为什么会在这里？"

不过没人理他。

袁罡支持金钱子："师尊什么身份，怎么能去演出呢！"

开什么玩笑，师父要是出去耍了，每天还有空给他上课吗？

一行人一边讨论一边进了宫殿。

小深已经兴致勃勃地拿着地图在看了，见他们来了，忙道："看，这个荣国原来还挺大的，地方很广啊，还紧邻北海，我很久没有去过北海了。"

哇，师父好可爱！袁罡一下就倒戈了，道："师尊已经万年未见过山河大地了，为什么不能出去游玩！"

"我也没说不可以啊。"金钱子无语。他说殿下可以悄悄去，只是不必屈尊特意给人族飞两圈。

云自然哈哈大笑道："我倒觉得有点儿意思，这可是值得一记的事情。龙王殿下游览人间，恰好见人间帝王登基，查探天机，原来是有德之君，便现身赐下甘霖，后受香火供奉，成千载美谈。"

从云自然口里一说，这个故事又变了一下，但没有什么不对，只是颠倒了一下细节和顺序。连金钱子都是一愣……这么看，好像没那么难接受了，轻描淡写，还显出了殿下的术法和身份。他不住地看云自然，这也是个人族啊，难怪这么机灵。

小深也哈哈笑，道："自然真人真是厉害！"

云自然一摆手，幽默地道："还是这国君厉害，我想他们要是请不到殿下，也会自己造些祥瑞吧。"

金钱子再次恍然，哇，人族真奸诈！

小深作为龙族，更是新奇了，他们龙族不玩这些，吹得再高，打起来都露馅，全凭各龙本事。比如他，就算是珍宝君的儿子，是青龙，要是打不过同族，也分封不到大的水域。不过仔细一想，也不奇怪，这人族的"美谈"好多不都有点儿内情吗，比如认金龙……

商积羽就更无所谓了，无聊地道："些许小事，还值得把我叫来一议？他想去就去呗。"

金钱子心想，果然是奸诈的人族，一点儿也不会为殿下的形象着想，难怪当着别人的面还和殿下厮打。

但云自然这么一说，大家好像都能接受。如袁罡所说，小深都万年没见过修界山河了，想去看看热闹也正常，只不过他作为龙王，要参加这样的典礼，其他人不提，史官们肯定要跟着一记的。

小深开心了起来，道："哈哈，那我赐甘霖的时候还得说几句吧，我这就开始想——白沧年你准备好了，我到时可只念一遍。"

白沧年看着兴奋的龙王，默默地叹了口气……

小深忽而想起什么，问道："金钱子，你去回了人族使者，时间可对好了，最近不是还有水族要来拜见吗？"

金钱子蔫蔫地应道："是……臣这便去。"

别说金钱子了，那来询问的人族使者都蒙了，完全没有想到龙王会答应。毕竟，在龙族和普通凡人间，怕是还差着三五个羽陵宗，常人看羽陵宗都是仰望,感觉修者是仙人一般的存在了,而小深是羽陵宗的大债主。

这使者就是刚入门的修者,可能凡人还会有点儿不切实际的幻想,他身在其中,更知道差距,本来没怎么抱希望的,谁知能请到真龙。这比云自然突然成了大诗人、龙族史官还要震撼……

这使者傻傻地道:"这……那我们要准备些什么?殿……殿下住在湖里还是宫殿里……"

金钱子嫌弃地道:"湖里住得了吗?这个就不用你费心了,定好了日子,典礼当天接驾便是!"

使者刚想说,那我们仪式分作很多部分,一看金钱子的脸色,又不敢说话了。也是,难道还安排青龙殿下某时某刻准时出来飞吗,当然是人家当天想飞就飞了,他们依着人家来。

不提人族使者如何精神恍惚,小深又开始督促羽陵弟子给他找兰聿泽了,这都要出门了,水还没找到,又要光秃秃地出门了。

羽陵弟子就差掘地三尺了,是真没找到那装兰聿泽的锦囊。

"你说,你师父会不会是骗你的,其实兰聿泽已经被她带着一起飞升了?"小深郁闷地撑着下巴道,已经不知道第几次逼问商积羽了。

商积羽看着窗外,淡淡地道:"她带你的水飞升做什么?"

"我怎么知道?可是现在就是没找到啊。若是在宗外,给了别人,那也不至于这么些年都没风声吧。何况你们都说陈妙想很孤僻,和外面没什么联系。"小深苦恼地道,"我思来想去,总觉得她偷偷把水给带走了。"

他看商积羽还不说话,他有些分不清了,最近商积羽时常让他觉得难以分辨,他推了一下商积羽,道:"你快说有没有可能,干吗这个样子,不是都说了我不会找到水就跑了。"

商积羽摇摇头道:"我知道。但师尊也没必要,你便是找到兰聿泽,飞升时，也不会把它带上去吧，何况是师尊。"

"这倒是。"对小深来说，要找到兰聿泽，那是尊严的问题，那是他受封的大泽，是他为之和那么多龙打过架、守护过、栖息过的地方，他哀怨地道，"唉，但是我现在很想要兰聿泽……"

商积羽抬头看了看，远处的山头上还有羽陵弟子在逐寸翻找，他安慰道："也许很快就会找到。"

这时袁罡也来了，汇报说："师尊，各地水族来拜见了。"

最近道弥一直被打发跟着白沧年这位初来乍到的氅史官。大家无不表示，和宗主关系好就是不一样，先跟龙，再跟白氅，多占便宜哦……

"来了？那我去见见吧。"小深伸了个懒腰，又对商积羽道，"你也去吧。"

商积羽一笑，问："我也去？"

小深肯定地道："当然要去。"

小深决定带商积羽出席，是防止水族们自以为还有机会，继续换着方法地送人来，也烦，有一个随从就够了。

到了行宫正殿，只见金钱子、白沧年、云自然等属下已经在场了，包括羽陵弟子也在维护秩序。殿内站不下了，一大群水族站在殿外，全都穿上了最华贵的礼服，珠光宝气，闪得人都要睁不开眼了。

小深从后间转出来，埋头不吭声。

纵然如此，所有修者还是第一刻觉察了他的出现，尤其是水族，原本还在三三两两地交谈，一下都停了下来，原本高昂的头也都垂了下来，在那位额上有两只秀气的斜飞龙角的殿下面前。

白沧年也用眼角的余光去看小深，所有人都还未见过龙族在接受水族拜见时是什么样。——下面站着的不是寻常水族，像先前送来的美鱼一般，这些可是如今各地水府之主，自龙族飞升后，以他们为尊。

从外表看，小深只是初初长成的青龙，平时表现得甚至有些蛮横暴力，可能唯独在斩杨溯的蛟足时，比较有王气。也不知此时，他会如何表现。不过，鉴于他已是唯一一条龙了，大抵什么表现也不影响水族追捧吧。

只见小深懒散地坐到了金钱子备好的玉椅上，商积羽则坐在他的左侧。小深不像这些水族一般穿得隆重，仍是常服，腰间还是那抹云带。他目光一扫，深碧色的光华在眼中流转，殿中的水族心头一跳，一同深躬行礼。

小深轻轻颔首，淡淡地道："今日断虹跨天，水汽丰沛，夜里应该有雨吧。"

一时水族们都有些恍惚，有些传说里提到，上古龙族见面时，总是提一提最近的一场雨，不过因为相隔太久，谁也无法证实。

小深的话提供了最强的佐证，而且这淡淡的一句话一下令水族们心潮澎湃，更加深切感受到自己觐见的是万年前的龙王，真是荣幸之至。

谁也没参拜过龙族，除了传说，他们还听说这位殿下虽是青龙，但年纪还小，现在很穷，身无长物，连所辖水域都被偷了……现在看来，一点儿也不影响他的从容。

比这些水族更惊讶的是羽陵弟子们，怀疑自己平时认识的是不是真的小深。

那日迎战杨溯，虽有真龙之威，但还比较粗暴，平日在羽陵也多是作威作福的骄横模样……现在，轻描淡写的，连龙身也没现，就让这些水族一脸美滋滋的了。

水族应和着小深的话，讨论起今夜的雨，一些年纪大的稳重水族，居然都磕巴起来了，急急说出自己对雨水的判断，显一显能耐。

小深头一句话很轻松，待大家说了一会儿后，他似乎在看每个人的表现，半晌才不冷不热地点头，深绿色的眼睛如龙形时那般冷淡："昔年大神指山河湖海为天地脉络，定万古之律，天下水族术效真水，法遵青龙。珍宝君一言飞升，余者再难得见正法。古有赴海修行，投水从龙。今在羽陵，虽无大泽，只有离垢之河水，也不应叫尔等徒劳而返。"

众人睁大了眼睛,什……什么意思?

小深抬手,沉吟道:"欲行大道,必握神机。"

这时,离垢河脱离原行之道,涌动盘绕在上空,其中竟出现一条青龙的身影,但羽陵弟子一看,就知道这绝非小深,因为它的身形更为庞大,眼神像是冷淡,又像是悲悯,让人不敢直视。

青龙长吟向天,谁也不知道其意,但冥冥中只觉这声音似是包含无数大道,直震灵台。

一瞬间,无须任何解释,众人心头震动,明白了这必然是珍宝君堪破大道的那一刻!

几乎所有人,不仅是水族,都盘膝坐下,感悟其中深意。即使幻境不能完全呈现珍宝君,即使他们听不懂,即使只体会到千百分之一的青龙之道,也受益无穷。即使自己已确定所修之道,也大有裨益。

小深巡视一周,把每个人的表现都看在眼里,一刻后,才一挥手,将幻境收去了。

"唉……"叹息声四起。所有人都盯着小深的手,好像他手中藏着无数珍宝。

即使没有兰聿泽,殿下……果然还是让人向往,是一呼一吸可见水法本源的存在啊!随即,水族都心悦诚服地再次一拜。虽然从未见过龙王,但小深殿下的表现,一点儿也没叫他们失望,甚至远远超出期待。

小深此时才问道:"我看着,怎么没几条蛟啊?"

他这会儿语气要随意很多了,让熟悉他的人怀疑他早有计较,因为现在不管他用什么语气说话,所有水族也只会觉得殿下好棒。

有名蛟族立刻挤出来抢答:"殿下!实是前些日子不少蛟族的蛟珠失窃了,还有死伤,加上有彼此怀疑、缠斗的,所以耽搁了。臣想着,若是殿下能做主……"

小深没好气地道:"什么斗殴也要我来做主,当我是你们宗主吗?"

蛟族尴尬地点点头,自己骂自己:"是,是。蛟族就是好斗,不稳重,殿下莫怪,想来他们晚一步也会向殿下请罪。"

"懒得理,我难道还等他们吗?"小深恶声恶气地道,"我过两日要出去玩儿了。"

咦,殿下要出去玩儿吗……

众水族怦然心动,开始七嘴八舌推介起了自己所在地域,无不自称是修界比较好玩的地方。

"你们就别管了,我同商积羽去耍。"小深抓着商积羽的手臂道,按自然真人的说法,当然不能告诉这些水族他是去演戏的。

水族们惋惜极了。

商积羽伸手也握住小深的手臂,还捏了捏,道:"殿下有心了。"

在室内待得久,小深的脸有点儿闷得发红了。

那些水族见殿下两颊绯红,还暗想,都说心态不稳才会脸红,但殿下这般姿态,分明是别有一番威仪啊,上古龙族,真是风雅。毕竟也没别的龙来比较了。

于是不知不觉,现场多了许多脸红的水族。

小深请大家共赴晚宴,羽陵弟子各自为水族引路,玄梧子到一老鳖面前,大声道:"前辈这边请——"

老鳖抬头,满是皱纹的脸上愣是憋出来两团红晕,细声细气地说:"嗯……"

玄梧子:"……"

玄梧子刚才一直在走神,他从观看完珍宝君飞升后,也有感悟,但他走神时想的不是这个,而是小深哥的词儿是谁给他写的,就他施幻术之前那几句,明显就不是他平日的风格。

在小深哥的影响下,全羽陵上下都崇尚用白话了,搞得这次水族来,见他们不咬文嚼字,还挺疑惑,结果到头来,小深哥本人却开始说场面话了!这不是开玩笑嘛!

玄梧子怀疑小深哥是为了震住这些水族,才让白沧年或者师叔祖帮他写的词儿。这个问题，他专注地想了好一会儿，都没注意到周围的氛围。

走神的结果就是，他被这老鳖吓了一大跳。玄梧子只觉心脏发闷，快要不能呼吸，仓皇抬头，看四周，想寻求帮助……只见什么留着大胡子的大螃蟹、满脸横肉的鲤鱼，有一个算一个，脸上全都冒出了浓浓的红晕。

之前说了，能来羽陵拜见的，无不是一处水府之主，修为不俗，基本上也都有点儿年纪了，至少平时要保持威仪。正是这样的一群修者，脸上通通顶着红晕，环绕着玄梧子。

玄梧子精神恍惚：我只是稍微走了走神，修界到底怎么了……

老鳖眨眨眼，问：“小哥这是怎么了？不舒服？”

玄梧子别开眼，不想直视他，道：“没什么，咱们这边走。”

路遇道弥，也正引着白沧年入席，玄梧子抓了道弥一把，问道："你知道这些水族为什么脸红吗？"

那还能为什么，还不是上行下效？但道弥只哼了一声："问别人去。"

他和玄梧子的关系向来不怎么样，也不知玄梧子方才在做什么，小深哥的一举一动大家可都盯着看，白先生也很认真地记录小深哥说的每句话，都没挪开过眼珠子。

玄梧子道："你这是做什么，都是自己人。那日我也在行宫呢。"

双重意义上的自己人啊，虽然直到现在他也不知道为什么龙宫议事要把自己也叫去。

"谁跟你自己人了。"道弥轻蔑地笑了一声，傲然道，"你是你，我是我，八哥不跟鸡合伙。"

又来了，谁是鸡啊？

玄梧子看了一眼表情复杂的白沧年，突然又觉得自己好多了。

宴会一应事宜都是羽陵宗操办，他们宗内的得意田布了法阵，芝草自生，食材不说取之不尽，也够诸多来客饱腹了。

席间菜色丰富，因小深格外中意大道草和舍生灵芝做成的菜，频频夹这两样菜，下头的水族一看，也一阵疯抢，只要续上来，就抢光。

舍生灵芝杀气重，最后吃得一个个的脸冒血光，像是刚打完架一般，偏偏还要刻意脸红，看上去更奇怪了。

看到这一幕，玄梧子也总算有了点儿头绪，为什么刚才那些水族的脸上都多了两团恶心的红晕，是在模仿小深罢了。

晚宴上，小深和商积羽坐一块儿，动不动就互相添个菜，显得和睦异常。

水族们一看，这祭品确实和龙王情同手足啊。

说起来，商积羽也很有名，羽陵第一打手……不，高手。但殿下就是殿下，与众不同，不像他们家最宠爱的，基本都是美美的，不是美鱼就是美螺。现在来看，真正厉害的修者——不论是交友还是结道侣，都应该找能打的！

但是，像商积羽这样的道友也难找，说他是余照之后，千古一人，其实就是说他和余照都是千年一见的天才嘛。不过，虽没有第二个商积羽，羽陵宗倒也人才济济，他倒是可以换一个思路……

老鳖忽然红着脸看玄梧子，问："找了道侣不曾？"

这老鳖也是一方水府之主了，修为很高，人称握雷真人，就是在人族也很有些名气。

玄梧子忍着想动手的冲动，说道："没有，不想找。"

老鳖追问："为什么？找个水族不好吗？"

玄梧子不留痕迹地翻了翻白眼：你们想找就直说。

"我家还有待嫁女，正值妙龄呢。"老鳖晃了晃脑袋，似乎越想越觉得这门亲事结得，"殿下和羽陵宗关系密切，咱们水族合该效仿，如此羽陵宗还可联系天下水府，处处姻亲，岂不实力大增。"

玄梧子不吭声，真想和羽陵宗的弟子结亲，你还得问问宗主乐不乐意吧……

此时，上席。

小深没骨头一般斜倚着，毫无先前的威严，商积羽拿了茶水送到嘴边给他喝。小深喝到一半，忽然顿住了，斜眼去看商积羽——嗯，这就换了一个人了。

商积羽微微一笑，道："殿下看什么？这样的场合，不是我出来亲自端茶倒水更说得过去吗？"

小深瞪他一眼，把水给喝完了才推开他的手。

"这么多人看着，殿下总不能让人觉得我这个随从被厌弃了吧？"商积羽悠悠道，又拿了块糕点送到小深嘴边，状似恭敬地道，"殿下吃一口吧？"

小深是那种受威胁的龙吗，那就让大家学学龙王是怎么打人的吧。他当即就伸手去捶商积羽了，也没用太大力，毕竟这可是商积羽。

商积羽伸手架开他的拳头，两人本来坐得近，在有限的空间内闪躲，闪不了就硬吃一拳，那声音砰砰响，不伏境受着都困难。

还别说，自从遇见小深，商积羽的修为都精进了，尤其是肉身的强悍程度。

下方的水族们看了都是一愣，咦，怎么还捶起来了，看阵仗不像认真地打，可捶得也太重了，偶尔扫到旁边白海砂的桌面，都能磕个口子，换了他们恐怕都要被捶扁了……商积羽真能挨揍！是因为这样才成为殿下的祭品的吗？

老鳖看了，不禁转头凝视玄梧子。

玄梧子忙说："师叔祖这样的修为才能陪殿下练手，我远远不如！"

好不容易挨到了晚宴结束，玄梧子完成了自己的任务，又被金钱子通知，过两日去荣国，他也得跟着去。玄梧子很郁闷，心道：到底为什么？我啥官职没有，还要随侍身边。

"玄梧子，你那咒研究得怎么样了？这次出去，又没法儿带余意？"小深招手问玄梧子。

玄梧子讷讷地道："可能是……实在……有些困难……"

他都摸不着头脑了，这余意忽大忽小的，他怎么也找不到思路。

小深恨铁不成钢，道："你们羽陵宗的人，一天天都在干什么，这不成那不就。水也找不到，咒也解不成。"

商积羽竟也跟着嘲讽了两句，把刚才和小深打架的气都撒到了玄梧子身上。

忽然间，玄梧子就顿悟了，自己为什么老是随驾……但玄梧子不愧是公认的羽陵最不怕死的人，被骂到蔫也就"绝地重生"了，问："小深哥，我能不能问个问题？"

小深道："说。"

玄梧子弱弱地道："先前那词儿……是谁给您写的？白先生吗？"

小深看了不远处正被道弥念叨、表情十分难受的白沧年一眼，忽然冷笑了一声。他五官原是有些稚气，可这一笑，竟是有些幻象中珍宝君给人的淡漠无情之感。玄梧子被笑得都毛了。

小深这才慢慢看过来，居高临下地道："你想知道是谁写的啊？"

玄梧子瞥了一眼小深脚下突然出现的云，不太敢点头。

小深不屑地道："你是不是以为你们人族文字真的很难？我都学了几个月了，如今编这几句话还用别人来？我是盖世文豪这件事，谁还有疑问？"

玄梧子："……"

也就是说，在一段时间的学习后，小深哥现在可以随时变文豪，但他仍然初心不改，欣赏云自然那种才华？

余意仗剑被拦在金阙外，狂风猎猎，吹得他的发梢和衣角都蔓延开，如同笔迹末端的飞白，就连剑身，也有丝丝扩散。他两只眼睛在阴沉的天气下，亮得吓人，就像划破天际的闪电。

小深解释道："真不能带你！你这忽大忽小的，不方便！"

余意一比画剑,很不满意!

那还有障眼法呢。

就算是小深,微服去人间,也要用障眼法的。人族天生道体,而妖族修成道体后,形似人族,却也不会和人身一模一样,多少会流露出妖异之气,相似却一眼就能被看出来。

小深大概猜到了余意的意思,道:"那你整个都要遮掩住……好吧,都是谢枯荣说的,他说你现在动不动就拔剑,吓到凡人怎么办。"

余意愤怒地看向谢枯荣。

意料之外,情理之中,小深就这么把自己给卖了。谢枯荣苦笑,他也是从寻常弟子做起的,谁还没被墨精打过呢,道:"你别这么看我,要怪应该怪玄梧子。"

玄梧子道:"宗主!"

自有墨精以来,它们向来不出羽陵,如今余意倒是愿意出,却再次化为泡影,殴打完玄梧子后,再次被留在了羽陵,恋恋不舍地看小深离去。

白沧年只见冷酷的殿下坐在了飞行法器的高处(殿下一定要坐最高的地方),连头也不回。他想上前去,被道弥拉住了胳膊,热情地道:"白先生,我给你铺好了坐垫,来啊,咱们坐下!"

"不必了。"白沧年的脸一僵,"道弥,既然已经出了羽陵,就不劳你一直领着我了。我去和殿下聊聊。"

道弥道:"啊?可是出来前,宗主还让我照顾好您的生活起居呢……"

白沧年假装没听到,走到小深身边去了。

小深一看他,就问:"道弥呢?怎不在你身边,偷懒了吗?"

白沧年把方才的理由又说了一遍。

小深笑道:"没事啊,就让他侍奉一下你,你多年不出世,有他照料着比较好。"

白沧年忍不住道："殿下，但臣实在和道弥聊不到一处。"

就是云自然都好多了，道弥真是又聒噪又诡异，相处一段时间，每次他一说话，白沧年就觉得头疼，而且大有一种再听一句歇后语就要吐了的感觉。他也活了多年，竟不知世上还有这么多奇奇怪怪的俏皮话。若是偶尔听两句，说不定他还觉得有趣，似道弥这般一刻不停地讲，太难受了。

白沧年甚至怀疑过谢枯荣是故意的……但他们往日无冤，近日无仇，且据说道弥还伺候过小深，他又觉得不是了。

"道弥也就是吵闹了一些。"小深为道弥说起话来，"仔细看看，还挺可爱。"

白沧年顺着小深的视线往道弥那边看去，恰好道弥一只眼珠子看左边飞过的鸟，右边看向这儿。

白沧年僵硬一笑，岔开话题："我看余意有剑意在身，十分难得，若有机缘，说不定也能修成道体？"

"不大可能吧。"小深说，"我听说，这墨精是长恩遗泽，生来就有智慧、修为，是天地精灵，但也再难有寸进了。"

白沧年道："是吗？我看他倒是比其他墨精要有人性多了，还以为不同呢。"

小深浑不在意，扯了一朵云顶在头上，心不在焉地道："不知道……哎，管那许多做什么，不如想想到了荣国怎么玩儿。"

白沧年失笑，看着小深略带稚气的模样，心道，接受水族参拜时如何威严，不过是从小耳濡目染，其实仍是少年心性啊，容易分心，天真……那深碧色的眼睛清凉透彻，一眼就能望到底。

白沧年轻声道："殿下与商积羽虽有和睦之时，但也常常争吵，长此以往，不怕生出怨怼，好友变仇敌？"

小深不吭声，只是叹了口气，他对那个商积羽也很是无奈。

白沧年又问："殿下这样宽容，是因为他是殿下头一个人族祭品吗？"

小深似乎想起了什么，又叹了口气，更加惆怅了，道："白先生，你就别说这些了。我本来挺开心的。"

"是，臣失言了。的确，好不容易轻松一会儿。"白沧年也是在感慨自己，多难啊，也就这一会儿摆脱了道弥。

"嗯。"小深转脸看白沧年，突然发问，"白先生，你这年纪还未成婚？"

白沧年含蓄一笑，白色的睫毛颤动了一下，面容更显秀美，刚要说话……

小深又道："我看来参拜的水族里就有不错的，可选个相看相看啊，白鼋血脉稀少，只要同是介族就行，都背着壳壳，好相处。道弥说得好嘛，鱼找鱼，虾找虾，王八找个鳖亲家。"

白沧年一阵反胃……

第十章 荣国一日游

　　小深殿下实在太贪玩了。离荣国都城还有数百里之时，他就嚷着要去地上的城镇游玩。大家无法，一算时间也还够，只得答应他。

　　此前，小深也没来过几次人族聚居地，万年前更是长期在水底，连人族都没见过多少。他见着什么都觉得新奇，还买了不少人族的小玩意儿。还是云自然告诉他，得"买"，花钱。

　　小深看人做炊饼，觉得有意思，也买了一张。闻了闻其实已经感觉不太妙了，出于对制作方式的好奇，还是咬了一口，然后立刻"呸"了几下。

　　白沧年轻轻笑出声来。

　　小深转头盯着他，道："炊饼真难吃。你记一下。"

　　白沧年道："啊？"

　　小深把他的外衫都捞起来了，道："快点儿，这句记上！"

　　白沧年忍不住了，道："殿下，这可是龙族史册！"

　　不只是他的衣衫！

小深道:"说明这炊饼是名留龙史的那种难吃!"

白沧年:"……"

白沧年还是有自己的坚持的,不愿意往衣服上划拉,记些歪诗也就罢了,怎么这也要记。

小深狰狞一笑,让商积羽帮自己按住白沧年,然后提笔往他的衣服上写字儿。

白沧年道:"殿下!殿下!"

他是白鼋,怎么能对龙王殿下动手,这岂是为人臣子的本分?何况商积羽也为虎作伥,他打不过。

玄梧子等人只觉毛骨悚然。忽然感觉小深哥对待水族比对他们还要张狂、肆无忌惮,他们以前不该说小深哥蛮横的。

小深可不会像白沧年那样含蓄,提笔在他衣服上写了大大的一行字,不经意间,就让小小的人族炊饼名留万万年了。

卖炊饼的大叔脸一黑,看他们人多,不敢大骂这些外地人。

再往前走几步,小深看到人族印的书,嗤笑一声,又有名言可说了。就这些,怎么比得过羽陵宗的两大文豪呢,不但小深有话说,随手翻看了一下的云史官也清了清嗓子。

于是白沧年再次被按倒题字,而且小深写的都是人族文字。

如此一条街下来,白沧年那原本令羽陵弟子人人称羡的墨迹风流长衫上,错落散布着斗大的"烧饼""难看""我呸"等字眼。原本特意留白的胸口,都被填上了"喜欢在景点刻字的人品德败坏"……

只见白发红眼的少年脚步微微凌乱,神情恍惚,令羽陵弟子万分同情。

人族有句话,叫"事莫大于正位,礼莫盛于改元"。

在人族皇帝的登基仪式上,要祭祀天地、祖先,昭告天下。但下一任荣国皇帝的皇位来得名不正言不顺,所以更加想操办得盛大一些,想方设法让自己的继位看上去顺理成章。除了邀请龙族表演，荣帝还让礼部设计了不少新的环节，重点烘托自己是上天钦点的。

登基大典在即，演礼也演过了，所有步骤都确认无误，唯一不确定的就是龙王。

知道这件事的人一个巴掌都能数过来，荣帝当然不可能大大咧咧地对礼部说，到时有龙王来给我撑场面，你们都给我准备好了。他只能要求尽量把场面弄得盛大，还要万民同乐，确保大家都能看到龙。

而且，荣帝也根本不知道龙王到底几时抵达。是祭祀宗社的时候呢，还是百官拜贺的时候呢？荣帝希望最好在白日，百姓看得清楚一些。

大典前夜，荣帝走来走去，一直搓手，此时的他，也只是一个单纯不安的老板，邀请了史上最大一位角儿，甚至担心对方会不会爽约。

"真人，你说，龙王现在出发了没？"荣帝第一百遍问荣国皇室供奉的修者，就是为他去羽陵传讯的使者。

修者无语道："陛下，我不知道，我怎会掌握龙王的行踪呢？但是我想，龙王既然答应了，应该不会失约吧……"

他也不敢确认，毕竟人家是龙，不把凡间事放在心上，临时有事失约了，难道他们还能上羽陵宗维权吗？就是答应好的珍宝都还没给龙王，约好了等飞完后，他们会来带走。

"哦……"荣帝失魂落魄地点头，又问，"那龙王飞得快不快？他是自己飞过来没错吧？"

修者道："很快。不一定，龙王可能乘云雾也可能御器。"

荣帝问："如果下雨会影响路程吗？"

修者道："陛下！龙族会行云布雨的啊！而且钦天监都看过了，这几日无雨！"

"对噢。"荣帝望着长空，双手捧在心口，"龙王啊龙王，你我都是王者，还望你不要辜负我一片真心。"

这一次邀约，荣帝要把皇室攒的小金库用光了……但是如果龙王真来了，那就值得！

登基大典当日，时辰一到，荣帝派遣官员去往天地宗社，自己也换上了衮服，进行盛大的祭祀。

因为早有令下，今日都城的百姓都不开工，无事做的人们围在道路旁边，围观去祭天的官员。各坊市还会组织发放由陛下赐下来的食物，当然，还有大赦天下的御令。这都是一个道理，普天同庆。

新皇帝原本是二皇子，本该是他哥做皇帝，忽然间就说他哥病了，让皇位给他，自己去守坟。坊间都传闻，大皇子其实已经死了，皇位是二皇子强抢的，所以还一直有耿直的官员在骂皇帝。不过最近好多暗探抓人，民间都不大敢说了，只能腹诽一下。而且说归说，皇帝发吃的，大家还是踊跃领取的。

热闹无比的街道上，出现了一行人，十分引人注目，第一个原因是他们长得太好看了。为首的是名穿着青衫的少年，浓密漆黑的长发，衬得皮肤更是雪白，雾蒙蒙的眼睛，五官秀气漂亮，还特别贵气。他身边跟着的人，有穿白的，有穿黑的，还有穿黑白色的……一行数人俱是风采出众。

而第二个原因，就是少年的随行人中，有个穿着长衫的少年，长得是俊俏，但衣服上涂着很多意义不明的字。只听说有往衣服上绣花、写诗的，没见过写什么"炊饼难吃""乱写乱画道德败坏"之类的……你要错眼一看，还以为就"道德败坏"四个字呢，也不知犯了什么事。

嗨，人家长得好看，他们也不敢质疑。因为住在皇城，所以这里的百姓还蛮大胆的，甚至有人和少年搭讪起来："小郎君是哪家子弟？"

这少年当然是如约前来荣国的小深，他一点儿也不和凡人见外，答道："我不是本地人，我是特意来看登基大典的。"

围观百姓心中了然，可能是外地来的贵族呢，难怪一身贵气！

"哎哟，那你可得快些走了，这里到皇城还有好长一段路呢，你们怎么也不提前来……"还真有人信了，毕竟他们也无从知道，真正去观礼的怎么也不可能今天才到。

"好呀，谢谢。"

小深已经在荣国的街市上兴致勃勃地逛了许久，因为昨夜就抵达了都城，此时也算尽兴，他对其他人道："我找个地方飞出去，晃两圈，拿好财宝咱们就在外头见。"

金钱子觉得有点儿不忍直视，多大一个殿下，还自己去拿报酬……还没法儿说他。

"快，你们去找个好地方等着看本王的英姿吧。"小深看起来已经迫不及待了。

此时，荣帝正在祭祀祖先，一副纯孝的模样，而他的皇位却恰恰是违背了父命才得来的。

这会儿，被他圈禁的大哥、东宫旧臣，都在大骂他呢，表示老天有眼，一定会劈了这家伙云云。就是正在观看荣帝祭祀的官人们，心中也不知道在想什么。

荣帝正虔诚地拜下去，异变突生——

天上竟然出现了一条龙！

起初是一个官人发现的，云里好像有什么长长的东西在穿梭，仔细一看，那物钻出云，一身青鳞，竟是条龙。联想起近日有传闻，东边某国边陲出现了真龙，为当地百姓降伏恶蛟，官人失声喊了出来："龙！有龙！"

这个时候谁也不会去追究官人的失礼，所有人都抬起头看，心中震撼无比，竟真有一条青龙正在盘旋，而且越飞越低。从宫内到宫外，看清楚龙后，人们奔走呼叫，甚至是就地拜伏下来。

此时此刻，竟是荣帝最为镇定，虽然他心里也很激动，龙王果然守约。他走到殿门口，抬头看那龙，淡淡地道："青龙现身，国之吉兆。"

心腹官员醒过神来，立刻跪下声音颤抖地道："今日是陛下正位的日子，竟有青龙来贺！陛下承天受命，我大荣国祚绵长！"

原本炸开锅般的官人们，也都心悦诚服地跪了下来，大呼陛下承天受命，实乃真命天子。

没有任何怀疑，如此吉兆，就算荣帝是夺位的，现在所有人也都觉得，这是上天注定，陛下夺位只是拨乱反正罢了。否则，青龙怎么会在陛下祭祖时恰好出现呢！这就是在昭告天下，不得再违抗天命了！

仿佛为了给这股狂潮再加股力，青龙一摆头，天上竟然下起了细雨。

万民狂喜，天降甘霖啊，大家都跪倒在地，仰头让雨滴落在脸上，口中念着他们的新皇帝和青龙。

一下子，荣帝就从有争议的皇帝俨然变成了臣民最爱戴的皇帝。这不是什么人造的祥瑞，而是活生生的青龙啊！

青龙飞了两圈，降下甘霖后，还一低头，对着皇宫的方向，对着荣帝所在大殿的方向，长吟一声。

虽然大家都不解其意，但还是尊敬地听着。荣帝也一叩首，严肃地道："朕一定不负龙王！"

其实他也不知道龙王说的是什么，但是他给钱了，他可以按自己的理解回答。

青龙似乎很满意，一点头，飞去云中不见了。

其他人就差对荣帝顶礼膜拜了，陛下居然能和青龙对话……这不是真龙天子是什么？！

青龙虽去，但满城欢呼声不停，荣国，是受到青龙庇护的国家了。整个都城都陷入了喜悦、狂热的氛围中。而演出成功的青龙，在云中绕了一圈，已隐去了身形，朝着约定好放置报酬的宫殿飞去，落地便化回了道体。之前做使者的那名修者守在外围，并不敢上前打扰，他只保证没有外人发现此处的一幕。

来自荣帝私库的各类珍宝被放置在殿前的空地上，小山般堆积着，凡人虽然没有修者那样的本事，但成为皇帝后，自然有无数人为其做事，积累下连修者也足够满意的奇珍异宝。

小深蹲下来随意翻检了一下，他不是寻常修者，这些对他来说吸引力也不大，随手挑几样就装进了袖中。

小深站起来，一回身，吓了一跳，白沧年竟负手站在咫尺之处，正默默地看着他。看了一眼白沧年身上的"难吃"等字眼，小深没好气地道："鼋史公怎么一声也不吭，我收拢好财宝了，走吧，其他人在哪儿？我还想去北海转转。"

白沧年笑了笑，淡红的眼睛弯弯的，原本文雅风流的气息瞬间颠覆了，他邪气地一笑，说："主人，哪里走？"

原已侧过身的小深足下顿住了，慢慢看向白沧年，深绿色的眼睛也眯了起来，冷漠地打量他，并没有特别吃惊的样子。

白沧年白色的睫毛闪动了一下，整张面容模糊起来，竟是一变。白发颜色变深，化作一头墨发，深邃的眼眸，鼻梁高挺，嘴唇淡红，身形亦抽得更长一些，肩膀宽阔，由少年变作了青年，俊美的五官，尤其是下半张脸，似曾相识。

他抬手抖了抖身上被小深画得乱七八糟的长衫，似是幽怨似是认真地道："看你弄的这一身……主人和那小八哥把我整得好苦呀！现在，又要把我骗去哪儿？"

小深嫌弃地道："不准叫我主人！"

就是这个家伙，在他醒来时，给他套上了驭灵环，害得他好长一段时间都不便对外说自己是龙，还被误认成王八。

白沧年幽怨地道："可当初是主人先认下我这个祭品的呀，只可惜后来被谢枯荣打搅，这才让商积羽乘虚而入，真是太可惜了。"

小深的脸色很臭，这可是他黑暗的过去，他被这浑蛋骗了！他生气地说："少装了，你早就知道我是龙了吧，到底算不算我的祭品，自己明白。"

从一开始，白沧年——对了，连这名字应该也不是真的——他早就知道他是龙,而且真是冲着驭龙而下手,可谓胆大包天。

白沧年的笑意深了一点儿,还是无耻地继续喊小深主人:"当然算了。主人也深藏不露啊,骗了我这么久……你到底是什么时候发现是我的呢?"

小深不屑地笑了一声。他当年修习幻术时,也有一些龙认为,幻术只是水法的旁枝末节,只能偶尔一玩,境界上去后,难进寸步,它和它的名字一样,是虚幻,是术法。还是把全副心思放在正道上,不要浪费了大好的天赋。

但是小深没理,他偏要钻研幻术,后来不也一样领悟了水法正道,便如天下水脉同源。师法不泥,变化在我。连寻常修习水法的修者都不会钻研幻术,白沧年又怎么会想到小深是以幻术悟道。

也许白沧年觉得自己的变化之术很精巧……但在见到他的第一眼,小深就看出了端倪,史册是真的,但此人绝非真正的白毫!而且,白沧年还有一个最大的缺陷。

商积羽都曾担忧小深的心意变幻,去了仙界便忘了他,就是因为龙族性情实在是如水波一般不定,有太多先例了。小深还修习幻术,谁能说他的心意不会像镜花水月一般。

当年举族飞升,就不乏抛弃情郎、娇娘的龙族,那一任白毫亦是如此。白毫本与一条骊龙相恋,骊龙毫不犹豫放弃了与白毫共修,独赴仙界。所以,白毫绝不可能毫无芥蒂地重来辅佐龙族。这等龙族遗秘,不是当事者很难知道。

原就以幻入道的小深知道这一点,且对白沧年还抱着不信任,自然轻而易举看破幻象,细细琢磨,更是从那熟悉的半张脸认出来这就是浑蛋祭品。

至于如此深恨他、屡次诅咒其死掉的小深,为什么没当场揭穿并殴打他,理由也很简单:保护财产。他憋了那么久,陪白沧年演戏,看白沧年被道弥恶心,就是不想在羽陵动手,以他们的修为,若打起来,羽陵还能完好?

整个羽陵,全都是小深的所有物,不知何处还埋着他的水,一草一木毁了吃亏的都是小深,他怎么舍得在那里大打出手。

小深正琢磨着,怎么两全其美,恰好这时候荣帝的邀约来了,小深顺势答应,假作兴趣浓厚。其实他对什么登基大典一点儿兴趣也无,把白沧年骗出来才是真的。

只是白沧年倒也没傻到底,已察觉出来小深早已怀疑了他。他看见小深的表情,也知道自己一定是哪里出了差错,而且是很浅显的错漏,遗憾地道:"失之毫厘,谬以千里。唉,看来这炼魂还是无法把所有记忆都保留,有所遗漏。"

白沧年毫不避讳自己做过什么,包括自己对真正的白鼋做了什么。

小深虽已料到这一点,"白沧年"应该杀了真正的白鼋,获取了白鼋的部分记忆,夺取了白鼋的壳壳,再仗着这一点冒充白鼋。但对方真说出来的时候,小深还是很不开心。白鼋和龙族虽有了嫌隙,可到底是龙族世代史官。

小深的脸颊上隐隐浮现出两抹细细的青鳞,看上去多了几分凶戾之气,道:"既然如此,你也只能去陪白鼋了。"

白沧年笑吟吟地看着小深,脸上仍是一派轻松,道:"有点儿难吧,主人,此处无水,你安排在北海的蛟族,怕是一时也赶不来吧。"

小深也不惊奇,既然白沧年都发现他在骗人了,那猜到他叫蛟族埋伏也不奇怪,道:"所以蛟珠果然都是你偷的?东极之海倒灌,也并非天灾?"

他本就在疑惑东极之事,白沧年早知他是龙族,让他更怀疑二者的联系,此"逆"即彼"逆"。而水族禀报蛟珠失窃,他立刻想到了杨溯,也觉得微妙,恐怕这并非偶然,心下隐有怀疑。蛟族算是最接近龙族血脉的了,白沧年也试图束缚他,禁锢不住龙族,又夺蛟珠,想做什么?白鼋的龙族血脉更浓,用白鼋炼条"龙"?没化成所以继续打他的主意?

不过小深心底有多少猜测，在白沧年面前却假作不在意。转头他就悄悄吩咐，传信蛟族别来羽陵了，直接去北海会合。

就算和白沧年无关，龙王带水族一起群殴仇人又怎么了？

只不过如此看来，白沧年果真连东极之海也能倒行逆施，说不定还能以蛟珠逆向感应，实力比小深想的更深厚，难怪敢如此肆无忌惮地算计龙族了。

这样一想，当初在王家潭还真是险了，若非谢枯荣因方寸遗命赶到，白沧年又似有顾忌，他现在可能就是听命于白沧年的龙了！

白沧年爽快地认了："嗯。"

小深真情实感地问："你有病吧？"

逆转东极，是很厉害，但也很有病。八极影响的是天地万物，白沧年也在此间，这算什么，自己害自己，自己找死让人陪葬？他不知道白沧年所求为何，只能真诚地问一句是不是有病了。

白沧年认真地摇了摇头，神情反而有些诡秘，道："恰恰相反。"

小深眼中的碧色更浓，本来他也不想管那许多，再见第一眼，他就在忍着动手的冲动了，道："那就不管了，杀了算完。"

"何必呢？"白沧年惋惜地道，"殿下还有一个选择呀，我也是殿下的祭品，殿下若厚待我，我也会追随殿下的。"

小深嫌弃地道："你才不是，别乱攀关系。"

白沧年看小深的眼神更为深沉，不管小深是天真还是有些心计，在他心里，小深本就该他所有，他一点儿也不像其他人一般，畏惧真龙之力，还挑衅地探身，低声笑道："嗯……那现在主人该害怕了，你只独身一龙。"

"不是独身。"

一道清冷的声音传来，却是商积羽仗剑站在宫殿屋脊之上。

白沧年仰头看商积羽，嘴角笑意变冷，商积羽也望过来，眉眼含着霜雪，岂止是暗潮汹涌。

白沧年清楚这是小深现在的祭品，唯一的人族。商积羽也知道，这就是他一直想找出来杀掉的"骗子"了。二人以这种身份再见，难免有些微妙。

小深见商积羽来了，也是一喜，他就说商积羽怎么还没察觉，退了两步，拉开与白沧年的距离，道："不是主人！他脸皮好厚！"

其他无须解释，第一面发觉白沧年不对劲后，一转头，他就告诉了商积羽，关于剐掉白沧年的一百种方式，小深早就不知道和两个商积羽争论过多少遍了。

现在倒是麻烦了点儿，虽然不在羽陵，但在荣国都城。此处是人间界难得的大城，周遭有凡人近百万。

白沧年掸掸衣摆，上头被小深强抹上的"道德败坏"等词儿便消失无踪了，又恢复了一派风流，只是语气中的嘲讽意味甚浓："羽陵江河日下，山河剑剑意尚未圆融，还不如昔年龙吟剑吧。"

第一次见面，他就曾隐隐用余照暗讽过商积羽了，现在更是肆无忌惮。就连小深都觉得这人是故意的，每次都拿余照来比，怕是知道商积羽不喜欢余照。

商积羽一副不欲多说废话的样子，但在冷淡中又透出了几分骄意，睥睨道："恬不知耻，妄图鸠占鹊巢，赴我剑下受死。"

那守在殿外的修者等了半响，想着龙王应当离开了吧，于是转身跳过宫墙，想确认后去复命。却见里头站着三人，一个头上有龙角，定是龙王。另外两个，一个仗剑站在屋顶，一个在龙王身旁，遥遥对望。

初看半分气息也无，平淡如一草一木，难怪他未察觉有人前来。下一刻，屋顶上之人手中剑出鞘，剑气冲霄，如同澎湃的巨浪，带着要冲荡日月星辰的凶悍！

皇城内外看到某处升起清光，百姓们双膝一软，生出恐惧之感，但片刻后，欢呼声反而变大了，以为这是又一祥兆。天子之威，怎能令人不心生畏惧呢？

这修者却吓得两腿如筛糠一般,以他的境界,乍然见到山河剑出鞘,在道心上印下深深的痕迹,即便这剑不是冲着他而来。而且很快,修者就想到了,他们要在这里动手?!他心中焦急,口里却说不出话来,眼睁睁地看着。

下一刻,院内那穿着墨字长衫的男子冷笑一下,他无惧剑气,周身蔓起了火焰,仿佛为他披上了一件鲜红的衣袍,而周遭的光亮,都像被这火焰吸走了,变得昏暗失色。

修者的修为浅薄,见识短浅,只觉恐惧,并不知道这是什么。

小深看到了,脸色却难得地微微一变,表情也凝重几许,道:"你得了凤凰真传?"

如今世上也只有小深能一眼认出此法来历了,如果不是他确定白沧年是人族,现在白沧年也是人身,他恐怕都要以为眼前是一只凤凰了!

"相传上古龙族与凤族,一在天,一在水,暗合天地阴阳至理,无人能挡。"白沧年道,"殿下,我确实得到了老凤真传。你是青龙,我们不是更势均力敌一些吗?"

小深转念一想也明白了,道:"你倒是运气好!"

外人不知道,但龙族和作为龙族心腹史官的白毫却知道隐匿千万年的凤族在何处,此界应当只剩下一只老凤了。算一算,也该飞升了,凤族又挺傲,鸟过留名——其实很多上古修者都爱这样,不然如今也不会出现各种奇遇了。

老凤十有八九留下传承,被炼化了白毫的"白沧年"循着记忆里的线索找到了。白沧年得凤凰真传,再怎么也算半只凤凰了,若再有真龙相助,哪有能匹敌者?

白沧年不置可否,是他运气好,还是老凤运气好?他本来所想,是直接夺凤凰命格,可惜晚到一步……

商积羽听小深说这是凤凰真传,眉头也皱了一下,凤族比龙族消失的时间还久,谁还知道凤族怎么打架。再听白沧年蛊惑小深什么势均力敌,很不痛快,他脸一沉,冷冷地道:"再得传承也并非真凤,不过野鸡罢了。"

白沧年的笑意猛然一敛。他和商积羽对视一眼,两人几乎是同时动身。

刹那间,陡然冲天的刺眼光芒照亮了整座都城,让每个人睁不开眼,火红的焰芒与淡青色的剑芒交错,浩浩荡荡照耀万里。迸溅的真火滴下来,将这座宫殿都烧得破破烂烂,偶有几滴溅在小深身上,发出吱吱的声音。

在光亮中,小深抬头看,见到两人已在半空中,但离都城还是太近了。

自从亲眼见到羽陵弟子护城,小深现在竟也不由自主地想,这样岂不是会损毁荣国都城?他随手把那修者身上怎么也扑不灭的火捻熄了,对他道:"你来守城,我把他们赶远一些!"

修者道:"我不行吧!我还没过玄关境!"

他身上的道袍都被刚才那凤凰之火烧得全是洞眼了,无力地号叫着:"殿下,你别走!"但龙王还是一旋身,化为龙身腾飞而去了,留他瑟瑟发抖。希望龙王真把那两位大能都赶远,否则波及至此,他能守个啥啊!

小深长吟一声,他可没那么讲究,什么一个对一个,这会儿是其他水族不在,不然他就群殴了。接着他看准方向,冲着白沧年就撞了过去。

这一招非常有小深的个性,仗着皮厚力气大,先碾过去。

商积羽倏然闪避开,看到小深结结实实地撞在白沧年身上,冲荡开百里云烟,带着他往远处冲了数十里之远也未停。

在小深碰到白沧年的瞬间,白沧年身上的火焰也越发猛烈,如有实质,在风中狂舞,以凤凰真传角力青龙之威!那煌煌火焰烧得一切黯然失色,伸延开的模样,看去竟是清清楚楚的凤凰之形。凤首一昂,止住汹涌的去势,竟发出一声清唳。

无论真假，不管小深骂的是什么，此一刻，龙吟凤鸣再现天地，似是要将混沌破开。

　　这一天对荣国子民来说，是复杂的一天。

　　祥瑞之光晃得大家睁不开眼，只听到龙吟之声，还有什么鸟儿一般的鸣叫，声震天地。待光芒散去，他们好不容易能够视物，只见遥远的天际，两物盘旋相绕远去，一物长而有鳞，是方才现身过的青龙。另一物巨大有翼，身披光焰。

　　"是凤凰？！"

　　"青龙与火凤，天哪！！！"

　　都城里，百姓又跪倒一片。殿外官员们震惊之余也算娴熟了，大声称颂陛下有德。

　　万人欢庆中，荣帝却是脸一白。怎么回事哦，之前谈好加降甘霖多三成报酬，也没说还会请凤凰来，青龙就够了，龙凤呈祥真的没必要，没必要啊！

　　主要是朕真的负担不起了！

第十一章 天付我，命付汝

在凤凰真火的烧灼之下，小深的龙鳞越发晶亮，一滚就离开了火焰的范围，以他龙鳞之坚硬，都如此难受，可见这火多么凶猛。

"没想到，殿下如此爱重人族，是不是在羽陵宗待得太久了？"白沧年的身形模糊在火焰中，"先是斩蛟避水，现又将我推得这样远，生怕伤了他们？"他看上去极不喜欢小深这样的举动。

"人族？你假凤凰做久了，连自己是什么也不知道了吗？你不也是人族？"小深冷冷地道。

白沧年不置可否，火焰中，红色的眼睛盯着小深，道："殿下，我真是想要一条活龙的，虽然你那嘴巴被八哥带得坏了些，但是……活的，总比死了好，对吗？"

可惜，小深偏偏要和羽陵宗纠缠在一起。

火焰的颜色变得越发深了，张牙舞爪的，让周围的一切都要扭曲了起来。明明如此张扬轰烈，却不照亮天地，反而吸走了一切光彩，如此反差，叫人不寒而栗。

也正是此时，天边无数道流光投来，像白日里的流星雨，而后这淡色的道道流光中，绽放出了色彩各异的虹霓般的光彩，漫天璀璨，就像是一场极致绚烂的焰火在凤凰身周绽放！

待光华落尽，人影显出，原来是羽陵宗弟子悉数到场！

以谢枯荣为首，浩浩荡荡，那名满天下的万千道法，连着商积羽的剑意，尽落凤凰之身！

羽陵弟子爱研习道法的优点在这一刻展露无遗，白沧年那嚣张霸道的火焰活生生被打压成一小团，接着又猛然张开，红霞般的烈焰更加张狂地喷溅。众人齐齐闪避凤凰真火，重新结阵以对。

谢枯荣面色凝重，示意按兵不动，先对小深道："见过债主，我率众弟子前来助阵了。没想到，世间还有凤凰！"

连蛟族，小深都安排埋伏上了，何况是这些背着债的家伙。这次可是几乎举宗前来替全宗地位最高的债主群殴了。为防止被发现，他们远远地跟在后头，这会儿奋力赶上来了。到了眼前，才发现白沧年竟有凤凰之形，不觉惊讶，心下感慨，跟了龙就是不一样，连凤凰也能打了。

在人族看来，这阵仗更大了，多了一群神仙！一直到这会儿，才有聪明人从狂热的氛围中醒来，觉得不大对。神仙看起来像是在打架，这神仙打架，凡人遭殃啊。

小深看了羽陵弟子一眼，也冲白沧年抬了抬下巴，说："什么凤凰，假的，不过空有其形。还有，我们猜得基本都对了。"

谢枯荣道："如此说来，真正的鼋史公……"

小深肯定地点点头，道："已遇难了。"

此言一出，引起了全体弟子的愤慨，连白鼋都杀？

白沧年漠然地看着他们，道："料想到你们也该来了。"

谢枯荣沉声道："你就是当初在王……喀，兰聿泽遗址的人，你到底意欲何为！以'逆'为术法精要，莫非你是烟粉道人罗伽的传人？"

白沧年但笑不语。

商积羽忽然道："你不如问问他，是何时杀的白鼋。"

众人都是不解，道："为什么？"

商积羽看了白沧年一眼，缓缓道："也许，早在千年前，白鼋便已遇难了呢。"

谢枯荣的脸色一僵，像是想到了什么，骇然道："小师叔这是什么意思！"

这般时刻，众人皆未在意，但小深觉得商积羽的神态有些古怪，就像两个人格在不断交错出现，但他料想可能是因为面对敌人，激动之下受到影响。

小深按下疑惑，自语一般分析道："白鼋坚硬无匹，现今变得这样薄，不一定是他杀白鼋时导致的……要杀白鼋也有其他方法，他这么狡诈，应该想得出来吧。"小深抬起头来，"我看他也许不是罗频的传承者，兴许，就是罗频本人呢？千年前，余照想与你同归于尽，但你早炼化了白鼋自保？"

像白沧年这样的修为，即便只是散修，也不至于在修界一点儿痕迹也不留下吧，除非他此前就一直隐居，或者刻意隐藏自己。

白沧年——或许该叫他罗频，微微欠身，道："殿下真是深藏不露，深谙藏拙之道。"

小深怒道："当我听不出来吗，骂我是不是？"

罗频微微一笑，道："只是殿下平日确实天真无邪，原来还有这般抽丝剥茧的细致。"

谢枯荣吸了口凉气，有点儿蒙，道："你……你是罗频？！"

诸弟子也都面露惊慌，低声交谈起来。此前，罗频对他们来说，和龙一样，都是故事里的人物了。在听闻余照的事迹之前，总要铺垫一段罗频在修界掀起的腥风血雨。这个修者不是出自魔宗邪道，而是散修之徒，但他以杀证道，所做之事，比什么邪道都要狠。原本仙途坦荡的余照为了绝后患，不惜牺牲自己，与他同归于尽，魂飞魄散，可他竟然没死?！这叫众人不止心惊，更是一痛。

罗频的头歪了一下，火焰蔓延在他脸上，就像红色的纹路，更显邪气，道："何处不相逢，我与你们羽陵宗还真是有缘。不过，也好……"

过了一千年，羽陵宗门人的性子看上去也没变，还是这么讨厌。

谢枯荣的面色凝重了起来，问："你待如何？"

本以为是来为小深殿下助阵，但这是罗频，那又有点儿不一样了，算是新仇旧恨一起算了。

罗频悠然地道："当年余照舍命，我即便炼化了白毫，也神魂大伤，休养了这么多年。不过，此一番波折，倒也叫我领悟了，杀机之道并非那么简单的，我当年败得不冤。"

他感觉十分惬意，有什么比找到了自己的道更愉快的事情，含笑道："天发杀机，秋风萧瑟；人发杀机，天地翻覆。"

当年他只领悟了寻常杀机，纵然流血千里，也未成大道。真正的杀机，是凌驾于万物之上，可令一切翻覆，这才是师父所传"逆"术的终极。

谢枯荣喃喃道："你疯了……你这个疯子……"

天地翻覆，难怪他要动东极……或者说八极，难怪他要集龙凤之力。八极牵涉天地，纵然他道法再强，也必会先因反噬而死。他肉身不够强横，但龙凤足够，或者说唯有龙凤可以撑过最初的反噬。

只要天地折缺，八极倾覆，那么罗频之道亦成，立时成神——但代价是，人间界因此消亡，只为成全他一人之道，这就是罗频的杀机之道！天地翻覆，也正是"逆"之一字的终点！

谢枯荣甚至可以想象，也许罗频发现抓不到小深后，便以东极试探了一次，却发现不足以逆转八极。而后，他才会采蛟珠、接近小深。

连谢枯荣也如此震惊，何况寻常弟子，人人满面骇然，不知世间还有如此之道，这果然……果然是疯了！

罗频恨极了羽陵宗人这般样子，仿佛以天人安危为己任，连一条好好的龙，也被他们带成这样了。

在兰聿泽旧地时也是如此,他本要成功了,原以为无人能知道,不想小深忽然醒来,谢枯荣还半路杀出来。他那时尚在融会凤凰真传的紧要关头,一念之差,龙就被抢走了。

好在,还有机会。

罗频一弹指,一簇小凤凰形状的火焰便飞卷出去,直奔着数十里之外的荣国都城,在城墙之前,便展开双翼,成了一道熊熊燃烧的火海!

城内百姓发出恐惧的尖叫和哭泣声,如今他们总算明白了,什么龙凤呈祥,这不是吉兆,而是催命的预兆!

这一刻,谢枯荣在动,羽陵弟子都在动,但是谁也不如那一道剑光快——就像千仞之峰,将烈焰悉数挡下。焰火肆意燃烧,试图贪婪地吞噬面前的一切,剑光却不退不避,火焰高一丈,它也高一丈!席卷此处的火鸟,被孤拔如山的剑光斩落城头。

火舌吞吐间,露出一抹黑影。水墨形,水墨剑,白发黑肤银眸。余意长身而立,面色沉静,持剑退一城火焰!

这剑意,比他以往任何一次显露出来的都要强大。他的行为,也不似墨精所为,甚至叫羽陵众人都隐隐疑惑……

小深讶然地道:"余意怎么来了?"

而且,他好像隐约有点儿不一样。

谢枯荣也无措地道:"我没有带他来啊。"

他往后一看,玄梧子弱弱地道:"他非要来……我就偷偷带上了,我也不知道他什么时候飞出去的。"

刚才那个场面,实在太紧张了,他哪里顾得上那许多。但此时也无人和玄梧子计较了。

罗频的瞳孔一缩,寒冰一般吐出两个字:"余照?"

这两个字一落地,如有千钧,砸在羽陵弟子心头上。

小深这才恍然,那似曾相识,像余意又不似余意的气息,是余照?

羽陵弟子几近癫狂,罗频没死,本该神死道消的余照祖师竟也没死?! 又附于余意身上,这么多年,难道他一直都在羽陵?

谢枯荣也激动了起来,推演出了当年的真相,几乎不喘气地连声道:"这厮留了后手,余照祖师恐怕也有察觉,虽然来不及,但同样留有残魂。诸位,当年大家都'知道'余照祖师神魂不存,却因敬慕之心,仍处处招魂。余照祖师的残魂,定是随之而来,然后附在了余意身上!"

毕竟余意是从余照祖师的书文所化,还包含剑意,最让他亲近。所以余意才能越发与众不同。

那余照祖师残魂岂不是千年孤寂?羽陵弟子想到此处,含泪遥遥喊:"余照祖师——"

但那持剑而立的身影毫无回音,只垂首站在城上。

商积羽淡漠的声音中带上了悲意,眼神仍在不停变化,道:"祖师只余一丝残魂而已,无知无识,现在的他会出现,只是因为深植神魂中的信念。还记得'白毫'初来羽陵时,余意就对他动手了吗?看来当时发觉不对的,不止小深。"

什么信念?正是罗频嗤笑的以天人安危为己任。否则如何解释连意识也不存有的残魂,为何能再次执剑出现?

余照会再出现,只是感应到了有很多人需要自己保护而已,就像余意初见罗频假扮的白沧年时便陡然动手,也不过是潜意识中觉察到了危险。

看着所寄之身大变,却又好像千年也没有什么不同的余照和那熟悉的剑光,罗频眼底红如血色,挥出一只更大的火凤。

余照果然再次拔剑出鞘,直将火花飞溅的火凤击散,漫天火星璀璨如星河,身后百万人毫发无伤!

其实只余残魂的他,用的水墨剑,早已不如鼎盛时期的龙吟长剑,能护尽天下人,但尽力而为,一城也能坚守。

但做完后,余照仍面色淡漠,除此外毫无动作,不能也不会言语。无论是故人、旧敌还是身后被他所救的人,都无法唤起他的任何回应。

第十一章 天命付我，我命付汝

此刻的"他"，也唯有执念罢了。

罗频原本游刃自如的态度，却似被无知无识、远不如当年的余照激得不复存在了，他的脸上不再有戏耍的神情，光焰又被吸回了他的体中，在外袍镀上一层红色，鲜艳无比。

"非逆不足以，夺造化。"罗频每说出一个字，便见火光肆意流淌，铺天盖地，草木衰枯，皆成焦土，飞鸟纷纷掉落，地面绽开了深深的裂缝，像要把天光也吞没殆尽……

谢枯荣刚要命所有弟子随余照祖师一同护城，却觉得身形一阵摇晃，随即，他惊呼道："不妙，逆动极地了。"

虽然罗频未能缚住小深，但他已有凤凰之力，后又采了许多蛟珠，合白鼋身，怎么说也当得半龙了，八极全倾尚不行，动摇其中几极也够了。若不让罗频立刻停止，就算救下这一城之人也没用了，八方之极影响的是天地之势。就如当初，只是逆转东极，便已造成海水倒灌！

"你们先去各处护持！"谢枯荣当机立断，派出了宗内弟子，而后不禁看向了小深，他可以效仿余照祖师，但在他心中，能与凤凰匹敌的也只有青龙了。

小深的确想殴打罗频，但身体一阵不适，化回龙身，只觉龙鳞干燥无比，甚至掉了几片细鳞，发出一声难受的长吟。

罗频叹气道："我虽不是真凤……殿下亦是无水之龙啊。"

水火不容，此涨彼消，何况罗频修的是杀机之道，此处已焦土千里，越发助长他的气焰。这也是为什么当时小深想去北海，水汽丰沛的地方，能够助长他的修为。

但小深性子何其倔，闻言默默回首，撕咬下一片干燥发痒扰乱他心神的龙鳞！几滴龙血溅洒，滴落在大地，方寸之地立刻生机勃勃，长出了灵草。

青龙的战意反而更浓，扑向了罗频。

谢枯荣握紧法器，正待上前，却见小师叔一点儿动作也没有，仔细看去,不得了,这般时刻,小师叔竟愣在当场了。

当然,小师叔不可能挑这种时候发呆。

"小师叔,怎么了?"谢枯荣小心地问了一句,商积羽已是羽陵宗刨去债主外战力最高的了。

商积羽不答,倏然扑向地面!

青龙与火凤纠缠在一处,小深万法不用,直接上嘴撕咬。

罗频只觉可笑,从他见到小深,小深就一直这般粗暴,他催动术法,四周空气都像是扭曲了,小深的龙鳞的缝隙中也沁出了血滴。但平素娇气的小深,一声不吭,也不顾罗频外袍上的火焰,旋身缠住了他!吱吱声响起,与外袍接触的龙鳞失去了光泽。

罗频吃痛,眼中红光闪动,狠狠地一把抓住了小深的龙角,道:"我若是野鸡,殿下离了水,也不过是泥鳅。"

地上的裂缝好像也应声更阔大了,火光暴躁地肆虐,天上的太阳都被压抑了光辉,汹涌的灵气带着摧毁万物的气势,誓要让大地变焦土。

但转瞬间,一切枯焦都停止了,枯黄了一半的草木停止衰竭,裂缝不再扩大——商积羽单膝跪地,长剑抵在大地,青光向四周蔓延,止住了逆势。

谢枯荣面色一喜,不禁长笑。龙凤暗合天地至理,但山、水亦为乾坤之神器,一阴一阳,一流一峙,冥冥之中,无人可独雄一界!千年前有余照祖师,那今日就可以有小师叔,能以山河剑,应对罗频逆道。

虽说小师叔剑意尚未圆融,但罗频的龙凤之力也残缺。

你要逆天,但天意如此!

罗频和小深仍在角力,却还抽出了空,"嘀嘀"带着喘地低笑,道:"羽陵宗,羽陵宗……真是千年不变,怎么,今日你也要为天地、为万物,以命相抵?"

他语带嘲讽,大家都看向了遥远处,默然垂首守于城头的余照。

而数十里外,地面上的商积羽亦看了余照一眼,低低笑了一声。他抬首，望到了小深眼里。

小深也难以瞬间解读透这眼神的内容，带着微妙的熟悉，只听商积羽淡淡地道："我不是余照。"

从他身上散发的青光蔓得越来越广阔了，已看不到边际，但唯独在经过都城时绕开，然后这青色越来越浓，反射着天光，摇动洸漾——终成大泽一片。流火万里、焦土枯木之上，覆盖上了杳渺的大泽，波涛滚滚，水汽覆盖了每一处。

青龙感应到了熟悉的气息，低首再见到自己统御万古的兰聿泽，只觉无比舒适，得水之龙，还有何惧，身形竟也暴涨数圈，鳞片瞬间恢复了光泽，龙角更为光华内敛！

小深难以置信地看着商积羽。原来是他，寻找了许久的水域，竟然就是他。所以，在初见之时，商积羽的所有心思，都寄托在了小深身上，小深也难以自制地想靠近他。

他们曾相伴千万年的时日，从无言语，却密不可分。大泽泱泱，碧波拥抱着青龙，每一次翻涌，都在青龙的感应之中。他的潮汐和他的呼吸同步。

商积羽看着他道："天命付我，我命付汝。"

五百余年前，人称容易元君的陈妙想，得到兰聿泽后，又有了一个奇思妙想，这一次，很不容易，远超过她从前的任何炼器之作，也远超过任何人的思想。

她发现大泽之水，竟生出了精魄，于是找来无魂之躯，将二者合"炼"成人，兰聿泽尽归其体内，收为弟子，起名"商积羽"，抚养长大。所有人，包括商积羽自己，都以为他是真正的人族，无人看得出他的真实身份。

世人都以为，陈妙想最得意的作品，应该是山河剑，其实，应该是商积羽。唯有陈妙想知道，这是她的悟道之作。在商积羽产生意识的一刻，她触摸到了上古大神造物时的大道边缘，阴阳造化，莫过如此。

商积羽在知道小深是龙后，便开始怀疑自己的身份。虽然很不可思议，但他也慢慢猜测到了：为何体内汹涌的灵力只有小深能平复，自己很可能就是"失落"的兰聿泽。这与记忆中师尊提及他身世时奇怪的态度也相符，不过从前他想不到此处罢了。

只是，商积羽那逐渐分裂的意识未能融合，兰聿泽怎能再现？两个商积羽互不相让，争执不休。因为谁也不知道，融合后，会是怎样的情况，是由他们其中之一为主，还是都不复存在？直到这一刻，直到小深需要。二者都再不相争，情愿合为一体，化出大泽。

小深听到商积羽的话，千绪万念，又好像只有一个念头。

在与商积羽对视时，小深不知道陈妙想如何作为，只是知道了商积羽就是他的兰聿泽，看到了他眼中融为一体的意识，看到了他对自己笃定的信任。

小深没有回应，但他知道，商积羽应该明白自己在想什么了。小深与商积羽，或者说兰聿泽的意识隐隐交互，骄矜地抬了抬龙首，商积羽便控水，让大泽淌过焦土。所到之处，生机再现，水汽弥漫。

龙借水势，水仗龙力，这是水法本源，是万物根本，一切，自水中诞生。

谁说小深是无水之龙，一水浸天，浩浩汤汤，将流火万里化作对龙族最有利的战场！杀机被商积羽遏止，拔去的鳞片也迅速生长了出来。

商积羽坐镇大地，小深再无顾忌，紧缠罗频。

罗频没料想，冥冥如有天意，像是万年前这一刻就已注定，商积羽竟会是兰聿泽的化身，将整个大泽搬到了此处，山河剑更能与其道相抗。

而小深对水的用法，也让罗频觉得像在嘲笑自己一般，小深是真龙，而他是假凤。他的火无法焚尽一切，小深的水却能唤起生机，甚至连自己的意识都有了……

当年也曾有追随者鼓吹，罗频有一龙之力，但真正被青龙绞紧时，罗频才知道龙力到底如何。若非他有白鼋壳护身，怕是早就被绞杀了。

第十一章 天命付我，我命付汝

这就是龙，即便不用术法，凭肉身也能碾压无数修者。

罗频的脸色阴沉，身上暴起火羽千百，如刀剑般锋利，绽放着精纯的火焰，骄狂地灼烧眼前的一切。饶是青龙，也吃痛地立刻松开了身躯。罗频翻身飞出几十里，悬停在空中，但几十里外又如何，身下仍然是水！

万顷之水以可撼动九州、掀翻天空的气势，拔地而起，骄悍地扑向天空中的火凤，千丈之浪，如同群山起伏。其间更隐隐可见青龙穿梭，却捕捉不到实影。

罗频脸上的焰纹更鲜亮，他咬牙放出火海，这巨浪有多凶悍，他便烧得有多烈。是龙又如何，他生来要逆此方世界，老凤幼龙，亦是他手底的棋子。那焰纹生生撕裂开了皮肤，成了血色绘就的纹路，浇入火中，成就一场要覆灭天地的烈焰，所到之处，皆是杀伐。

波涛与火海上下相持，不远处都城内的人族看得无法思考，这是他们一世也难以想象的场景——烈火在上，碧涛在下，于空中激斗。龙与凤各据一方，日月无光，大地尚有裂痕，即便没有修者告诉他们，也已有人想到了毁灭。

这是与生俱来的本能，畏惧毁灭一切的无情水火。此时此刻，只有单薄的水墨人影，守在他们面前罢了。虽然青龙、火凤都非刻意，但水火相逼，的确已让剑光渐渐暗淡。涕泣之声四起。

猛然，众人眼前一闪，多了一道光亮与剑光相融！

正是谢枯荣，他手持法器，站在城头另一侧，对余照拱手一拜。再然后，又是一道光亮，两道光亮，渐渐融汇进来。

一道道平日凡人难得一见的神仙身影，来到了此处，并非尽皆白衣，他们都是被羽陵弟子知会的各路门派修者。极地动，天下乱，他们随羽陵弟子各赴一方，亦有悍不畏死者，愿来龙凤相争之处。

火光燎动，海水晃动，余照不退，他们也不退。各色法器加诸此城，拒肃杀于城外。

不知是哪个，朗笑一声，道："哈哈，今日能与余照前辈并肩，便是陨落也无憾了！"

这才是真正的道自天然，术效羽陵。

凡人也从一开始的混乱、吵闹，渐渐地竟恢复了平静。在这不知是天灾还是人祸的危难前，他们能逃到哪里去，眼前还有这样多神仙，护在城上，死伤在前，更有青龙抵御火潮。不知从何时起，凡人们都纷纷席地而坐，看着城外空中激斗的龙凤，默默祝祷。

不知不觉，已到了日落月升之时，但此时看上去，更像是日月都要坠落。

小深在水中游动，带着惊波怒涛席卷向罗频。

一滴鲜血从纹路中沁出，滑过面颊，罗频闭上眼，以焰火为触手，准确无误地从水中擒住了青龙！

大泽之水仍裹着青龙，但罗频手中生出的血色火焰，将龙身周遭的水逼干，烤得连龙鳞也快变色，凤目迅速在龙身上搜寻。青龙在挣扎，巨力难以匹敌，很快他就要摁不住了，但没事，他已经找到了，罗频陡然睁开眼，是那里，龙的逆鳞——

火焰凝结成长长的狼牙一般的尖刺，罗频握着辉煌焰火，将它一寸寸送入了龙身！

鳞片和皮肉被破开，鲜血涌溅，染红了一片水，与火焰合在一处，颜色是如此相近。青龙的挣扎也渐渐无力，罗频的眼睛缓缓眨动，睫毛像蝶翼一般轻颤。他抱着青龙，那写满墨字的长衫在风中摆动，罗频看了一眼，若有所思地自语道："此等要事，方可载史。为天下计，青龙深，崩逝。"

天地一片静谧，那些目睹的修者、凡人，似乎也无法接受他的屠龙之举，哑口无言。

至此，大局已定，只需再杀了守住杀机却也算被杀机所困的商积羽，再无忧患。罗频的声音提高了，微笑且郑重地对他们宣布："龙王殿下千古！"

第十一章 天命付我，我命付汝

从都城之处向上看，近百万凡人和上百名修者瞠目结舌！他们看到罗频抱着一条青龙，鲜血染红了碧波。但是，就在罗频身后不远处，一名生着龙角的少年不知何时出现，手里提着一柄银亮软剑，正蹑手蹑脚地接近着罗频！而罗频却一无所知！

在场的羽陵弟子都觉得这一幕无比熟悉，不由自主地看向了队列中的一个人。

洞微："……"

稍加回想，这不恰似当初小深刚来羽陵时，灵力低微，却以相同的方式，越境阴了洞微一把！竟然是……幻术！

所有人一个字也说不出来，凡人没见过这般幻术，修者多也没见过如此精妙的幻术。他们甚至觉得很疯狂，为什么拥有凤凰真传的罗频就像在故意让着小深一样，小深就在身后，他也分毫没有察觉。

而无论是凡人，还是羽陵弟子以外的修者，连想都没想过，能看到龙族鬼鬼祟祟地下黑手！

百万之众，全都知道，全都看得到，只有罗频一人不知道而已。上次大家是说不得，这次，却是不想说。他们就这样睁大了眼睛，一言不发，呆呆地看着小深一步一步，不快不慢，毫无声息，甚至带着狡猾的笑容，走到了"屠龙"之后兀自神伤的罗频身后——举起剑，刺下去！

猝然一剑，直插入罗频的后背。

"嗯！"罗频低头看着从身前冒出来的剑尖，眼瞳紧缩，再看到青龙的"尸体"已化为一蓬水雾，"……不可能！"

幻术，怎么可能拟出生死，虚假怎么会有那样的巨力，瞒过凤凰？他无法置信方才下手时的感觉，分明无比真实，却回忆不起从什么时候开始，自己面对的已是幻影。

小深在他背后道："幻化空身，即法身。你知道本王是以幻术入道吗？"

这就是幻术的极致，不一定是虚无，而是相通的，他要真便真，要假也有三分真。死去生来，万千术法，真假难辨。

"嘀……"罗频抹去嘴角的血沫，看似最蛮横的青龙，却有着最狡猾的术法，不愧是他，罗频冷笑，"那也……"

话还未说完，水中疾射出另一剑！

商积羽不知何时站于波涛之上，送出长剑的手掌还微张。两柄山河剑在罗频体内相聚，一阴一阳，剑意相融，消解着火焰，乃至魂魄。

商积羽看着罗频微张却说不出话的口唇，说道："你是不是想问，山河剑何时大圆满的？"

若非大圆满，商积羽怎敢放开杀机，又怎能置罗频于死地？

真山河对伪龙凤。

小深嘴角一翘，道："当然是在我和他'重逢'的一刻，就已开始了。"

这是相辅相成的，小深因为兰聿泽的出现而实力大增，商积羽又何尝不是因为找回了自己的主人，剑意圆满。

当年兰聿泽之所以能生出精魄，就是因为小深奉命守开明山，身有联系，他虽无意，却也渐渐沾染了山髓气息。通过他，与同样暗合天地至理的山河之气相遇，才在万物之源的水中，催生出了一点儿精魄，并被陈妙想放入人身。

但陈妙想到底不是真神，那精魄又未稳定，到了人身之中，才会渐渐分出两种性格，如阴阳，如盈亏，如潮汐。陈妙想索性再炼了山河剑给商积羽用，设想如有一天，道法大成，剑意圆融，便是其神魂重新相融之时。

今日商积羽的神魂因小深而相融，更因他是大泽之主、山髓护者，而他则是剑意的关键！顷刻间，山河剑已大圆满，甚至再上一层。一阴一阳，和合一体，成就此剑。

商积羽拂袖，兰聿泽被收拢得只有周身一片，广袤的大地露出，但那生机并未消失。群山万壑，不也如波涛起伏之势？就如水涌千丈，也形似孤峰。这便是山河圆融。

罗频可以感觉到自己的生命在流逝，神魂在崩析。休说天地间已无第二只白鼋，就是有，也挡不住这山河一剑。只差一点儿，他就能证杀机之道，逆反天地。可是到头来，还是宿命相定般地失败，难道，这天地真就不能倾覆？

即使在这时，罗频心中也无有悔意，只有不甘，他对着小深扯了扯嘴角，然后，烈焰眨眼间燃尽，化作劫灰，吹入大地。

小深看着罗频在风中化为了灰烬，而那件属于白鼋的墨字长衫，也缓缓飘落，墨字仍然鲜明，记载着万万年龙族历史，但史官已殒命。

结束了……

小深伸手，欲捡起史册。却见异变突起，剥落的墨字长衫，化作了甲壳八片，边缘闪着寒光。

这是罗频最后一次逆转，承载着遗志，它从最坚硬的防御，成了最具杀意的利器，刺向青龙逆鳞！瞬息之变，避无可避，众人更不及阻拦，惊呼出声。但寒光闪过，小深定睛一看，却没有感觉到任何痛楚。明明是柔软的水波，却在小深面前筑成一道墙，力挽杀意，将危机尽数包容。

小深恍然看向商积羽，水便是龙最得力的武器、护具，分担晴雨，也分担伤害。但很快，小深就察觉不对，此水如能挡下鼋壳，必然承载着商积羽的精魄。

商积羽脸色苍白，嘴唇微张，想对小深说什么，但踉跄一下，支撑不住，从半空坠落。

"师叔祖！"不知多少道声音响起。

小深心念急转，水波便聚起，托住了商积羽。他游到商积羽身前，身化道体，握住了商积羽的手，但商积羽并未给出回应。

被水波包裹的身躯中，小深用意识呼唤，却像泥牛入海，商积羽的识海一片混沌。小深怔怔的，忽而想起他与商积羽重逢的情景。这是千万载的故人相逢，更是小深重新认识到的同路人。他是无声深情的大泽，但也活出了人族的痴绝。

第十二章 羽陵一夜山绕水

　　薄云掩蔽了日头,又有烟雨蒙蒙,正是大好的天气,素日静谧的山林间,不时闪过一道流光,落在金碧辉煌的金阙玉关之外。

　　当今修界能喊出姓名的宗派,今日几乎尽数到此。盖因今日,将在羽陵举办前所未有的、盛大的飞升典礼,他们都是前来观礼的。

　　今时,哪有修者敢说自己飞升一定成功,谨慎闭关准备都来不及,更别提敲锣打鼓,把认识不认识的人都请来。

　　但今日的飞升,绝对会成功,所有修者的表情都很轻松,还带着向往,尤其一些小宗派的修者,这么多年来,还没有机会看人白日飞升。

　　青龙斩罗频,如今人人都知道,这位龙王殿下,乃珍宝君之子,明明身系仙缘,可直接飞升上界,此间世界是否覆灭,其实与他无关,但他还是挺身而出,力挽沉舟。现在,就是那一线仙缘起作用的时候了。

　　来自南州仙宗的宗主,率领五名门下修者,也来到了金阙玉关外。说"南州仙宗"也许无人认得,他们的修为也都很不起眼,即便宗主,也不过尔尔。但是,要说出自这宗派的一个人,那就尽人皆知了,正是云华云自然真人。

引领着学界新潮的大诗人，他的才华，不是简单的言语能够形容，也不应拿来轻易争辩、定论。现今就有宿儒肯定，便是在千万年之后，现今修界大多数学识高于云自然的修者作品都湮灭在时光中，他的作品，却会保存下来。

他是以人身成为龙族史官的第一人，亦是天地间最后一名龙族史官，而且只有他记录的史书，和其他龙族史册不同，大家能看懂。这会成为人们了解龙族非常稀有的一手资料，而非传说。

云自然常伴修界最后一条龙小深殿下身边，记载着小深的一言一行，就算他的文字朴实无华，后人也要研读。所以，谈论云自然的学识高低没什么意义，他的文字承载的意义大过一切。

因为出了个云自然，今日南州仙宗的人才能来观礼，还来了五个人。在知客弟子的接引下，他们进入金阙，穿过玉关，就看到了——山河绵邈，广阔的大泽一望无垠，远处与天相接，其中又有山峰无数，秀挺矗立，草木丰茂，掩映着重重楼阁，幽美至极。

能看到山河一体的瑰奇之景，自然是因为兰聿深殿下就住在此处。昔日的离垢河和百丈潭都成了过往，被兰聿泽取代，也引得无数水族自愿前来侍奉龙王殿下，居住在这里。

只见其中一座山峰的亭台中，有名峨冠博带的男子正在吟诗，正是云自然真人，周围还有许多人正在凝神细听。

南州仙宗的宗主一喜，往那边去，先和云自然寒暄，也有幸听到了他诗作的后两句。

"……龙君留仙缘一线，白日飞升在今天。"

南州宗主心道，还好，不指望云华有什么进步，但是在这么多人的追捧之下，没有过分到连韵都不押，就已经没让南州仙宗蒙羞了。

"啊，宗主来了！正好，我作完这首诗，就要去观礼了，宗主同来吧。"云自然笑呵呵地邀请宗主。

大家也都同去，遂下了亭台，乘舟前往。

凡是对羽陵宗有点儿了解的人，都知道这里部分宫殿上方因为住着长辈，或供奉着牌位，是不允许御器飞行的。只是，让新到羽陵宗的人有些奇怪的是，大泽上行驶着一条条小舟，唯独会避开一大片水域。

"云华，那处是有什么暗流吗？为什么我看大家都不往那边去？"南州宗主问道。

"哦！"云自然立刻严肃地解释道，"你刚来，知客弟子还没给你说吧，千万不能乘舟从那边过，因下头有羽陵宗辈分最高的人。"

"你是说商积羽真人？"南州宗主和几名弟子都激动了起来，久闻大名啊，"当初与罗频一战，不是说他危在旦夕，随时可能陨落吗？"

云自然真人大笑道："你们到底有没有看羽陵宗后来出的《荣都龙凤战记》啊，那篇可是记录、分析了许多前因后果。"

"当然看了啊！"

"谁还能没看……可惜，我们的修为那日不配去守城，只能反复看看《荣都龙凤战记》了。"

"不只这正式付梓的，好些零散文章我也看了，就是有些人的水平吧……啧，解读得很不行，后来和羽陵出的一对比，堪称错漏百出，竟然有人分析，小深殿下的幻术……"

眼看说得越来越远，云自然连忙打住了："那你们应该都知道，商前辈可是寄于人身的兰聿泽！"

"那是自然。"说到这里大家又不得不感慨了，"容易元君真是大能啊！"

"既然知道，这水是生灵本源，前辈怎么可能那么容易陨落。危险是危险，但精魄受损，及时在水中蕴养，便能慢慢恢复了，就是在那处。总不能因为人家休养，我们就不敬长辈，在他头顶泛舟吧。"云自然说道。

"这倒是……"

当然，关于其实整个兰聿泽都是商积羽本尊，就不必纠结了，前辈毕竟也是人身道体了，意义不同。

一行人说说笑笑，又在药码头遇到了另一条船，船上只有三五个人，却吵闹得像有三五十个人一般。

"我呸！胡说八道，我什么时候在龙凤战中出大力了，我没有！虽然我早就看出来，那罗频就是老鼠尾巴上绑鸡毛——从来不是什么正经鸟！"道弥大声道。

南州宗主好奇地看着道弥，也不知他是什么身份，竟有人说他为铲除罗频出了大力吗？

袁罡毫不留情地道："师尊都透露了，就是因为你每天烦罗频，他才会耐不住性子，自揭身份的。"

道弥瞪大了眼睛，道："胡说！"

玄梧子嘲笑道："道弥才是古今第一鸟，真龙也烦过，假凤也闹过，还能苟全性命，实在是我羽陵宗第一修者啊。"

道弥扑上去，和玄梧子厮打起来……

云自然看了一眼，介绍道："那三个分别是青龙殿下的弟子、八哥和出气筒。"

南州宗主恍恍惚惚。大家总以为小深在羽陵，身畔都是贤能之人，比如谢枯荣宗主、商积羽真人，等等，云自然便是其中最奇特的一个。但是现在看来，云自然好像也不是特别出众……

观礼台已聚集了不知多少修者。谢枯荣在上首，他身边自然是羽陵宗最大的一位——债主殿下，两人正就待会儿的飞升交谈些什么。龟丞相金钱子昂首安置新来的修者们，一切有条不紊。

对于修者来说，时间流逝得不要太快。不多时，已经要到吉时了。观礼之众屏息凝视上方，便见小深站了起来，腰间的"玉带"飘飘荡荡，成了一朵云。

"今日不晴不雨，时节正好。"小深看了看天，朗声道，"我以龙君之约，青云送仙！"

那片蕴藏着仙缘的云，轻盈地载起了一抹墨色的身影。

水墨剑，水墨形，正是墨精余意——不，而今或者不该这么叫他。因为世人皆知，他身上依附着余照的残魂，非精非怪，非鬼非人。这也是今日的一大稀奇，以残魂之身，却能飞升成仙。

众修者凝视着余意的身影，心潮澎湃，纷纷拱手为贺。谁没听过余照真人的事迹，龙凤战时，他的执念更被唤出，当时在场的修者莫不传颂。当初为人间，身死道消，仅剩残魂，也信念如初。今日，他不经飞升之劫难，被青云送入仙界，但无一人心生嫉妒！

"差点儿忘了……"小深拿出了几片龟甲，史册都散落成这样了，他一抛，准确地落到了余意手里，"记得啊，跟珍宝君解释，我晚一点儿就带着商积羽一块儿上去！再等等我！还有，让他给我把洞府修大一些，多个人还多片水呢——"

大家听着青龙殿下琐碎的话，心中也只有钦佩。青龙殿下实有珍宝君之凤，身怀登仙之云，却轻松赠予余照真人，还能潇洒放言，晚些便带着商积羽同入仙界，令人何其仰慕，这才是载天地之大道的真龙风姿。

余意捧着龟甲，委屈地点点头。要飞升，他也想和小深一起飞升啊，为什么他要先上去……

青云随风轻飘，直入九霄之外的仙界。在人影快要消失不见时，墨色的人影似是空洞地向下看了一眼这山河万里，慢慢地，银亮的双眼依稀透出了淡淡的温柔。

飞升结束，小深转身就逼问谢枯荣："财物都清点好了吗？"

"礼单已经交到金钱子那里了……"谢枯荣有气无力地道。

不是说羽陵宗拿余照的飞升典礼卖票哦，羽陵宗绝对没卖票！

但是跑人家宗门观礼，目睹难得一见的白日飞升，顺便连界最后一条龙也看到了，千古罕见，开多项先河，茶水免费供应，大家能好意思不带点儿礼物？

莫说羽陵上下还在努力还债中，这青云登仙都是小深提供的，东西归在他处是理所应当。

小深满意地点头,道:"好,那后头你自己应付吧!"说罢他就溜了。

谢枯荣看着会聚了天下修者的嘈杂现场,只觉得脑袋都快要炸开了。唉……

金乌落,月兔升。

暗蓝的天空中,层云缓慢移动,圆月从中探身而出,高悬中天,倾泻下澄澄湛湛的光芒,在波光粼粼的水面和摇晃的树冠铺上一层皎洁的颜色。水底的鱼悄无声息地探首,几乎也要分不清晶莹的水和清凉的月色。

天地寂然无声,只见一条小船停在大泽上,一名青衫少年蜷足而坐,上身趴伏在船舷上,深绿的眼眸安静地注视着水面。

良久,少年苏醒了一般,手向下一放,触摸到了凉凉的水,他闭上了眼,指尖依稀触到了另一点指尖……

羽陵一夜山绕水,我向烟波钓故人。

番外一 潜龙勿扰

淫雨霏霏，又是一年金阙选仙之日，金阙玉关外人满为患，不像在选仙，活像是集市贩售。

其中有些男女，还化了妆容，脸颊绯红，正是时兴了百年、从水族流传到其他各族的青龙妆，但经过百年演化，不像最初水族创造出来那样醒目，只两坨深深的红色，现在都是淡扫轻红，显得气色很好。

因百年前的龙凤之战，羽陵宗的名声更上一层，而且因罗频身死道消，冥冥之中，为平衡天地，这百年间也涌现出许多根骨绝佳的生灵。而若要踏上仙途，大家的首选无疑就是羽陵宗。即使天赋不够，唯有在尝试过羽陵之后，他们才会转投别处。

赵孟阳，就是一名来自荣国的凡人，因为身具慧根，被带来羽陵，参加金阙选仙。也有路上结识的伙伴，最后不一定每个人都能进入金阙，见到真正的羽陵。即使是在羽陵之外，也足够他们激动了。

"看啊，那个应该是余照仙君之像了！"有人指着远处玉关崖顶的石像说道。

虽然看不清细节，但大家还是配合地惊叹了一声。赵孟阳尤甚，他可是荣都人！

当年的龙凤战，就发生在荣国都城，他是听着羽陵宗和青龙的故事长大的，余照在其中也占据不小的篇章。现在，荣城的城头还有一尊余照铜像，是当年在场的工匠根据记忆，各家各户凑铜，铸造出来的。原本放在街头，后来经过皇帝亲自垂询，改放在了余照曾站立过的地方。

赵孟阳的曾祖当年还在官中为官，侍奉当时的天子荣武帝。说起来，后人对荣武帝颇有争议，认为在他登基之日，龙凤现身，却又大战，也是一种预示。荣武帝在位四十多年，得位不正，为人诟病，但他开疆拓土，让荣国疆土空前广阔，对贪官污吏更是毫不留情，甚至到了狠辣的地步，针对贪污的刑罚，使当时的官场人人恐惧，不敢行苞苴之事。

赵孟阳思绪纷飞，转身看到了这次的考官——袁罡，据说这是青龙深殿下的弟子，当年龙凤战也在现场，但看上去，仍是二十多岁的青年模样。

这便是修者啊……赵孟阳暗想，百年也不过弹指一挥间，凡人已换过几代，他们还青春如初。

"法有平淡奇浓。记住，等下你们做的选择，很可能决定了你们日后的道路！"袁罡以幻术出题，顷刻间，百年浮生一梦中，再次醒来时，赵孟阳已通过了金阙选仙，成为羽陵宗弟子。

赵孟阳压住欣喜，努力镇定地和周围那些也不知道是真泰然自若，还是和他一般强装镇定的新同门，一同进入金阙。新弟子们被带到了碫磨院，在这里，他们踏上修仙路的第一步。

碫磨院的管事开始给新进的弟子们上这修仙路第一步的第一课，他负手站在众人之前，问道："诸位可知道，做修者，尤其是我羽陵宗的修者，最重要的是什么？"

问刚刚入羽陵宗的弟子们这个问题？大家给出了各自幻想或者道听途说的答案。

"久志!"

"傲骨？"

"不。"管事摇了摇头，"是有债必还。"

有债必还？众人沉吟，这是什么意思，难道是指修行路上不要急于求成，今日你速成，明日定要付出代价？害人之心不可有，害了人，注定有报应？

管事大声道："我羽陵宗负债累累，债主正是青龙深殿下，每一个入宗的弟子，同气连枝，都有义务一同还债！恭喜诸位，今日尔等入羽陵，便有了一个共同的身份。在今后，无论你修为是高，是低，是强，是弱，拜在哪位真人门下，都要记得，羽陵水不是白喝的，我们的债主是小深殿下。"

流畅地说完这一番莫名具有煽动性的话，管事脸色一变，仿佛刚才一切都是错觉，仙气飘飘地道："五千年前，方寸祖师不朽之立言：夫修之法，修性炼命，吾道得于心，心为道之器……"

洋洋洒洒数千言，深奥之极，众人哪还管得上自己突然背上了共同债务，赶紧把每个字记在脑子里。

最后，管事又竖起一根手指，道："还有，入山问禁，头一条——潜龙勿扰！"

潜龙勿扰，到底是什么意思呢？

赵孟阳对这句话百思不得其解，整个羽陵宗，应该只有小深殿下一条龙，但他不是有自己的行官吗，而且没有闭关，但也不可能有人打扰到他吧。那为什么还要说，不可打扰在水底的殿下啊。

不过话说回来，作为羽陵弟子，虽然一入宗就负债累累，但他们还有一项外人得不到的大好处，那就是能够去龙王行官打杂！这也算新弟子们的修行之一，放在别的宗派，这就是普通打杂，是你爬不上去就沉沦于此的痛苦，但在羽陵，这是能见到青龙殿下的大好机会。

整个人间界，谁不知道当初小深殿下以登峰造极的幻术——所谓旁枝末节的水法支脉,将罗频玩弄于股掌之中,其道可谓重新诠释了水法精髓。此后更是青云送仙,将余照送上仙界。所作所为,即便并非龙族之身,也可传颂千古。

小深平时待得最多的自然是自己的陆上行宫,其他处难得一见。许多境界提升后的弟子,都对这职务恋恋不舍。在羽陵,总是不乏怀念自己初入行宫不懂珍惜的人。

赵孟阳是在入宗半年后,才有一次和小深殿下近距离接触的机会。和他同一批入宗的弟子,好几个都和小深殿下说过话了,回来后都兴奋得三天三夜睡不着,彻夜修炼。

说到这个,碛磨院有个纪录,一名弟子头一次得到殿下垂询后,当晚就兴奋得直接破了境,也成了羽陵宗破撄宁境最快的弟子。然后很可惜,随后就被调离行宫,很难见到殿下了。

赵孟阳是突然见到小深殿下的,他正在侍弄行宫里种的仙草呢,忽然发现旁边水波涌动,一条青龙从水底钻了出来,水花四溅,泼得赵孟阳一身都湿了,但他似乎毫无所觉,呆呆地看着那条龙。

这对于人族来说很是庞大的身躯,每一片鳞片都充满了光泽,威严的龙目,龙角斜飞……完完全全,就是赵孟阳无数次幻想中的龙。

青龙一低头,这才看到了小小的人族,说:"咦,没注意把你打湿了,没事吧?"

青龙的声音清澈,带了一点点异族语调,但很迷人。

赵孟阳的脸涨红了,道:"没……没事。"过了一会儿,他才赶紧补上一句,"殿下。"

其实私下里,大家都学着宗主那样,"债主""债主"地喊小深殿下,觉得很有意思,但当着小深的面,他不敢这么称呼。

"哈哈。"小深笑了两声,团身化为了道体,是名秀美的青衣少年,不是寻常人想象中极有气势的中年形象,但在赵孟阳看来,以少年之身平定妖邪,岂非更算得风流人物?

小深是来挑仙草的，这就又给赵孟阳展示了平易近人的一面，亲自采草。

赵孟阳的活儿已经干完了，接下来他得回去。完全没有磨蹭着多留一会儿的胆子，赵孟阳依依不舍地往回走，但是因为还在偷看小深殿下，一不小心，就掉进了水里！

赵孟阳还是个初入仙途的小弟子，说与凡人没什么区别也不为过，而且说来惭愧，他根本不通水性，立时在水里扑腾了起来，拽住了岸边的水草。但是水流湍急，他沉沉浮浮，喝了好几口水，刚想大喊救命就听见小深道："别怕！稳住！"

赵孟阳狂喜，眼泪都快出来了，小深殿下要来救我了！

这一瞬间，他一点儿也没有恐惧了，紧紧揪住快要滑出掌心的水草，马上，马上就可以见到小深殿下控水了，殿下的水法何等精妙！

只见小深殿下长身而立，面色沉稳，大喊道："来人啊！救命啊！快来人！"

赵孟阳一阵恍惚，刚刚殿下是在呼救吗？是在呼救吧？！

为什么我在一条龙面前落水，龙还要呼救啊，这真的不是什么最新的法术咒语吗！

湿滑的水草已经不足以支撑赵孟阳了，他两手乱抓，只觉身体一沉，很快，又落在了实处，低头一看，原来是一条大大的胖头鱼，被青龙呼救……或者说招来，承托住了赵孟阳。

胖头鱼驮着赵孟阳，嘴里吐出一串泡泡："你这小孩儿是怎么回事，差点儿劳动了殿下救你，潜龙勿扰不知道吗？"

赵孟阳："……"

胖头鱼没好气地道："但凡殿下在水底，或者水旁，切切不可与其拉扯。"

"倒也不是这么严格啦。"小深背着手望着远处，道，"只是，我的确早就不干这种事了。"

赵孟阳一脸茫然，这种事到底是什么事？救人吗？潜龙勿扰指的这个？

胖头鱼投去艳羡的一眼，二位殿下真是和乐啊。像殿下的私事，大家只敢偷偷交流，胖头鱼来羽陵也不过十年，听其他水族说过，殿下早年好像十分贪玩，单在羽陵内就捡了百来个人族祭品，包括如今的主翰微雨、苍岚峰的管事疏风，等等。后来收敛了孩子心性，再也不从水里捡人了。

至于商积羽嘛……胖头鱼必须得说，虽然商积羽是兰聿泽所化，但毕竟寄于人身。

——不是他酸！绝对不是他酸！是水当然好，但是商积羽的外形……还是差了点儿哦。

这妖族对道体人身，也有自己的审美。比如胖头鱼就觉得，眼睛颜色不能是太死板的黑色，最好像殿下那样的深碧色，或者蓝色也行，眼睛再大一点儿、圆一点儿，头发一定要浓密，脸颊带着薄红……

唉，不过殿下自己的祭品也轮不到一条鱼置喙。

小深看胖头鱼把那新人驮走了，就带着采好的草再次下水了，这次一入水，他就觉得身周缠上了水流，将他拖曳得整条龙沉入了水底。

商积羽不知何时出现在了水底，一伸手，水流就裹挟着小深朝着他的方向而去。小深也放松了，紧紧靠着他。

商积羽墨色的眼眸中满是安心，即使神魂已融合，他还是无时无刻不依赖小深，甚至感觉更加强烈。这一点，万年不变。

小深能感觉到，融合之后的商积羽，平日仍是温柔内敛，但也更依赖他了，隐隐露出些执着。若他在水底还好，时刻都有感应，出了水，过不了一时三刻商积羽就要来找了。

但小深也彻底明白了，用水去理解商积羽，即使看上去水波轻缓柔和、平静无波，但谁都知道不能小觑，它们是可以掀起滔天巨浪的。水流变幻莫测，唯独龙族，才能掌控其动向呀。

"我的令牌，我的令牌放在药圃了！"赵孟阳猛然想起来大叫，问那胖头鱼，"胖师叔，能载我回去取一下令牌吗？"

"疯了吧？叫鱼师叔，我才不胖哩，只是头大些。现在的年轻人……连令牌都能忘……"胖头鱼嘟哝着，一个转身，往回游，"当我是船了吧，还来来回回呢。"

赵孟阳汗颜，道："麻烦鱼师叔了。"

待回了药圃，小深殿下自然早不知去哪儿了，赵孟阳匆匆取了令牌，结果手一滑，令牌又掉进了水里。

胖头鱼瞪了赵孟阳一眼，赵孟阳手足无措，只见鱼师叔看了看水底，说道："让水草缠住了，你来解！"

唉，反正身上也湿了，赵孟阳跨上鱼背，牢牢抓紧了，吸了口气说："好吧。"

胖头鱼潜下水一丈，令牌的确被壁上水草缠住了，赵孟阳睁开眼，感觉还好，颤颤巍巍地单手把令牌扯了下来，另一只手抓紧鱼师叔，两只脚也紧紧夹着，免得整个人浮起来，他可不会潜泳。

赵孟阳不经意一回身，却见深绿的水波里，小深殿下竟也在，而且，他正和另一名白衣男子在一块儿，都没有注意到自己的身周还有道道水流涌动。

赵孟阳两眼发直，水底竟然还有其他人？他不禁干咽，都忘了自己在水下，直接呛了水。

却见对面似乎投来不满的目光，不等胖头鱼慌忙浮上去，他们就一起被一道水流弹上岸了……

胖头鱼在地上弹动了几下，鱼嘴兀自张合："小孩儿误我，都说潜龙勿扰，潜龙勿扰啊！"

赵孟阳："……"

唉，难怪管事不详细解释，这勿扰的情况也太多了吧！

番外二 飞升以后

登仙台。

接引仙人靠着玉柱打盹儿，今日又有两个成功飞升的修者抵达，是从神州人间界上来的，他得把人接了登记入册，不过因为前些日子一直没日没夜地玩牌，精力都要没了。明日据说还有一批魔界飞升来的，工作量极大，而且魔界各族都很难缠，他真是太难了。

唉，这都是因为神君陛下，仙人玩牌原是不会劳累的，但他嫌大家沉迷于此，一个个的看上去面容可憎（明明没有啊！），于是尊口一开，定下铁律：只要连续玩牌，仙人们也会感到疲倦无比，强迫大家戒断。

也不知今日要来两个怎样的修者，这仙界，也不是人间界修者想的那样美好，同样有地盘、派系——而且在下界宗派种族相同，在仙界不一定阵营相同呢——甚至更加粗暴，毕竟大家都无所事事……但凡新来的，总要找找关系。要做散仙也行，但和下界的散修一般，闲云野鹤，也无甚靠山，全凭自己。

"前辈？"

一道声音惊醒了接引仙人，他猛然站直了，看见一名陌生人族站在眼前，高大俊美，应该就是新飞升上来的仙人了，赶紧道："我是今日当值的接引仙人三善，你便是初来仙界的新人吧……"他张望了一下，"咦，奇怪，今日应该有两个新人同时到才对啊，另一个你认不认识？"

"认识。"商积羽点头，"他说在云里玩一会儿，叫我先来登记，不叫接引仙人久等。"

"啊……没事没事。"接引仙人一点儿也不生气，脸上笑眯眯的。听这另一飞升者拖沓贪玩，但是人家清楚地知道仙界的流程，这就不简单，所以他也不敢等闲视之，礼貌地道，"我先给你登记也是一样的，好多表格要填呢。"估计人家也知道这一点，都不来浪费时间。

接引仙人先问过了姓名，还有在人间界所属宗派，心里暗暗点头，这羽陵宗他是听过的，飞升上来的多是人族，混得不错，难怪对仙界熟门熟路。他这里还有自然生成的一些资料，翻看对比后，惊讶地道："你到底是不是人族啊，我看着怎么就是人族。可这里显示你是今日另一个飞升者的……所有物？这是什么意思，你是器灵吗？"

这人间界又玩出什么花样了啊！器灵都可以单独飞升了？

"错了。"商积羽淡淡地道，"早便是好友了。其次，我确实不完全算人族。"

接引仙人"嗯"了一声，这飞升者还是没说自己到底是什么灵，但不管是什么，也足够震撼了。大千世界，无奇不有，也不是没听说过，剑灵一类和主人结为挚友的，依稀也有。但是要让其成为至少外表上让他都分不出来的人族，就很难一见了。看来，所修之道很不简单啊。

他瞄了几眼，忍不住好奇地问："你那主……好友，平日待你如何？咱们仙界有几对这样的例子，这主人嘛，总是有点儿旧习难改，对待朋友颐指气使。"

提及小深，商积羽轻轻一笑，道："不会的，他生性天真可爱，待人和气，怎么会颐指气使。"

"啧啧啧，那你真是好福气啊。"接引仙人听了，立刻赞道，"这天地间，平衡二字最难得，阴阳平衡，才有了大道，可岂是人人都修得大道？所以，即便是道友之间，也时常是你弱我强，像你们这般生来不平等，还能这样和睦，甚至一同飞升，就知道他确实如你所说！"

他啰唆，商积羽也好脾气地不时点点头，接引仙人觉得这一家都是极温和的人。

这时，两名青年勾肩搭背路过，身上的衣衫带着波纹，额上还有角，一看就知道是龙族。商积羽不由得多看了几眼。

那两个龙族青年看起来吊儿郎当，倒很是敏锐，觉察到了商积羽的目光，和接引仙人搭讪道："这是新上来的？哪一界飞升的？"

"与你们同界！"接引仙人介绍道，也想帮商积羽结个善缘。

"哦？老乡啊，不过看起来像人族。"二龙相携过来。

"可不是人族。"接引仙人和他们还是牌友，便多说了几句。

两条龙听罢，对这真假难辨的人族外貌倒无所谓，龙族大能太多了，他们对视一眼后忍不住大笑。

他们下意识觉得，商积羽必然是器灵，修行者把商积羽也炼化成了人族。

"你到底是什么灵？"

"待会儿你主人上来，和我一同回去做个客呗。"

商积羽听着语气带着些奚落，说是做客，但语气不甚尊重，更像是看热闹，便失去了起初因是小深同族才有的善意，不再回应。

二龙好像在看稀奇，围着商积羽，就像在看什么物件儿，道："喂喂，快说啊！原是闷葫芦有灵不成，不爱说话？"

接引仙人汗颜，他本想介绍两方认识，不想出了这等事，在他心里，商积羽脾气比较好，赶紧去拦龙族，道："二位，给个面子……"

话刚说完，商积羽微微一笑，将腰间的剑抽出，问："想知道吗？"

这剑气冲霄，把他们激得都连退几步，不可思议地看着商积羽。

接引仙人一愣，和他想的不一样啊，怎么一言不合还拔剑了，赶紧打圆场，这次换了一边劝："人间界无龙已久，道友怕是看不出来，这二位是龙族！"

两个龙族也都定了神，冷冷地道："看来……我们真是离开人间界太久，让人间界各族都忘了我们龙族的脾气有多差。"

商积羽本要提剑，忽察觉到什么，看向右方，表情中带着不易察觉的嘲弄，道："那不如你们问他本尊吧。"

那二龙还未来得及跟着看去，就听到一道清澈的声音响起，十分恶意地道："是不是我离开龙族太久，让各色龙族都忘了我脾气有多差。"

接引仙人只见两条平日飞扬跋扈的龙族瞬间脖子都一缩，接着便鬼喊鬼叫地逃了，嘴里还嚷嚷着："啊！他上来了！救命！救命！！！"

可惜他俩跑得不够快，还有两块不知从哪里捡来的石头，砸到他们的背上。明明龙鳞坚硬，那两个却一下摔了个"龙吃屎"，爬都爬不起来。

什么情况啊，他们这是……认识那商积羽的主人？接引仙人一转身，却见一个青衣少年，秀丽可爱，而且额上竟有两根龙角，不由得大惊："神州之上怎么还会有龙族？！"

小深似笑非笑地看了他一眼。

小深留在人间，是龙族之秘，纵然他是上界仙人，但地位不高，对龙族内部的事也不甚清楚。到今日接引仙人方知道，人间竟还有龙族，而且看其他两条龙的表现，此龙身份怕还不简单呢。他自知恐怕触及龙族秘事了，不敢再问，弱弱地道："失礼了，这位殿下……我给您登记。"

"嗯。"小深把那两条龙捡了过来，垫在身下当凳子。

他们俩垂头丧气，也不敢反抗，只小声道："深哥，好久不见，深哥，我不是故意的，我不知道……"

"小深哥，大家都是发小啊，从小你就打……和我们玩儿，知道我们是有口无心的。"

小深嫌吵，随手把他们打晕了。

接引仙人看了一眼面色如常的商积羽——我信你个头啊！其他龙看了都鬼哭狼嚎……还天真可爱，待人和气？是只待你和气吧！

再一登记，接引仙人才知道，小深竟然是青龙，倒吸一口冷气，道："青龙？您和珍宝君莫不是亲戚？"

小深道："他是我爹。"

接引仙人再次吓了一大跳，问："什……什么?！"

小深奇怪地看他，人间界的人惊奇也就罢了，这仙人有什么好惊奇的，问："怎么了？"

"没……我也不知道……"接引仙人乱七八糟地道，"那……那个，都登记好了，二位在仙界有关系，还有同族在此，小仙就不多事了，告辞！"说完他跨上一只清秀的白鹿就溜了。

什么情况，小深越想越觉得不对劲，道："不对，我们先去找珍宝君。"

本来他觉得，也不急着见珍宝君，先去找什么方寸和陈妙想。他俩成功飞升，应该也在仙界，虽不知这二者在上头相认没，但他二人是妥妥地都欠着小深账的……难道羽陵宗的人还一还债就够了吗？显然是不够的。但现在看接引仙人的样子，小深怕珍宝君出了什么事，决定还是先问清楚珍宝君怎么了。

小深也没来过仙界，这里无边无际，还有许多其他界的种族、势力，但好在他身下就坐着两个倒霉蛋，把他们给弄醒了就是。

那两条龙睁开眼看到小深，都痛苦地再次闭上了眼睛。

小深揪住他们的龙角，问："我问你们，珍宝君在哪儿？刚才那接引仙人听到我是珍宝君的儿子，为什么一副有话不敢说的样子？"

他们两个弱弱地道："珍宝君如今不见踪影呢……"

"什么？"小深脸色一变，连商积羽也关切地皱眉，这背后，难道隐藏着什么阴谋，或者龙族的权力斗争。

"他没事，自己藏起来的！"其中一条龙赶紧解释，"是这样啦，珍宝君带我们来了仙界后,在这里安家,也和各方势力合纵连横。其间,珍宝君就偷偷地和别族一些大能结下了儿女婚约,作为结盟的保证。他告诉他们,自己其实还有个儿子在下界,优秀得很,过段时间就会上来,当然,您一时半会儿不可能上来,珍宝君也不可能兑现,只不过暂时稳住对方罢了,您懂的。这一万年,不知骗了多少人,也不知道为什么骗了一万年还是不断有人上当!哈哈!只有部分前辈后来认定,他根本没儿子。"

小深:"……"

商积羽:"……"

不愧是珍宝君,小深暗道,一个儿子定了那么多家婚约,而且一口一个过段时间上来,结果一万年都没上来。他无语地道:"那他现在不见踪影,是怕我上来和他发脾气吗?"

商积羽也很不开心。这算什么事,在他们不知道的时候,珍宝君竟给他定了一堆亲。

"当然不是,珍宝君乃慈父啊!"另一条龙赶紧道,"前些年,您不是派了个姓'鱼'的来报信吗,那鱼说你在下界捡了祭品,无心结亲,只想修炼。珍宝君当时就觉得,既然你无心儿女情长,有个能力出众的祭品陪伴修炼也算好事,便再没这样做。"

小深想了想,笃定地道:"嗨,还是怕我发脾气。"

但也算他做条龙了。商积羽没那么不开心了。

那龙讪讪地笑,以他们对珍宝君的崇敬,当然不会应和小深的话:"反正,然后珍宝君就改了嘛,亲自去骗人。这些年也订了十七八桩婚了,横跨什么魔族、翼族、上古神族,反正挺多人上当……最近好像又事发,因为这次骗得太大,以珍宝君之坚韧,也赖得十分艰难,索性去避风头了。"

另一龙也趁机谄媚地道:"小深哥来得正是时候,代替珍宝君主持大局!"

小深黑着脸和那两条龙回了龙宫。他实在是很不愿意去的，此番上来得真不是时候，但逃避也不是办法。

到现在，商积羽心中只有对小深的怜爱了，抚了抚他的肩膀，道："唉，你爹……"

"唉，珍宝君怎么回事。"小深也跟着叹气，闷闷不乐地嘟哝，"应付不来一次就不要骗那么多啊！"

商积羽欲言又止，算了，这俩可是亲父子。

所以说当初商积羽害怕小深把他丢下，自己飞升，真的不是瞎担心。以小深的家庭教育，现在能够做到带他飞升，已经是龙中奇迹了。

"是小深哥啊，小深哥终于上来了！"

两条所谓的发小龙，因为先见到飞升来的小深，便拿着鸡毛当令箭，一路为他开道吃喝。

说发小，肯定不是发小的。和他差不多年纪的龙都被他揍过，如果这就算发小，那小深的发小未免也太多了点儿。

商积羽总算见识了他这位"天真可爱、待人和气"的朋友在龙族的名声。那些见到小深的龙，第一反应是逃，第二反应才是克制自己的念头，老老实实给小深行礼，不敢站得比他高。

"小深哥风采依旧啊，而且看起来粗了好多哦。"

"呜呜呜呜呜！"

"你为什么哭？"

"当然是喜极而泣了呜呜……难道你不是吗？"

"嘤，是呢。"

也有一些看向商积羽的，部分龙知道小深在下界结交了挚友，也猜到了这个应该就是，看他的眼神无端多了几分同情，但不敢很明显，尽力微笑。

小深对商积羽夸耀道："你看他们见了我，笑得多开心啊！"

商积羽："……"

"珍宝君的事情我已经知道了,既然他现在事发躲藏,我便代为监理宫中一应事务。"小深对众龙道,"我现在想了解一下仙界大势。"

这些龙族瑟瑟发抖是一回事,应对起来却很利落,立刻有臣属伏身,道:"是,山河君。"

其他龙也跟着一起伏身,口称山河君。

商积羽:"……"

山河君?怎么连称号都有了,该不会早就盼着小深即位收拾首尾了吧?

小深看出他的疑惑,附耳小声道:"那是应龙,也就是黄龙,辅佐龙君,每位龙君的封号都是由他们来拟的,心中自有感应。"

而且感应得还很准,别看其他龙族都有些迷糊,心说小深哥不是以幻入道,应以此为号,再不济,也是残暴君吧……殊不知,小深因守开明山,又领悟了山河之道,应龙如此称呼,才是最合适的。

"嗯,可有相关书籍图册给我看看?"小深问。

"自然。"黄龙搬来一本宽大厚重的册子,"这是珍宝君万年以来的行骗记录,君上可以此为参照,先大致了解仙界各族。"

商积羽:"……"

黄龙十分贴心,发觉了山河君的朋友对龙族还不是特别熟悉,友好一笑,道:"真人,因珍宝君行骗范围广且精,只要看他这万年的行事,便能知道仙界势力发展,与彼此一路来的关系亲疏交错之历史,甚至仙界地理了。"

商积羽大惊,是这样吗……看了这一本《珍宝君行骗册》,就相当于看了仙界各族万年兴衰啊!

小深接过了册子,又问:"珍宝君给我准备的洞府在何处,我现在先住在龙宫内,但洞府还是要给我收拾好了,抽空我和积羽去看看有什么要改的,以后总要搬回去住。"

"是。离此处不远。"黄龙又讲了一下那洞府,"我现在就让人把澄明殿收拾出来,给君上暂住。"

"嗯,有什么事,我看完此册再说。"小深原本的计划都被打乱了,什么找余意、方寸、陈妙想的,先啃了这本行骗记录吧。

他把商积羽带到澄明殿,开始研读行骗册。商积羽在旁边也看了几眼,之前那龙族说得只是个大致,这里头记得比较详细。他虽未见过珍宝君,但是读这册子,就已经想叹服其才能了……能骗婚一次,还能说此人狡猾,能在一万年里把儿子许给某族三四代五六人,次次都骗得人深信不疑,那就只能叹服了。原来小深骗得罗频毫不怀疑,现在才发觉,是来自珍宝君的传承。

小深看了大半本,这才扭扭头,打算和商积羽去自己的洞府看看。

"山河君,神君有请啊,是因为我们和魔族的摩擦。"小深才出现,黄龙就来禀报。

小深也大致了解,知道魔族有部分属地和龙族接壤,人间界没有魔族,他们生活在另一界,因此小深从未见过魔族。而根据珍宝君的记载,距离他最近一次欺骗魔族,也没多久。

珍宝君和魔族一位魔君许下了婚约,还吹嘘自己估摸着能生下新物种"魔龙",集两族之优点,可大杀四方,把魔君骗得喜不自胜。也是因为如此,魔君让了不少好处给龙族。

比如,两族交界处原是有天灵地宝生长的,以往全凭各自本事,每年都要打,这几年都是龙族占了便宜。

小深才刚上任,就要去和魔族分辩,让黄龙也为其捏了一把汗——但也只是一把而已,广大龙族都认为小深哥吃不了亏。

"积羽帮我守着家,我去会一会魔族。"小深板起脸来,还带着几分稚气的脸便看上去稳重多了,他换了衣袍,戴上金冠,黄龙随之赴会。

虽然大家都称"君",但显然,此界最大的是神君,乃上古大神,此界之主,辟府于天外天。

小深拒绝了黄龙的建议,没有带许多护卫,只带黄龙一个,到了神君殿外，通报龙族新君山河君前来，随即便得到了通传。

小深大步走进去，入得金殿，见最上首御座的大神端坐，只是那面容小深怎么也看不清，明明什么遮掩也没有，心中感慨，不愧是神君。

而下头一个修者，他就看得清楚了，此人一身黑衣，暗紫色的双瞳，肤色偏深，脸颊上还有几道银色的纹路，额上生了一角，也有银色花纹，必然就是魔族了。

小深和对方对视一眼，这魔族就冷笑，道："龙族随便选了条细龙做龙君，来顶罪，顺便让我相信珍宝君再不回来了吗？"

一听这语气，小深就知道对方也被珍宝君骗了，火气这么大。小深不亲自回话，看了黄龙一眼。

"不管珍宝君回不回来，龙族也不可一直无主。"黄龙会意道，"山河君暂代龙君之职，是我龙族之主，外臣斗胆，请沧海君小心言语。"

沧海君瞥了小深一眼，道："那这什么……山河君，就说说吧，龙族欠的碎焰药仙什么时候还。"

小深面不改色，说道："看珍宝君什么时候回来吧。"

他连那碎焰药仙是什么都不知道，估计也是珍宝君骗到的什么好处。

沧海君的脸一沉，道："本君说的正是，你们要么把碎焰药仙还来，要么把珍宝君交给我。"

小深坦白说："我们也不知道珍宝君在哪儿。"

沧海君气愤地说："我就不信，他会不告诉任何龙自己藏在何处！"

小深反问："告诉了等你来威胁吗？"

沧海君暴躁地道："那便开战吧。"

小深道："当初珍宝君说给你们魔族生魔龙，你便给了好处。现在珍宝君人不在，你怎知他没兑现？万一他回来时，带了小魔龙，我们岂不冤枉？"

难怪选这细龙来做龙君，诡辩的模样真有几分珍宝君的风采，而且满嘴胡言乱语，脸都不红。沧海君身周的黑气几乎要有实质了，道："休要以为，本君能容忍每条龙……"他恨恨地道，"珍宝君欺骗本君，现在事情败露，他和每个人都这样说。你这大胆细龙，还敢提此事，是想嘲讽本君吗？"

小深无辜地道："败露是因为他和很多人说了，又没说不生，万一回来带了十七八条小龙，你们一人分一条呢？再说了，许了人的东西还要回去，就算珍宝君反悔了，我看也是情有可原。"

沧海君大怒，他最恨听到这句，当即就想动手了。

此时，一直默默看着的神君冷不丁说了句话："山河君……与珍宝君是何关系呢？"

"陛下，珍宝君是我父亲。"小深答道。

沧海君一时愣住了，手顿在半空中。

神君好似并不惊讶，又道："沧海，此尔与珍宝之诺，何必牵连无辜，你且回去吧。"

"陛下！"

沧海君怔怔的，总算反应过来，不可思议地看着小深，这么说，那个被许了无数次的爱子居然真的存在啊，没想到珍宝君口里还有一点儿真，他心思急转，忙道："孩子，我和你父亲立约最早，你知道，我才是……"

神君却一挥袖，一道轻云将他和黄龙都送出了神宫。

小深暗喜，神君真是明察秋毫，把沧海君打发了，不然他刚来就要打架，怪累的。

"多谢陛下。"小深立刻道谢。

神君迈步，走下了宝座，原本看不清的容貌，此时竟渐渐清晰起来，面容清俊，带着高贵之气，和善地对小深道："还是细龙，要支撑起偌大的龙族，你也不容易。"

小深是什么人，珍宝君的儿子，还以幻入道，神君淡淡一句话，一点儿别的话也没有，他都觉出了不对味。对了，刚才为何把黄龙也送走？

"陛下有话直说吧!"

神君笑了一下,叹了口气,道:"自从珍宝君告诉我,你快要飞升后,我便备下了礼物,想与珍宝君一同送给你。不想他现在被人纠缠,吓得不敢现身,你可有法子把你父亲找出来?"

小深:"……"

神君不好意思地笑了一下,道:"外人不知我与你父亲早就有了约定,孩子啊……"

小深又不傻,不会被神君这和蔼的样子骗到。难怪这次珍宝君吓得不敢出来,分明是因为搞大了,骗到神君头上了吧!他一口咬定:"我不知道!我刚飞升!"

小深好不容易搪塞了神君,感慨珍宝君的修为也在行骗、被追索中大有提高啊,连神君都能瞒过了。

怀里揣着一堆神君硬塞的礼物,一出神宫,就见那沧海君还没走,低头踢着石子儿,听见他出来的动静,立刻抬头,微微一笑,春风拂面,道:"小深啊……"

沧海君与先前判若两人,换了今日是其他任何一龙代替珍宝君之职,都不可能讨到好。偏偏小深是珍宝君的亲子,沧海君嘴上嚷着要龙族交出珍宝君,但他怎么可能得罪珍宝君的独子,以后大家都是一家人的。沧海君甚至都在后悔,之前干吗凶小深啊,都闹僵了。

小深吓了一跳,哇,魔族变脸这么快的,道:"你少来随地认亲这一套!"他皱了皱鼻子,拉着黄龙溜了。

沧海君还在后头喊:"先前说的都不算,今年的碎焰药仙也都送你做见面礼了!"

小深直翻白眼。

回了龙宫,小深疲倦地回澄明殿休息,却见商积羽出来道:"小深,珍宝君回来了。"

"什么?"小深吃惊,珍宝君还敢回来?

随着商积羽之后，又出来一人，身着青衫，十分高大，额上还有角，看到小深，便微笑着道："你就是深儿吧……"

商积羽忽觉不妙——此人忽然出现在澄明殿，还有角，修为高深莫测，他以为并非外人，且开口便要见儿子，商积羽自然以为是珍宝君，但对方见到小深说的第一句话，就暴露了他也是第一次见小深。

果然，小深瞪着对方，问："你是谁啊？"

这人道："你以前可能未听说过我，我是鹿华君。但不必见外，可以叫我一声……"

"去去去！"小深大怒，把对方赶了出去，"岂有此理，我才刚飞升，消息就传开了？"

商积羽也有点儿头疼，原来不是龙角，是鹿角？

靠着珍宝君之子这个身份，小深一接位，龙族与各族紧张的局势顿时意料之外、情理之中地……和缓许多，并因一时谁也无法找到珍宝君，小深狂收无数礼物。

清点完大批礼物清单的山河君趴在榻上，委屈地道："呜呜，我好难啊，仙界怎么这样，每个人都想当我爸爸！"

商积羽："……"

小深好不容易梳理完了珍宝君的行骗记录，了解仙界局势，也收到了无数礼物，可以说再次让仙界大局达成了平衡……总算有时间办一办自己的事了。

"给我摆驾！我要去找方寸！"小深迫不及待地道。

这些天他已经叫黄龙打听清楚了，以方寸真人之惊才绝艳，在仙界当然不会寂寂无闻。他如今的道场在方寸山，座下也有一批仙人依附，其中当然也包括从羽陵宗飞升来的直系弟子，其中还有陈妙想。所以去找方寸，还算一举两得。

"是，君上！可要都披上战甲？"黄龙知道算是去讨债，机灵地问。

"暂且不必了。"小深道，他也统御羽陵百年，有了那么一点点感情，他现在是龙君,只要方寸识趣,想必也不会把关系弄僵。

小深和商积羽一起坐上车驾,往方寸山去。所过之处,遍地亲戚……

有了一群想当你干爹的人,相应地,什么姑姑、小姨、堂哥、表姐也会陆续冒出来,叫小深不胜其烦。

"哎,这不是小深吗?"隔着车驾呢,都有人和小深挥手,"是我啊,之前送你的宝贝都收到了吗?"

小深掀开帘子,黑着脸道:"真巧啊,鹿华君。"

"生分了,都说可以叫叔叔。"鹿华君微笑道,"哎呀,积羽也在,你们两个,还真是兄友弟亲。可惜叔叔形单影只的。"

"这也没办法。"小深无所谓地道,"我看你还是早点儿给拜个兄弟吧。"

鹿华君深沉地道:"小深,你这是在质疑我对珍宝君的崇敬吗?我们之间只是有小小的误会而已,待他回来,就会解除了。到时,咱们便是和睦的一家。"

小深道:"没有,我就是觉得你打不过沧海君。"

鹿华君:"……"

小深趁他哽住无语,迅速把帘子放下,让随从快点儿走。

还没走出去多久,商积羽忽而道:"好像有人跟着我们,而且好像不是鹿华君。"

"发现了。"小深有气无力地道,"鹿华君肯定也不是巧合出现的,都是不放心,怕我这是偷偷去见珍宝君吧。"

小深一路往方寸山去,其间也不知被打断多少回,最后他只能恼怒地出了车,对着看似空无一人的身后大喊:"我是去讨债的,要跟就跟着,能别打扰我了吗!我真的不知道珍宝君在哪儿!"

过了一会儿,有道声音幽幽传来:"这些日子,你可一直在搪塞我。"

小深见什么族说什么话,为了摆脱骚扰,一会儿说可能珍宝君闭关去了,一会儿说自己是珍宝君捡来的,实在不知道珍宝君的下落。有时候还会表示都是神君的错,神君瞒了天机……

天知道珍宝君连他都骗。当初珍宝君倒是说过,小深是自己感应天地之气,从耳朵眼儿里掏出来的,因此生来比其他龙细很多,很费劲才养大。但小深怀疑他在骗龙,因为后来他发现其他龙都是卵生,从蛋里出来的!

此刻,小深连忙秉承父亲志向,认真地道:"这次真的没有说谎,我有私事要处理的。"

一时也无声息,也许是信了。小深这才又委屈地躲到商积羽身后。不过这么一说明,果然也没再来打扰的了。

方寸山。

山门外的童子远远便望见了龙族车驾,不是路过,倒是直直冲着方寸山而来,连忙迎出来,问:"不知贵客有何要事?"

小深大声道:"我找方寸!"

他想说这句话很久了,终于有机会开口,简直气势磅礴。

童子见他来势汹汹,吓得忙道:"这便去禀报。"

方寸山的人一直与世无争,过着闲云野鹤的日子,怎么会和龙族攀扯上关系。

"等等。"商积羽叫住他们,将自己的令牌丢了出去,"带上这个。"

童子这才大松一口气,这是羽陵宗的标志,原是有渊源啊,那估计不是什么坏事。

这令牌还能分辨出拥有者,不多时,只见一名云鬓凤钗的华服女子迎了出来,拎着裙角,一见商积羽便笑道:"好徒儿,千载不到,便飞升了!"

商积羽拱手行礼:"师尊。"

陈妙想目光流转,又看到了小深,神情有点儿异样,干笑道:"这位是……"

"师尊,这就是兰聿泽之主,青龙深。"商积羽说得简单明了。

"久仰久仰。"陈妙想讪讪地道。

余意先他们一步飞升,该知道的,陈妙想和方寸当然早知道了。

"哈哈。"小深露出了可爱的笑容,并寒暄道,"师尊,就是你偷炼我的水吧?"

太直接了,陈妙想有点儿扛不住:"嗯……"她犹豫了一会儿,说,"哎呀,这水还是师祖偷的呢,他命我接你们进去,走吧走吧。"

好一招祸水东引,小深也就暂且不追究她了,要论元凶,是方寸真人才对。

路上陈妙想又拿了个锦囊出来,说:"哎,这些年无事,也炼了些小玩意儿,挑些合用的,给你们玩儿吧。"

她一脸高深莫测的笑意,塞给小深和商积羽。

小深往里头看了一眼,道:"咦——哇——"

商积羽没眼看了,道:"师尊……"

陈妙想一挥广袖,仙气飘飘地道:"此天地大道,徒儿不必不好意思!"

到了山上厅堂,一名身着月白色道袍的道人正在门口,他形容二十七八岁的样子,一身素净,唯有头上有根琉璃发簪,俊逸出尘,正是羽陵开山祖师,方寸真人。

见了他们,方寸立刻道:"有失远迎,总算可当面致歉了。山河君,当年我不知阁下栖息泽中,搬走阁下的水域,后来才算到,似是与天地杀劫有关,百般推演之下,也只得模糊之象,留言叫后世弟子去搭救。直到余照飞升,我才知险些扰了龙族之计。"

他给小深行了一礼。其实这也算冥冥之中天命所归,但方寸倒不推卸,坦然大方。

商积羽原本和小深并肩而立,此时赶紧让开,否则就跟着受祖师一礼了。方寸看到商积羽,知道是羽陵弟子,也对他一笑。

一码归一码，商积羽也向方寸行礼，称祖师。

"好，算你有诚意。这样，我看你们那片林子里长的赤雪木不错，伐了给我修宫殿吧。"小深还挺满意方寸的态度，立刻道，"就当是赔偿了。什么时候赔够了咱们便两清——利息算人间界的弟子给你还清了！"

他觉得自己对方寸颇为优待了，虽然商积羽没说，他还是看在商积羽的面子上，减轻了几分赔偿。

方寸却露出了为难的神色，道："这个……此木还未到年份……"

小深失望地道："给不出吗？那有没有天降草？"

方寸吞吞吐吐地道："有是有，但是……"

小深连问几次，方寸都推三阻四。以小深修习幻术多年，又在骗术家族浸淫，怎么看不出方寸有推搪之色，但是这和方寸起初的行径又大为相悖，他狐疑地道："你是不是有什么事瞒着我？"

方寸顾左右而言他："呃……这几年实在是，比较困难……"

"还说没有？"小深道，"你知不知道好多想做我干爹的人就在外面，等着给我做主？"

商积羽："……"

方寸慌了，像是被小深给吓到，道："殿下说他们在外面是什么意思？"

小深说："哦，就是他们都跟着我啊……你知道有哪些人吧？"

据说珍宝君闹出来的事，仙界都闻名了啊，应该不需要他向方寸介绍了吧。

方寸的脸色一变，低声道："殿下，您看这个。"他把头上的发簪取了下来，"这是……陈妙想炼制的。"

陈妙想炼制的？陈妙想闲着没事，还真是什么都炼，连首饰也炼，但这又怎么了，是想拿这个抵债吗？

小深拿过发簪准备细看，又听方寸在旁细如蚊蚋地道："其实前些年,令尊就来过了,替殿下讨了债回去,我们现在穷得是两袖清风……"

嗯?珍宝君来过?

对了,这倒是他的作风,只是小深一直忙着,没开过宝库,不知道债其实要回来了。那这趟是白走,也白摆派头了啊,可小深还没来得及不好意思,就已经感觉哪里不对了。

这珍宝君躲藏,必然要在他人想不到之处。比如,羽陵宗与珍宝君的关系来自小深,除了余意以外,任何人也不知道……据说方寸还一直深居简从。

小深一慌,连忙把发簪拿得更近了,细细观看,看到里头有极小极小的青龙在游动,和他还对了一眼。

珍宝君:"……"

小深:"……"

纳巨龙于微末。原来……珍宝君竟一直躲藏在方寸真人的发簪里!

坏了。小深捏着发簪暗道不妙,那些家伙就跟在他身后啊,离得远还好说,都是一方大能,如今近在咫尺,不会发觉异样吧?

怕什么就来什么,小深正在担心呢,就听到外头打雷般的声音,正是出自沧海君:"我闻到你的味道了!珍宝君,快出来!"

缩成细细一条的珍宝君翻了个白眼。

方寸一拍额头,大叹:"原本该早些派人去找你的,知道你飞升的消息时,已晚了啊!"

珍宝君看上这里,也就是因为方寸山不怎么与外人来往。

小深走出厅外一看,外头魔气缠绕,不一会儿,又有其他仙气与之分庭抗礼,彼此抗衡,因此,才一时无人能闯进来。

隐约还能听到有人在说:"山河君还信誓旦旦,决不知道珍宝君所在,果然是骗人的!"

"那可是珍宝君的儿子,还能有好?"

"嗯,谁敢说我侄子的坏话?"

小深对商积羽使了个眼色,形势不妙,先走为上。商积羽迟疑,难道不理会父亲了?

"他用不着我们搭救,留他一个更好发挥。"小深攥着簪子和珍宝君又对视了一眼,这对你坑我、我坑你的父子俩万年后再相见,居然匆匆一眼又要各自奔逃。

只见珍宝君在簪子里蔫蔫的,对于这么快就被发现,心情很不好,甩了甩尾巴,示意"去吧"。

小深放下簪子,拉上商积羽,对方寸和陈妙想道:"走吧,看在积羽的面子上,顺你们一路。"

方寸惊慌失措,他可是珍宝君的帮手。唉,其实他也不知道怎么就脑子一昏,居然为了珍宝君冒着得罪那么多人的风险,现在真的事发东窗,他都觉得自己跑不脱。

方寸艰难地道:"殿下,还是不要麻烦你了吧,你也不一定跑得了。"

想也知道,这些人见了珍宝君,一定押着小深和商积羽一起共享天伦之乐。

"呸,胡说什么!"小深挥手,"跟我来。"

此时此刻的方寸山,哪里出得去。小深才到边界,便被魔气阻拦,在方寸和陈妙想担忧的目光下,只见小深化身为龙。

迎着气势汹汹的沧海君,小深临危不惧,极有威严地大声道:"干爹救我!"

一瞬间五六道流光飞来,把沧海君撞得不见影了。

众人:"……"

当场认爹?还真是能屈能伸啊。

"多谢各位!"小深朗声道,朝着四方团团一拱手,礼数做足了,"珍宝君被困住,还待各位搭救,望各位想清楚了,不要浪费时间在我们身上。此时多一分力,就多一分可能!"

不知道的,以为小深是在劝人去抢他父亲……但这句话果然有效,也可能是都怕自己变成下一个沧海君,小深带着人离开,也未遇到阻挡了。

商积羽问:"我以为你不想认他们?"

小深道:"我就认那一小会儿。"

商积羽:"……"

遥遥地,还能听到珍宝君镇定的龙吟:"其实是本君吩咐小深引你们来的,看谁更上心。从前为利益,欺骗过各位。但现在,的确打算广开龙宫之门,广交朋友……嗯?你们瞪我做什么?我刚记错了,是开三扇门……两扇……"

商积羽道:"我总觉得,你这龙君,怕是还要再做上好一阵子了。"

番外三 东海大学二三事

  仙界以下有许多界，其中与神州大陆最像的，要数另一界的东方大陆，许多种族都是一般，据说乃同源而生。

  此界与其他界不同，灵气一直在泄漏，故此修者也越来越少。不知过了多少年，此界灵气渐渐耗尽，修者难以飞升，最后甚至和仙界一起，成了神州凡人口中的故事传说，一如当年的龙族。虽无灵力，但东方大陆的凡人依靠自己的才智，竟也发展出另一力量，过上了大不相同的日子。

  尤其近百年来，发展迅猛，科技日新月异，引得上界仙人都心动不已，纷纷偷溜前往游玩。

  勤恳的山河君肩负龙族重任多年，眼见他父亲珍宝君也溜得不见龙影，十分生气，决定让黄龙暂代职务，自己也带商积羽去东方界度假。

  众所周知，山河君的人族祭品只有一人，他待此人亲如兄弟。正是这一和其他龙族不同的地方，让山河君无论如何能打爱打，在仙界总有一批拥趸，忠心支持着他。

某月某日,小深和商积羽降落在了东海市,此处临着海,正是水族最喜欢的城市。此界虽与神州同源,但迈上另一条道路,如今与其他界大不相同,小深和商积羽虽从其他仙人口中听闻过一些,真面对时,还是十分惊异,而且迅速察觉到,他们恐怕无法轻易融入。

小深感应了一下珍宝君的方位,说:"没事,我们去找珍宝君,让他安排!"

两人都是广袖长袍,走在街上并不觉得不对,只因身旁虽然有许多身着短袖短裤的人,但偶尔也有些和他们一般打扮的,纵有盯着他们的,也多是看脸。

小深猜测,他们这样的装束在此处不是主流,只有少数情况人们才会穿着,可能就和礼服与常服的区别一样。

街上川流不息,摩肩接踵,小深向商积羽感慨道:"看来无论何时何地,龙族还是那么醒目啊。"

商积羽举目四望,不错,大街小巷,各处都能见到龙形,还有互相道"龙年好"——此界也曾有龙族生存,和当年珍宝君主动带全族离开不同,他们是因为此处灵气越发稀薄,无奈之下才都离开的。虽说有些形式变了,但人族祭祀龙族的习惯,好像还是保留在了风俗中。

有人族拿着纸张发放,递到他们手里:"帅哥,××温泉度假村开业,吃喝玩乐一条龙服务哦!"

小深吓了一跳,拿着纸拼命看,问:"一条龙服务?珍宝君在这里工作?"

商积羽也仔细看了看,然后道:"应当是吹嘘的,珍宝君不像在此处。"

小深也点点头,夸张这回事,哪里的人族都一样嘛。

他们来到了一处地方,这里出现的人族大多都是青年男女,而且多数带着书本。

"是只有东海如此,还是各地都这样?"小深感兴趣地道,看来这里的人族能力强,能印许多书了,就和从前羽陵修者一样好学,只是他们学的不是修仙之道。

商积羽对这样的氛围也颇感怀念,然后看到一人,低声道:"你看那是……"

小深转头,见到几个人族青年正簇拥着一名高大的男子,头发比小深印象里要短太多,只有一截,穿着也是此处风格,但分明是鹿华君。

小深是感应珍宝君来的,不过有珍宝君之处,出现鹿华君好像也不算什么稀奇事……小深甚至对他招了招手,好歹大家当过一时半刻的亲戚。

鹿华君对那几个人族说了几句话,就走到了小深面前,问:"山河君和积羽也来了,可是找你父亲?"

"是啊,我本来感应到他就在附近,忽然就找不到了。"小深道。

鹿华君眼神一沉,道:"是吗?不如这样,你们在图书馆坐一坐,我去帮你寻他来。"

"好,多谢鹿华君了。"小深假装不知道在珍宝君身上可能会发生什么事,"图书馆……说的是那里吧?"

他指着一个很像羽陵书林的那地方,那里面有很多书。

"不错。"鹿华君目送他们离开,此时那几个围着他的人族又过来了,好奇地道,"陆教授,你认识他们吗?好像没见过……是哪个学院的啊?"

"是我儿子和他的朋友。"鹿华君貌似很骄傲地道。

大家都"哇"了一声,没想到鹿华君的儿子都这么大了,不禁更加羡慕这位东海大学有名的青年俊彦了。

小深和商积羽坐在图书馆里,一起找了几本书翻看,感受了一下人族现今的文化。

"可惜这里没有珍宝君行骗记录,不然看一本咱们就了解了。"小深玩笑道,刚说完,就看到又一位熟人大步进来。

"沧海君？"小深看着对方。

"来了啊。"沧海君挑眉，甩了一张卡出来，"这是人界花销用的钱，密码是你爹的原身长度的数字。"

小深还未来得及再说什么，沧海君已经很潇洒地转身离开了。

图书馆内的学生纷纷盯着看，这不是……受邀来做讲座的商界新贵吗？和那两个穿古装的帅哥什么关系啊？

沧海君仿佛听到了他们的疑问，在离开前随口对一个人道："那是我的侄儿！"

对方没想到自己嘀咕的话能得到回答，回头猛看了起来。嗯嗯，这么看，都和沧总很像！

小深等了有一个时辰，以为鹿华君搞不定了，珍宝君才姗姗来迟，他头发也变短了，还戴着副金色的圈圈在鼻梁上，对小深一笑，道："到了？"

小深也问："债主都打发了？"

珍宝君幽幽地看了儿子一眼，说道："不提那些……我如今在这里教书，你若只要游玩，我给你们报旅游团，若要深度体验，我安排你们入学，怎样？"

"那就学学看啊，我看看这里的人族有什么文化。"小深颇感兴趣，"积羽呢？"

小深都这么选了，商积羽也无所谓地道："可以，听你的。"

于是，东海大学已经两年没人报的古生物学专业，在今年一下迎来了两位学生。

这个专业很是冷门，常年一届只有个位数学生，很多课都和其他专业一起上，大家对他们很感兴趣，尤其发现，这俩学生还是文学院甄老师的儿子。

"不对吧，不是甄老师的儿子啊，上次我朋友告诉我，是陆教授的儿子啦。"

"呵呵,不可能,明明两个都是沧总的儿子。"

"全搞错了吧,一个姓兰,一个姓商,和什么甄老师陆教授的,都不同姓啊!"

谁才是兰聿深同学的好父亲,这也成了一段时间内东海大学最大的谜团……

小深入学后,每日和商积羽一同去上课,就像普通的大学生。他们不住在宿舍,在旁边租了公寓,早晨小深还要赖赖床。按理说小深都飞升了,不会疲倦,可谁叫他最近沉迷人间的手机游戏,也不知天道怎么判定的,也归入了神君所说,沉迷玩牌一类,玩多了连仙龙也会累。

"我要突破自己的道!"小深如是说,然后坚持熬夜打游戏。

商积羽无法反驳,要是小深真能撑下去算什么,超越定下此律的神君了?

于是第二天迷迷糊糊起不了床,被商积羽从被窝里拖出来,眼睛也还睁不开,嘴里还骂着:"为什么大学会有早自习这种东西……"

他也没上过别的学,这句话是从同学那里学来的。

商积羽冷冰冰地说:"该去上学了。"

小深哼哼唧唧不愿起。早起不开心,叫他不上课也不开心,但上学还挺有意思的,真是两难。

商积羽就从窗台上拿了一个花洒,对着小深浇了几下。水流从头上淌下来,小深的精神顿时好多了,就像发芽的种子,伸了个懒腰。

商积羽抽走了多余的水流,小深一下又靠在他旁边。

挨着兰津泽真舒服。小深正晕头晕脑,忽然想起来,道:"要迟到了。"

商积羽低声道:"其实……我昨日从同学处听说一新词。"

小深问:"什么?"

商积羽道:"逃课。"

小深茅塞顿开,道:"原来可以这样啊!"

体验人族大学生活的小深,又学到了重要一课——逃课。待他们去上专业课时,一组的同学问:"早自习逃了哈?"

小深点头。

同学问:"所以你们干吗选古生物学呢?"

这专业其实是珍宝君给选的,小深也很迷惑,道:"不知道,我没见过这儿一万年前是什么样子啊。"

就算此界与神州同源,万年前也不尽相同。

同学附和了一声:"……哈哈,幽默。"

小深发觉了,这个世界还有一种龙,是已经灭绝的,叫"恐龙"。和龙族的其中一支长得有点儿像,但根据小深在书本上学到的,应该完全不同。

小深偷偷告诉商积羽:"我怀疑恐龙也有真龙血脉,就是不知道和什么族和合所生!"

商积羽也这么觉得。

"这个恐龙,应该也还算能打吧。"小深想象了一下恐龙的体形,"但还是打不过我们。"

同学听了也是只当笑话,尤其是小深稚气未脱的样子,说这话反差太大了:"哈哈,'社会'。"

"什么意思?"小深问。

"就你说能打什么的……"同学一时也不知道该怎么说了,"哎,我说,深哥,你不会真混过吧,就那种,左青龙,右白虎,Hello Kitty 文胸口。"

小深听他说到青龙还很镇定,笃定无人能发现自己的真身,听到那什么 Hello Kitty 却是很疑惑。这个世界还多了一种可与青龙媲美的强者,Hello Kitty?

直到后来,小深在娃娃机里看到了 Hello Kitty,这才知道它是何方神圣,并深深困惑。这看起来也不是很能打啊?到底凭什么和青龙并列的?

古生物学属于理科，但兰聿深同学和商积羽同学，是东海大学出了名的文科学霸，跨着院系拿人家文学院的奖项，尤其古文。只能说，不愧是文学院甄老师的家人。据甄老师的学生说，还曾经听到甄老师和小深、商积羽用文言对话……

在很多同学心里，他们应该是那种心无旁骛、从小一心学习的学霸，打游戏还是上大学后同学教的。面对这样的人，大家能放过吗，当然是继续教他们必备技能之一——打牌。

小深在仙界忙于公务，没时间学打牌，倒是来了下界沉迷于此，连游戏也放下了，搞得游戏客服还关心地给他打了好几个电话，毕竟小深刷沧海君的卡充了不少钱。

可惜小深手气不太好，竟是屡屡点炮，眼看着脸色越来越差，数次和商积羽换座位。商积羽一脸的无辜，他只是三缺一被拉来的，怎么知道为何总能和牌。

在同学宿舍打了一夜，商积羽再次和牌，依然是小深点炮，旁边的同学一看，哈哈大笑，道："深哥到底怎么回事，故意让你朋友的吧。这清一色一条龙啊！"

小深有点儿气急，道："胡说八道！"

同学知道他们以前不会打牌，道："真的真的，你看啊……"

人族本就很多带龙的词儿，小深也听了不少，可此时听来，简直让他的理智摇摇欲坠，大喊道："我才是青色一条龙！"

说罢扑身飞了出去，化为一条长龙，通体碧色。

商积羽也无奈地笑了一声，一跃而出，道："都告诉你了，小赌怡情，莫往心里去。"

小深龙吟："那我们回去了哦！赖账了，赖账了。"

窗口的同学手捏麻将，神色呆滞。原来是这种"清一色一条龙"啊？

"小深，这个周末的户外聚会你和商积羽参不参加啊？"同学碰了碰小深,问道,"去吧,好多同学都盼着你去。"

从入学起,小深就算得上是学校的风云人物了,不单是长得惊为天人,在学习方面更是惊人。起初大家觉得他像是从偏远山区来的,什么都不懂,也不知甄老师怎么养的孩子。

但是入学时间一久,天赋就显现出来了。在本专业上,他对动物的骨骼有着惊人的直觉,且年纪不大,对古文造诣极深,常说自己不大有文化,可随口就是流畅的文言文,却还谦虚地表示:"什么?现在这也能叫有文化了?"

如此神秘的人设,让大家对他们极为好奇。

"聚会啊,应该可以吧。"小深想到了珍宝君说的,和人类多交往,才能了解这个世界。

到了约定好的那天,小深又差点儿睡过头,商积羽喊了几声他也不动弹,无奈,商积羽只好把他柔软的人身拉起来,收拾好穿着,直接背出门。一路上,路人纷纷盯着他们看。

同学们租了辆大巴车,就等着小深和商积羽了,见商积羽背着小深出现,一个个的也傻眼了。

"不好意思,他还没睡醒。"商积羽礼貌地道。

"没什么……"同学无奈地扶额道。

"今天去哪里呢?"商积羽问。

"呃……小深没有告诉你吗?"同学觉得奇怪,小深还说他去问商积羽同不同意,商积羽怎么会不知道。

商积羽摇摇头道:"没有,我也没问。"

同学脱口而出,问:"为什么?"

问完他就后悔了,隐隐有不祥的预感。

果然,只见商积羽淡淡地道:"不必问,他去哪里,我就去哪里。"

"呃,你们还真是……"同学思考了半天,想出一个形容词,"鱼离不了水,水离不了鱼。"

有人纠正他:"鱼是离不了水,但水怎么离不了鱼了?"

商积羽平时话挺少,没想到听到这句,他却道:"水也会眷恋水域中的生物。"

小深也不知道什么时候醒来了,说道:"嗯……生态环境是一个整体。我没有告诉你吗?今天是去烧烤。"

后半句却是转到了今天的行程,原来刚才他就迷迷糊糊听到了,只是一时没清醒。

商积羽一笑,问:"要不要再睡一会儿?"

同学们咬耳朵:我看这俩是永远也不会吵架吧……

到了聚会地点。

商积羽看着前面,问道:"这是什么?"

小深答道:"水池。"

商积羽问:"为什么这里会有水池?!"

小深道:"我怎么知道啊!我只听到烧烤两个字,其他的没注意!"

商积羽道:"你是故意的吧,分明就是冲着水池来的。"

两人之间的气氛剑拔弩张,起初还有同学想劝架,后来一看他们的眼神,吓到鹌鹑一样挤在一起瑟瑟发抖……怎么会这么可怕啊!光是在旁边感受这气场,都要腿软了。简直啪啪打脸,刚才大家还认为,这俩肯定不会吵架,没想到因为一个游泳池,竟吵得不可开交。而且他们也不明白,这游泳池到底怎么了……

还是两人慢慢平和下来,商积羽主动说道:"吃肉吧,只要不出格就行。"

"噢,给我烤焦一点儿。"小深也若无其事地收了气。

一瞬间风平浪静,刚才的一切像是梦一般,唯有仍在发软的腿告诉大家,那都是真的。就算是教导主任,也没有给他们留下过这么深的阴影啊。

商积羽帮小深烤鸡翅,认真细致,服务周到,自己不吃,光给他烤,看得一众同学羡慕不已:"商积羽,你怎么不吃啊?"

商积羽露出一个淡淡的笑容,再次令大家唏嘘不已,但很快,他柔声说:"小深太能吃了,先喂饱他。"

众人:"噗……"

刚刚还很和气,现在就说人家太能吃,小深看起来瘦瘦的,不像啊!

小深倒对这种说法很能接受,而且吃着吃着,就有人发现了,问:"小深,你怎么,不吐骨头的……"

"呃?"小深嚼了两下,"吐骨头?"

商积羽不动声色地替他解释:"翅尖骨头很软,他喜欢嚼骨头,嚼烂了吃下去。"

是吗……

只见小深已吃完了鸡翅,拿起一块肋排,张大嘴就要咬,同学眼睛瞪大,露出了惊恐的神情。

商积羽戳了戳小深的腿,小深的嘴立刻缩小了些,只是把肉啃掉。

"记得吐骨头。"商积羽提醒小深,"我再去拿些肉。"

商积羽走后,同学弱弱地问小深:"对了,这个泳池,怎么惹你们吵架了?商积羽不喜欢水?"

小深道:"他怎么可能不喜欢水,他挺喜欢的。"

同学问:"那他不喜欢你碰水?"

小深道:"也不是。"

同学问:"呃,你不会游泳?"

小深道:"怎么可能!我特别会!"

同学彻底蒙圈了,问:"那你俩为什么吵架?"

正说着,旁边的班长脚下一滑,掉水里了,立刻扑腾着大叫:"我不会游泳!救一下我!"

"小深?"同学露出了那种"你不是说你特别会游泳"的神情。

结果小深迟迟不动,其他同学都开始手拉手把班长拽上来了,他站得最近，倒是一点儿反应也没有。

同学还在奇怪地盯着小深，问道："你其实不会游泳吧？"

"我会。"小深忧伤地道，"只是商积羽不喜欢我从水里捡人。"

同学的嘴角抽搐了一下，他根本不相信，道："呵呵……商积羽同学不至于这么丧心病狂吧，而且，我看他平时都听你的。"

小深道："但偏偏这件事，他不肯妥协呀。唉，我也想开了，不救就不救吧，我再也不随便从水里捞人了。"

同学："……"

虽然不能救人，但小深还是做了力所能及的事情，比如把手边的干毛巾递给湿淋淋的班长。不巧的是，商积羽这个时候也回来了，正好听到班长对小深说"谢谢"。

小深连忙道："我不是……我没有……"

商积羽把食物往桌上重重一扔，道："你说过，再也不捡人了！"

他这句话的音量比之前小深和同学的说话声都大，一下子所有人都听到了，不禁愕然。来了来了，第二次吵架居然来得这么快。但是，什么叫再也不救人了？！

小深解释道："我没捡他！当时他就在我面前掉下去，我连手都没伸！"

同学们开始怀疑自己的耳朵……

商积羽仍是恨恨地道："那他为什么对你说谢谢？"

"只是给了他一块毛巾……唉，真是给你解释不明白。"小深说着，气鼓鼓地走上前去，大家倒吸一口气，完了，要打起来了。

果然，小深到了商积羽面前，一把就推在商积羽胸口，竟将他推到了水下！接着，又以大家没能反应过来的速度，自己也跳下了泳池，把商积羽给捞了上来，扛上岸，道："呼……行了吧。"

在同学们呆滞的目光下，商积羽满意地道："好了。"

班长：这种人就不应该请来聚会！

番外四 珍宝君行骗实录

珍宝君的一天从做笔记开始。

他翻开自己的手册,好回忆一下今年以来都忽悠了哪些人。嗯,今年又给儿子订下了三桩亲事,换来了青云芝、昆仑纸、九霄草等材料……又好好充实了一下龙族宝库。一想到满库的珍宝,珍宝君又干劲十足了,翻身起来。

可就在这个时候,黄龙前来禀报,说下界有报信的,小深不日也要到上界来了,而且还不是独自上来。

"小深要来了?这样……怕是不好再拿他招摇撞骗。"珍宝君沉吟,"如此,会有损孩子的名声啊。"

黄龙欲言又止,虽然……但是小深殿下早就没什么名声了吧。

"珍宝君,但若是就此说出真相,订了婚约的各族怕是不会轻饶。"黄龙充满了担忧。

"嗯,别怕,我去骗骗。"珍宝君道。

只要珍宝君想,没有他骗不了的人。

也巧了，此刻魔族的沧海君来访。

"你那儿子到底什么时候上来完成婚约？"沧海君面色不善，"还有，我怎么听说，龙族还和别族定了婚约，你到底有几个儿子在下界？"

"我正想和你说此事。"珍宝君握住了沧海君的手，"我儿子无法完成婚约了。"

沧海君勃然大怒，道："那东西还来！"

珍宝君一下拖住他，道："等等呀，听我说！虽然我儿子无法完成婚约了，但是，还有我呀。我尚年轻力壮，可以代替我儿子完成婚约。"

沧海君眼中闪过一丝笑意，却还要故意挑剔："这岂不是乱了套了，原是将你儿子配与我族中魔女，现换成你，魔女可不一定愿意啊。"

"我还不愿意娶她咧，本君都亲自上了，当然要换你族里更富裕的人家来！"珍宝君拖着拖着就累了，直起腰来。

沧海君十分贴心地帮他捏了几下，问："哦？那你想换哪个？"

珍宝君眼皮都不抬，道："哪个最富裕换哪个。"

沧海君道："那只有我家了。"

珍宝君的动作一滞，随即笑容满面地道："这便是强强联手，原就该和你家的魔女联姻的。咱们两族一定能合作纵横上界啊，这样，你先支援一点儿水中金来……"

珍宝君反手又收了一拨财宝，但这样的后果就是，当珍宝君翻车之后，来找他算账的人也格外多。

沧海君就带着全家一起来算账了。

"珍宝君在哪儿？"

刚刚在外面，他看到许多受害者，因为争吵谁先进来，还打起来了。沧海君实力强大，一家率先闯了进来。

沧海君揪着黄龙，面色恐怖。

"别，别动黄龙啊。"珍宝君竟没有跑，而是拎着衣摆赤足跑了出来，珍宝君没有穿着平日的华服，而是一身素衣，看起来颇为憔悴。

沧海君冷冷地道:"你还敢出来?"

珍宝君却理直气壮地道:"为什么不敢?我是骗了人,可又没骗你!"

他把当初立约时,和沧海君家交换的珠子拿出来,道:"这个他们可没有,我就从他们身上骗些钱财,怎么了,我龙族习性如此。"

珍宝君的样子实在太过理所当然了,很有底气的模样,导致沧海君又是一愣,难道……误会他了?

原本沧海君对他一约多定十分生气,但他开口便说在骗其他人,又让沧海君犹豫起来。

沧海君有点儿怀疑地道:"只有吾家……是真约?"

珍宝君用力地点头,道:"自然,魔族最为势大,若是连你家也骗,我岂非惨了。好了,现在你们快偷偷把我带出去,我上你家避避风头。"

这样也不错……管他呢,就算不是,龙都到家了,不是也变是了。沧海君使了个眼色,合家联手,将珍宝君的行迹掩盖了起来。

"你一句话也不要说,随我出去。还有,往后再也不可这样行骗,这是你龙族的习惯,到了我魔族,却不能如此!"

他察觉到珍宝君牵着他的衣摆,语气是少有的软弱,竟全然答应了:"好的。"

嗯……以后龙君就是魔族的了。沧海君很是满意。

"放心,其他各族,都不是本君的对手。"沧海君道,"去将珍宝君的大印拿上。"

珍宝君的声音却一变:"不用了啊,急着走,还拿什么印。"

"不拿印怎么重新立约?"沧海君道,他率先迈步走向了内间,一推门,就见鹿华君正坐在里头喝茶,怀中还搁着珍宝君的宝印。

沧海君:"……"

鹿华君看到他,也是一惊,立刻起身,问:"珍宝君呢?"

他往外看,却不见了珍宝君的身影。刚才他溜进来,珍宝君说原就想和他走，印都带上了，只要去外间和黄龙嘱咐一声。他满心熨帖地等着，可再进来的，却是沧海君了。

沧海君觉得不大对，往后一伸手去摸珍宝君，却摸了个空，忙问道："珍宝？"

没有任何应答。

到了此时，沧海君如何还不明白，自己怕是被骗了，一时惊怒交加，又有些难以置信，脸色阴沉得可怕。

鹿华君还在说："你把他抓哪儿去了？珍宝君只是骗你们的，事到如今，我愿意替他补偿……"

沧海君越发怒火中烧，道："他是不是告诉你，答应其他族都是假意，和你族联手，却是真心的？"

鹿华君果然点头，而且对此深信不疑，道："他说要赶在魔族进来前收拾好东西，你是最恨他的。"

沧海君用力一拍柱子，整个宫殿都晃动了一下，道："我最恨他！我最恨他！"他正要撒气，却见鹿华君眼中隐隐透着得意，遂将珠子拿了出来，问，"你有吗？"

鹿华君大惊，道："这是什么？"

沧海君嗤笑道："自然是盟约之物。你还想替他补偿？倒要看看人家愿不愿意，连个信物都没给你，骗你也是最不值的那一个。"

"胡说，我怎么没有！"鹿华君道，"我的还大一些！"

这回轮到沧海君大惊了，道："不可能，这一颗已是难得地大。"

鹿华君拿出一颗带着浅色花纹的蛋，道："这个，他说可以孵出小龙。"

沧海君道："鸡蛋吧，龙蛋没有这么小。"

"不可能，是鸡蛋我怎会分不清……"鹿华君说着忽然想起什么，对着那蛋施了一道术法，上头的花纹渐渐消失，原有的气息也露了出来，不是鸡蛋，是颗鹅蛋。

鹿华君大受打击，随即怨气十足地看着沧海君，道："都是你，倘若不是你突然闯进来，珍宝君就要随我回去了。"

沧海君道："你在说什么胡话，他都是在糊弄你。"

还有我也被糊弄了。但沧海君不忍心说出来。

"我管他是不是糊弄我，只要进了我族，九重云门落锁，任他巨龙之力也逃不出去。"向来温吞的鹿华君一开口，话语竟叫听者毛骨悚然。

珍宝君打了个寒战，喃喃道："没想到，我看错了鹿华君……"

"他不也看错了你。"天帝举杯饮茶，他们明明就在殿内，那一众人却看不见他们，他轻笑道，"你将人家骗得可真惨，堂堂鹿华君，拿颗鹅蛋做宝。"

"哈哈。"珍宝君打了个哈哈，"那也是知道有您照顾着，好险呀，幸好您及时出现，不然九重云门还真要困龙了。"

天帝淡淡地道："是吗？你不会在想，如何连我也骗过去吧。"

"我疯啦，连您也得罪了，我可就真没地方待了。"珍宝君可怜地道，"我到现在，连双鞋子都没有。"

还真是，狼狈得很……

下一刻，天帝就见他胆大地一抬赤足，踩在旁边的小几上，一时挑了挑眉。

珍宝君最会得寸进尺，道："陛下，赏我双靴子吧。"

喜怒难辨的天帝沉默片刻，竟将他的赤足抬起来，给他套上了一双靴子。如此行为，天帝不觉有失身份，反而升起异样的满足与安心。观珍宝君的言行，分明是投诚。

天帝自觉已得到想要的了，起身道："我下令，命各族前往大殿。"

"那就谢谢陛下了。"珍宝君说道，"我还有个行骗手册，从此交给陛下了。"

天帝更为满意，这也是他此前唯一计较的地方，不需他说，珍宝已主动表示了。

"去吧。"

一盏茶的工夫后,珍宝君还未回来。天帝的手指在桌面点了点,不可能……虽然这一招,刚刚就在眼皮子底下,珍宝君用了两回,但天帝仍是不相信,他会对自己用第三回。

方才,沧海君二人也是如此自信。

天帝脸色微变,推门看去,哪有珍宝君的身影,只有一双踢得散乱的靴子罢了。

图书在版编目（CIP）数据

山河伴君侧 / 拉棉花糖的兔子著 . — 武汉：长江出版社，2023.5
ISBN 978-7-5492-8789-5

Ⅰ.①山… Ⅱ.①拉… Ⅲ.①长篇小说－中国－当代
Ⅳ.① I247.5

中国国家版本馆 CIP 数据核字 (2023) 第 055690 号

山河伴君侧 / 拉棉花糖的兔子　著

出　　版	长江出版社
	（武汉市解放大道 1863 号 邮政编码：430010）
市场发行	长江出版社发行部
网　　址	http://www.cjpress.com.cn
责任编辑	罗紫晨
印　　刷	三河市金元印装有限公司
版　　次	2023 年 5 月第 1 版
印　　次	2023 年 5 月第 1 次印刷
开　　本	880mm×1230mm　1/32
印　　张	10.75
字　　数	297 千字
书　　号	ISBN 978-7-5492-8789-5
定　　价	49.80 元

版权所有，翻版必究。如有质量问题，请联系本社退换。
电话：027-82926557（总编室）　027-82926806（市场营销部）